DIE STUMMEN PUPPEN

WEITERE TITEL VON RITA HERRON

In deutscher Sprache

Detective Ellie Reeves-Serie

Die stummen Puppen

Die Blumengräber

In englischer Sprache

Detective Ellie Reeves-Serie

The Silent Dolls

Wildflower Graves

The Burning Girls

Frozen Souls

Stolen Angels

Hidden Bones

The Girl in the River

Widow Lake

The Sleeping Girls

5. 2025

RITA HERRON

DIE STUMMEN PUPPEN

Übersetzt von Katharina Radtke

bookouture

Die Originalausgabe erschien 2020 unter dem Titel
„The Silent Dolls“
bei Storyfire Ltd. trading as Bookouture.

Deutsche Erstausgabe herausgegeben von Bookouture, 2024
1. Auflage April 2024

Ein Imprint von Storyfire Ltd.
Carmelite House
50 Victoria Embankment
London EC4Y 0DZ

deutschland.bookouture.com

ISBN: 978-1-83525-529-2
eBook ISBN: 978-1-83525-528-5

Diese Reihe widme ich Christina Demosthenous, meiner wunderbaren Lektorin, die mich gerade dann nach Kriminalromanen mit einer weiblichen Ermittlerfigur gefragt hat, als ich das passende Manuskript in der Schublade liegen hatte! Manchmal kommt es nur auf das richtige Timing an!

PROLOG

Irgendwo auf dem Appalachian Trail, Georgia, fünfundzwanzig Jahre zuvor

Tränen liefen ihr über die Wangen, als sie sich in dem engen, höhlenartigen Raum zusammenrollte. Sie befühlte die kleine Holzpuppe, die der Mann geschnitzt hatte. Er hatte gesagt, dass er die Puppe nur für sie geschnitzt habe.

Außerdem hatte er ihr erzählt, dass es noch mehr Puppen gäbe und dazu ein wunderschönes Puppenhaus mit Möbeln und schönen Kleidern für die Puppen. Er sagte, sie müsse einfach nur durch den Tunnel krabbeln, um es zu sehen.

Sie hatte Angst im Dunkeln. Aber weil sie das Puppenhaus so unbedingt sehen wollte, war sie bäuchlings durch den engen Gang gerobbt und ihm gefolgt.

Jetzt lag sie auf der Seite und um sie herum war nichts als Dunkelheit. Sie war allein. Der Boden war kalt. Und hart. Mit spitzen Steinen übersät. Ihre Finger ertasteten etwas Nasses, Klebriges. Sie zog ihre Hand zurück, aber irgendetwas streifte ihr Bein. *Eine Spinne!* Sie kreischte auf und rutschte so weit wie möglich davon weg, bis sie mit dem Rücken gegen die Wand stieß.

Sie hatte versucht, sich einen Weg zurück an die Oberfläche zu graben, aber die Erde und das Geröll waren zu hart. Außerdem konnte sie die Öffnung, durch die sie hineingekommen war, nicht mehr finden. Bestimmt hatte er etwas davorgeschoben. Vielleicht ein Holzbrett? Oder ein paar Äste?

Er hatte gesagt, dass er für eine Weile wegmüsse und danach wiederkommen würde. Dann würden sie zusammen spielen. Aber sie wollte nicht mit ihm spielen und das hatte sie ihm auch gesagt.

Er hatte nur geschrien, dass sie still sein solle. Hatte ihr befohlen, nicht zu weinen oder zu schreien. Schließlich sei sie kein Baby mehr.

Aber sie hatte trotzdem geweint und geschrien. Ihr Hals fühlte sich wund an, und ihre Augen waren verquollen vom Weinen.

Sie wollte zu Mommy und Daddy. Sie wollte nach Hause. Es gab gar kein Puppenhaus. Und auch keine anderen Puppen.

Er hatte sie angelogen, als er das behauptet hatte. Hatte er auch gelogen, als er gesagt hatte, dass er zurückkommen würde?

EINS

TAG EINS DES VERSCHWINDENS

1. März, 16:45 Uhr, Crooked Creek, Georgia

Ein neuer Tag lag vor ihr. Und er brachte neue Verbrecher mit sich, die sie fassen musste.

Detective Ellie Reeves robbte mit gezogener Waffe unter dem Stacheldrahtzaun hindurch und ließ den Blick über das alte Gehöft wandern. Rauch quoll aus der Scheune und ein Geruch nach Chemikalien erfüllte die Luft, was darauf hindeutete, dass der Hinweis, den sie bekommen hatte, stimmte.

In der verlassenen Scheune wurde Meth gekocht.

Diese Schweinehunde. Früher waren die Berge ein sicherer Ort gewesen. Jetzt boten sie Verbrechern Unterschlupf, denn es gab unzählige Möglichkeiten, sich zu verstecken.

Sie machte sich vom Stacheldraht los, der sich an ihrer Jacke verfangen hatte, dann stand sie auf und näherte sich dem Gebäude, wobei sie sich hinter Büschen und Gestrüpp versteckte, um nicht gesehen zu werden. Unter einer Baumgruppe waren ein ramponierter Truck und ein kotzgrüner Sedan geparkt, was die Dealer wohl für eine gute Tarnung hielten.

Es gab eindeutige Hinweise auf ein Meth-Labor: die Müllberge hier draußen; jede Menge 2-Liter-Wasserflaschen; leere Pappschachteln von Grippemedikamenten. Außerdem standen die Fenster des Hauses weit offen, damit die giftigen Dämpfe der Chemikalien entweichen konnten.

Dazu kam der stechende, urinartige Gestank.

Sie warf einen Blick auf die Uhr. *Es wäre besser, auf Verstärkung zu warten.* Sie hatte bereits welche angefordert, als sie hergefahren war. Aber jetzt blieb keine Zeit. Die Verstärkung würde also nachträglich anrücken müssen. Ihre Eltern erwarteten sie in einer halben Stunde zum Abendessen.

Ihr Vater hatte gesagt, es sei wichtig. Keine Diskussion.

Und wenn Randall Reeves nach ihrer Anwesenheit verlangte, fügte sie sich.

Mit gezogener Waffe hechtete sie zur Scheunentür und spähte hinein: Ein schlaksiger Mann mit Ziegenbart, schätzungsweise in seinen Zwanzigern, stand neben einem dampfenden Topf, während ein stämmiger älterer Mann Geldscheine in eine Blechdose zählte. Mehrere Bratpfannen und ein Propangastank waren ebenfalls zu sehen. Auf den Metallregalen reihten sich Aceton, Pseudoephedrin, Kaffeefilter und Flaschen, an denen Gummischläuche befestigt waren. Der Gestank überwältigte sie beinahe.

Sie brachte ihre Glock in Position, schob den Lauf durch den Türspalt und rückte noch näher heran. Ein kurzer Blick offenbarte ihr, dass auf einem klapprigen Tisch am anderen Ende der Scheune eine Schrotflinte lag.

Die Männer würden es niemals rechtzeitig schaffen, sich das Gewehr zu schnappen. Mit gezogener Waffe versetzte Ellie der Tür einen Tritt, sodass sie aufschwang. »Polizei. Hände hoch!«

Die Männer schreckten auf. Der Stämmige raffte das Geld zusammen, während der verlotterte Typ in Richtung der Schrotflinte rannte, genau wie sie es vorhergesehen hatte. Sie feuerte eine Kugel ab, die zu seinen Füßen aufkam und vom Boden abprallte. Er kreischte und riss die Hände hoch. Der andere duckte sich und versuchte, mit einer Rolle zu entkommen, wobei er die Dose mit dem Geld umwarf, sodass Geldscheine wie grünes Konfetti durch die vom Meth-Gestank erfüllte Luft segelten. Er rappelte sich auf, um sie einzusammeln, aber Ellie war schneller und presste genau in dem Moment den Absatz ihres Stiefels auf seine Hand, als er eine Einhundert-Dollar-Note erwischt hatte.

Draußen ertönte eine Polizeisirene, die sekündlich lauter wurde. Ziegenbärtchen versuchte, mit einem Hechtsprung die Schrotflinte zu erwischen, aber Ellie schoss ihm ins Knie, woraufhin er mit einem Aufschrei zu Boden ging und ein Tablett voller Chemikalien mit sich riss. Von draußen drangen laute Stimmen und Rufe in die Scheune, dann stürzte einer der Polizisten von Crooked Creek, Heath Landrum, mit gezogener Waffe herein. Hinter ihm entdeckte Ellie ihren Captain, dessen finsterer Gesichtsausdruck ihr verriet, dass er über den Anblick, der sich ihm bot, nicht gerade erfreut war.

»Verdammt, Detective Reeves!«, rief Captain Hale. »In einer Meth-Küche das Feuer eröffnen? Das müssten Sie besser wissen.«

Damit lag er zwar richtig, aber sie hatte nicht riskieren können, dass die Trottel entkamen. Dennoch konnte sie seinen Ärger verstehen. Chemikalien waren ausgelaufen und hatten sich überall verteilt, und aus dem Kochtopf stoben Funken.

»Scheiße. Schnell, bringen wir die beiden hier raus.« Sie schnappte sich das Ziegenbärtchen und überließ es Deputy Landrum, den Größeren nach draußen zu schleifen.

Sie hatten gerade Landrums Wagen erreicht, als die Scheune in die Luft flog und die Dämmerung von Funken und Flammen erhellt wurde.

ZWEI

Nach einem Anschiss von ihrem Boss fuhr Ellie schnell zum Haus ihrer Eltern. Wahrscheinlich ging es gleich so weiter und sie durfte sich von ihrer Mutter etwas anhören, weil sie zu spät kam und es noch nicht mal geschafft hatte, sich umzuziehen. Die Erdflecken auf ihrer Jeans bezeugten, dass sie über den Boden gerobbt war. Wo der Stacheldrahtzaun sich in ihrem Ärmel verfangen hatte, war der Stoff ihres Oberteils zerrissen. Außerdem roch sie nach Schweiß und verbranntem Plastik.

Vera Reeves fand, dass sich Frauen zum Abendessen *zurechtmachen* sollten. Aber sie hätte sich schon lange von der Vorstellung verabschieden können, dass Ellie diesen Wunsch nachkommen würde. Trotzdem hegte ihre Mutter diese Hoffnung noch immer und nörgelte bei jeder Gelegenheit an ihr herum. Sie nörgelte und hoffte, dass aus Ellie eines Tages eine richtige Frau werden würde. Dass sie endlich Dienstmarke und Waffe ablegen und gegen einen Ehering tauschen würde.

Das würde garantiert nicht passieren. Niemals.

Sie war der burschikose Typ, genauso wie sie durch und durch Polizistin war.

Aber heute Abend würde sich Ellie von Vera nicht die

Laune verderben lassen. Ihr Vater wollte seinen Ruhestand verkünden, und Ellie rechnete damit, dass er sie dann bei der anstehenden Wahl des Sheriffs unterstützen würde. Sheriff zu werden, davon träumte sie schon ihr Leben lang.

Als kleines Mädchen hatte sie darum gebettelt, ihn begleiten zu dürfen, wenn er zu Einsätzen gerufen wurde. Während der High School-Zeit, als die anderen Mädchen sich aufstylten und sich nur für Jungs interessierten, hatte Ellie im Büro ihres Vaters ausgeholfen – Akten abgelegt, Anrufe entgegengenommen, sich mit alten Fällen und Tatortberichten beschäftigt. Sie war süchtig nach Krimiserien gewesen und hatte *FBI's Most Wanted* rauf und runter geschaut.

Der Kies knirschte unter den Reifen ihres Jeeps, als sie in die Auffahrt zum Haus ihrer Eltern einbog. Ellie fuhr sich mit einer Hand über die Haare, um ihren zerzausten Pferdeschwanz zu glätten, dann klopfte sie sich die Erde von Hose und T-Shirt und stieg aus. Sie warf sich eine Jeansjacke über, die ihr Holster mit der Waffe verbarg.

Vor dem Panorama der schroffen Gebirgskämme, die sich im Hintergrund abzeichneten, verliehen die unbelaubten Zweige der Bäume und die dunkelgrauen Gewitterwolken der Gegend etwas Unheimliches. Über Hunderte von Kilometern erstreckte sich der Nationalpark mit seinen dichten Wäldern, tiefen Schluchten, gewaltigen Bergzügen und hoch emporragenden Klippen.

Mit fünf Jahren hatte sie sich eines Tages zwischen den turmhohen Bäumen und dem Gestrüpp verlaufen. Sie hatte sich schrecklich gefürchtet. In der Nacht hatten sie Kälte und Dunkelheit umfangen, während die Stunden sich zäh hinzogen und ihr die Angst langsam, aber stetig die Luft zum Atmen nahm. Manchmal hatte sie immer noch diesen Albtraum, in dem sie um Luft rang, während sie durch einen langgezogenen, niedrigen Gang kroch, in dem es nach verwesendem Tier roch.

Eine Höhle, aus der es kein Entkommen gab.

Als ihr Vater sie am nächsten Morgen endlich gefunden hatte, hatte er ihr seinen Kompass geschenkt, damit sie sich nie wieder verlief. In den folgenden Monaten hatte er ihr auch gezeigt, wie man sich mithilfe von Landkarten orientierte. Und damit war der Appalachian Trail, oder AT, wie er üblicherweise genannt wurde, zu ihrer zweiten Heimat geworden.

Ihr Vater hatte ihr stets geholfen, sich für den richtigen Weg zu entscheiden, und sie immer beschützt. Nie hatte er sie im Stich gelassen.

Das würde er niemals tun.

In diesem Augenblick fiel Ellie auf, dass ein schwarzer Range Rover neben dem Haus geparkt war.

Verdammt. Also war der Stellvertreter ihres Vaters, Bryce Waters, hier.

In der Grundschule war sie mit Bryce befreundet gewesen. Ihre Väter gingen zusammen angeln, und Bryce und sie waren in einem eigenen Kanu mitgefahren. Sie hatten die ganze Stadt mit dem Fahrrad unsicher gemacht, Softball gespielt und eine Festung aus den Holzresten gebaut, die ihr Vater in der Garage lagerte.

Aber mit Beginn der Pubertät hatte sich Bryce verändert. Er spielte sich immer mehr auf. Und weil er um jeden Preis beliebt sein wollte, passte ein unscheinbares, burschikoses Mädchen wie sie nicht mehr zu seinem Image.

Und dann, in ihrer Highschool-Zeit, hatte er ... Sie erschauderte allein bei der Erinnerung. Aber daran sollte sie jetzt nicht denken. Das war Geschichte.

Falls sie zum Sheriff gewählt werden sollte, würde sie ihm klarmachen, dass sie, im Gegensatz zu ihrem Vater, sein aufgeblasenes Gehabe und das Trinken im Dienst nicht dulden würde.

Es war ihr scheißegal, wie viele Frauen er abschleppte. Sie wollte von diesen Details verschont bleiben. Aber leider war

Bryce definitiv der Typ, der jedermann an seinen Bettgeschichten teilhaben ließ.

Eine Böe Märzwind peitschte durch die Bäume, als sie die Stufen zur Veranda erklomm, was wohl hieß, dass der Winter dem Frühling das Feld nicht so schnell überlassen würde. Der Schaukelstuhl bewegte sich knarzend hin und her, so als hätte gerade eben noch jemand daringesessen.

Ellie drehte sich um, aber da war niemand.

Komisch, wie die Berge und die unberührte Natur dem Betrachter manchmal Trost spendeten, während an anderen Tagen unheimliche Schatten durch das Dickicht der sacht wogenden Bäume zu ziehen schienen, als wären sie verflucht. Jedes Jahr nahmen die Angriffe auf Frauen zu, und die Zahl der Todesopfer schien ebenfalls Jahr für Jahr zu steigen.

In dieser Gegend wusste jeder, dass die Berge allen möglichen Leuten Unterschlupf boten. Einige, die in den Hügeln Zuflucht suchten, waren psychisch krank oder gesuchte Verbrecher auf der Flucht vor dem Gesetz. Andere waren schlicht Einsiedler oder Exzentriker, die aus der Gesellschaft ausgestiegen waren und für sich leben wollten.

Ihr Vater nannte sie die Schattenmenschen.

Wenn es nach Ms Eula Ann Frampton ging, der Frau, die auf einem der Hügel lebte und behauptete, mit den Toten sprechen zu können, waren einige dieser Menschen das personifizierte Böse.

Ellie schüttelte ihre düsteren Gedanken ab und klopfte an, bevor sie die Tür öffnete. Ihr Herz pochte erwartungsvoll. Sie rechnete damit, dass der Duft nach Rindergulasch mit Burgunder oder Schweinelendchen in der Luft liegen würde – Gerichte, die ihre Mutter zu besonderen Anlässen kochte. Stattdessen roch sie lediglich einen Hauch von nach Kiefern duftendem Haushaltsreiniger, was darauf hindeutete, dass die Haushaltshilfe ihrer Mutter heute da gewesen war. Nicht nur

Vera Reeves war immer zurechtgemacht, auch ihr Haus war stets in einwandfreiem Zustand.

Vielleicht war das heute nur eine Familienzusammenkunft ohne Abendessen.

Sie streifte den gröbsten Schmutz an ihren Stiefeln auf dem Fußabtreter ab, bevor sie eintrat, dabei konnte man dem für Georgia typischen roten Lehm nur mit einer Büste wirklich zu Leibe rücken.

Dröhnende Stimmen drangen an ihr Ohr, als sie über den Flur auf das Wohnzimmer zusteuerte. Dort wurde gerade angestoßen, sie vernahm das Geräusch von Glas, das klirrend auf Glas traf. Vor Aufregung beschleunigte sich ihr Herzschlag. Ellie wischte sich die feuchten Hände an ihrer Jeans ab, dann trat sie ins Zimmer.

Ihre Mutter saß in dem mit Samt bezogenen Ohrensessel vor dem deckenhohen gemauerten Kamin und hatte einen Martini in der Hand. Ihr Vater hielt ein Whiskeyglas und hatte den Blick auf die Flammen gerichtet. Als er sich umdrehte, bemerkte sie, dass er die Schultern gestrafft hatte und seine Haltung angespannt wirkte. Sein Haar war zerzaust, seine Kleidung zerknittert und tiefe Schatten zeichneten sich unter seinen braunen Augen ab. Er sah sie nicht wirklich an und hatte die Lippen zu einer schmalen Linie zusammengepresst.

Sie wusste, was das bedeutete. So sah ihr Vater aus, wenn er an einem schwierigen Fall arbeitete, der ihn bis spät in die Nacht wachhielt, der ihm den Schlaf raubte und ihm keine Ruhe ließ.

Irgendetwas stimmte hier nicht.

Hatte er es sich anders überlegt, was seinen Ruhestand anging? Hatte sich ein grausames Verbrechen in der Stadt ereignet? War er vielleicht krank?

Bevor sie fragen konnte, was los war, kam Bryce mit einem Bourbon in der Hand so stürmisch auf sie zu, dass die bernsteinfarbene Flüssigkeit über den Rand des Glases schwappte.

Heute Abend lag in seinen grünen Augen ein aufgeregtes Funkeln. Sein welliges weizenblondes Haar hatte er nach hinten gekämmt. Er sah gut aus und das wusste er auch.

Sie wandte den Blick ab. Unter diesem Schafspelz lauerte ein Wolf.

»Weißt du schon das Neueste, Ellie?«, fragte er. »Dein Vater wird mich in meiner Kandidatur für das Amt des Sheriffs unterstützen!«

Ellie blieb wie angewurzelt stehen. Ihr war, als hätte sie das falsche Haus erwischt. Und die falsche Familie. Das alles hier fühlte sich falsch an.

Bryces Lächeln legte nahe, dass er keine Ahnung hatte, was seine Worte in ihr auslösten. Oder vielleicht wollte er ihr die Neuigkeiten auch höchstpersönlich unter die Nase reiben, um sich für das zu rächen, was sie ihm vor Jahren angetan hatte.

Wahrscheinlich eher Letzteres.

Die Hände ihres Vaters krampften sich fester um sein Glas. »Schatz, ich wollte es dir zuerst sagen, aber dann ist Bryce hergekommen ...«

»Du unterstützt ihn und nicht mich?« Das Gefühl, verraten worden zu sein, lastete so schwer auf Ellies Brust, dass sie kaum atmen konnte.

»Ich dachte, du würdest dich für mich freuen, Ellie«, setzte Bryce in vollkommen unschuldigem Tonfall an. Diese Arglosigkeit war nur eine Show für ihre Eltern, denn Bryce war ein Chamäleon. Er passte sich an, je nachdem, was der Anlass war und wen er beeindrucken wollte.

Er wusste ganz genau, dass es ihr nicht gefiel, von ihrem eigenen Vater auf die Ersatzbank verwiesen zu werden, und er genoss die Schadenfreude. »Du kannst dich versetzen lassen und bei mir im Team arbeiten«, sagte er und zwinkerte.

Nur über meine Leiche. Sie würde niemals freiwillig im selben Team wie Bryce Waters arbeiten.

Und das wusste er ganz genau.

Aber dieses Gespräch musste sie jetzt nicht führen. Erstmal ging es um ihren Vater.

»Was zur Hölle soll das, Dad? Du weißt, dass ich mir für diese Chance den Arsch aufgerissen habe. Und ich bin qualifizierter als Bryce.«

»Jetzt aber mal langsam«, warf Bryce ein und tat so, als wäre er gekränkt. »Ich bin qualifiziert für die Stelle.«

Ihre Mutter schwebte in ihrem eleganten grünen Hosenanzug aus Seide und einer Duftwolke aus Chanel No. 5 durch den Raum. »Wo sind denn deine Manieren hin, Ellie?« Sie bot ihrer Tochter ein Glas Merlot an und fuhr sich durch ihren eleganten braunen Bob, ein Indiz dafür, dass sie kürzlich zu einem Termin in der *Beauty Barn* gewesen war, wo sie Stammkundin war. Man würde nie auch nur ein einziges graues Haar auf ihrem Kopf entdecken. »Lasst uns zur Feier des Tages anstoßen. Bryce ist der richtige Kandidat für das Amt. Sheriff zu sein ist Männersache.«

Ellie schob das Weinglas beiseite. »Ist das so?«, fragte sie und hatte Mühe, die Fassung zu bewahren.

»Du kannst natürlich gegen mich antreten«, schlug Bryce mit hochgezogener Augenbraue vor. »Allerdings bin ich, wie du weißt, in dieser Gegend ziemlich beliebt.«

Ellie warf ihm einen angewiderten Blick zu. »Du hast es vielleicht geschafft, meinem Dad etwas vorzumachen, Bryce, aber ich kenne dich und weiß, wie du wirklich bist.«

Bryce verengte die Augen. Auf dem Gesicht ihres Vaters zeichnete sich Verwunderung ab, und kurz dachte Ellie, er würde nachhaken. Aber das tat er nicht.

»Es ist das Beste, Ellie«, sagte er leise. »Als Sheriff hat man nicht nur mit Polizeiarbeit zu tun, sondern muss zu gleichen Teilen Politik machen. Man steht ständig im Rampenlicht und unter enormem Druck.«

Ellie verschränkte die Arme. »Du glaubst, ich schaffe das nicht, weil ich eine Frau bin?«

Ihre Mutter legte eine manikürte Hand auf Ellies Arm. »Schatz, bei Wahlen wird gezielt danach gesucht, welche Leichen die Kandidaten im Keller haben. Es könnte sich herumsprechen, dass du früher in Therapie warst. Du weißt doch, wie viel die Leute in Kleinstädten tratschen.« Sie schürzte ihre Lippen. »Sicher möchtest du nicht, dass jemand von deiner Angst im Dunkeln erfährt. Und von den ... Wahnvorstellungen.«

Ellie starrte sie fassungslos an und brachte kein Wort heraus. Wie konnte sie es wagen, das vor Bryce anzusprechen? Dabei war es Vera sonst so wichtig, dass niemand dachte, ihre Tochter sei psychisch labil. Gott bewahre, dass die Leute anfingen, über das Kind von Vera Reeves zu tratschen.

»Ein Sheriff muss bei den Leuten, die er vertritt, Vertrauen erwecken«, stimmte Bryce mit ein.

Ellie zwang sich zu einem vollkommen ruhigen Tonfall. »Das ist Jahre her. Ich war noch ein Kind, Mutter, und ich war traumatisiert, weil ich mich im Wald verlaufen hatte.« Zugegebenermaßen schlief sie noch immer bei Licht – aber das würde sie jetzt nicht erwähnen ...

»Es würde trotzdem rauskommen«, sagte ihr Vater. »Und es täte dir nicht gut, El. Vertrau mir, mach weiter deinen Job und lass Bryce die Leitung des County übernehmen.«

»Bist du diese Woche auf dem Maisbrotfest im Dienst?«, flötete ihre Mutter. »Die Touristen strömen schon in Scharen her. Es wird Stände mit Kunsthandwerk geben, außerdem Imbisswagen, Kinderschminken und eine dieser Hüpfburgen für die Kleinen.« Sie klatschte in die Hände. »Und die *Stitchin' Sisters* stellen ihre Kreuzstichstickereien und Quilts aus. Bernice von der Bäckerei backt extra ihre hausgemachten Pasteten und Zimtschnecken. Und es wird etliche Sorten Maisbrot geben.«

Das war genau das, was ihre Mutter sich beruflich für Ellie wünschte: dass sie sich um die Sicherheitsbelange der Kleinstadt kümmerte. Ellie fand es seltsam, dass Maisbrot-Rezepte einen Anlass zum Feiern boten.

Aber hier in den Bergen war alles ein Anlass zum Feiern. Vera genoss die fast wöchentlich stattfindenden Herbst- und Frühjahrsfeste, die stets Touristen anzulocken schienen. Ihrer Meinung nach waren diese Feste eine Einnahmequelle für die kleinen Gemeinden und zelebrierten darüber hinaus die Lebensart hier im Süden.

Ellie hingegen interessierte sich für Rätsel und Knobelaufgaben. Sie erkundete gern mit einer Landkarte ausgerüstet die Gegend. Ihr Vater hatte sie zum Zelten, Angeln und Wandern mitgenommen und ihr das Schießen beigebracht, als sie zwölf gewesen war.

Sie hatte immer bewundert, mit wie viel Durchsetzungskraft und Hingabe ihr Vater sich dem Schutz der Bewohner von Bluff County verschrieben hatte, das mehrere kleine Städte entlang des AT umfasste. In Stony Gap, wo ihre Eltern lebten, befand sich die Polizeiwache mit dem Büro des Sheriffs, während Ellie auf dem Revier in der Nachbarstadt Crooked Creek arbeitete, die nur 24 Kilometer entfernt lag.

Die Arbeit bei der Polizei die bessere Option für Ellie als ein Hausfrauendasein. Es war die *einzige* Option.

Aber wenn Bryce Sheriff wurde, würde sie quasi für ihn arbeiten. Bei dieser Vorstellung hätte sie kotzen können.

»Aber Dad …«

»Meine Entscheidung ist gefallen«, erwiderte er mit schroffer Stimme. »Und dabei bleibt es auch.«

»Die Männer haben in unserer Welt das Sagen, Ellie«, bemerkte ihre Mutter. »Es wird Zeit, dass du dich damit abfindest.«

In Ellies bittere Enttäuschung mischte sich auch Mitleid mit ihrer Mutter. Denn Vera glaubte tatsächlich, was sie da sagte. Sie hatte dafür gesorgt, dass ihre Kinder ein gutes Zuhause hatten. Sie war eine vorbildliche Ehefrau, die ihren

Mann unterstützte, wo sie konnte. Aber sie verstand nicht, dass Ellie anders war als sie.

»Nein, Mom«, sagte Ellie und konnte ihren Zorn nicht gänzlich verhehlen. »Heute nicht mehr.«

Sie zog den Kompass, den ihr Vater ihr geschenkt hatte, ruckartig aus der Tasche und streckte ihn ihm hin. »Den kannst du wiederhaben. Von nun an werde ich meinen Weg allein finden.«

Das Gefühl, von ihrem Vater hintergangen worden zu sein, brodelte in ihr, als sie sich umdrehte und eilig den Flur entlangstapfte. Die ganze Galerie an Familienfotos im Eingangsbereich schien sie zu verhöhnen. All die Festtagsessen und Feiern. Die Wanderausflüge mit ihrem Vater, als sie entlang des AT gezeltet hatten.

Sie stieß die Haustür auf, schlug sie hinter sich zu und lief die Stufen der Veranda hinunter. Tränen brannten in ihren Augen, als sie in ihren Jeep stieg, aber sie wischte sie weg, ließ den Motor an und trat das Gaspedal durch. Der Kies spritzte nur so unter den Reifen hervor, als sie die Auffahrt hinunterraste.

Verdammt noch mal!

Wie sollte sie jemals für Bryce Waters arbeiten?

Sie gab Gas und hielt auf die weitläufigen Ackerflächen außerhalb der Stadt zu.

Schnell zu fahren war ihre Methode, Stress abzubauen. Gerade, als sie die 130 Kilometer pro Stunde knackte und auf Haints zuraste – eine Bar mit Blick auf den Friedhof, die bei Polizisten und Gesetzeshütern beliebt war –, klingelte ihr Handy. Falls es ihr Vater war, würde sie ihn ignorieren.

Sie warf einen Seitenblick auf das Display, auf dem der Namen ihres Vorgesetzten aufblinkte.

Fluchend hielt sie am Straßenrand und machte sich darauf gefasst, noch einen Anschiss über sich ergehen zu lassen, während sie am Armaturenbrett herumfummelte, um die Freisprecheinrichtung zu aktivieren und den Anruf entgegenzunehmen. »Ja?«

»Ein kleines Mädchen ist auf dem Trail verschwunden«, sagte Captain Hale. »Sieben Jahre alt. Ihr Name ist Penny Matthews. Ranger McClain ist bei der Familie. Fahren Sie hin, aber Pronto.«

Ranger McClain – Cord – arbeitete für die Such- und Rettungsabteilung der FEMA, der Katastrophenschutzbehörde des Landes, und für den *National Park Service*. Der NPS war für den AT zuständig und kooperierte dabei mit den örtlichen Strafverfolgungsbehörden entlang des 3000 Kilometer langen Trails, der vierzehn Staaten von Georgia bis Maine umfasste.

»Verstanden.«

Ellies Herz hämmerte gegen ihren Brustkorb. Die endlosen Waldgebiete, das schroffe Gelände mit seinen messerscharfen Bergzügen, dem unebenen Terrain, den Überhängen und steilen Abhängen waren tückisch. Es gab hier so viele Orte, an denen ein kleines Mädchen stürzen und sich verletzen konnte. Und so viele Orte, wo sie vielleicht nie gefunden werden würde. Außerdem waren da wilde Raubtiere, die Jagd auf ein hilfloses Kind machen konnten.

Ein anderer Gedanke ließ Ellies Herz noch schmerzhafter pochen: *Was, wenn auch Menschen Jagd auf das Mädchen machten?*

DREI

Der Wind frischte auf und rüttelte an den Scheiben von Ellies Jeep, als sie mit durchgetretenem Gaspedal in Richtung des Parks fuhr, um sich mit Cord zu treffen. Ellie bemerkte, dass am Horizont Gewitterwolken aufzogen, und schaltete das Radio ein.

»Ich bin Cara Soronto, Meteorologin bei Eleven Alive, und ich habe ein Update zu unserer Sturmwarnung: Wir beobachten gerade, wie der Schneesturm an der Ostküste entlangzieht und sich von New York gen Süden bewegt, bis runter nach Georgia. Wegen des starken Winds und der bitteren Kälte nennen die Leute diesen Sturm ›Tempest‹.

Innerhalb der nächsten achtundvierzig Stunden ist mit Windgeschwindigkeiten von bis zu achtzig Kilometern pro Stunde zu rechnen und die gefühlte Temperatur sinkt unter Null. Nach dem Regen wird es Graupel geben und dann starke Schneefälle, die die Sicht stark einschränken.« Die Sprecherin hielt inne. »Machen Sie sich gefasst: So etwas haben wir seit Jahren nicht erlebt.«

Ellies Magen verkrampfte sich. Ein Kind wurde vermisst

und derweil war ein schwerer Wintersturm im Anmarsch? Sie mussten dieses Mädchen finden. Und zwar schnell.

Der Appalachian Trail war auch ohne aufziehenden Sturm schon gefährlich genug. Jedes Jahr Anfang März machen sich Hunderte von Abenteuerlustigen auf, den gut 3000 Kilometer langen Wanderweg von Georgia nach Maine zu bewältigen. Allerdings waren die meisten von ihnen weder geistig noch körperlich auf die unerbittlichen Wetterbedingungen, die Einsamkeit und die unzähligen Entbehrungen unterwegs vorbereitet und erreichten daher die Ziellinie gar nicht erst.

»Seit wann genau wird das Kind vermisst?«, fragte sie ihren Vorgesetzten und schob den Gedanken an das schlimmstmögliche Szenario beiseite.

»Das ist nicht ganz klar. Sie sollten das Zeitfenster so weit wie möglich eingrenzen«, antwortete Captain Hale. »Die Eltern dachten, das Mädchen hätte die Gegend erkundet und sich dabei verlaufen. Sie haben eine Weile nach ihr gesucht, bevor sie Hilfe gerufen haben.«

»Also könnte sie schon eine Weile verschwunden sein.« Oder die Eltern hatten gelogen. Wollten einen Unfall oder ein Verbrechen vertuschen und warteten mit dem Notruf, weil

sie ihrer Tochter selbst etwas angetan hatten und Zeit brauchten, um die Beweise zu vernichten.

Zieh jetzt noch keine Schlüsse. Es kommt oft genug vor, dass sich Leute auf dem Trail verlaufen.

»Genau«, sagte Captain Hale. »Ranger McClain hat einen Suchtrupp eingerichtet, nachdem er gerufen wurde. Der Trupp durchkämmt seither den Wald, aber bis jetzt gibt es keine Spur.«

Mit jeder Stunde, die verstrich, sank die Wahrscheinlichkeit, Penny lebend zu finden. Und falls ein Triebtäter sie entführt hatte, brachte er sie womöglich in der Zwischenzeit weiter weg.

Mit Mühe verdrängte Ellie die Bilder, die in ihr aufstiegen.

Sie musste jetzt positiv denken. Cord war zwar undurchsichtig und ein Einzelgänger, aber er war auch ein Profi. Er kannte die Wälder hier wie seine Westentasche. Vielleicht kannte er sich sogar besser aus als ihr Vater. Beim Gedanken an ihren Vater, der ihr in den Rücken gefallen war, verkrampfte sich ihr Magen, was Ellie ignorierte, so gut es ging.

»Da wäre noch eine Sache, Detective Reeves«, begann Captain Hale. »Die Familie Matthews lebt in Crooked Creek, aber der Vorfall hat sich an der Grenze zwischen uns und Stony Gap ereignet, daher möchte ich, dass Sie als Verbindungsfrau zwischen unseren beiden Polizeidezernaten fungieren.«

Ellies Magen drehte sich um. Ihr Bauchgefühl sagte ihr, dass sie im Moment auf keinen Fall mit ihrem Vater oder seinem Stellvertreter zusammenarbeiten konnte.

Aber das Leben eines kleinen Mädchens stand auf dem Spiel.

Also musste sie da durch. Musste das Ganze professionell angehen. Sie würden Penny finden und danach wieder getrennte Wege gehen.

»Ich gebe für die Medien eine Meldung bei AMBER raus«, sagte Captain Hale. »Hoffen wir, dass schon in den Abendnachrichten über den Fall berichtet wird. Die Zeit läuft.«

Das AMBER-Warnsystem war nach der Entführung und Ermordung der kleinen Amber Harlington in den Neunzigern eingerichtet worden und ermöglichte es, Informationen über eine vermisste Person besonders schnell zu verbreiten.

Ellies Blick wanderte unbewusst zur Uhr im Armaturenbrett. Sie legte auf und gab Gas.

VIER

Das Adrenalin rauschte durch ihren Körper, als Ellie den Waldparkplatz in Crooked Creek erreichte. Sie schnappte sich ihre Kamera und kletterte aus dem Jeep. Die schneidende Luft schlug ihr entgegen und sie klappte den Kragen ihrer Jacke hoch. Am Himmel türmten sich dunkle Gewitterwolken, Donner grollte und ließ die Szenerie noch unheilvoller wirken.

Damals, als sie sich als Kind verlaufen hatte, hatten die stacheligen Äste für sie wie knochige Finger ausgesehen, die nach ihr greifen wollten. Zwischen den Kiefern und Eichen hatte sie Ungeheuer zu sehen geglaubt, die sich dort versteckten.

Heute nahm ihr genau dasselbe bedrückende Gefühl der Angst die Luft zum Atmen.

Mit dem Unterschied, dass sie sich nicht um sich selbst sorgte, sondern um das vermisste kleine Mädchen.

Stimmen wehten aus dem Wald zu ihr herüber, und das schmerzerfüllte Weinen einer Frau holte Ellie schlagartig zurück in die Gegenwart.

Pennys Mutter.

Mitleid wallte in ihr auf, aber sie zwang sich, das alles nicht an sich herankommen zu lassen. Es war eine Tragödie, trotzdem musste sie ihren Job gewissenhaft erledigen, und der bestand im Moment darin, die Eltern zu vernehmen und Fragen zu stellen, die diese vielleicht nicht beantworten wollten.

Aber das spielte keine Rolle. Die Wahrheit zu erfahren, war alles, was zählte.

Vor sich erspähte sie auf einer Lichtung Cord. Er stand neben einer mit Seilen abgesperrten karierten Picknickdecke und schloss sich gerade mit den Suchtrupps kurz.

Die Such- und Rettungshunde warteten bereits angeleint bei den zwei ausgebildeten Hundeführern.

Eine schlanke brünette Frau, die um die vierzig sein musste, saß auf einem Findling und schluchzte, das Gesicht in den Händen verborgen. Ein großer Mann mit zerzaustem aschbraunem Haar ging vor ihr auf und ab. Seine Jeans und seine Stiefel waren schmutzig und der Schweiß rann ihm von den Schläfen. Leute von den SARs – eine Gruppe freiwilliger Such- und Rettungshelfer, die bei Notfällen einsprangen – hatten eine Kühlbox mit Wasserflaschen hergebracht.

Der Mann, der Pennys Vater sein musste, nahm eine heraus und leerte sie fast in einem Zug.

Cords verhangener Blick wanderte über Ellies Körper, als sie näherkam. Auf eine ursprüngliche, intensive Art war Cord attraktiv. Er hatte wild zerzaustes dunkelbraunes Haar. Einen markanten, breiten Kiefer. Und hohe Wangenknochen. Eine unregelmäßige Narbe verlief von einer seiner Schläfen bis zum Haaransatz. Sein Körper war durchtrainiert, Muskeln, wo man nur hinsah. Er war kein Mann der Worte, sondern der Tat. Seine robuste Erscheinung – die gebräunte Haut, die North-Face-Jacke und die schwieligen Hände – zeigten deutlich, dass die Wildnis sein Zuhause war.

Manchmal las sie in seinen Augen Begierde und Erinnerungen an die eine Nacht, die sie miteinander verbracht hatten, bevor sie auf die Polizeischule gegangen war. Und dann gab es wieder Tage, an denen er so schroff war, dass sie glaubte, er sei wütend auf sie, obwohl sie nicht wusste, welchen Grund er dazu gehabt hätte.

Dennoch betrachtete sie ihn als einen Freund. Keiner kannte den Trail besser als Cord. Er hatte seine Jugend hier in den Bergen verbracht, auch wenn er sich weigerte, über diese Zeit zu sprechen.

Soweit sie wusste, hatte er keine Familie. Es schien auch nicht so, als wollte er eine haben.

Aber sie hatte jetzt keine Zeit, länger über diese Fragen nachzudenken.

»Hast du etwas gefunden? Irgendwelche Hinweise darauf, wo das kleine Mädchen sein könnte?«, fragte Ellie.

Mit finsterem Gesichtsausdruck schüttelte Cord den Kopf.

Sie deutete in Richtung der Eltern. »Was denkst du über die beiden?«

»Bin mir noch nicht sicher. Die Mutter weint pausenlos. Der Vater ist abwechselnd wütend und verzweifelt. Er hat den Wald eine Weile lang allein durchkämmt, bevor er Hilfe gerufen hat. Als ich hier angekommen bin, waren sie beide völlig aufgelöst.«

»Ich werde mit ihnen sprechen und mich dann umsehen.« Ellie warf einen Blick zu den Hunden. »Waren sie schon im Wald?«

»Nein, die Hunde sind gerade erst angekommen. Ich habe die Mutter gefragt, ob sie etwas von Penny hat, Kleidung oder ein Spielzeug, irgendetwas, an dem die Hunde ihre Fährte aufnehmen können.« Er deutete auf die Frau, die eine rosafarbene gehäkelte Decke an ihre Wange presste. »Bisher konnte ich sie noch nicht überzeugen, die herzugeben. Ist wohl die Lieblingsdecke ihres kleinen Mädchens.«

Kinder hängten ihr Herz oft an Dinge. Ellie war als kleines Mädchen kein Fan von Puppen gewesen, aber sie hatte ein Plüschtier gehabt, das sie überall mit hinnahm, einen orangefarbenen Fuchs. Er hatte sie sogar auf die Campingausflüge begleitet. Sie hatte so getan, als wäre er echt und könnte sie bei einem Bärenangriff verteidigen. Foxy hatte immer noch einen Ehrenplatz auf dem Regal neben ihrem Bett.

»Mal sehen, was sich machen lässt«, antwortete sie.

Cord deutete auf eine Holztafel, an die er Gebirgskarten geheftet hatte. »Wir haben bereits alles im Umkreis von acht Kilometern abgesucht, aber wir müssen die Suche ausweiten. Dein Vater ist auf dem Weg hierher. Er kann uns dabei helfen.«

Bei der Erwähnung ihres Vaters überkam Ellie der Schmerz von Neuem. Aber Randall Reeves lebte und arbeitete seit über zwanzig Jahren in Bluff County. Er und Cord waren wegen ihrer einmaligen Ortskenntnis ihre einzige Chance.

Sie schluckte die Kränkung hinunter und stellte sich den Eltern vor. Mrs Matthews bat sie, einfach Susan und Stan zu ihnen zu sagen.

»Ich kann nicht fassen, dass das alles wirklich passiert ist«, sagte die Mutter in heiserem Flüsterton. »Wir hatten so einen schönen Tag, bis sie plötzlich ... einfach weg war.«

War sie wirklich einfach weg gewesen?

Verschiedene Szenarien spielten sich in Ellies Kopf ab wie ein Horrorfilm. Das Kind war weggelaufen. Es hatte sich verirrt. Es hatte sich vielleicht im Wald versteckt.

Dann wanderten ihre Gedanken zu den unheilvolleren Möglichkeiten. Vielleicht war das kleine Mädchen entführt worden. Jemand hatte es sexuell belästigt. Und dann umgebracht.

Sie zwang sich, rational zu bleiben. Das war schwer, wenn es um ein Kind ging, aber notwendig, um effizient zu arbeiten. Ihr Job war es, Penny Matthews zu finden, selbst, wenn sie dabei jemandem auf die Füße treten musste.

»Ich kann verstehen, dass die Situation für Sie beide sehr belastend ist«, sagte Ellie mitfühlend. »Und ich weiß, dass Sie sich große Sorgen machen. Wir werden alles tun, was in unserer Macht steht, um Ihre Tochter zu finden.«

Susan begann wieder zu weinen, und Stan atmete keuchend ein. »Wir haben überall nach Penny gesucht. Wie weit kann ein kleines Mädchen, das allein zu Fuß unterwegs ist, denn kommen?«

Das war eine gute Frage. Und noch ein Grund, weshalb sie den Zeitrahmen von Pennys Verschwinden genauer eingrenzen mussten. »Wie sah Ihr Tag heute aus? Erzählen Sie mir so detailliert wie möglich, was Sie gemacht haben.«

»Das haben wir doch alles schon durchgekaut«, blaffte Stan.

Seine Frau berührte ihn sanft am Arm. »Schatz, sie versucht doch nur, zu helfen.«

»Dann soll sie sich auf die Suche nach Penny machen!«, schnauzte er.

Cord warf Ellie einen Blick zu, eine stumme Frage, ob sie Hilfe brauchte, aber sie schüttelte den Kopf. Sie wurde mit der Situation allein fertig.

»Ich weiß, dass Sie aufgewühlt sind, aber ich bitte Sie trotzdem um ein bisschen Geduld«, sagte Ellie. »Unsere Suchtrupps durchkämmen gerade die Gegend nach Penny. Für mich ist wichtig, mir ein klares Bild von Ihrem Tag heute und von Ihrem Alltag als Familie zu machen. Selbst das kleinste Detail könnte hilfreich sein.«

Der Vater wippte auf den Fußballen auf und ab, während seine Frau zaghaft nickte.

Ellie bemühte sich um einen besänftigenden Tonfall. Sie musste das Vertrauen des Paares gewinnen, wenn sie wollte, dass die beiden ihr alles erzählten, was sie wussten. Und auch, um sie bei einer Lüge zu überführen, sollten sie nicht die Wahrheit sagen. »Ich versichere Ihnen, dass Ranger McClain der erfahrenste Fährtensucher in der Gegend ist.« Sie deutete auf die Babydecke. »Darf ich das jetzt den Hundeführern geben?

Die Decke hat für Sie natürlich großen persönlichen Wert, aber sie könnte den Hunden helfen, Pennys Fährte aufzunehmen.«

Susan wischte sich über die feuchten Wangen, dann streckte sie Ellie die Decke hin. »Ich hätte sie aber gerne zurück. Bitte. Ich habe sie für Penny gehäkelt, als ich schwanger war.«

»Selbstverständlich.« Ellie lächelte verständnisvoll, dann bedeutete sie Cord, zu ihr zu kommen. Er brachte die Decke zu den Hundeführern. Einer der beiden kniete sich hin und ließ die Hunde an der Decke schnüffeln. Im nächsten Moment richteten die Tiere ihre Schnauzen auf den Boden und liefen los.

»Also«, sagte Ellie und wandte sich wieder dem Paar zu, »fangen wir mit heute Morgen an.«

Es war nicht zu übersehen, dass die Mutter sich bemühte, die Fassung zu bewahren. »Bitte, Stan«, begann sie, »lass uns mit ihr reden. Vielleicht hilft es. Ich ... ich will, dass mein kleines Mädchen wieder nach Hause kommt ...«

Ellies Herz zog sich zusammen. Die unverhohlene Angst in der Stimme der Frau war nicht gespielt.

Natürlich war das längst kein Beweis dafür, dass die Mutter nicht wusste, was ihrer Tochter zugestoßen war. Oder dass nicht einer der Elternteile daran beteiligt gewesen sein konnte. Es bedeutete lediglich, dass jetzt die Schuldgefühle hochkamen, falls es einen Unfall gegeben hatte oder sie Penny, auf welche Weise auch immer, wehgetan hatten.

FÜNF

Ellie achtete auf die Körpersprache des Paares. Sie saßen da, ohne sich zu berühren, ja, sie sahen sich kaum an. War das ein Zeichen dafür, dass sie sich nicht mehr besonders nahestanden oder dass etwas vorgefallen war, das sie zu vertuschen versuchten?

»Haben Sie ein Foto von Penny für mich?«, fragte Ellie an die Mutter gewandt.

Susan lächelte. »Auf meinem Handy, aber das habe ich zu Hause vergessen.«

»Ich hab eins.« Der Vater öffnete das Fotoalbum auf seinem Handy und reichte das Telefon an Ellie weiter.

Ein Dutzend Schnappschüsse seiner Tochter waren auf dem Bildschirm zu sehen.

Plötzlich hatte Ellie ein Déjà-vu. Die sanften blonden Locken und das Lächeln mit der Zahnlücke erinnerten sie an ein anderes Mädchen ... an Mae.

Mein Gott. Ihr Atem stockte. Sie hatte schon ewig nicht mehr an Mae gedacht.

»Detective?« Susans Flüstern holte sie in die Gegenwart zurück und sie sah sich die Bilder genauer an. Da war Penny, die ein Prinzessinnenkostüm trug und einen Plastikkürbis voller Süßigkeiten in den Händen hielt – Halloween. Ein Foto zeigte Penny, wie sie an ihrem ersten Schultag mit ihrem riesigen Ranzen an der Bushaltestelle stand. Auf einem anderen kletterte Penny auf einen Baum. Und wieder eines zeigte Penny, die in einer Reifenschaukel saß und beim Schaukeln einen gelben Teddybären an sich drückte.

»So ein hübsches Mädchen.« Angst erfasste Ellie beim Gedanken daran, wie es der Kleinen jetzt gerade vielleicht erging. »Was hatte sie heute an?«

Susan knetete ihre Finger. »Ihr rosafarbenes T-Shirt mit dem Einhorn drauf. Sie hat es zu Weihnachten geschenkt bekommen. Und schwarze Leggings und neonpinke Turnschuhe.«

»Was ist mit einer Jacke oder einer Mütze?«

Susan schüttelte den Kopf. »Sie hat sich die Jacke ausgezogen und dort drüben gelassen.« Sie zeigte auf einen knalllilanen Kapuzenpullover, dann zeichnete sich wieder Verzweiflung auf ihrer Miene ab. Sie griff nach dem Handy ihres Mannes und fuhr mit einem Finger über das Gesicht ihrer Tochter. »Sie ist mein Baby. Ich ... ich kann sie nicht verlieren.«

»Wir werden nichts unversucht lassen, um sie nach Hause zu holen«, versicherte ihr Ellie, achtete aber darauf, dass sie keine Versprechungen machte, die sie vielleicht nicht halten konnte. »Susan, was ist heute Morgen passiert?«

Pennys Mutter umklammerte das Handy, als würde sie damit auch ihre Tochter festhalten. »Ich habe Pancakes zum Frühstück gemacht«, sagte Susan leise. »Mit Schokostückchen und lustigen Gesichtern, die isst Penny am liebsten.« Ihre Stimme brach.

Ellie wandte den Blick zum Ehemann. »Haben Sie alle drei zusammen gefrühstückt?«

Ein Muskel in Stans Kiefer zuckte. »Ja. Ich musste beruflich telefonieren, aber ich war auch zu Hause.«

»Was machen Sie beruflich?«

»Ich fahre einen Lieferwagen für eine der Supermarktketten. Allerdings ... hat mein Chef mich gerade gefeuert. Darum ging es bei dem Anruf.«

»Das muss ein ziemlicher Schlag gewesen sein«, bemerkte Ellie.

»Darauf können Sie wetten. Es ist scheiße, wenn man seine Rechnungen nicht mehr bezahlen kann.« Sein Blick glitt zu seinen Händen, und Ellie bemerkte Schrammen auf seinen Knöcheln. Stammten die von einem Kampf? Hatte er auf etwas oder jemanden eingeschlagen? Oder hatte er sie sich zugezogen, als er auf der Suche nach seiner Tochter durch den Wald gestreift war?

Donner ertönte über den Baumkronen und ließ Susan zusammenzucken. Das Wetter war eine Mahnung, dass sie keine Zeit zu verlieren hatten. »Es ist nicht seine Schuld«, sagte Pennys Mutter. »Stan arbeitet hart, er ist immer pünktlich, niemals krank. Dieses Jahr hat er sogar an Feiertagen gearbeitet. Aber die Firma hat das schon öfter so gemacht, Leute in schlechten Zeiten einfach entlassen.«

Der Ärger über seine Entlassung könnte ein Motiv darstellen, falls Stan seiner Tochter wehgetan hatte.

Sie würde die Befragung später weiter in diese Richtung lenken.

»Was ist nach dem Anruf passiert?«, fragte Ellie.

Die Regenwolken zogen näher und schluckten das schwindende Licht, sodass Stans Gesicht in Schatten getaucht wurde. »Als ich wieder ins Zimmer gekommen bin, waren Penny und Susan dabei, ein Picknick vorzubereiten.«

»Ich versuche sie dazu zu bringen, auch mal draußen zu spielen und nicht nur vor dem Fernseher oder der Spielekonsole zu sitzen.« Susan zuckte kaum merklich mit den Schultern. »Wir versuchen einfach, gute Eltern zu sein.«

Ellie strich über ihre Hand. »Ich bin sicher, das sind Sie, und ganz bestimmt weiß Penny, wie sehr Sie sie lieben.«

Stan rang die Hände. »Als Penny mitbekommen hat, dass ich nicht zur Arbeit gehen musste, wollte sie, dass ich auch mitkomme. Um auf andere Gedanken zu kommen.«

»Ich habe uns ein Picknick eingepackt, und wir sind in die Berge gefahren«, ergänzte Susan. »Penny hat auf dem Spielplatz gespielt, und dann haben wir

hier gepicknickt.« Sie deutete auf die karierte Decke, die vor ihnen auf dem Boden lag. »Als wir mit dem Essen fertig waren, haben wir die Brotkrümel zum Bach gebracht, um damit die Vögel zu füttern.« Susans Unterlippe zitterte. »Wegen meiner Allergien habe ich letzte Nacht nicht so gut geschlafen, deshalb habe ich mich für ein Nickerchen hingelegt, während Stan und Penny angeln gingen.«

Ellie wandte den Kopf zu Stan. »Haben Sie etwas gefangen?«

Er legte die Stirn in Falten. »Nö, die Fische haben nicht angebissen. Penny wurde das zu langweilig, sie wollte nach Nüssen, Stöckern und Federn suchen, für eine Collage«, fuhr Stan fort. »Sie sammelt ständig irgendwas.«

Er hielt inne, und Ellie konnte sehen, wie es in ihm arbeitete. War er damit beschäftigt, sich zu erinnern, oder konstruierte er gerade eine Geschichte?

»Was ist dann passiert?«

Wieder sah er auf seine Hände hinab. Dabei schien er auf die blutigen Kratzer an seinen Knöcheln zu starren, ohne sie wirklich wahrzunehmen.

»Mein Bein hat gepuckert, also habe ich mich hingesetzt, um mich auszuruhen.«

»Was ist denn mit Ihrem Bein?«, fragte Ellie.

»Letztes Jahr hatte ich einen Unfall und habe es mir gebrochen. Wenn es draußen kalt ist oder regnet, tut es immer noch weh.«

»Das tut mir leid«, sagte Ellie.

Er zuckte mit den Schultern. »Jedenfalls habe ich Penny gesagt, dass sie nicht so weit weglaufen soll. Ich bin mit den Angeln am Bach geblieben, während sie umhergestreift ist.«

Vor ihrem geistigen Auge sah Ellie, wie das kleine Mädchen durch den Wald sprang und Stöcke, Nüsse und Flusskiesel sammelte, so wie sie selbst es als Kind getan hatte, wenn sie mit ihrem Vater unterwegs gewesen war. Sie hatte Pfeilspitzen gesammelt, ihre Funde eingerahmt und in ihrem Zimmer an die Wand gehängt.

»Ein paar Minuten später habe ich nach ihr gerufen, aber es kam keine Antwort.« Vor Panik wurde seine Stimme eine Spur schriller. »Ich bin alles abgelaufen und habe überall nach ihr gesucht, aber ich habe sie nicht gefunden.«

»Von seinen Rufen bin ich aufgewacht«, warf Susan ein. »Dann haben wir zusammen weitergesucht.«

»Haben Sie einen Notruf abgesetzt?«, fragte Ellie.

»Ja«, sagte Susan. »Der Ranger ist mit ein paar Männern hergekommen und sie haben sich auf die Suche gemacht. Aber auch sie konnten Penny nicht finden.« Aus Susans Worten sprach blanke Angst. »Was, wenn sie an einer dieser steilen Klippen gestürzt ist? Oder sich den Kopf gestoßen hat? Oder wenn sie ausgerutscht und in den Fluss gefallen ist?«

»Ranger McClain und seine Leute werden all diesen Möglichkeiten nachgehen«, versicherte Ellie ihr. »Ist Ihnen heute sonst noch jemand im Wald begegnet? Eine andere Familie vielleicht? Eine fremde Person?«

»Nein, niemand«, antwortete Stan.

»Moment«, sagte Susan. »Da war ein junges Paar. Sie sind hier angekommen, nachdem Stan und Penny runter zum Bach gelaufen sind.«

»Waren sie auf dem Trail unterwegs?«, fragte Ellie.

»Als sie mich bemerkt haben, sind sie mit ihrem Picknick in

Richtung Fluss gegangen. Es sah so aus, als wollten sie lieber allein sein.«

Vielleicht. Oder hatten sie die Gegend gezielt nach einem Kind abgesucht, das sie entführen konnten?

»Sonst noch jemand?«, hakte Ellie nach.

»Ein paar Teenager, drei Jungs.« Susan deutete auf die Abzweigung des Trails, die nach Nordosten führte. »Sie sind zu den Wasserfällen gewandert.«

Stan wirkte panisch. »Warum fragen Sie das? Glauben Sie, dass Penny nicht einfach nur weggelaufen ist? Dass diese Jungs ihr etwas angetan haben?«

Ellie zwang sich, sich nichts anmerken zu lassen, obwohl sich alle möglichen Szenarien in ihrem Kopf abspielten. »Das habe ich nicht gesagt. Aber wenn sonst noch jemand hier draußen war, hat er vielleicht gesehen, in welche Richtung Penny gelaufen ist.« Oder mitangesehen, was ihr zugestoßen ist.

Stan ließ sich neben seiner Frau auf den Findling fallen und stützte den Kopf in die Hände. »Was, wenn irgendein Monster meinen kleinen Engel entführt hat?«

Ellie zögerte einen Herzschlag lang. »Gibt es jemanden – ein Familienmitglied vielleicht, einen Bruder oder Onkel, oder einen Freund oder Nachbarn –, der sich über das übliche Maß hinaus für Penny interessiert hat?«

»Nein«, rief Susan. »Unsere Familien wohnen weit weg. Und unsere Freunde und Nachbarn, und auch die Lehrer, sind alle vernarrt in Penny, aber nicht auf die seltsame Art, verstehen Sie?«

»Stan, wie sehen Sie das? Fällt Ihnen noch jemand ein?«

Er schüttelte den Kopf. »Nein.«

Der Moment verstrich und die Spannung, die in der Luft lag, war deutlich zu spüren. Vogelgezwitscher erfüllte die Luft, und irgendwo streifte ein Tier auf der Suche nach Nahrung hörbar durch den Wald. Der Wind frischte auf, heulend strich er über die Bergkämme.

»Gut ... Gibt es vielleicht jemanden, der Ihnen wehtun wollen würde, indem er Ihnen Penny wegnimmt? Oder jemanden, der denkt, bei Ihnen wäre ein Lösegeld zu holen?«

»Um Himmels willen, nein«, antwortete Susan. »Wir leben von der Hand in den Mund.«

Stans Blick verfinsterte sich und er gab ein knurrendes Geräusch von sich. »Ich hatte vor einer Weile Ärger mit meinem Chef. Es ging darum, dass er mir zu wenig Gehalt gezahlt hatte. Er hat gesagt, das wäre ein Versehen gewesen, und hat es in Ordnung gebracht.«

Damit kam er als Verdächtiger nicht infrage.

Ellie deutete auf die Schrammen an Stans Händen. »Woher stammen die?«

Er rammte den Absatz seines Stiefels in den Boden und zertrat einen Kiefernzapfen. Staub stob Ellie ins Gesicht.

»Ich ... ich war so angepisst wegen des Telefonats, dass ich meine Faust gegen die Wand geschlagen habe«, gab er zu. »Wie soll ein Mann seine Familie versorgen, wenn er keine Arbeit hat?«

Ellie warf einen Seitenblick zu seiner Frau, um zu sehen, ob sie seine Erzählung bestätigen würde. »Er hat für einen kurzen Moment die Beherrschung verloren, das ist alles. Was für ein herzloser Mensch entlässt seine Angestellten, obwohl sie Kinder haben, die versorgt werden müssen?«

»Ich verstehe Ihren Ärger«, sagte Ellie, in der Hoffnung, langsam eine Beziehung zu dem Paar aufzubauen. »Manchmal tut es gut, auf etwas einzuschlagen und die Wut rauszulassen.« Sie ließ die unausgesprochene Frage auf die beiden wirken.

Stan fixierte sie mit durchdringendem Blick. »Ich habe einen Boxsack in der Garage. Den habe ich benutzt, wenn es bei uns mit dem Geld eng wurde.« Er drückte sich hoch und ging auf und ab, die Hände zu Fäusten geballt. »Aber ich lasse das nicht an Menschen aus. Und ich würde mein kleines Mädchen nie schlagen. *Niemals.*«

»Wir lieben Penny beide über alles«, sagte Susan in ernstem Tonfall. »Es war nicht so leicht für uns, schwanger zu werden. Das war nicht Stans Schuld, sondern meine.« Sie sah mit fest zusammengepressten Lippen zu Boden. »Ich musste mich einer künstlichen Befruchtung unterziehen. Die Behandlung hat ein Vermögen gekostet.«

Stan richtete sich auf. »Und Penny ist jeden verdammten Cent davon wert«, sagte er. »Wenn ihr jemand wehtut, bringe ich ihn eigenhändig um.«

SECHS

Ellie atmete tief ein. Wenn ihr Kind vermisst oder entführt worden wäre, wäre sie auch blind vor Wut. Sie würde wahrscheinlich panisch um sich schlagen.

»Das ist die Stelle, an der Sie gepicknickt haben, richtig?« fragte Ellie und versuchte, sich auf die Fakten zu konzentrieren.

Stan verengte den Blick. »Ja. Und all das haben wir dem Ranger bereits erzählt.« Er deutete auf das steinige Flussbett. »Danach haben wir Steine hüpfen lassen und geangelt.«

»Fällt Ihnen sonst noch etwas ein? Ein Geräusch irgendwo in der Nähe? Ein Auto auf dem Parkplatz? Oder Stimmen?«

Stan schüttelte den Kopf. »Ich habe nur gehört, wie Penny gesummt hat. Ab und zu hat sie vor Freude gequietscht, wenn sie einen interessanten Stein oder ein besonders schönes Blatt gefunden hat. Und dann wurde es still und ... sie war verschwunden.«

»Sind Sie auch eingeschlafen?«, fragte Ellie.

Ein schuldbewusster Ausdruck trat in Stans Augen. »Nein. Mir ging nur viel im Kopf herum. Ich habe darüber nachgedacht, wie wir diesen Monat über die Runden kommen sollen.«

Stimmen drangen vom Parkplatz zu ihnen herüber, und

kurz darauf erschienen Ellies Vater und Bryce auf der Lichtung. Mit zusammengebissenen Zähnen kam ihr Vater auf sie zu.

Ellie hob eine Hand, woraufhin er innehielt. Sie fühlte sich nicht bereit, mit ihm zu reden. Noch nicht.

Vielleicht würde sie es auch nie sein.

Cord sah mit zusammengezogenen Augenbrauen zwischen ihnen hin und her, aber er stellte keine Fragen. Stattdessen bedeutete er ihrem Vater und Bryce, zu ihm an das Brett zu kommen, auf dem er die Karte und die Suchraster angeheftet hatte.

»Ich muss etwas tun«, sagte Stan. »Ich gehe nach Penny suchen.« Er eilte auf Cord und ihren Vater zu.

Ellie ließ ihn gehen. Sie hatte keine hinreichenden Beweise, um ihn festhalten zu können. Und falls er unschuldig war, war es sein gutes Recht, nach seinem vermissten Kind zu suchen. Dennoch sollten sie ihn auf jeden Fall im Auge behalten. Wenn er Penny doch wehgetan hatte und jetzt Schuldgefühle bekam, konnte er sie sogar zu ihr führen.

Als ihr Vater und Bryce auf dem neuesten Stand waren, nahm Ellie Cord zur Seite, während die Männer sich in Teams aufteilten.

»Der zeitliche Rahmen ist nicht stimmig. Ich vermute, der Vater ist eingeschlafen und Penny war schon längst weg, als er es bemerkt hat.«

Cord trat von einem Bein aufs andere. »Dann hätte Penny Zeit gehabt, sich weiter weg zu bewegen, nicht nur in dem Gebiet, das unser ursprünglicher Suchradius umfasst.«

Ellie nickte. »Und wenn jemand sie entführt hat, hätte er genug Zeit gehabt, zu entkommen.« Sie steckte eine lose Haarsträhne zurück in ihren Pferdeschwanz. »Außerdem hat Susan drei männliche Teenager beobachtet, die zu den Wasserfällen gewandert sind, und ein Paar, das zum Fluss unterwegs war. Gib den Suchtrupps Bescheid, damit sie nach diesen Leuten suchen. Wir müssen jeden befragen, der heute hier draußen unterwegs war. Vielleicht hat irgendwer etwas gesehen.«

»Ich werde alle informieren und die Suche ausweiten lassen«, sagte Cord.

»Sie sollen nach Indizien für eine Entführung suchen. Schleifspuren. Anzeichen eines Kampfes. Blut.« Ellie hielt inne. »Außerdem sollte jemand Matthews begleiten. Nur für den Fall, dass er etwas Dummes vorhat. Ich bleibe bei Susan. Wenn ich unter vier Augen mit ihr spreche, ohne ihren Mann, vertraut sie sich mir vielleicht an.« Susans Bemerkung, es sei ihre Schuld, dass sie Schwierigkeiten hatten, schwanger zu werden, ließ ihr keine Ruhe. War Stan wütend auf seine Frau gewesen? War sein Kinderwunsch genauso stark gewesen wie ihrer? Oder hatte er es bereut, so viel Geld für die künstliche Befruchtung ausgegeben zu haben?

Cord murmelte etwas, das sie als Zustimmung interpretierte, und schloss sich dann eilig den anderen Männern an.

Der Wind wirbelte Ellie Blätter um die Beine, und am Himmel türmten sich dunkle Wolken, die einen gräulichen Schleier über alles warfen, während die letzten Sonnenstrahlen allmählich erstarben. Sie spürte bereits, dass es kühler wurde.

Schlimmer noch, bald würde es dämmern. Laubfrösche quakten aus voller Kehle, und die Grillen stimmten in ihr Lied ein. Wabernde Schatten zogen durch den tiefen Wald, und das Heulen eines wilden Tieres hallte von den Bergen wider.

Ellie zog sich Latexhandschuhe über, holte die Kamera aus ihrer Tasche, dann ging sie die Gegend ab und schoss ein paar Fotos. Sie fotografierte die karierte Decke, die mit Steinen beschwert worden war, den Picknickkorb mit Plastikbesteck, Papptellern und Servietten. Ein Müllbeutel lag auf dem Boden und hatte Ameisen angelockt, daneben stand eine Kühlbox. Beim Mülleimer fand sie leere Plastikwasserflaschen und eine halbvolle Packung Oreos, die über den Boden verteilt waren, außerdem leere Chipstüten und ein Kaugummipapier. Nichts Verdächtiges also.

Trotzdem schickte sie dem Captain eine Nachricht und forderte Leute von der Spurensicherung an. Außerdem fügte sie hinzu:

Landrum soll die Finanzen der Eltern überprüfen. Und besorgen Sie einen Durchsuchungsbefehl für die Wohnung des Paares und die Befugnis, auf ihre Computer, Smartphones und dergleichen zuzugreifen.

Captain Hale antwortete schlicht:

Wird erledigt.

Sie ging den Picknickplatz noch einmal ab und suchte nach Blut oder Anzeichen eines Kampfes wie Kleidungsfetzen oder einen abgerissenen Knopf. Ein Stein, an dem Penny sich den Kopf hätte anschlagen können, sollte sie gestürzt sein.

Aber nichts deutete darauf hin.

Ellie schloss die Augen und rief sich die Familie in Erinnerung. Pennys blaue Augen strahlten, sie trug eine rosafarbene Haarspange und der Wind spielte mit ihrem blonden Pferdeschwanz. Sie malte sich aus, wie Penny bei ihren Eltern saß und etwas erzählte, wie sie ihr Mittagessen aß und Steine über das Wasser hüpfen ließ. Wie sie vor Freude über einen kleinen Stein, der wie ein Goldklumpen aussah, quietschte.

Das Wasser des Baches war sanft plätschernd über den zerklüfteten Felsen geflossen und hatte die Mutter schläfrig gemacht. Und Pennys Vater war müde gewesen und frustriert, weil er seinen Job verloren hatte. Er hatte sich Sorgen gemacht. Sicher war er auch wütend gewesen. Er war eingedöst, und dann war seiner Tochter etwas zugestoßen.

Ellie folgte dem Weg zum Bach und hielt die Augen nach

Fußspuren offen, nach abgebrochenen Zweigen und zertretenen Blättern. All das konnte ihnen verraten, wo genau das kleine Mädchen langgegangen war. Oder ob sich noch jemand anderes am Tatort aufgehalten hatte.

Große Fußspuren, die vielleicht zu Stan Matthews gehörten , führten zum Bach, wo sie dann im Kreis und schließlich zurück zum Picknickplatz verliefen. Die Spurensicherung würde zum Vergleich seine Fußabdrücke abnehmen.

Abendliche Schatten flackerten über den Trail, während die Sonne hinter den Kiefern, Eichen und Zypressen versank. Rot-, Orange- und Gelbtöne bluteten in Streifen in den Himmel über den Berggipfeln, aber dort, wo der Sturm heranzog, verdunkelten sich die Farben, bis sie beinahe schwarz wirkten.

Weil so viele Suchkräften unterwegs waren, würde der Boden hier bald schlammig werden und fremde Fußabdrücke würden die Spuren von Pennys Verschwinden verfälschen. Der Wind konnte schon jetzt Beweisstücke verstreut haben.

Ellie sah sich aufmerksam um. Dieser Park diente als Ausgangspunkt für den AT. Wanderer, die gen Norden unterwegs waren, begannen hier gern ihre Route. Außerdem zogen die nahen Wasserfälle Touristen an. Die nächstgelegene Schutzhütte auf dem Trail war gut zwölf Kilometer entfernt. Der Gedanke daran, dass Penny sich allein verirrt haben könnte, jagte Ellie einen Schauer über den Rücken. Wo man auch hinsah, nichts als Bäume und Dickicht – für eine Siebenjährige musste die Gegend wie ein undurchdringlicher Urwald wirken, dem sie niemals wieder entkommen konnte.

Die Menschen, die sich aufmachten, um den AT zu bezwingen, sahen darin ein Abenteuer und eine Herausforderung. Aber die meisten waren nicht auf die kräftezehrenden, steilen Aufstiege vorbereitet oder darauf, wie eintönig die endlose Wildnis sein konnte. Die dicht belaubten Bäume standen mancherorts so eng zusammen, dass kaum Licht durch das Geäst sickerte. Nach einer Weile verschwammen die unzähligen Eichen, Kiefern und Eschen vor den Augen des Betrachters. Die Wanderkarten waren für Unerfahrene schwer zu lesen. Es kam vor, dass Wanderer sich verirrten und schließlich im Kreis liefen. Manche verschwanden und wurden nie wieder gefunden.

Ellie betete stumm, dass das bei Penny nicht der Fall sein würde.

Angesichts von Krankheit, Hunger, Erschöpfung und den fallenden Temperaturen war es nicht unüblich, dass Wanderer den Trail abbrachen und das Abenteuer gegen den Komfort ihres warmen Bettes, eine heiße Dusche und warme Mahlzeiten eintauschten.

Sogenannte AT-Schutzhütten – hölzerne Unterstände mit Wänden an drei Seiten – boten zwar Unterschlupf, wenn die Wetterbedingungen gefährlich wurden, aber es waren nur einfache Bauten. Schlimmer noch: Ungeziefer nistete dort und verbreitete unter den Wanderern Krankheiten, die es ihnen unmöglich machten, weiter auf dem Trail zu wandern.

Und dann gab es noch die Menschen, die sich in den Bergen versteckten. Einsiedler, Wohnungslose, Drogenabhängige und Kriminelle, die im Wald Zuflucht suchten.

Die Schattenmenschen, wie ihr Vater zu sagen pflegte. Die meisten von ihnen wollten nicht gefunden werden.

Ein Kind, das allein und ohne Verpflegung unterwegs war, hatte keine Chance. Zumindest würde es nicht lange überleben.

Ellie schritt das Bachufer ab und leuchtete mit ihrer Taschenlampe über den Boden. Cord folgte ihr und deutete mit nachdenklicher Miene auf die großen Stiefelabdrücke, hinter denen kleinere Abdrücke von Schuhen zu erkennen waren, die aussahen wie Turnschuhe. Die gehörten aller Wahrscheinlichkeit nach zu Penny.

Ellie schoss noch mehr Bilder, dann ging sie in großem

Bogen zurück und folgte Cord in Richtung einer gigantischen Eiche. Moos und Flechten bedeckten den Boden, und aus der Erde sprossen Waldpilze.

»Sieht aus, als hätte der Vater sich hier ausgeruht«, sagte Cord. Eine Basecap der Atlanta Braves hatte sich im Gebüsch verfangen; vielleicht war sie ihm beim Einschlafen heruntergefallen? Und dann hatte er sie über seiner fieberhaften Suche vergessen?

Sie steckte die Basecap in einen Beweismittelbeutel, damit sie überprüfen lassen konnte, ob sie Stan gehörte, bevor sie sich wieder den Fußspuren widmete.

Die Spuren des kleinen Mädchens verliefen zunächst in der Umgebung des Baches, bevor sie hinter der nächsten Kurve verschwanden. Der Weg wurde dort steiler und schmaler, durchzogen von gewundenen Baumwurzeln und übersät mit Steinen. Der Wind nahm zu und wirbelte Erde und Staub auf, sodass die Luft stickig wurde.

»Sie ist dem Bach gefolgt«, sagte Ellie.

»Hier ist das Wasser seicht, aber ein paar Kilometer flussabwärts ist es gut anderthalb Meter tief«, erklärte Cord. »Falls sie eine gute Schwimmerin ist, wäre das nicht tief genug, um zu ertrinken. Obwohl ich nicht glaube, dass sie in das eiskalte Wasser gewatet ist.«

»Es sei denn, es war ein Unfall und sie ist in den Bach gefallen«, erwiderte Ellie.

Oder jemand hat sie ertränkt. Sie versuchte, den Gedanken abzuschütteln, aber er blieb ihr im Kopf, unheilvoll und grausam.

Hinter dem Hügel, auf dem sie standen, verbreiterte sich der Bach und der Boden wurde felsiger, die Abhänge im Flussbett steiler. Wenn Penny ausgerutscht und in den Bach gefallen war, hatte sie sich vielleicht verletzt, könnte sich aber noch festhalten, in der Hoffnung, dass jemand sie retten würde. »Stell einen Trupp zusammen, der dem Bach flussabwärts folgt«, sagte Ellie.

Cord zog die Augenbrauen hoch, als verstünde er, worauf sie hinauswollte. Da die Nacht bald hereinbrechen würde, mussten sie schnell handeln.

Er tätigte den Anruf, während Ellie die Taschenlampe nach rechts schwenkte. Etwa fünfzehn Meter nördlich leuchtete etwas Glänzendes im Dickicht auf.

Sie ging darauf zu, betrachtete auf dem Weg den Boden genau und bückte sich dann, um ihren Fund aufzuheben.

Es war ein altes Taschenmesser. Mit einfachem Holzgriff. Von einem gewöhnlichen Hersteller, dessen Produkte man in jedem Outdoorgeschäft kaufen konnte. Trotzdem verstaute sie es in einem Beweismittelbeutel.

Ein paar Schritte weiter hatte sich noch etwas anderes im Gebüsch verfangen.

Ellie ging in die Hocke, um es genauer zu untersuchen. Sie schob das Unkraut beiseite und entdeckte ein Freundschaftsarmband in Weiß und Rosa, das von der Größe her nur einem Kind gehören konnte. Mit Handschuhen hob sie es auf und drehte es in ihrer Handfläche um.

Auf der Innenseite stand der Name Penny.

SIEBEN

Beim Anblick des Armbands verlor Susan vollends die Fassung. »Ja, das gehört ihr. Wir haben es letzte Woche mit ihrer Freundin gebastelt.« Pennys Mutter streckte die Hand nach dem Armband in der Tüte aus, doch Ellie schüttelte den Kopf.

»Es tut mir leid, aber ich muss das behalten. Zumindest vorerst.« Sie deutete auf die Braves-Basecap. »Gehört diese hier Stan?«

Susan nickte, dann wischte sie sich über die Augen. Ellie verstaute die Beweismittelbeutel, die sie vom Bach mitgebracht hatte, dann fragte sie nach den Handys der Eltern.

»Falls jemand anrufen sollte, der Informationen über Pennys Verbleib hat, möchte ich den Anruf zurückverfolgen lassen.« Oder falls jemand eine Lösegeldforderung stellt, dachte sie.

Susan verengte die Augen, tat aber, worum sie gebeten worden war. Ellie schrieb eine Nachricht an Cord und bat ihn, auch das Telefon des Vaters zu beschlagnahmen.

Cord antwortete:

Ich habe Suchtrupps eingerichtet, die rund um die Uhr im Einsatz sind. Dein Vater bewacht Matthews. Der weigert sich, das Suchteam allein zu lassen.

Verstanden. Ich fahre Susan nach Hause.

Dann schickte sie Deputy Heath Landrum eine Nachricht:

Wir treffen uns am Haus der Matthews.

Susan weigerte sich zunächst, zu gehen, aber Ellie bestand darauf, sie nach Hause zu fahren. Als sie das Haus der Familie erreichten, hatte Susan glasige Augen und saß reglos da; der Schock setzte allmählich ein. Heaths dunkelgrüner Nissan Pathfinder parkte bereits in der Einfahrt.

Donner grollte am Himmel, und die Gewitterwolken zogen unaufhaltsam heran. Als Ellie ausstieg, bemerkte sie seitlich neben dem Haus ein Gartenstück mit einem Spielgerüst. Der Wind trug das Knarren der leeren Kinderschaukel weiter, die genauso gespenstisch hin und her schwang wie der Schaukelstuhl auf der Veranda ihrer Eltern.

Hinter dem einstöckigen Haus aus den Fünfzigerjahren ragten die für Georgias Norden typischen Berge auf wie riesige steinerne Statuen. Die spitzen Bergkämme und Klippen wirkten noch bedrohlicher, jetzt, da Penny dort draußen in der Dunkelheit verschwunden war.

Ellie betrachtete das Grundstück. Der Garten war gepflegt, und die Azaleen standen kurz vor der Blüte. Neben dem Carport lag ein umgefallenes Kinderfahrrad.

Außer der Schaukel gab es im seitlichen Gartenstück noch ein Trampolin. Am Zaun lag ein Fußball. Bisher also keine Warnzeichen.

Plötzlich rief jemand Ellies Namen, dann klackerten hohe

Absätze hinter ihr über die Auffahrt. »Detective Reeves, hier ist Angelica Gomez von WRIX Channel 5.«

Ellie stieß scharf die Luft aus. *O Gott.* Sie hatte gewusst, dass die Presse sich auf den Fall stürzen würde – die Meldung bei AMBER hatte ja ihre Aufmerksamkeit erregen sollen. Aber sie fühlte sich noch nicht bereit, den Medienleuten gegenüberzutreten. Und sie konnte nicht sagen, ob Angelica Gomez ein Aasgeier war oder eine der wenigen guten Menschen in dieser Branche.

Ein schlanker Mann mit Vollbart folgte Angelica, seine Kamera war bereits in Position, um die Tragödie in Bild und Ton einzufangen.

Plötzlich tauchte Heath neben dem Jeep auf. Mit zusammengekniffenen Augen sah er Ellie an, während er auf ihre Anweisungen wartete.

Ellie stellte sich vor die Reporterin und den Kameramann und versperrte ihnen den Blick auf Pennys Mutter.

»Bring Mrs Matthews ins Haus«, sagte sie an Heath gewandt.

Susan wirkte erschrocken, als das Kameralicht eingeschaltet wurde. Ellie fluchte. »Nimm die Kamera weg von ihr«, rief sie. Sie war versucht, diesem Blutsauger damit eins überzuziehen.

Der Kameramann sah sie mürrisch an, wich aber zurück, während Heath Susan zur Vordertür führte.

Ellie wusste, dass sie der Presse nicht ewig ausweichen konnte. Sie leckte sich über die trockenen Lippen und drehte sich zu der großen, sportlichen Frau um. Angelica hatte kurzes schwarzes Haar, das stachelig nach oben gegelt war, und bronzefarbene Haut. Die Frau war attraktiv und ihrem entschlossenen Gesichtsausdruck nach ein Ellbogentyp. »Sie waren ja schnell hier.«

Angelica griff nach dem Mikrofon. Ihre Fingernägel waren blutrot lackiert. »Genau genommen warten wir schon seit über einer Stunde. Wie ich gehört habe, ist ein Kind aus Crooked Creek verschwunden?«

Ellie zwang sich, eine nichtssagende Miene beizubehalten. Sie durfte keine Details preisgeben. Zumindest noch nicht. »Ja, leider muss ich Ihnen sagen, dass die siebenjährige Penny Matthews heute nach einem Picknick mit ihrer Familie verschwunden ist. Zum jetzigen Zeitpunkt sieht es danach aus, dass sie sich beim Spazierengehen verlaufen hat.«

Angelica setzte an, sie zu unterbrechen, aber Ellie hob warnend eine Hand.

»Die gesamte Polizei von Bluff County, einschließlich der Dezernate von Crooked Creek und Stony Gap, ist an dem Fall dran. Wir arbeiten mit Such- und Rettungsteams zusammen, die den Wald nach dem Kind durchforsten.« Sie rief auf ihrem Handy ein Bild von Penny auf und richtete das Smartphone so aus, dass der Kameramann es filmen konnte. »Das ist Penny Matthews. Als sie zuletzt gesehen wurde, trug sie schwarze Leggings, ein rosafarbenes T-Shirt mit Einhornaufdruck auf der Vorderseite und neonpinke Turnschuhe. Jeder, der Informationen über den Verbleib des Kindes hat, soll sich bitte telefonisch an die örtliche Polizei wenden.« Sie gestikulierte in Richtung der Berge

jenseits des Hauses. »Es wird bald Nacht, und ein Wintersturm zieht heran. Wir tun, was wir nur können, um Penny zu finden und sie noch vor dem Morgengrauen zurück nach Hause zu bringen.«

Angelica hielt Ellie das Mikrofon hin. »Vermuten Sie, dass es sich um ein Verbrechen handelt?«

Die Preisfrage.

Ellie schob das Mikrofon behutsam ein Stück von ihrem Gesicht weg. »Zum jetzigen Zeitpunkt haben wir dafür keine Beweise, aber wir ziehen alle Möglichkeiten in Betracht. Bitte respektieren Sie die Privatsphäre der Familie in dieser schweren Zeit. Jetzt muss ich wieder an die Arbeit.«

Ohne auf eine Antwort zu warten, lief Ellie den Bürgersteig entlang. Ihre schlammverkrusteten Stiefel trafen laut auf den Asphalt, so eilig hatte sie es, der unvermeidlichen Frage zu entgehen, die der Reporterin schon auf der Zunge liegen musste.

ACHT

Ellie hielt auf der Treppe vor dem Haus der Familie Matthews inne. Ein ramponierter Kranz aus getrockneten Blättern, Beeren und Zweigen hing an der Haustür. So ganz anders als die Designerstücke, mit denen Ellies Mutter das Haus dekorierte. Nicht, dass ihre Eltern wohlhabend gewesen wären, aber nach außen hin etwas darzustellen, bedeutete Vera Reeves alles. Der Punkt ging also an Mrs Matthews, die die Kreativität ihrer Tochter förderte.

Der Wind trug das Knarzen der Schaukel zu Ellie herüber und lenkte ihren Blick wieder auf das Spielgerät. Für einen flüchtigen Moment glaubte sie, ein kleines Mädchen darauf sitzen zu sehen. Penny, deren blonde Locken auf und ab hüpften. In diesem Tagtraum war Penny wohlbehalten wieder zu Hause und lachte, während sie mit den Beinen vor und zurück schwang und ihr Haar im Wind wehte. Ihr Lachen drang durch den ganzen Garten, als ein Schmetterling ihr Gesicht umflatterte.

Bevor Ellie an der Tür klingeln konnte, öffnete Heath ihr bereits mit besorgtem Gesichtsausdruck. Susan Matthews'

Tränen hatten ihn wahrscheinlich an seine Grenzen gebracht. Er war noch jung, Ende zwanzig, und ein bisschen naiv, aber wenn er bei der Polizei arbeiten wollte, musste er seinen Mann stehen.

»Wo ist Susan?«, fragte Ellie und ließ den Blick durch den Flur zum Wohnzimmer schweifen.

»Im Zimmer ihrer Tochter«, sagte Heath und seufzte. »Sie ist in keiner guten Verfassung.«

Ellie stieß zischend Luft zwischen ihren Zähnen hervor. »Es war ein langer Tag.« Und die Nacht, die vor ihnen lag, würde noch länger werden.

»Was haben Sie der Reporterin erzählt?«, fragte Heath.

»Das Wesentliche.« Ellie zögerte, dann reichte sie ihm das Handy von Pennys Mutter. »Ich arbeite daran, auch das des Ehemanns zu bekommen. Sieh mal, was du da drauf finden kannst.«

Er nickte. »Wird gemacht. Ich habe mir auch ihre Finanzen angesehen. Das Paar ist knapp bei Kasse. Bisher habe ich keine geheimen Konten, auffällige Einzahlungen oder Abhebungen entdeckt.«

Ellie trat ins Wohnzimmer und sagte: »Ich möchte mich im Haus umsehen und in Pennys Zimmer.« Und sie wollte noch einmal mit Susan sprechen. Eine Frau erzählte vielleicht anders von ihrer Ehe, wenn ihr Mann nicht dabei war.

»Der Vater hat eingeräumt, dass sie Schwierigkeiten bei der Familienplanung hatten und sich einer künstlichen Befruchtung unterzogen haben. Hat sie fast in den Ruin getrieben.« Abgesehen davon, dass Fruchtbarkeitsbehandlungen teuer waren, hatte sie gehört, dass die Prozedur für Paare emotional belastend war. Manchmal zerbrachen Ehen sogar daran.

»Stan behauptet außerdem, er hätte letztes Jahr einen Unfall gehabt. Bring in Erfahrung, ob noch Krankenhausrechnungen offen sind und ob er Schmerzmittel nimmt.«

Die Opiumsucht breitete sich so schnell aus wie eine

Seuche. Menschen, die langwierige Verletzungen erlitten hatten, wurden häufig süchtig nach verschreibungspflichtigen Schmerzmitteln. Wenn sie kein Rezept mehr bekamen, taten sie in ihrer Verzweiflung alles Erdenkliche, um an die nächsten Dröhnung zu kommen.

»Vergewissere dich außerdem, dass sie nicht irgendwo einen Treuhandfonds versteckt oder eine Lebensversicherung auf Penny abgeschlossen haben.«

Heath tippte die To-Do-Liste in sein Telefon. Der Deputy war so organisiert, dass es an eine Zwangsneurose grenzte. Er war auch technisch versiert, was bei Ermittlungen eindeutig hilfreich war und nicht gerade Ellies Stärke.

Schritte ertönten auf dem Flur, und Susan erschien im Türrahmen. Ihre Augen waren gerötet und verquollen. »Es ist jetzt Nacht. Und Penny hasst die Dunkelheit«, sagte sie in ersticktem Flüsterton.

Genau wie Ellie.

Wie um Susans besorgte Worte noch zu verstärken, donnerte es draußen und Regentropfen prasselten gegen die Fensterscheiben. Der Sturm machte die Situation für ein Kind noch beängstigender, das wusste Ellie selbst nur zu gut. Das Knurren von Bären, Berglöwen und Wölfen hallte durch den dunklen Wald, furchterregend und scheinbar näher, als die Tiere tatsächlich waren. Im Moment konnte man da draußen die Hand vor Augen nicht erkennen, geschweige denn, ob man in ein Loch trat oder auf einen Abhang zusteuerte. Und als ob die wilden Tiere nicht schon gefährlich genug wären, behaupteten einige, dass die Pflanzenwelt dort sogar menschenfressende Exemplare umfasste.

»Es tut mir so leid, Susan.« Ellie bedeutete der Frau, zu ihnen ins Wohnzimmer zu kommen.

Pennys Mutter ließ sich in einen großen, zerschlissenen Clubsessel fallen und begann, an ihren Fingernägeln zu kauen.

Während Heath sich zurückzog, um weitere Nachforschungen anzustellen, stöberte Ellie im Schrank zwei Gläser auf, füllte sie mit Wasser und brachte Susan eines.

Erde und Staub von der Wanderung kratzten immer noch in Ellies Kehle, sie trank ihr Wasserglas in einem Zug halbleer. »Stan hat erwähnt, dass sein Bein schmerzte. Hat er Schmerzmedikamente genommen?«

Susan wischte sich ein paar Schweißtropfen von der Stirn. »Nur Ibuprofen. Nichts Stärkeres.« Ihre Augen weiteten sich. »Sie wollen ihm doch nicht unterstellen, dass er Drogen genommen hat?«

»Ich stelle nur Routinefragen. Wie gesagt, es ist wichtig, dass ich mir ein genaues Bild vom heutigen Tag mache.«

Susan rutschte auf dem Sessel herum und klopfte mit dem Fuß auf den Teppichboden. »Ich hätte kein Nickerchen machen sollen. Ich hätte nicht mal für eine Sekunde die Augen schließen dürfen.«

»Sie dachten, Stan hätte sie im Blick«, murmelte Ellie. »Ich weiß, dass Stan verärgert war, weil er seinen Job verloren hat, und außerdem tat ihm sein Bein weh. Wäre es denkbar, dass er weggedämmert ist? Dass Sie beide gleichzeitig eingeschlafen sind?«

Susan betrachtete ihr Glas, als könnte sie in der klaren Flüssigkeit die Antwort auf Ellies Frage finden. »Ich weiß es nicht. Ich meine ... vielleicht. Aber Stan ist normalerweise so verantwortungsbewusst, wenn er auf Penny aufpasst. Er liebt das Mädchen über alles.«

»Bestimmt«, sagte Ellie. »Aber wenn er eingeschlafen ist, ist vielleicht mehr Zeit vergangen, als ihm bewusst war. Das könnte bedeuten, dass Penny schon länger verschwunden ist, als Sie ursprünglich angenommen haben.«

Susan holte tief Luft. »Ich ... ich nehme an, das wäre möglich.«

Das hieß, dass jemand Penny direkt vor der Nase der Eltern

entführt haben könnte. Aber darauf wies Ellie Susan nicht hin. Noch nicht.

Nun musste sie das heiklere Thema ansprechen.

»Sie erwähnten, dass es finanziell gerade schwierig ist«, fuhr Ellie fort. »Haben die Geldsorgen zu Problemen in Ihrer Ehe geführt?«

Susan beugte sich sichtlich aufgewühlt vor. »Hören Sie, wir waren glücklich. Sie verschwenden Ihre Zeit, wenn Sie glauben, dass Stan etwas mit Pennys Verschwinden zu tun hat.«

Sie ging zur Hintertür und sah in die Nacht hinaus.

Blitze zuckten über die Baumwipfel und durchbrachen die Dunkelheit mit ihren gezackten Linien.

Dass Susan ihren Mann verteidigte, konnte bedeuten, dass die beiden eine liebevolle Beziehung hatten und eine glückliche Familie waren. Andererseits kam es oft vor, dass Frauen bei häuslicher Gewalt gerade die Männer in Schutz nahmen, die sie misshandelten.

»Es tut mir leid, wenn ich Ihnen zu nahegetreten bin«, sagte Ellie. »Ich versuche wirklich nur, Ihre Tochter zu finden. Dürfte ich mir Pennys Zimmer ansehen?«

Die Frau bedeutete Ellie, ihr zu folgen. Das Haus war alt, der cremefarbene Teppich abgetreten und die gelbe Farbe an den Wänden längst verblasst, trotzdem wirkten die Zimmer sauber, ordentlich und aufgeräumt.

In einem Gästezimmer hingen Baseballkarten, gerahmte Sportposter und ein Tom-Glavine-Trikot an der Wand, was nahelegte, dass Stan ein leidenschaftlicher Sammler von Baseball-Fanartikeln war. Sie gingen weiter und kamen zu einem rosafarbenen Kleinmädchentraum von einem Zimmer. Dutzende Plüschtiere stapelten sich auf einem weiß lackierten Eisenbett mit einer zartrosafarbenen Tagesdecke, auf der tanzende Feen zu sehen waren. Über einem weißen Korbtisch hing eine Pinnwand, an der etliche Kinderzeichnungen befestigt waren: Sonne, Regenbögen und Einhörnern. Im Bücherregal neben dem Schreibtisch standen Schuhkartons voller Muscheln, die Penny gesammelt haben musste, als sie mit ihrer Familie im Urlaub gewesen war. Ein weiterer Schuhkarton enthielt Kiefernzapfen, Federn, Steine und ein Vogelnest. Es war offensichtlich, dass Penny die Natur liebte.

Sehr zum Entsetzen ihrer Mutter hatte Ellie in diesem Alter ähnliche Interessen verspürt. Sie hatte sich dagegen gesträubt, mit ihrer Mutter Haarschleifen zu basteln und Haarbänder zu bemalen. Stattdessen hatte Ellie Pfeilspitzen, Frösche und Schildkröten mit nach Hause gebracht.

Susan hob einen gelben Teddybären hoch und drückte ihn an ihre Brust. »Penny wollte Toby heute mitnehmen, aber ich habe es ihr nicht erlaubt.« Ihre Stimme brach. »Ohne ihn und ohne ihre Kuscheldecke kann sie nicht einschlafen.«

Ellies Brustkorb zog sich zusammen. Toby war der Teddybär auf dem Foto von Penny, das sie gesehen hatte.

Ein paar Bilder an der Wand erregten Ellies Aufmerksamkeit. Penny hatte in leuchtend bunten Farben Szenen aus Märchen sowie Prinzessinnen und Schmetterlinge gemalt. Nur die Zeichnung von Pennys Familie wirkte seltsamerweise nicht ganz so fröhlich. Außerdem stand Pennys Vater auf dem Bild weit weg von seiner Tochter. Das konnte etwas bedeuten, oder einfach nur daran liegen, dass Penny in ihrem Alter Abstände noch nicht richtig einschätzen konnte.

»Zeigen Sie mir, wo Stan gegen die Wand geschlagen hat.«

Unbehagen flackerte in Susans Augen auf, aber sie führte Ellie in das Schlafzimmer. Der Abdruck von Stans Faust war in der zerschmetterten Rigipsplatte deutlich zu sehen, und Blutspritzer hatten sich auf dem Putz verteilt. Ellie suchte den Raum nach Anzeichen für einen Kampf ab, eine zerbrochene Lampe oder ein umgestoßener Stuhl. Aber bis auf den Faustabdruck schien alles unauffällig zu sein.

Trotzdem, sie musste weiter nachforschen, solange Stan nicht da war. »Wir sind jetzt ganz unter uns«, erinnerte Ellie Susan. »Seien Sie ehrlich, um Pennys Willen. Hat Stan Sie jemals geschlagen? Oder seine Tochter?«

Wut blitzte in Susans Blick auf. »Nein. Stan ist nicht gewalttätig. Hören Sie auf, mich nach ihm auszufragen, und suchen Sie lieber nach Penny.«

Susan rannte ins Badezimmer. Ihr Schluchzen drang durch die geschlossene Tür.

Schuldgefühle machten sich in Ellie breit, weil sie die Frau bedrängt hatte.

Aber sie musste ihre Arbeit machen. Falls jemand das kleine Mädchen entführt hatte, konnten sich in seinem Zimmer wichtige Hinweise befinden.

Sie sah sich erneut um: Kinderpuzzle, Bücher, Spielzeug und Malzubehör in den Regalen. Es gab kein Tagebuch und keine verstörenden Zeichnungen.

An einer der Wände hingen Collagen aus Blättern und getrockneten Blumen. Im Schrank befanden sich lediglich ordentliche sortierte Schuhe und Kleidung.

Anschließend nahm Ellie sich das Elternbadezimmer vor. Dort fand sie eine grüne Kinderzahnbürste, Zahnpasta, Fiebersaft für Kinder, eine antibiotische Salbe und Pflaster. Keine verschreibungspflichtigen Medikamente und auch sonst nichts Ungewöhnliches.

Ellie ging zurück ins Wohnzimmer und warf einen Blick aus dem Fenster, das zur Straße rausging. Gomez und der Kameramann waren immer noch da – sie filmten zwar einen Beitrag mit der Kamera, vielleicht strahlten sie ihn sogar live aus, aber zumindest hielten sie Abstand.

Ellie trat auf die Terrasse hinter dem Haus und suchte nach Hinweisen, dass Stan Matthews nicht der liebevolle Ehemann und Vater war, als der er sich ausgab, sowie nach Anzeichen, dass sich hier hinten jemand anderes versteckt und dem kleinen Mädchen aufgelauert haben könnte.

Ein unheilvolles Flüstern streifte durch die Wälder, und die Bäume wogten geräuschvoll im Wind. Da waren Stimmen, die nach Ellie riefen. Die Stimme eines Kindes hob sich von den anderen ab. Es war Penny und sie weinte. Flehte, nach Hause zu dürfen.

Die knarzende Schaukel erregte erneut Ellies Aufmerksamkeit. Nur dass sie diesmal nicht Penny darauf sitzen sah.

Sondern Mae. Ellie sah ihr weizenblondes Haar; der Pferdeschwanz wehte im Wind, als sie mit den Beinen vor und zurück wippte. Vor Angst waren ihre großen Augen geweitet.

Ellie rang um Luft. *Mein Gott* ... Mae, ihre imaginäre Freundin. Die Therapeutin, die Ellie in ihrer Kindheit behandelt hatte, hatte gesagt, sie hätte sich Mae als Ersatz für die Schwester, die sie nie hatte, ausgedacht.

Mit der Hilfe von Medikamenten und Hypnose war Ellie die Halluzinationen und Albträume losgeworden. Schließlich hatte sie Mae zurück in die Fantasiewelt geschickt, wo sie hingehörte.

Aber warum sah sie sie jetzt wieder? Weil Pennys Verschwinden ihr unter die Haut ging? Oder weil Ellies Mutter vorhin die Vergangenheit wieder ausgegraben hatte?

Irgendwas stimmt nicht mit Ellie. Sie sieht Dinge, die gar nicht da sind ...

Ellie hielt sich mit den Händen die Ohren zu, um die missbilligenden Worte ihrer Mutter nicht länger hören zu müssen.

Sie durfte auf keinen Fall zulassen, dass Mae zurückkehrte und sie verfolgte. Nicht jetzt, wo sie ihrem Vater und Bryce Waters beweisen musste, dass sie sich in ihr irrten.

Ellie war fest entschlossen, konzentriert bei der Sache zu bleiben. Sie zog ihr Handy aus der Halterung am Gürtel und schrieb ihrem Vorgesetzten eine Nachricht:

Verlangen Sie Einsicht in Penny Matthews' Patientenakte. Wir sollten herausfinden, ob sie in der Vergangenheit irgendwelche verdächtigen Verletzungen erlitten hat.

Sie musste stark sein, denn das Mädchen brauchte sie.

NEUN

Decatur, Georgia

Special Agent Derrick Fox war hundemüde. Er kam gerade von einer Fahndung nach einem entflohenen Verbrecher, und das bedeutete, dass er seit Tagen nicht geschlafen hatte.

Doch glücklicherweise war der Mistkerl, der seine Frau umgebracht hatte, auf dem Weg zurück ins Hayes State Prison, das Hochsicherheitsgefängnis in Georgia, wo er die nächsten Wochen in Isolationshaft verbringen und dann seine lebenslange Freiheitsstrafe absitzen würde.

Derrick betrat seine Eigentumswohnung in Decatur. Er sehnte sich nach einer Dusche und einer Pizza und dann wollte er nur noch ins Bett, um endlich Schlaf nachzuholen.

Aber zuerst machte er sich ein India Pale Ale auf, nahm die Bierdose mit in sein Wohnzimmer und schaltete die Abendnachrichten ein. Wie erwartet lief ein Bericht über die Fahndung. Sein Chef, Special Agent Aiden McDaniels, stand vor der Kamera und versicherte den Einwohnern der Metropolregion Atlanta, dass sie wieder sicher seien.

So sicher, wie man in einer Großstadt wie Atlanta eben sein konnte.

Als der Beitrag zu Ende war, schloss sich nahtlos eine aktuelle Meldung aus dem Norden von Georgia an.

Derricks Magen verkrampfte sich. Allein den Namen dieser Gebirgsregion zu hören, weckte unangenehme Erinnerungen in ihm und ließ Geister der Vergangenheit wiederaufleben.

»Ein siebenjähriges Mädchen, Penny Matthews, ist in Bluff County zwischen Stony Gap und Crooked Creek heute gegen ein Uhr mittags verschwunden«, sagte Reporterin Angelica Gomez. »Ihre Eltern sagen, dass sie gepicknickt haben und dann angeln waren, als das Mädchen weggelaufen ist. Nachdem sie die Gegend zunächst selbst abgesucht hatten, riefen sie die Polizei zur Hilfe. Die örtliche Polizei durchkämmt seither zusammen mit Such- und Rettungskräften die Gegend.«

Auf dem Bildschirm erschien das Foto eines lächelnden blonden Mädchens mit Zahnlücke, das eine rosafarbene Decke und einen gelben Teddybären an sich drückte. »Als Penny zuletzt gesehen wurde, trug sie schwarze Leggings, ein rosafarbenes T-Shirt mit Einhornaufdruck auf der Vorderseite und neonpinke Turnschuhe. Die Polizei bittet jeden, der Informationen zu dem vermissten Kind hat, sich telefonisch an die örtliche Polizei zu wenden.« Die Telefonnummern der Polizeiwache in Bluff County und des Kommissariats in Crooked Creek erschienen auf dem Bildschirm.

Derrick saß wie versteinert da. Sein Kopf dröhnte, so viele Erinnerungen an seine eigene Schwester, die auf dem Trail verschwunden war, stiegen jetzt in ihm auf. Die hübsche Kim, die Seilspringen geliebt und so gerne Himmel und Hölle gespielt hatte. Kim, die in der ersten Klasse Meisterin im Hula-Hoop gewesen war. Kim, die gerade ihren ersten Zahn verloren und sich den Zeh gebrochen hatte, weil sie in der Schule einen Jungen, der sie geärgert hatte, getreten hatte. Kim, die einen

Limonadenstand organisiert hatte, um Geld für das Tierheim zu sammeln.

An dem Tag, als Kim verschwand, hätte er auf sie aufpassen sollen. Stattdessen hatte er ihr gesagt, sie solle sich auf einen Stein setzen, während er in den Bach gewatet war.

Er war so darauf konzentriert gewesen, einen Fisch mit bloßen Händen zu fangen, dass er nicht bemerkt hatte, dass sie weggegangen war.

Spurlos verschwunden.

Man hatte sie nie gefunden.

Das war alles seine Schuld. Er hätte sie nie aus den Augen lassen dürfen.

Unbehagen stieg in ihm auf, als er an Penny Matthews dachte.

Die Reporterin hatte Bluff County erwähnt. Kim war in der Nähe verschwunden.

Er ließ sein Bier stehen und ging zu dem Whiteboard in seinem Arbeitszimmer hinüber, das fast die gesamte Wand ausfüllte. Schweiß perlte über seinen Nacken, während er die Fotos und die Karte betrachtete, die an dem Board befestigt waren.

Die Fotos zeigten über ein Dutzend anderer Mädchen, die entlang der unzähligen Bundesstaaten und Städte zwischen North Georgia und Maine verschwunden waren. All diese Familien hatten ähnliches durchlebt. Alle litten, quälten sich mit Schuldgefühlen, mit der Frage nach dem Was-wäre-wenn und mit schrecklichen Bildern von dem, was ihren geliebten Töchtern zugestoßen sein mochte. Einige klammerten sich an das letzte bisschen Hoffnung, dass ihre Lieben vielleicht noch am Leben waren. Eine Hoffnung, die mit jedem Tag, der keine Antworten brachte, schwand.

Er hatte die Vermisstenfälle der letzten zehn Jahre verfolgt.

Es gab ein Muster. Das glaubte er zumindest. Nur hatte er keine Beweise. Kein klares Bild des Mörders oder Verdächtigen und keinen Hinweis darauf, wo oder wann er erneut zuschlagen würde.

Weil die Orte, an denen die Mädchen verschwunden waren, hunderte von Kilometern voneinander entfernt lagen und in verschiedene Zuständigkeitsbereiche fielen, hatte niemand sonst eine Verbindung zwischen den Fällen hergestellt.

Penny Matthews' Lächeln mit der Zahnlücke blitzte vor seinem inneren Auge auf. Das Mädchen erinnerte ihn an Kim.

Er öffnete seinen Laptop und suchte nach dem Namen des Polizisten, der die Ermittlungen leitete.

Detective Ellie Reeves.

Sein Puls beschleunigte sich. War sie etwa mit Sheriff Randall Reeves verwandt?

Eilig führte er einen Hintergrundcheck durch. Ja. Ellie Reeves war die Tochter von Randall Reeves – der schon damals, als Kim verschwand, Sheriff von Bluff County gewesen war.

Der Mann, der zugelassen hatte, dass die Ermittlungen im Fall seiner kleinen Schwester eingestellt wurden.

Vielleicht war es an der Zeit, dass er dem Sheriff und seiner Tochter einen Besuch abstattete.

Falls Penny Matthews sich nicht einfach verlaufen hatte und er mit seiner Vermutung richtig lag, dass es eine Verbindung zwischen den vermissten Mädchen gab, trieb ein Serienmörder sein Unwesen auf dem Appalachian Trail – und zwar schon seit über zwanzig Jahren.

ZEHN

Crooked Creek

Angelica streckte Ellie das Mikrofon hin, kaum, dass sie aus dem Haus der Matthews getreten war.

»Gibt es Neuigkeiten, Detective Reeves?«

Ellie biss die Zähne zusammen. »Noch nicht. Seien Sie versichert, wir arbeiten mit aller Kraft daran, dieses Kind zu finden, bevor es noch dunkler wird. Und noch einmal: Wir bitten jeden, der Informationen zu seinem Verbleib hat, sich telefonisch an die örtlichen Behörden zu wenden.«

Sie zog ihre Kapuze über, um sich gegen den Regen zu wappnen, drängte sich an der Reporterin vorbei, stieg in ihr Fahrzeug und hoffte, dass die Presse ihr nicht folgen würde. Sie musste sich bei den Nachbarn umhören und in Erfahrung bringen, was sie über die Familie Matthews zu sagen hatten.

Die Häuser in der Umgebung schienen alle in den fünfziger Jahren erbaut worden zu sein, auf jeweils ungefähr tausend Quadratmeter großen Grundstücken. Viele waren inzwischen renoviert worden. Einige standen leer, weil sie noch saniert werden mussten, wie man den alten Fassaden und Dächern ansehen konnte.

Die Gegend lag unweit des Stadtparks und der Straße, die nach Cold Creek Falls führte. Der Wasserfall lockte Touristen und Fotografen an, vor allem im Herbst und im Frühjahr, wenn Wildwasser-Rafting, Kanu- und Kajakfahren, Camping, Wandern und Erkundungstouren in den Bergen bei Urlaubern wie Einheimischen gleichermaßen beliebt waren.

Ellie verbrachte die nächsten anderthalb Stunden damit, Klingelknöpfe zu drücken, sich nach der Familie Matthews zu erkundigen und Fragen von neugierigen Nachbarn auszuweichen, die befürchteten, dass sich direkt vor ihrer Haustür ein schreckliches Verbrechen ereignet hatte.

Dann besserte sich das Wetter endlich und ihr war eine kurze Verschnaufpause vom Platzregen vergönnt.

Wie sich herausstellte, war die direkte Nachbarin der Familie Matthews eine Frau namens Bernice, eine Bekannte von Ellies Mutter. Bernice war sichtlich bestürzt, als sie die Tür öffnete. Der Duft von selbstgebackenen Zimtschnecken wehte Ellie entgegen. Ihre Mutter hatte erwähnt, dass Bernice für das Fest backen wollte. Letztes Jahr hatte Ellie einen ihrer hausgemachten Rührkuchen und eine Schüssel Pfirsich-Cobbler gekauft, um die Missionsreise der Jugendgruppe nach Honduras zu unterstützen.

»Hey, Ellie, ich habe dich in den Nachrichten gesehen«, sagte Bernice. »Habt ihr den kleinen Schatz gefunden?«

Ellie seufzte. »Noch nicht, Ma'am. Die Suchtrupps sind Tag und Nacht im Einsatz. Ich hole gerade ein paar Hintergrundinformationen über die Familie ein. Kennen Sie Mr und Mrs Matthews?«

Bernice zupfte mit einer Hand an ihrem Hausmantel herum. »Ja, Susan kenne ich allerdings besser als den Papa. Sie und Penny bringen mir einmal in der Woche Abendessen vorbei, dafür schenke ich ihnen Kekse. Penny mag die mit Erdnussbutter und Schokostückchen gern.«

»Klingt lecker.« Susan schien wirklich eine gute Seele zu sein. »Kommen Susan und Penny gut miteinander aus?«

»Sie sind so süß zusammen. Wenn ich sie sehe, muss ich immer daran denken, wie es war, als meine Tochter Lola noch klein war. Inzwischen sehe ich sie nicht mehr so häufig. Sie ist mit ihrem Mann nach Kalifornien gezogen. Er ist sehr etepetete und mag es auf dem Land nicht.« Sie lachte leise. »Er denkt, nur weil wir hier langsam reden, wären wir dumm wie Bohnenstroh. Aber diese Berge sind mein Zuhause, und darauf bin ich stolz.«

»Gut so. Jetzt erzählen Sie mir von dem Vater«, sagte Ellie, um das Gespräch wieder in die richtige Richtung zu lenken. »Wie ist Stan mit Penny umgegangen?«

Bernice zog ihre weißen Augenbrauen zusammen. »Er hat mit ihr Fußball gespielt. Und ihr Fahrradfahren beigebracht.«

»Aber wegen seines Jobs war er viel unterwegs?«, fragte Ellie.

»Ja, er fährt diesen großen Laster. Er ist ziemlich aufbrausend, weißt du. Einmal ist er so schnell aus der Einfahrt gerauscht, dass er die Mülltonne umgeworfen hat. Ein andermal hat er den Briefkasten gestreift.« Sie schnalzte mit der Zunge. »Gut, dass das kleine Mädchen damals nicht da hinten war, sonst hätte er sie überfahren können.«

Das musste nichts heißen. Es konnte aber darauf hindeuten, dass Stan Matthews zu Gewalttätigkeit neigte.

»Ist Ihnen jemals jemand aufgefallen, der Penny beobachtet hat? Vielleicht ein Fremder oder ein Freund von Stan? Oder jemand an der Bushaltestelle?«

Bernice knirschte mit den Zähnen. »Nicht, dass ich wüsste. Susan hat Penny immer zur Haltestelle gebracht und ist dageblieben, bis sie eingestiegen war und sich hingesetzt hatte.«

Ellie reichte Bernice eine ihrer Visitenkarten. »Falls Ihnen sonst noch etwas einfällt, das uns weiterhelfen könnte, rufen Sie mich bitte an.«

Anschließend machte Ellie auf der anderen Straßenseite weiter. Licht brannte im Haus, und ein verrosteter Kombi stand in der Einfahrt. Als sie das Grundstück betrat, kam ein Jagdhund angelaufen und leckte ihre Hand. Sie bückte sich und kraulte dem Hund den Rücken, dann ging sie zur Haustür. Der Vorgarten war mit Unkraut überwuchert, der betonierte Weg zur Haustür rissig, die Fensterläden hingen lose in den Angeln und schwangen im Wind hin und her.

Sie ließ ihren Blick über das Grundstück wandern. Nichts deutete darauf hin, dass hier ein Kind lebte.

Alles schien ruhig zu sein, also klopfte sie an.

Drinnen ertönten Schritte und schließlich rief jemand: »Ich komme schon.«

Der Wind strich pfeifend über die Berge, und Donner hallte in der Ferne, was noch mehr Regen verhieß. Ellie ballte ihre Hände zu Fäusten. Die Zeit lief. Die Nacht war schnell hereingebrochen, als graue Gewitterwolken sich vor die untergehende Sonne geschoben hatten. Mit dem heranziehenden Wintersturm würden bald Schnee und Eisregen folgen, und frostiger Wind, der tödlich sein konnte. Ellie betete stumm, dass Penny Unterschlupf gefunden hätte, falls sie sich tatsächlich verirrt hatte.

Von drinnen drang das Geräusch eines Schlüssels, der im Schloss umgedreht wurde, und einen Moment später wurde die Holztür quietschend aufgezogen. Der Geruch nach Zigarettenrauch und schalem Bier schlug Ellie so überwältigend entgegen, dass sie husten musste.

Der weißhaarige Mann im Türrahmen paffte ungerührt an seiner filterlosen Camel, ohne sich zu entschuldigen. Er war von schmaler Statur. Wegen der gebeugten Schultern und den Altersflecken auf seinen Händen schätzte Ellie ihn auf Ende siebzig.

Er schob das Drahtgestell seiner Brille mit einem krummen Finger nach oben und musterte sie mit verengten Augen. Der Hund zwängte sich an Ellie vorbei und trottete ins Haus.

Sie setzte an, sich vorzustellen, doch er unterbrach sie. »Ich weiß, wer Sie sind. Hab Sie in den Nachrichten gesehen, zusammen mit dieser Reporterin.«

Natürlich. Wahrscheinlich hatte jeder im County den Bericht gesehen oder würde es noch tun. Sie hoffte, dass sie die Menschen, die auf sie zählten, nicht enttäuschen würde.

»Wie ist Ihr Name, Sir?«

»Lewis Farmer.«

»Leben Sie hier allein oder mit jemandem zusammen?«

»Meine Frau ist vor gut dreißig Jahren gestorben. Jetzt gibt es nur noch mich und Gomer. Haben Sie das Mädchen schon gefunden?«

»Nein, Sir, deshalb bin ich hier. Ist Ihnen in der Nähe in letzter Zeit etwas Merkwürdiges aufgefallen? Vielleicht jemand, der Penny draußen beim Spielen beobachtet hat? Oder ein Fremder in einem Auto? Vielleicht jemand, der Fotos gemacht hat? Mit seinem Haustier Gassi gegangen ist?«

Er aschte in eine Aluminiumdose, die er in seiner knorrigen Hand hielt. »Nee. Aber gestern hat sich Stan im Vorgarten mit einem Kerl gestritten. Susan hat geschrien, dass er sich beruhigen soll, aber Stan hat gesagt, kein Lehrer der Welt hätte das Recht, zu ihm nach Hause zu kommen und solche Sachen zu sagen.«

»Was für Sachen?«

»Irgendwas darüber, wie Stan Penny diszipliniert. Sie wissen schon, manche Leute glauben, wer sein Kind liebt, züchtigt es.«

Ellies schnappte nach Luft. »Befürwortet Stan etwa körperliche Züchtigung?«

»Das weiß ich nicht. Aber Stan hat den Kerl angebrüllt: Er solle von seinem Grundstück verschwinden, sonst setzt's was.«

ELF

Wieder saß Ellie mit Pennys Mutter am Küchentisch. Susan hielt den gelben Teddybären ihrer Tochter im Arm wie ein Baby.

»Susan, eine Ihrer Nachbarinnen hat erwähnt, dass Stan einen Streit mit einem von Pennys Lehrern hatte.«

Susan schüttete Zucker in ihren Tee und rührte ihn energisch um. »Das stimmt. Aber es war wirklich nicht der Rede wert.«

»Erzählen Sie mir davon«, bat Ellie.

»Penny hat in der Schule ein Bild von ihrer Familie gemalt, und Mr Zimmerman hat das falsch aufgefasst.«

»Wie hat er es denn aufgefasst?«

Susan zupfte an ihrer Nagelhaut herum. »Penny hat Stan mit einem Monstergesicht gemalt. Aber das hatte nichts zu bedeuten. Wie Kinder nun mal sind: Sie war sauer, weil sie ein Pony wollte, und Stan gesagt hat, dass wir uns keins leisten können.« Sie schüttelte den Kopf, als wollte sie so die Erinnerung an den Vorfall vertreiben. »Jedenfalls ist Mr Zimmerman bei uns vorbeigekommen und war so dreist, Stan zu unterstellen, er hätte Penny wehgetan.«

Ellie schwieg, in der Hoffnung, Susan würde noch mehr dazu sagen, aber sie schien ihren Erinnerungen nachzuhängen. »Hat er das denn?«

»Nein, Herrgott nochmal. Mr Zimmerman hat überreagiert. Stan liebt dieses Kind über alles.«

Sie trat ans Fenster, und Ellie fragte sich, was sie dort vor ihrem inneren Auge sah. Ihren Ehemann und ihre Tochter, die im Garten Fangen spielten?

Oder Penny, die verängstigt vor ihrem Vater davonlief?

Zehn Minuten später schaltete Ellie das Radio ein und fuhr los, um in Crooked Creek ein paar verlassene Grundstücke in Augenschein zu nehmen.

Dunkle, graue Wolken hingen noch immer tief am Himmel, was ihre Beklemmung verstärkte. Penny war allein da draußen. Sie hatte Angst. Sie fror. Und sie vermisste ihre Mama.

Genau wie Ellie in der Nacht, als sie sich damals verlaufen hatte.

Der Lichtkegel ihrer Scheinwerfer streifte ein Schild mit der Aufschrift WÄHLT BRYCE WATERS ZUM SHERIFF, das erste von etlichen, die er entlang des Highways anbringen lassen hatte. Der Anblick traf sie wie ein Messerstich.

Der Wetterbericht lenkte Ellies Aufmerksamkeit wieder auf den bewölkten Himmel: »Ich bin Cara Soronto, Meteorologin bei Eleven Alive, und ich habe die neuesten Nachrichten für Sie. Der Wintersturm Tempest ist bereits über New York, Pennsylvania und Virginia hereingebrochen und hat mehrere Todesopfer gefordert. Entlang der Highways sind etliche Autos liegengeblieben. Die großen Flughäfen sind für die nächsten achtundvierzig Stunden geschlossen, und Reisenden wird geraten, an Ort und Stelle zu bleiben, nicht nach draußen zu gehen und sich darauf vorzubereiten, dass sie eingeschneit werden könnten. Die Einwohner von North Carolina, Tennessee und Georgia sollten sich auf Schneefall in Rekordhöhe und eisige Temperaturen im einstelligen Minusbereich einstellen, wobei die gefühlte Temperatur noch niedriger liegt.«

Ellie fröstelte und schaltete wütend das Radio aus, während sie gegen das Bild der armen kleinen Penny ankämpfte, die ganz allein im Wald war und erfror.

Konzentrier dich. Du bist nicht mehr das verängstigte kleine Mädchen von damals.

Also mach deinen Job und finde sie.

Bisher hatte die schlechte Wettervorhersage die Touristen nicht abgeschreckt. Der Parkplatz des Gasthauses von Crooked Creek war voll, und die Restaurants und Geschäfte waren in Zusammenarbeit mit Bluff County für das Fest geschmückt worden. Das Festkomitee hatte die Plätze abgesteckt, an denen Verkäufer ihre Buden aufbauen durften. Es würde Stände mit Kunsthandwerk und Antiquitäten geben, mit regionalen Produkten wie Marmeladen und Gelees, hausgemachtem Fudge und Honig.

Food Trucks würden in der Nähe der Bühne parken, auf der es ein Unterhaltungsprogramm und Live-Musik geben würden. Ein Highlight waren das Chili-Wettkochen und die Verkostung von unterschiedlichen Maisbrotsorten. Das Fest markierte üblicherweise den Frühlingsanfang und lockte die erste Welle an Touristen in die Berge. Als Kind hatte Ellie dieses Fest geliebt, denn nach dem Festwochenende hatten ihr Vater und sie für gewöhnlich ihre erste Wildwasser-Rafting-Tour der Saison unternommen.

Ein schmerzhafter Stich fuhr durch ihren Brustkorb.

Als hätte ihr Vater gespürt, dass sie an ihn dachte, klingelte plötzlich ihr Telefon und sein Name leuchtete auf dem Display auf. Sie ließ die Mailbox rangehen und fuhr am Stichin' Sisters' Quilt Shop und der Beauty Barn vorbei, wo sich die Tratschtanten trafen. Die Besitzerin Maude Hazelnut – Misch-mich-überall-ein-Maude, wie Ellie sie nannte – schloss gerade den Laden ab und neigte dabei den Kopf, so als würde sie Edwina Waters, Bryces Mutter, in diesem Moment etwas Pikantes zuflüstern.

Im nächsten Moment klingelte Ellies Handy erneut. Diesmal war es Cord.

Sie nahm den Anruf mit der Freisprechanlage entgegen. »Bitte sag mir, dass du gute Nachrichten hast.«

»Ich wünschte, das könnte ich. Aber bis jetzt nichts. Randall sagt, er hätte dich angerufen und du wärst nicht rangegangen. Wo bist du?«

»Ich arbeite. Hast du etwas gefunden?«

»Noch nicht. Übrigens hat dein Vater die Teenager aufgegabelt, die Matthews gesehen hat. Sie waren dabei, ihr Lager in der Nähe des Wasserfalls aufzuschlagen. Sie behaupten, sie hätten das Mädchen nicht gesehen. Es gibt keine Hinweise darauf, dass die Kleine bei ihrem Lager oder in der Nähe war. Wir haben die Jungs nach Hause geschickt, und vorher hat das Such- und Rettungsteam noch ein ernstes Wörtchen mit ihnen gesprochen, damit sie in Zukunft auf die Wetterbedingungen in den Bergen achten.« Cord hielt inne. Er klang etwas außer Atem. »Randall setzt sich mit den Eltern in Verbindung. In der Nacht wechseln sich die Such- und Rettungsteams ab.«

»Ich werde ein paar leerstehende Gebäude in der Stadt überprüfen, für den Fall, dass jemand Penny entführt hat und sie dort versteckt. Shondra macht das Gleiche in Stony Gap.« Ihr fielen wenigstens zwei Fälle ein, die landesweit Schlagzeilen gemacht hatten, weil die Polizei nur einer Theorie nachgegangen war, ohne andere Möglichkeiten in Betracht zu ziehen. Sie würde nicht denselben Fehler machen.

»Gute Idee«, stimmte Cord zu.

Ellie beendete das Gespräch und rief erst den Besitzer von Crooked Creek Cottages an und dann im Gasthaus. Sie bat die Leute, nach verdächtigen Personen Ausschau zu halten, insbesondere mit Kindern. Bekanntermaßen verkleideten Entführer Kinder manchmal, damit sie als das andere Geschlecht durchgingen, schnitten ihnen die Haare ab und zogen ihnen geschlechtsneutrale Kleidung an.

Als Nächstes rief Ellie Benjamin Fields an, den örtlichen Immobilienmakler, und bat ihn um eine Liste aller verlassenen oder leerstehenden Immobilien in der Gegend.

Einen Herzschlag lang herrschte gespannte Stille. »Es gibt ein leerstehendes Lagerhaus beim Abwasserkanal am Stadtrand. Es wird als Lagerhaus genutzt. Und dann ist da noch die alte Dugan-Farm. Ich werde ein bisschen nachforschen und Ihnen eine Nachricht schicken, wenn ich noch mehr finde.«

Nachdem er ihr erzählt hatte, was er wusste, beendete sie das Gespräch und fuhr schnell in Richtung des Lagerhauses. Fünf Minuten später war sie da. Sie parkte am Ende der Gasse zwischen einem Möbelhaus und dem Lagerhaus und ließ den Blick über das Grundstück schweifen.

Das Möbelhaus, das sich auf handgefertigte amische Möbelstücke spezialisiert zu haben schien, war geschlossen. Keine parkenden Autos oder andere Anzeichen dafür, dass jemand nach Ladenschluss noch hier war. Es wäre schwierig, sich in dem leerstehenden Lagerhaus zu verstecken, während nebenan so viel Betrieb war. Trotzdem zog Ellie ihre Waffe und ihre Taschenlampe hervor und ging zu dem kastenförmigen Metallbau hinüber. Weil die Tür verschlossen und mit einer Kette gesichert war, kletterte sie auf einen Müllcontainer und spähte durch eines der schmutzigen Fenster.

Als sie mit ihrer Taschenlampe hineinleuchtete, sah Ellie, dass die gesamte Halle leer war. Sie konnte nicht einmal einen Fußabdruck im Staub ausmachen.

Überzeugt davon, dass Penny nicht hier war, kehrte sie zu ihrem Jeep zurück, startete den Motor und fuhr in Richtung der Dugan-Farm. Das Grundstück grenzte an einen Zuweg des

Appalachian Trail, der zum Falcon's Nest führte, einen beliebten Treffpunkt für die Beobachtung von Raubvögeln.

Das verfallene Bauernhaus stand schon seit fast einem Jahrzehnt leer. Es wäre der perfekte Ort, um jemanden zu verstecken.

ZWÖLF

Ellie schnappte sich erneut ihre Taschenlampe, kletterte aus dem Jeep und sah sich auf der Farm um. Vor einigen Jahren noch konnte man bei den Dugans im Herbst Kürbisse selbst pflücken oder mit dem Heuwagen fahren, es gab ein Maislabyrinth und einen Stand, an dem die Besucher ihre eigenen herbstlichen Kränze für die Halloween-Dekoration basteln konnten.

Jetzt sah es beinahe gespenstisch aus. Ein verrosteter, liegengebliebener Lastwagen stand einsam auf dem Grundstück, ohne Reifen und mit eingeschlagenen Fensterscheiben.

Die Scheune moderte vor sich hin, und auch das Dach hatte dringend eine Reparatur nötig. Die dreckigen Fenster des Hauses waren mit Brettern vernagelt, die Veranda war abgesackt und der Wind ließ das »Zu verkaufen«-Schild im Vorgarten hin- und herschwingen.

Das Haus und die Scheune wirkten verlassen, doch Ellie ging trotzdem weiter und suchte nach Fußabdrücken, Reifenspuren oder irgendeinem anderen Anzeichen dafür, dass vor kurzem jemand hier gewesen war.

Nichts wirkte verdächtig, aber sie blieb wachsam, während

sie sich der Scheune näherte. Sie leuchtete mit der Taschenlampe durch die offene Tür und schwenkte den Lichtstrahl über den Innenraum. Der Erdfußboden sah noch genauso aus, wie sie ihn in Erinnerung hatte, nur die Tische und handgebundenen Kränze waren längst verschwunden. Sie schob sich vorsichtig durch die Tür und ließ den Blick durch den Raum wandern. Niemand zu sehen.

Sie verließ die Scheune und steuerte über die Rasenfläche auf das Haus zu. Nachdem sie es von außen begutachtet und die Umgebung überprüft hatte, stellte sie fest, dass alle Fenster und Türen verschlossen waren. Genau wie der Kriechkeller.

Fields hatte ihr gesagt, dass es unter einem alten Blumentopf einen Ersatzschlüssel für die Hintertür gab. Sie holte ihn hervor, drehte ihn im schwergängigen Schloss herum und leuchtete mit der Taschenlampe ins Haus.

Ein modriger Geruch schlug ihr entgegen, dann sah sie den Müll auf dem Boden. In der Küche entdeckte sie mehrere leere Aludosen, jede Menge Brot, Pappteller voller schimmliger Essensreste und einer Plastikkanne mit Wasser.

Jemand war hier gewesen. Erst kürzlich.

Hinter ihr ertönte ein Geräusch.

War das ein Atemhauch? Oder nur der Wind?

Der Boden knarrte, und sie schnellte herum, da stürzte ein Schatten auf sie zu und im nächsten Moment prallte etwas Hartes gegen ihren Hinterkopf.

Der Schlag war so heftig, dass sie nach vorne kippte, schwankte und Mühe hatte, sich auf den Beinen zu halten. Ein weiterer kräftiger Schlag, noch bevor sie ihre Waffe ziehen konnte, dann sah sie Sterne.

Sie schlug mit dem Gesicht voran auf dem Boden auf und um sie herum wurde alles schwarz.

DREIZEHN

Eula Ann Frampton wickelte ihren selbstgestrickten Schal um ihren zerzausten grauen Dutt und trat auf die morsche Veranda ihres viktorianischen Hauses. Der Wind pfiff vom Gebirge ins Tal und wirbelte dabei die welken braunen Blätter auf ihrem Rasen zu einer dichten Wolke auf, sodass sie ihren Rosengarten beinahe nicht mehr sehen konnte.

Sie wusste, was die Leute in der Stadt sich erzählten. Sie hatte das Geflüster gehört und ihre hasserfüllten, ängstlichen Blicke auf sich gespürt. »Diese verrückte alte Ms Eula hat ihren Mann Ernie umgebracht und ihn in ihrem eigenen Garten begraben, direkt unter den Rosen.«

Misch-mich-überall-ein-Maude führte die Truppe der Klatschtanten an. »Sie ist ein Freak.«

»Ziemlich unheimlich, wenn du mich fragst.«

»Lass deine Kinder bloß nicht zu nah an ihr Haus .«

Ein Kichern drang tief aus ihrer Kehle.

Nur sie und Ernie wussten wirklich, was geschehen war. Und es würde auch unter ihnen bleiben, weil es niemanden etwas anging, wie bei allen guten Geheimnissen.

Heute Abend war es allerdings nicht Ernies heiseres Flüstern, das vom Grab zu ihr herüberwehte.

Es waren die Stimmen der kleinen Mädchen.

Sie hatte nicht darum gebeten, die Toten hören zu können, dennoch durchdrangen die Stimmen die Nacht. Es hatte angefangen, als sie noch ein Kind gewesen war. Das erste Mal war es passiert, als ihre Granny an der scheußlichen Grippe gestorben war. Dann, als Mama in den Himmel gekommen war, nachdem dieser verfluchte Hühnerlaster sie angefahren hatte.

Die Leute redeten immer noch darüber, wie sich die Käfige beim Aufprall geöffnet hatten und hundert Hühner gackernd über die Straße geflattert waren. Eula hatte seither kein Hühnchen mehr gegessen.

Eine Schneeflocke fiel vom Himmel. Der schimmernde weiße Kristall landete in der Krone ihres Magnolienbaums und erinnerte sie daran, wann die Stimmen das nächste Mal gekommen waren.

In der Nacht, als das erste Mädchen verschwand.

Ein Schaudern ging durch Eulas Körper, der Wind zerrte ihr den Schal vom Kopf und löste eine Strähne aus ihrem Dutt, so wie sich Garn von einer Spule löst. Vielleicht hatte sich bei ihr aber auch eine Schraube gelöst, als sie das erste Kind hatte schreien hören.

Als das erstmals passiert war, bei ihrer Oma, hatte sie sich fürchterlich erschrocken. Sie war zu ihrer Nachbarin Birdie gerannt und hatte ihr davon erzählt, aber Birdie hatte ihr gesagt, sie solle still sein und so etwas nicht herumerzählen, sonst würden bald die Leute in den weißen Kitteln bei ihr auftauchen und sie in die Klapsmühle sperren. Und Eula hatte sich daran gehalten. Aber als sie Jahre später, nachdem das Mädchen verschwunden war, die Stimmen gehört hatte, war sie fest entschlossen gewesen, bei den Ermittlungen zu helfen. Sie hatte sich an den Sheriff gewandt und ihm erzählt, was sie gehört hatte. Sie dachte, dass sie so vielleicht das Kind retten könnten. Er war damals noch jung, und sie dachte, er sei ein Mensch der Tat.

Aber Sheriff Reeves hatte gesagt, sie solle sich nicht einmischen, denn niemand in Bluff County würde einer Frau glauben, von der alle dachten, sie hätte ihren gutherzigen Ehemann ermordet.

Gutherzig, dass sie nicht lachte. Niemand kannte Ernie wirklich, alle sahen nur das, was er sie glauben machen wollte.

Dennoch war Sheriff Reeves sicher, dass die Leute denken würden, sie sei nicht ganz klar im Kopf, sie in die Psychiatrie einweisen lassen würden und sie ihr Haus verlieren würde.

Hier auf dem Berg zu bleiben war der einzige Weg, sicherzustellen, dass Ernie unter der Erde blieb. Und zu verhindern, dass sie in die Nervenheilanstalt von Bluff County kam.

Ein Gefühl der Kälte befiel sie. Sie hatte einst gedacht, die Schreie der Mädchen seien eine Eingebung. Sie hatte dem Prediger davon erzählt, aber er hatte nur für sie gebetet, sie mit heiligem Wasser besprengt und Gott angefleht, ihre Seele vor der Krankheit zu befreien, die ihren Verstand vernebelte.

Papperlapapp. Falls Gott tatsächlich eingegriffen hatte, dann hatte er die Stimmen noch lauter rufen lassen. Das Einzige, was ihr geholfen hatte, den Verstand zu behalten, war, auf dem Gipfel des Berges zu bleiben, von wo aus sie den Trail überwachen konnte. Wenn sie auf dem Gipfel eines der höchsten Bergkämme kauerte, war sie den Engeln so nahe, wie man es nur sein konnte.

Sie schloss die Augen und nahm das Flüstern jetzt bereitwillig auf. Das musste sie tun. Noch ein kleines Mädchen war entführt worden. Das Ächzen des Windes und die stechende Eiseskälte, die heranzog, verrieten es ihr. Auch die Geräusche der Waldtiere, die vor dem Bösen flohen, erzählten es ihr, und das Wasser des Flusses, das so wild über die zerklüfteten Felsen stürzte, als wäre Gott unfassbar wütend darüber, wie dumm und sündhaft die Menschen sein konnten.

Die Bilder der winzigen Gesichter mit den großen tränenüberströmten Augen schwebten wie blasse weiße Schatten vor ihr. Einige huschten zwischen den dichten Kiefern und Hemlocktannen hindurch, als würden sie um ihr Leben rennen. Eines stolperte und fiel ins Gestrüpp, dann verschwand es in der Erde, als hätte sich der Boden aufgetan, es in einen dunklen Abgrund gezogen und verschluckt.

Eine knochige Hand bahnte sich ihren Weg durch das gefrorene Wasser, das Eis brach wie zersplitterndes Glas und die Risse breiteten sich mäandernd wie Spinnweben über die Teichoberfläche aus. Dann kamen die Schreie, die sie anflehten, sie aus der Dunkelheit zu retten.

Es brach ihr das Herz, dass sie die Schreie nur hören konnte. Sie war außerstande, sie von den Toten zurückzuholen. Oder sie zu sehen, bevor sie entführt wurden.

Sie wusste nicht, warum ihr *diese* Gabe nicht vergönnt gewesen war.

So konnte sie den verlorenen kleinen Engeln lediglich zuzuhören und versuchen, ihnen ein wenig Trost zu spenden. In einer zitternden Hand hielt sie Rosenblütenblätter. Mit der anderen streute sie sie in den Wind. Er hob die zarten Blütenblätter in den Himmel und trug sie über die Baumkronen hinweg, dann flatterten sie hinab und landeten auf dem Trail, verteilten sich auf dem Boden wie kleine Rubine.

Das Ritual trug ihre Liebe zu den verlorenen Seelen.

Beim Klang ihrer leisen Stimme versammelten sich die durchscheinenden Silhouetten der Geistermädchen im Kreis und hielten sich an den kleinen Händen, als warteten sie darauf, das jüngste vermisste Kind bei sich willkommen zu heißen.

Sie faltete ihre Hände zum Gebet und begann, leise ›Amazing Grace‹ zu summen, während sie ihnen beim Tanzen zusah.

VIERZEHN

Es fühlte sich an, als würde jemand mit einem Vorschlaghammer auf Ellies Schädel einschlagen. Der Wind peitschte gegen lockere Holzbretter und ein Ast streifte scharrend über die beschlagene Fensterscheibe.

Ellie kam zu sich, blinzelte und versuchte, sich zu orientieren, doch die Dunkelheit umgab sie undurchdringlich und ein widerlicher Geruch stieg ihr in die Nase.

O Gott, sie war wieder in dieser tunnelartigen Höhle. Auf der Suche nach dem erlösenden Licht. Und schrie um Hilfe.

Aber ihre Schreie erstarben in den Untiefen dieses Lochs und niemand kam.

Sie schluckte, um die Übelkeit zu unterdrücken, blinzelte noch einmal und betastete dann mit einer Hand ihren Kopf. Das hier war weder die Höhle noch ein Albtraum.

Aber es war ebenso real. Sie befand sich in einem dunklen Raum, in dem es modrig und feucht roch.

Ihre Finger stießen auf etwas Nasses, Klebriges. Blut.

Sie fühlte es an ihrem Hinterkopf. Dann an ihrer Schläfe.

Die Erinnerung an den Angriff kam wieder hoch, und ihr wurde plötzlich schwindelig. Sie war auf der alten Dugan-

Farm. Jemand war hier gewesen und hatte sie von hinten überfallen.

War derjenige noch hier?

Ihre Hand flog zu ihrem Holster und sie atmete erleichtert auf, als sie feststellte, dass sie ihre Waffe noch hatte. Warum hatte der Angreifer sie ihr nicht abgenommen? Hatte er schnellstmöglich fliehen wollen?

Einen Moment lang verharrte sie reglos. Sie lauschte auf Anzeichen dafür, dass noch jemand im Haus war, und wartete, bis der Schwindel etwas nachließ.

Der Wind pfiff durch die morschen Bretter der Dachtraufen und bittere Kälte kroch ins Gebäude, was sie daran erinnerte, dass der Tempest bald über sie hereinbrechen würde.

Sie holte tief Luft, um die Übelkeit abzumildern, und rappelte sich auf die Knie hoch, wobei sie ihren Augen ein paar Herzschläge lang Zeit gab, sich an die Dunkelheit zu gewöhnen.

Sie warf einen Blick auf die Uhr – sie war weniger als zehn Minuten bewusstlos gewesen.

Ellie sah um sich und tastete auf der Suche nach ihrer Taschenlampe über den Boden. Ihre Finger strichen über verrottendes Holz, dann fand sie sie endlich. Als sie ihre blutverschmierte Hand an der Jeans abwischte, wurde ihr wieder schwindelig. Sie schloss die Augen, bis das Gefühl nachließ.

Anschließend ließ sie ihren Blick durch die Küche und den Wohnbereich gleiten. Niemand zu sehen.

Was, wenn Penny noch irgendwo hier versteckt war? Sie konnte schließlich verletzt sein oder ... schlimmeres. Falls es der Entführer war, den Ellie überrascht hatte, hatte er das kleine Mädchen vielleicht zurückgelassen und war geflohen, während Ellie bewusstlos gewesen war.

Sie biss die Zähne zusammen, ignorierte das Pochen in ihrem Schädel so gut es ging und stemmte sich hoch, bis sie stand. Noch immer benommen blinzelte sie, um ihre Umgebung wieder scharf zu sehen, und zog sich dann Latexhandschuhe über. Sie durchsuchte die Küche, nahm die Schränke, die Vorratskammer, den Wäscheschrank und jede möglich Nische in Augenschein, die groß genug für ein Kind – oder dessen Leiche – war. Danach sah sie sich das Wohnzimmer und den Essbereich genauer an. Der Holzboden war staubig und zerkratzt, und von den schmutzigen, mit braunen Flecken übersäten Wänden blätterte die Farbe ab. Keine Möbel.

In einem der drei Schlafzimmer lag eine verschlissene, modrig riechende Decke auf dem Boden, daneben eine leere Zigarettenschachtel.

Der Übelkeit erregende Gestank, der das Haus durchdrang, wurde stärker, je näher sie dem Badezimmer kam. Die Toilette sah aus, als wäre sie seit einem Jahrzehnt nicht mehr geputzt worden, und schwarzer Schimmel kroch von einem Wasserleck an der Badewanne die Wand hoch.

Widersprüchliche Gefühle, Erleichterung und Enttäuschung zugleich, ließen Ellies Brustkorb eng werden.

Weit und breit keine Penny.

Trotz ihres schmerzenden Kopfes durchsuchte sie die anderen Zimmer, aber wer auch immer hier gewesen war, war jetzt fort. Den Lebensmittelverpackungen und dem Müll nach zu urteilen, hatte die Person mehrere Wochen lang hier gehaust.

Nichts deutete darauf hin, dass Penny heute hier gewesen war. Aber die Mitarbeiter der Spurensicherung würden vielleicht mehr finden als sie.

Ellie taumelte zurück in die Küche, öffnete die Hintertür und wurde von einem Windstoß überrascht, der so eisig kalt war, dass ihr der Atem stockte.

Auf dem feuchten Boden waren Fußabdrücke zu sehen. Stiefel. Der Größe nach gehörten sie zu einem Mann.

Selbst, falls der Mann Penny nicht entführt hatte, hatte er

Ellie nicht ohne Grund angegriffen. Sie mussten ihn also aufspüren.

Aus dem Chaos in der Küche folgerte Ellie, dass er seine Spuren nicht besonders sorgfältig verwischte oder zumindest hier nachlässig gewesen war, was bedeutete, dass sich vielleicht Fingerabdrücke von ihm finden ließen.

Ihr Handy klingelte, und als Ellie aus Display schaute, stellte sie fest, dass sie mehrere Anrufe von ihrem Vorgesetzten verpasst hatte. Sie ging dran.

»Ja?«

»Wo sind Sie?«, blaffte Captain Hale.

Sie erklärte ihm knapp, was geschehen war.

»Meine Güte, Ellie, brauchen Sie einen Krankenwagen?«

Sie fuhr sich noch einmal mit den Fingern über den Hinterkopf und die Schläfe. Das Blut trocknete bereits und die Wunde war nicht so tief, als dass sie genäht werden müsste. Eine Fahrt in die Notaufnahme würde nur Zeit kosten, die sie nicht hatte.

Pennys Leben hing davon ab, dass sie ihren Job machte.

»Nein. Schicken Sie einfach ein paar Leute von der Spurensicherung. Vielleicht finden wir Fingerabdrücke. Wenn ja, können wir sie in der Datenbank mit Tätern abgleichen, die in der Vergangenheit Kindern gegenüber straffällig geworden sind.« Und vielleicht hätten sie dann auch eine Spur.

»Verstanden. Ich werde die Spurensicherung sofort losschicken.« Captain Hale seufzte. »Hören Sie, Detective, Ihr Vater drängt darauf, dass Sie von diesem Fall abgezogen werden. Was in Gottes Namen ist zwischen Ihnen vorgefallen?«

Ellie umklammerte das Handy mit feuchten Händen. »Gar nichts.«

»Wir wissen beide, dass nicht stimmt«, sagte er. »Also, was auch immer es ist, bringen Sie es in Ordnung. Und lassen Sie nicht zu, dass das zwischen Ihnen die Ermittlungen beeinträchtigt. Haben Sie verstanden?«

»Ja, Sir.« Die Wut auf ihren Vater wuchs weiter.

»Bürgermeister Waters sitzt mir auch im Nacken«, fuhr der Captain fort. »Wenn wir Penny nicht lebend finden, sieht es schlecht aus für unser Kommissariat. Die Stadt wird jemanden suchen, dem sie die Schuld zuschieben kann, und das werden wahrscheinlich Sie sein.«

Das würde Bryce bestimmt gefallen.

Sie schluckte einen Wutschrei hinunter, nachdem das Telefonat beendet war. Sie hatte sich für diesen Job den Arsch aufgerissen und wollte ihn ganz sicher nicht verlieren. Aber im Moment ging es ihr nur darum, Penny zu finden.

Obwohl sie immer noch mit Schwindel zu kämpfen hatte, suchte sie noch einmal den Hof ab, wobei sie darauf achtete, die Fußspuren im Schlamm rund um die Hintertür nicht zu zerstören. Die Äste der Bäume schwankten im Wind, ein paar Zweige krachten zu Boden. Laub wurde über den Rasen gewirbelt. Die Knospen der Bäume und die Wildblumen wurden von dem aufkommenden Sturm hin und her gepeitscht.

Fröstelnd trat Ellie unter das schützende Dach der Veranda, um sich vor dem stechend kalten Wind abzuschirmen, der durch die Bäume fegte, während sie auf die Leute der Spurensicherung wartete.

FÜNFZEHN

Cord McClain hatte, seit er in den Bergen lebte, schon viele Stürme erlebt, aber sein Bauchgefühl sagte ihm, dass der Tempest einer der schlimmsten Stürme des Jahrzehnts sein könnte.

Er fluchte, der heftige, prasselnde Regen fühlte sich an wie lauter Nadelstiche. Dann zog er seine schlammbesudelten Stiefel aus und betrat die rustikale Blockhütte, die er mietete. Sie lag mitten im Wald, in der Nähe des Flusses. Der Geruch nach feuchter Erde und nach den Rettungshunden, vermischt mit seinem eigenen Schweiß, klebte auf seiner Haut. Susans Wehklagen hallte in seinem Kopf wider.

Er presste die Hände auf seine Ohren, um das schreckliche Geräusch zu ersticken, aber es half nichts. Seit er als kleiner Junge über der Leichenhalle gewohnt hatte, war sein Kopf voller Schreie und Schluchzern, ausgestoßen vor Erschütterung und Trauer im Angesicht des Todes.

Die Regentropfen prasselten inzwischen so laut auf das Blechdach, dass es sich wie Steine anhörte. Mist. Innerhalb der nächste ein oder zwei Tage würden die eisigen Temperaturen und der nasse, gefrorene Boden dafür sorgen, dass der Trail für

Wanderer lebensgefährlich werden konnte. Und ebenso für die Suchtrupps.

Dennoch würden die Such- und Rettungsteams auf der Suche nach dem kleinen Mädchen die ganze Nacht draußen verbringen. Erinnerungen an die anderen Kinder, die auf dem Trail verschwunden waren, geisterten ihm durch den Kopf. Genau wie die langen Tage, die er damit verbracht hatte, die Berge und Höhlen nach ihren kleinen Leichnamen abzusuchen. Die endlosen Stunden, in denen er sich durch Unkraut und dorniges Gestrüpp gekämpft hatte, durch das eiskalte Wasser des Bachs gewatet und in enge Höhlen gekrochen war.

Als der Abend vorangeschritten war und sie Penny noch immer nicht gefunden hatten, war auch die Dunkelheit in ihm wieder emporgestiegen. Wie ein Tier spürte er jetzt die ungezähmten Gefühle, die ihn durchströmten. Die Wut und den Wahnsinn, von denen er nicht wusste, ob er sie kontrollieren konnte.

Normalerweise spendete der Wald ihm Trost, aber heute Abend war Penny da draußen, und auch die Suchmannschaften. Er musste ihren wachsamen, neugierigen Blicken entfliehen.

Also war er nach Hause gegangen, um sich die Nacht über hier einzuschließen.

Er schämte sich für den Menschen, der er früher gewesen war. Und auch für das, was er heute war. Für alles, was er niemals sein konnte.

Ellie war da gewesen und hatte die Suche angeleitet. Ellie mit ihrem hübschen goldblonden Haar und Augen in der Farbe des Himmels an einem sonnigen Frühlingsmorgen.

Ellie, auf die er sich für eine Nacht eingelassen hatte, als er noch jung gewesen war und naiver als jetzt.

Es war schrecklich, wie sehr er sich danach sehnte, sie wieder zu spüren. Er hatte von ihr geträumt, davon, dass sie in seinem Bett und in seinen Armen lag. Aber damals hatte sie gewollt, dass das Licht an blieb, während es ihn in die Dunkelheit zog ...

Regen prasselte auf das Dach nieder, und der Wind schlug mit ohrenbetäubendem Getöse gegen die Fensterscheiben.

Er entzündete die Späne im Ofen, der einzigen Wärmequelle im Haus, dann schenkte er sich einen fingerbreiten Schluck Bourbon ein und ging mit dem Glas in sein Schlafzimmer. Er zog seine schmutzigen Kleider aus und betrachtete seinen geschundenen Körper im Spiegel.

Die unregelmäßige Narbe entlang seiner Schläfe wurde halb von seinem wirren Haar verdeckt, die Narben auf seinem Rücken verbarg normalerweise sein Hemd. Er schloss die Augen und rief sich das beißende Gefühl des Gürtels auf seiner nackten Haut wieder in Erinnerung, bis ein tiefes, schmerzerfülltes Knurren seinen Körper erzittern ließ.

Und dann war da noch das Brandmal. Wie eine Tätowierung erinnerte es ihn an das Böse in ihm. Und an die dunkle Stimme, die es ihm verpasst hatte.

Du musst bestraft werden.

Und er war bestraft worden.

Die Prügel konnte er aushalten.

Es war das dunkle Loch gewesen, das ihn dazu gebracht hatte, sich in sich selbst und seine Gedankenwelt zurückzuziehen.

In diesem engen schwarzen Nichts zu liegen, während Erde durch seine Finger rieselte und der Regen ihm ins Gesicht schlug, hatte den Jungen in seinem Innersten zerstört und aus ihm einen Mann mit entsetzlichen Gedanken und Gewaltfantasien gemacht.

Der beißende Geruch von menschlichen Überresten, Fäulnisgasen, Formaldehyd und den Chemikalien, die zum Einbalsamieren der Leichname verwendet wurden, brannte in seiner Nase, so als hätte er ihn heute auf dem Trail gerochen. Dabei war das der einzige Ort, an dem er diesem Gestank normalerweise entfliehen konnte. Bilder davon, wie Blut aus einem Leichnam auf dem kalten Stahltisch floss, verfolgten ihn.

Weil er die Wut, die ihn innerlich aufzufressen drohte, loswerden musste, streifte er sich ein Sweatshirt über, zog die Schublade seines Nachtschränkchens auf und nahm den Schlüssel zu seiner Werkstatt heraus. Ein schwacher Lichtstrahl fiel in den kalten dunklen Raum. Es war gerade hell genug, dass er seine Messersammlung erkennen konnte. Waidmesser, Taschenmesser, Schweizer Armeemesser, ein Buck-Klappmesser mit Holzgriff und Messingkropf, ein Bush 110 für unterwegs und dazu einige Messer und Werkzeuge zum Schnitzen.

Holzreste stapelten sich auf dem Boden, bereit, von seinen Händen geformt zu werden.

Er setzte sich auf den Hocker, den er aus einem Baumstamm geschnitzt hatte, wählte sein Lieblings-Taschenmesser aus und fuhr mit den Fingern über die Klinge. Dann nahm er ein unebenes Stück Holz in eine Hand, setzte das Messer schräg an und begann zu pfeifen, während er die Unvollkommenheiten weghobelte.

SECHZEHN

TAG ZWEI DES VERSCHWINDENS

2. März, 1:00 Uhr früh

Eisiger Regen schlug Ellie ins Gesicht und der kalte Wind drang ihr durch die Kleidung bis auf die Knochen, als sie vom Auto zu ihrer Haustür rannte. Ihr Kopf dröhnte und sie war so müde, dass ihr jeder Muskel wehtat. Sie schloss ihren Bungalow auf und streifte die Jacke ab. Wie vom Wetterbericht vorhergesagt sank die Temperatur schnell und aus dem Regen wurde ein Graupelschauer.

Sorge um Penny ergriff Ellie und sie warf einen Blick auf die Bauernuhr an der Wand. Seit Stunden gab es keine neuen Hinweise oder Spuren. Und mit jeder weiteren Stunde, die verging, sanken Pennys Überlebenschancen.

Wie sollte sie etwas anderes tun, als an dem Fall zu arbeiten?

Ellies Magen knurrte, aber sie bekam jetzt nichts herunter, also ging sie um die Frühstückstheke herum und steuerte auf ihren Schreibtisch in der Wohnzimmerecke zu.

In Gedanken ging sie eine imaginäre Checkliste durch. Sie hatte hartnäckig Fragen gestellt, hatte die Familie und die

Nachbarn vernommen und noch zwei weitere leerstehende Häuser durchsucht. Die Such- und Rettungstrupps waren rund um die Uhr im Einsatz. Pennys Foto war ständig in den Nachrichten zu sehen und war an alle Strafverfolgungsbehörden weitergeleitet worden.

Die Spurensicherung hatte ein paar kurze braune Haare im Haus der Dugans gefunden und auch einige Fingerabdrücke. Sie konnten von einem Wanderer, einem Obdachlosen oder einem Hausbesetzer stammen, der während der kalten Wintermonate dort Schutz gesucht hatte. Jeder von ihnen hätte sie angreifen können, als sie ihn im Haus überrascht hatte. Vielleicht war es sogar ein Meth-Dealer gewesen, der dort seine Zelte aufschlagen wollte. Aber sie hatten keine Pfannen, Chemikalien oder anderes Zubehör gefunden, das man benötigte, um die Droge herzustellen.

Alle Beweisstücke, die die Spurensicherung gefunden hatte, einschließlich des Taschenmessers, das Ellie entdeckt hatte, waren bereits auf dem Weg ins Labor. Sie würde sich morgen dort erkundigen. Wieder warf Ellie einen Blick zur Uhr. *Na ja, wohl eher heute.*

Die Karten, die über ihrem Computer an der Wand hingen, schienen sie zu verspotten. Sie zeigten Wanderwege von Georgia nach North Carolina und dann hoch bis nach Virginia. Alle Orte also, die sie und ihr Vater auf ihren Wanderungen durchquert hatten. Die Karten standen für all diese Erinnerungen ... und für all ihre Pläne.

Sie blätterte durch den Stapel an Karten auf ihrem Schreibtisch, die sie für zukünftige Ausflüge zusammengetragen hatte.

Von neuem durchströmte sie der Schmerz. Diese Wanderungen würden sie niemals gemeinsam unternehmen. Sie hatte so hart gearbeitet, um zu beweisen, dass sie ihrem Vater ebenbürtig war, oder zumindest so nah an ihn heranzukommen wie möglich, aber er hatte diesen selbstverliebten Aufschneider Bryce ihr vorgezogen.

Wenn sie ihrem Vater anvertraut hätte, was Bryce ihr angetan hatte, hätte er ihn trotzdem ausgewählt?

Hitze stieg in ihre Wangen. Nein ... davon würde sie ihm nie erzählen. Es war sowieso egal. Das war schließlich Jahre her.

Und sie war inzwischen ein anderer Mensch. Nicht mehr zurückhaltend und leicht einzuschüchtern. Sie war jetzt stark. Eigenständig. Unabhängig.

Sie musste Penny finden. Das war alles, was zählte.

Immer noch unter Strom ging sie ins Badezimmer, um ihre Kopfverletzung genauer zu untersuchen. Ein Blick in den Spiegel genügte, um ihr zu zeigen, dass sie aussah wie der Tod auf Urlaub. Von ihrer Schläfe bis zum Haaransatz zog sich eine gut fünf Zentimeter lange klaffende Wunde, Blut klebte in ihrem Haar und ihre Wangen waren dreckverschmiert. Sie feuchtete einen Waschlappen an und wischte das getrocknete Blut ab, dann beugte sie sich vor, um die Verletzung genauer zu betrachten. Sie war definitiv nicht so tief, dass sie genäht werden musste, aber es würde sich ein Bluterguss in allen möglichen Lila- und Blautönen entwickeln.

Sie öffnete den Medizinschrank, nahm die Aspirinpackung heraus und schluckte zwei Tabletten.

Das Medikament gegen depressive Verstimmungen und Angstzustände, das die Therapeutin ihr verschrieben hatte, schien sie aus dem Schrank anzustarren. Sie hatte vor Jahren aufgehört, die Tabletten zu nehmen.

Seither hatte sie keine Wahnvorstellungen mehr gehabt und Mae nicht mehr gesehen.

Zumindest bis heute.

Dennoch hatte sie die Flasche aufbewahrt, als Erinnerung an das, was sie überstanden hatte.

Die verlockende Vorstellung, die Angst, die ihr die Kehle zuschnürte, einfach zu betäuben, ließ sie an dem Verschluss drehen.

Ihre Hand bebte, und der Raum verschwamm vor ihren Augen. Zitternd kämpfte sie gegen den Drang an, die Flasche zu öffnen, ließ die Hand sinken und knallte dann den Medizinschrank zu. Sie war nicht mehr das schwache kleine Mädchen oder der verängstigte Teenager. Sie konnte das schaffen. Außerdem musste sie für ihre Arbeit einen klaren Kopf bewahren, und die Pillen vernebelten ihr Hirn.

Sie ignorierte den stechenden Schmerz in ihrem Kopf, zog sich aus und stieg unter die Dusche, um sich den Schweiß, den Schmutz und vor allem den muffigen Gestank des Dugan-Hauses vom Körper zu waschen.

Sobald das Wasser kühler wurde, spülte sie den Schaum ab und trat aus der Dusche. Sie trocknete sich ab, zog eine Pyjamahose und ein langärmeliges T-Shirt an und ging zurück in die Küche.

Als sie an ihrer Kommode vorbeikam, erinnerte sie sich an die Bilder, die sie als Kind zusammen mit der Therapeutin gezeichnet hatte. So viele Erinnerungen, die sie gut verstaut hatte. Schlagartig überkam sie die Versuchung, die Zeichnungen anzuschauen. Sie nahm das Kistchen in die Hand, fuhr mit dem Finger über die Holzmaserung und die

Initiale E, die ihr Vater in den Deckel geschnitzt hatte. Während Maes Geflüster durch ihren Kopf geisterte, holte Ellie tief Luft und streckte die Finger nach dem Schloss aus, um das Kistchen zu öffnen. Ihre Finger zitterten schon wieder. Ihre Sicht trübte sich, und dunkle Flecken tanzten durch ihr Blickfeld.

Ihr war schwindlig, aber sie blinzelte gegen das Gefühl an und taumelte rückwärts zu ihrem Bett. Sie stieß mit den Kniekehlen gegen die Kante der Matratze und stützte sich mit einer Hand auf dem Bett ab. Trotzdem schwankte das Zimmer, und plötzlich schienen die Berge sie zu verschlucken.

Sie hielt sich an einem Ast fest, um nicht in die Schlucht zu stürzen. Dann packte eine Hand nach ihr.

Das Klingeln ihres Handys holte sie in die Wirklichkeit zurück.

Noch immer um Luft ringend, erinnerte sie sich daran, dass sie in Sicherheit war. Was war passiert? Hatte sie Pennys Ängste auf sich selbst projiziert? Oder war das etwa eine ihrer eigenen Erinnerungen gewesen?

Wieder klingelte das Handy. Ellie unterdrückte das Schwindelgefühl und beeilte sich, zum Handy zu kommen. Sie warf einen Blick auf die Nummer, in der Hoffnung, dass es Cord mit guten Nachrichten wäre.

Aber nein, es war Angelica Gomez. Ellie ließ das Telefon weiterklingeln, bis sich die Mailbox einschaltete, und wartete, ob die Reporterin eine Nachricht hinterlassen würde. Das tat sie, sie wollte wissen, was es in dem Fall Neues gab. »Rufen Sie mich zurück, Detective Reeves. Ich habe Informationen für Sie.«

Ellie überlegte, was das bedeuten sollte. War es nur ein Trick von Angelica, die sichergehen wollte, dass sie sie zurückrief? Oder verfügte sie tatsächlich über wertvolle Informationen?

Mist! Sie musste dem nachgehen, also wählte sie die Nummer der Frau und schenkte sich einen Whiskey ein, während es klingelte. Sie schwenkte das Glas mit der satten bernsteinfarbenen Flüssigkeit und ihr stiegen Duftnoten von Vanille, Eichenholz und Karamell in die Nase. Ellie genoss das Gefühl, wie der Whiskey mit sanftem Brennen ihre Kehle hinunterlief.

Sie wollte gerade eine Nachricht hinterlassen, als die Reporterin abnahm. »Vielen Dank, dass Sie mich zurückrufen, Detective.«

Vor Ungeduld wurde ihr Tonfall schärfer. »Hören Sie, Miss Gomez. Ich bin todmüde und muss meine Telefonleitung für Hinweise freihalten. Wenn Sie etwas wissen, dann spucken Sie es aus. Ich bin jetzt nicht in der Stimmung für Spielchen.«

»Ich treibe keine Spielchen«, sagte Angelica kühl. »Aber ich möchte exklusiv darüber berichten.«

Weil sie glaubte, dass es sich um mehr als einen Vermisstenfall handelte?

»Sagen Sie mir, was Sie wissen, und dann sehen wir weiter.«

Nach einer langen Pause schnaubte Angelica. »Stan Matthews hat gelogen, was seine Ehe angeht. Er hatte eine Affäre, und seine Frau wusste davon.«

SIEBZEHN

Donner weckte Ellie um sieben Uhr morgens. Sie hatte nicht einschlafen wollen, aber die Erschöpfung hatte schließlich ihren Tribut gefordert und so war sie irgendwann gegen zwei Uhr morgens auf dem Sofa weggedämmert.

Stan Matthews hatte sie angelogen, was seine Ehe betraf. Susan hatte sie angelogen, was Stans aufopferungsvolle Hingabe an die Familie betraf.

Was hatten die beiden sonst noch vor ihr verheimlicht?

Sie nahm ihr Handy, hoffte auf die Nachricht, dass Penny gefunden worden war.

Aber da war keine Nachricht. Vor Frust versteifte sich ihr Körper.

Ellie stand auf, streckte sich und schaltete das Radio ein.

»Hier ist Cara Soronto mit den neuesten Informationen über den Wintersturm Tempest. Heute Nacht gab es heftige Regenschauer und heute Nachmittag werden die Temperaturen bis unter den Gefrierpunkt fallen. Für die Nacht rechnen wir mit Schneeregen und Schneefall.« Sie hielt inne. »Außerdem werden Windböen bis zur Windstärke acht erwartet und es wird Blitzeis auf den Straßen geben. An alle, die zuhören: Breiten sie sich vor. Ziehen Sie sich warm an und bleiben Sie wenn möglich zu Hause.«

Angst erfasste Ellie. Zu Hause zu bleiben, war für sie keine Option. Ein unschuldiges kleines Mädchen war in diesem Chaos da draußen verloren. Sie musste sich beeilen.

Mit rasendem Puls stolperte sie in die Küche und kochte Kaffee. Während er durchlief, duschte sie.

Die Prellung auf ihrer Stirn war dunkel verfärbt und geschwollen. Ellie erneuerte den Verband, schluckte eine Schmerztablette und versteckte die Verletzung unter ihrem schrägen Pony. Sie nahm ihr Haar zu einem Pferdeschwanz zusammen und trug unterhalb der Augen Puder auf, um den violetten Bluterguss zu verbergen.

Die Müdigkeit steckte Ellie noch in den Knochen, als sie Kaffee in ihren Thermobecher goss und sich auf den Weg zu ihrem Jeep machte. Graue Wolken hingen tief über den Bergen und von den im Wind erzitternden Bäumen tropfte der Regen. Ellie stellte sich vor, dass die verängstigte Penny sich verirrt hatte oder verletzt war. Der Gedanke schnürte ihr die Luft ab.

Doch sie hatte jetzt keine Zeit für einen Nervenzusammenbruch. Das musste bis später warten.

Während der Fahrt kippte sie ihren Kaffee runter, aber an diesem Morgen schmeckte er bitter. Ellie fand, dass sie noch eine Stärkung vertragen konnte, hielt am Café an der Ecke und eilte hinein. Sie bestellte ein Sandwich zum Mitnehmen.

Gertrude Cunningham, die Bibliothekarin des Städtchens, saß an einem Tisch in der Nähe des Tresens. Sie winkte Ellie zu, und es wäre ihr unhöflich vorgekommen, nicht Hallo zu sagen. Aber als sie näherkam, bemerkte sie, dass ihre Mutter ebenfalls mit am Tisch saß, genau wie Lily Hanover, die Vorsitzende des Gartenvereins.

Vera strahlte sie an und deutete auf einen Stapel Flugblätter mit einem Foto von Penny.

»Schau mal, Ellie, wir hängen überall in Stony Gap und

Crooked Creek Flugblätter auf«, flötete Vera. »Ich nehme ein paar davon mit zur Kirche, und Gertie schickt sie an alle Geschäftsinhaber und Einwohner, die im E-Mail-Verteiler der Bibliothek sind.«

»Danke«, sagte Ellie und meinte es so.

Lola Baker, die Inhaberin des Cafés, rief Ellie, weil ihre Bestellung fertig war. »Gibt es etwas Neues von Susans kleiner Tochter?«

Ellie biss die Zähne zusammen. »Bisher nicht.«

Eine Frau eilte vorbei. Sie hatte ein kleines Mädchen an der Hand und umklammerte dessen Finger fest. Zwei weitere Kunden traten vor, um ebenfalls etwas zum Mitnehmen zu bestellen. Der Mann starrte Ellie wütend an. »Wir verschwinden hier so schnell wie möglich wieder. Wenn es jemand auf unsere Kinder abgesehen hat, wollen wir in dieser Stadt nicht bleiben.«

Ellie spürte den Drang, den Leuten zu versichern, dass sie in Sicherheit waren, aber das konnte sie nicht, ohne zu lügen, also sagte sie nichts. Stattdessen bezahlte sie ihr Essen und eilte zur Tür.

»Tschüss, mein Schatz«, trällerte ihre Mutter.

Ellie hob in einer halbherzigen Geste die Hand und zwängte sich dann durch die Tür. Dass ihre Mutter den gestrigen Abend offenbar einfach ignorieren wollte, machte sie rasend. Aber Vera hatte sich eben immer eingeredet, dass ihre Familie perfekt sei.

Draußen wurde Ellie von zwei Anwohnern regelrecht angepöbelt.

»Wie können Sie hier nur in Ruhe essen, während Susan und Stan ganz krank vor Sorge sind?«

»Warum haben Sie das Mädchen noch nicht gefunden?«

»Ist ein Kindesentführer in der Stadt?«

»Suchen Sie nach einem Pädophilen?«

Ellie murmelte, dass sie zur Arbeit müsse, dann stieg sie

schnell in ihr Auto und fuhr mit quietschenden Reifen vom Parkplatz. Es regnete schon wieder, und sie drehte die Heizung auf, um die beschlagene Windschutzscheibe freizubekommen. Obwohl die ersten Läden gerade aufmachten, fuhren bereits mehrere Autos vom Parkplatz des Bed and Breakfast.

Als sie am Haus der Familie Matthews ankam, sah sie, dass der Nachrichtenwagen von Channel 5 schon vor der Tür stand. Angelica Gomez sprang heraus, sobald sie Ellies Jeep bemerkte. Ellie stellte sich schon darauf ein, den Kameramann abzuweisen, aber offenbar hatte er die Anweisung bekommen, noch nicht mit dem Dreh zu beginnen.

»Sind Sie meinen Hinweisen nachgegangen?«, fragte Angelica, ohne Zeit für Höflichkeiten zu verschwenden.

Ellie gab einen uneindeutigen Laut von sich. »Ich arbeite dran.«

Die Reporterin packte sie am Arm, als Ellie versuchte, sich an ihr vorbeizuzwängen.

»Sie haben mir einen Exklusivbericht versprochen. Falls dieser untreue Mistkerl seiner Tochter wehgetan hat, will ich darüber berichten.«

Ellie wandte sich der Reporterin zu. In ihren Augen las Ellie glühenden Zorn und sie fragte sich, warum Angelica dieser Fall so unter die Haut ging.

»Ms Gomez, wir haben nach Mitternacht telefoniert. Es ist noch nicht mal acht Uhr früh. Ich werde Sie auf dem Laufenden halten«, sagte Ellie. »Matthews war die ganze Nacht mit den Suchtrupps draußen unterwegs. Ich muss mit Susan sprechen, bevor er nach Hause kommt.«

Angelica schien zu verstehen, sie nickte und trat beiseite, sodass Ellie an ihr vorbeigehen konnte. Heath schloss ihr das Haus der Familie auf. Sein Haar war zerzaust, als wäre er nur kurz mit den Händen hindurchgefahren, seine Augen waren gerötet und er hätte mal wieder eine Rasur vertragen können.

»Konntest du dich letzte Nacht überhaupt ein bisschen ausruhen?«, fragte sie.

»Nicht wirklich. Die Mutter hat sich in den Schlaf geweint. Der Vater hat angerufen und sich wütend darüber ausgelassen, dass wir nicht genug tun würden.«

Da war er nicht der Einzige. »Was ist mit den anderen Nachforschungen und mit den Handys der Eltern?«

»Es gab keine Erpresseranrufe. Und es deutet auch nichts darauf hin, dass sie vorhatten, ihre Tochter loszuwerden.«

Hinter Ellie ertönte ein Keuchen: Susan stand im Türrahmen, auf ihrem Gesicht zeichnete sich Entsetzen ab.

»Wie können Sie nur so etwas Schreckliches andeuten?«, fragte sie schrill.

»Es tut mir wirklich leid, dass Sie das mitangehört haben«, erwiderte Ellie. »Aber wir stellen solche Fragen routinemäßig. So ist das Prozedere.« Ellie verschränkte die Arme. »Wir müssen uns unterhalten, Susan. Wir haben erfahren, dass Stan möglicherweise eine Affäre hatte und dass Sie davon wussten. Warum haben Sie mir das nicht erzählt?«

Susan hielt sich an der Küchentheke fest. »Wer hat Ihnen das erzählt?«

»Stimmt es denn?«, fragte Ellie.

Pennys Mutter gab einen gequälten Laut von sich. »Es war nur einmal«, flüsterte sie heiser. »Und es tat Stan leid. Er hat sich entschuldigt und wir ... wir haben uns zusammengerauft.«

»Warum haben Sie dann gelogen, als ich Sie nach Ihrer Ehe gefragt habe?«, hakte Ellie nach.

»Weil ich wusste, dass das keinen guten Eindruck vermittelt hätte und Stan nicht vertrauenswürdig gewirkt hätte.«

Sie schlenkerte ungeduldig mit den Armen. »Aber er hat Penny nicht wehgetan. Das habe ich Ihnen ja schon oft gesagt.«

Ellie zog ihren Notizblock aus der Tasche und schob ihn über die Arbeitsplatte zu Susan hin. »Schreiben Sie mir den Namen der Frau auf.«

Susans Augen weiteten sich vor Schreck. »Glauben Sie etwa, dass sie etwas mit Pennys Verschwinden zu tun haben könnte?«

Wer wusste das schon? Eifersucht konnte einen Menschen um den Verstand bringen. Falls sie auf Stan fixiert war und wollte, dass er seine Frau verließ, hatte sie vielleicht Penny entführt, um das Paar auseinanderzubringen.

»Der Name«, forderte Ellie schlicht. »Und wenn Sie mit Stan sprechen, sagen Sie ihm nicht, dass Sie mir das erzählt haben.«

Alle Farbe wich aus Susans Gesicht, doch sie notierte den Namen der Frau.

Ellie reichte den Block an Heath weiter, er würde die Frau ausfindig machen.

»Nun gut, Susan«, sagte Ellie knapp. »Belügen Sie mich nicht noch einmal. Ich muss alles wissen – auch das, was Sie lieber verschweigen würden.«

ACHTZEHN

Decatur

Special Agent Derrick hatte die halbe Nacht damit verbracht, die Akten über die verschwundenen Mädchen noch einmal durchzusehen.

Als er dann endlich eingeschlafen war, hatte ihn das unschuldige Gesicht von Penny Matthews heimgesucht. Genau wie all die Fragen nach dem Was-wäre-wenn, die man sich unweigerlich stellte, wenn ein Kind vermisst wurde. Die Ungewissheit, Befürchtungen und Sorgen wuchsen mit jeder Sekunde, die verstrich.

Der gequälte Gesichtsausdruck seiner Mutter an dem Tag, an dem seine kleine Schwester verschwunden war, verfolgte ihn heute noch genauso wie damals mit vierzehn Jahren, als er in Panik geraten und zu seinen Eltern gelaufen war, weil er Kim nicht hatte finden können.

Kim war der kleine Engel seiner Mutter gewesen, sie hatte gerne Erdnussbutterkekse gegessen, im Gras Rad geschlagen, Glühwürmchen gejagt und sie in leeren Mayonnaisegläsern gesammelt.

Kim war an genauso einem Frühlingsnachmittag wie diesem für immer verschwunden.

Mit dem Unterschied, dass der Himmel heute nicht strahlend blau war und die Sonne nicht schien. Das Wetter war rau und ein lebensgefährlicher Sturm zog heran. Die schiere Zahl der vermissten Kinder drohte Derrick zu erdrücken. Alles in ihm schrie danach, ihnen Gerechtigkeit zu verschaffen.

Er ballte seine Hände zu Fäusten, während die Morgennachrichten auf seinem Computerbildschirm liefen. Die Aufnahmen von gestern wurden wiederholt, danach folgte ein Update. Man sah Detective Ellie Reeves, wie sie das Haus der Matthews betrat.

Ihr goldblondes Haar war zu einem Pferdeschwanz gebunden. Sie hatte ein herzförmiges Gesicht, trug Jeans, ein weißes Shirt und eine Jeansjacke, unter der er die Waffe an ihrem Gürtel erkennen konnte. Dass sie eine Waffe trug, passte nicht recht zur zierlichen Statur der Frau. Sie konnte nicht viel mehr als fünfzig Kilo wiegen.

Sie hatte einen Verband an der Stirn und um die Augen einen Bluterguss, der so blau leuchtete wie Lupinen.

Neugierig beugte er sich näher zum Bildschirm heran und betrachtete sie genauer. Das eine Auge war geschwollen, aber auch das andere sah verquollen aus, was darauf schließen ließ, dass sie fast die ganze Nacht auf gewesen war.

Niemand schlief, wenn ein Kind vermisst wurde. Die Leute arbeiteten oder sie machten sich Sorgen. So oder so standen alle so sehr unter Druck, dass sie schlaflose Nächten hatten.

Dass man Penny Matthews noch nicht gefunden hatte, war über alle Maßen frustrierend, aber nicht völlig überraschend.

Er verfolgte die Vermisstenfälle, seit ihm vor zehn Jahren das Foto eines Kindes aufgefallen war, das Kim ähnlichsah. Die Kleine war auf dem AT in North Carolina verschwunden.

Dass das Verschwinden von Penny Matthews mit den

anderen Fällen zusammenhing, konnte er zum jetzigen Zeitpunkt nur vermuten.

Aber er war sicher, dass Ellie Reeves der Presse nicht alles, was sie wusste, enthüllen würde.

Die einzige Möglichkeit, alles zu erfahren, war, persönlich mit ihr zu sprechen.

Außerdem wollte er die Ermittlerin über ihren Vater befragen und herausfinden, warum er die Suche nach dem Entführer seiner Schwester viel zu früh abgebrochen hatte.

Bei Gott, er hatte oft genug versucht, Sheriff Reeves wegen der anderen Fälle zu kontaktieren, aber jedes Mal war er gescheitert. Randall Reeves hatte ihn immer abgewiesen. Er hatte sogar angedeutet, Derrick brauche professionelle Hilfe.

Zur Hölle mit ihm.

Derrick verstaute seine Notizen sowie die Karten, auf denen er vermerkt hatte, woher die Mädchen stammten und wo sie verschwunden waren, zusammen mit den Fotos der Opfer in seiner Aktentasche, bevor er nach seinem Laptop griff.

Er lief in sein Schlafzimmer und warf Kleidung und Toilettenartikel in eine Reisetasche. Crooked Creek lag nur drei Stunden entfernt.

Gegen elf Uhr würde er dort sein.

NEUNZEHN

Crooked Creek

Kaum hatte Ellie das Polizeirevier betreten, hörte sie die Stimme ihres Vaters aus dem Büro des Captains dröhnen.

Verdammt, er hatte hoffentlich gute Neuigkeiten.

»Jemand anderes soll die Presse in Schach halten, nicht Ellie«, sagte ihr Vater schroff. »Ich will nicht, dass sie vor den Kameras steht.«

Ellie machte sich nicht die Mühe, anzuklopfen. Wutentbrannt stürzte sie ins Zimmer.

»Was soll das, Dad?«

Randall legte die Stirn in Falten. Er sah aus wie ein Kind, das dabei erwischt worden war, wie es Geld aus dem Portemonnaie seiner Mutter gestohlen hatte. Seine Augen verengten sich, während er ihr Gesicht betrachtete.

»Was zum Teufel ist mit dir passiert?«

Sie hatte ihr blaues Auge vergessen.

Verbissen hielt ihr Vater den Blickkontakt. »Nichts«, sagte Ellie, entschlossen, nicht vom Thema abzuweichen.

Captain Hale fuhr sich mit der Hand über den kahlen Kopf. »Ist alles in Ordnung, Detective Reeves?«

Ellie sog scharf die Luft ein. »Ja, es geht mir gut.« Sie wandte sich wieder an ihren Vater, weil sie wusste, dass er nicht lockerlassen würde. »Jemand hat mich von hinten niedergeschlagen, als ich gestern Abend die Dugan-Farm nach Penny abgesucht habe. Und bevor du fragst: Er ist entkommen, aber ich hoffe, dass die Spurensicherung etwas gefunden hat.« Sie straffte die Schultern. »Jetzt lass uns zum Wesentlichen zurückkommen. Der Kontakt mit der Presse ist als leitende Ermittlerin Teil meines Jobs.« Sie wandte sich dem Captain zu. »Ich schaffe das, und das wissen Sie auch.«

Captain Hales Auge zuckte. »Ich weiß.«

Ihr Vater grummelte. »Hör mal, Rick ...«

Ellie ballte ihre Hände zu Fäusten. Wie dicke waren ihr Vater und ihr Chef eigentlich miteinander? »Könnte ich unter vier Augen mit dem Sheriff sprechen? «

Als sie ihn so förmlich ansprach, zog ihr Vater verwundert die Augenbrauen hoch. »Selbstverständlich.«

Captain Hale wirkte verwirrt, aber er hob kapitulierend die Hände.

Bevor sie das Büro verließ, richtete Ellie das Wort an den

Captain. »Wir treffen uns in einer halben Stunde im Konferenzraum zu einer Besprechung. Ich habe Cord geschrieben, dass er vorbeikommen soll, damit wir uns neu organisieren können. Deputy Landrum sollte auch dabei sein.«

Captain Hale nickte. »Ich rufe Harley an. Er langweilt sich sowieso, seit er im Ruhestand ist. Vielleicht kann er die Mutter beaufsichtigen, während Heath hier vorbeischaut.«

Ellie bedankte sich bei ihm und bedeutete ihrem Vater, ihr zu folgen. Sie betraten den Besprechungsraum neben dem Büro des Captains. Als Ellie ihrem Vater gegenüberstand, wurde sie noch wütender.

Sie war gerade drauf und dran, ihn zusammenzustauchen,

da hob er eine Hand und wollte über ihre Wange streicheln, wie um sie zu trösten. Ellie wich zurück. »Lass das. Ich habe doch gesagt, dass es mir gut geht.«

»So siehst du aber nicht aus«, brummte er. »Du siehst aus, als hättest dir jemand eins mit seiner Pistole übergezogen. Warst du allein dort, El?«

Ellie biss die Zähne zusammen. »Ja. Du weißt doch, dass wir zu wenig Personal haben, weil alle nach Penny suchen. Apropos, wo ist dein Deputy?«, fragte sie spitz.

Ihr Vater fuhr sich mit einer Hand durch sein graumeliertes Haar. Er wirkte an diesem Morgen müde, und die Falten um seine Augen waren noch tiefer als sonst. Aber sie zwang sich, nicht darüber nachzudenken, dass er die ganze Nacht mit den Suchtrupps draußen unterwegs gewesen war.

»Er ... ähm ... musste noch etwas erledigen.«

Ellie stieß ein sarkastisches Schnauben aus. »Verstehe. Er ist damit beschäftigt, Wahlkampfschilder aufzuhängen, während wir ein vermisstes kleines Mädchen suchen.« Sie gab sich keine Mühe, ihre Verachtung zu verhehlen. »Und so jemanden wünschst du dir als deinen Nachfolger.«

Ein gequälter Ausdruck huschte über sein Gesicht. »Du siehst das falsch, El.«

»Ich sehe das genau richtig.« Bryce hatte einen Schwanz. Und er hatte Geld. Zudem war sein Vater der Bürgermeister. Mehr war offenbar nicht nötig. Ihr Vater wich ihrem Blick aus. Noch ein Grund mehr, Grenzen zu setzen. »Um das klarzustellen, Dad: Du hast kein Recht, an meinem Arbeitsplatz zu erscheinen und hinter meinem Rücken mit meinem Chef über mich zu reden.«

»Aber ich mache mir doch nur Sorgen ...«

Sie hob eine Hand, um ihn vom Weitersprechen abzuhalten. »Lass das. Du willst vielleicht nicht, dass ich Sheriff von Bluff County werde, aber ich habe mir Captain Hales Anerkennung hart erarbeitet. Ich werde nicht zulassen, dass du meine Autorität untergräbst.«

»Das habe ich doch gar nicht.«

»Doch, hast du.« Ellie würde nicht nachgeben. »Wenn du dich weiterhin einmischst, werde ich den Captain bitten, dich von dem Fall abzuziehen.«

»Das kannst du nicht«, erwiderte ihr Vater. »Alle Behörden müssen bei so einem Fall zusammenarbeiten. Und falls du es vergessen hast: Du arbeitest für den Sheriff, genau wie jeder andere in diesem County.« Er unterstrich seine Aussage, indem er sich mit einer Faust auf die Brust klopfte. »Und das bin immer noch ich.«

Ellie fühlte sich, als wäre sie sechs Jahre alt und gerade ausgeschimpft worden. Er hatte zwar recht, aber dass er sich auf seinen höheren Dienstrang berief, machte sie wütend. Wenn Bryce als neuer Sheriff in die Fußstapfen ihres Vaters trat, würde sie für ihn arbeiten. Er würde die Machtkarte definitiv zu seinem Vorteil ausspielen.

Bei diesem Gedanken hätte sie sich übergeben können.

Aber sie war eine Kämpfernatur und würde sich jetzt nicht geschlagen geben. »Das mag stimmen. Aber es kann sich auch ändern. Wenn das alles vorbei ist, werde ich mich in ein anderes County versetzen lassen, weit weg von hier. Irgendwohin, wo du nicht ins Revier stürmen und meinem Chef sagen kannst, wie er mit mir umgehen soll.«

Die Drohung brachte ihn zum Schweigen. Na also. Sie konnte diesen Mist jetzt nicht gebrauchen. Ihr Kopf fühlte sich an, als säße darin ein Männchen mit einer Schlagbohrmaschine.

Der Fall Penny Matthews verlangte ihre volle Aufmerksamkeit. Und ein Hickhack mit ihrem Vater half überhaupt nicht.

ZWANZIG

Eine Stunde später straffte Ellie die Schultern, als sich alle zur Besprechung im Konferenzraum versammelten. Der Captain, ihr Vater, Cord und Heath sowie drei weitere Deputies aus Crooked Creek und Stony Gap wandten ihr aufmerksam den Blick zu.

Sie zeigte auf das Foto von Penny, das oben am Whiteboard befestigt war. »Das ist unsere Vermisste, Penny Matthews, sieben Jahre alt. Sie ist gestern gegen ein Uhr nachmittags verschwunden.« Sie hängte Aufnahmen vom Picknickplatz daneben und dann Fotos von Pennys Freundschaftsarmband, der Basecap der Braves und dem Messer, das sie gefunden hatte. »Diese Gegenstände wurden am Tatort entdeckt und werden gerade im Labor untersucht, aber wir wissen bereits, dass die Basecap Stan Matthews gehört.«

Sie hatte das Whiteboard in Abschnitte unterteilt, die mit »Verdächtige Personen«, »Motive«, »Beweismittel« und »Fragen« überschrieben waren.

Als Nächstes hängte sie ein Foto von Pennys Eltern auf. »Bis jetzt scheint die Geschichte der Eltern stimmig zu sein. Dank Deputy Landrums Nachforschungen, was die finanzielle

Lage des Paars und ihre Versicherungspolicen angeht, können wir Kidnapping, um Lösegeld zu erpressen, als Motiv ausschließen. Allerdings habe ich gestern Abend erfahren, dass Stan Matthews eine Affäre mit einer Frau namens Pauline Shore hatte. Seine Ehefrau beharrt darauf, dass es ein One-Night-Stand war und sie an ihrer Beziehung gearbeitet hätten. Wir versuchen, die andere Frau ausfindig zu machen. Bis jetzt allerdings ohne Erfolg.«

»Ich werde weiter nachforschen«, warf Heath ein.

Ellie fügte Stan Matthews' Namen zu den Verdächtigen hinzu. Dann schrieb sie Pauline Shore in eine neue Zeile. Daneben notierte sie mögliche Motive. *Vater wollte aus der Ehe fliehen, sah aber die Tochter als Hindernis? Affäre drängte ihn, seine Frau zu verlassen?*

Ellie tippte auf das Board. »Falls Pauline Stan für sich allein haben wollte, hat sie vielleicht Penny entführt, um das Paar auseinanderzubringen.«

Ein beunruhigtes Raunen ging durch den Raum. »Dann haben wir Pennys Lehrer, George Zimmerman, der die Anschuldigung vorgebracht hat, sie könnte misshandelt worden sein. Aber dafür haben wir keine Beweise.«

Captain Hale räusperte sich. »Ich konnte ihre Patientenakte nicht einsehen, aber ihr Kinderarzt hat ausgesagt, dass er keine Anzeichen für Misshandlung sieht.«

Ellie hielt diese Information ebenfalls auf dem Board fest und erzählte dann vom Vorfall auf der Dugan-Farm. »Keine Spur von einem Kind, aber wir werden sehen, was die Spurensicherung herausfindet.«

»Wir haben nicht weit von Bald Hill einen Stofffetzen gefunden, der aussieht, als stamme er von der Jacke eines Mannes«, sagte Cord. »Ich habe ihn ins Labor geschickt.«

Er befestigte eine Karte mit dem Suchraster an die Wand. »Wir haben im Umkreis von gut fünfzehn Kilometern alles abgesucht. Darunter Gegenden mit dichtem Gebüsch, die Felsvorsprünge und steilen Felswände in der Nähe des Baches und die Schutzhütte am Vulture's Point«, fuhr Cord fort. »Die Fußabdrücke, die wir in der Nähe von Bald Hill entdeckt haben, verloren sich im Bach.«

Das Foto der messerscharf abfallenden Gebirgsgrate in der Nähe von Bald Hill schien Ellie zu verspotten. Der steile Abhang führte über zweihundert Meter in die Tiefe und war so dicht mit Gestrüpp bewachsen, dass Penny, falls sie dort abgerutscht sein sollte, unter Ästen und Erde begraben war.

»Was ist mit den Suchhunden?«, fragte Ellie.

»Sie haben hinter dem Bach kilometerweit alles abgesucht, aber es gab keine Spur von Penny.«

Ellie wandte sich an Heath. »Haben die sonstigen Überprüfungen etwas Neues ergeben, zum Beispiel zu den Finanzen der Familie?«

»Nur zu Pennys Lehrer. Bevor Zimmerman nach Crooked Creek kam, hat er an einer Schule in Helen, Georgia, unterrichtet. Die Direktorin sagte, er sei gewissenhaft, habe aber vielleicht eine zu enge Bindung zu den kleinen Mädchen. Als sie ihn ermahnte, habe Zimmerman seine Kündigung eingereicht.«

»Bleiben Sie dran und sprechen Sie mit dem Schulpsychologen.«

»Wird gemacht.«

»Ich sage es nur ungern, aber es sieht zunehmend danach aus, dass wir es hier mit einer Entführung zu tun haben, Leute. Das bedeutet, dass Penny noch immer in diesem Wald sein könnte. Vielleicht hat ihr Entführer auch ein Auto irgendwo abseits des Trails versteckt, in diesem Fall ließe sich nicht sagen, wie weit sie sich inzwischen entfernt haben.«

Ihr Vater drehte sich zu ihr. »Ich werde mit ein paar von den Schattenmenschen sprechen und in Erfahrung bringen, ob einer von ihnen etwas Verdächtiges gesehen hat.«

Ellie vermied es, ihn anzusehen, und nickte nur zustimmend. Im Laufe der Jahre hatte ihr Vater das Vertrauen der Schattenmenschen gewonnen.

Captain Hale klopfte mit seinem Stift auf den Tisch. »Die AMBER-Meldung wurde herausgegeben und alle Hafenbehörden sowie das Personal an Bahnhöfen, Busbahnhöfen und Flughäfen sind in Kenntnis gesetzt. Pennys Foto ist überall, auch das *National Center for Missing and Exploited Children* hat es erhalten.«

Das *National Center for Missing and Exploited Children* war in Vermisstenfällen, die Kinder betrafen, eine wichtige Anlaufstelle für Informationen.

»Was ist mit dem Paar, das Susan im Wald bemerkt hat?«, fragte Ellie.

Randall zuckte mit den Schultern. »Wir haben sie noch nicht ausfindig gemacht.«

Ellie richtete ihren Blick wieder auf das Whiteboard. Vor Sorge verkrampfte sich ihr Magen. Wenn Penny tatsächlich entführt worden war, war sie dann überhaupt noch am Leben?

Sie klatschte in die Hände. »Also gut. Lasst uns wieder raus und an die Arbeit gehen. Es ist jetzt fast vierundzwanzig Stunden her, dass Penny zuletzt gesehen wurde. Wir kennen alle die Statistik: Mit jeder Stunde, die ein Kind vermisst wird, sinkt die Wahrscheinlichkeit, es lebend zu finden. Und in ein paar Stunden wird dieser Wintersturm über uns hereinbrechen. Wir müssen das Mädchen finden und nach Hause bringen, bevor die Temperaturen noch weiter fallen und wir in Schnee und Eis festsitzen.«

Captain Hale und die anderen verließen nach und nach das Zimmer. Nur Cord blieb zurück. »Bist du in Ordnung, Ellie?« Er deutete mit besorgtem Gesichtsausdruck auf ihr Auge.

»Ja. Ich mache mir nur Sorgen um Penny.«

Er berührte sie sachte am Arm, was ihre Aufmerksamkeit auf die Narben an seinen Daumen lenkte. Narben, nach deren

Herkunft sie ihn einmal gefragt hatte. Aber er hatte ihr nichts dazu gesagt.

Genauso, wie er sich geweigert hatte, sie in seine Werkstatt zu lassen. Und wie er sich weigerte, über seine Vergangenheit zu sprechen.

Aber heute hatte er auch frische Narben an den Händen. Woher stammten die?

Aus dem vorderen Teil des Reviers drangen Stimmen. Ellie zog ihren Arm zurück.

»Sieh dich in der Schlucht am Bald Hill um. All das Gestrüpp und die Bäume, die der Tornado letztes Jahr umgeworfen hat …«

»Ich weiß«, sagte Cord leise. »Das wäre der perfekte Ort, um eine Leiche zu entsorgen.«

EINUNDZWANZIG

Noch bevor Ellie den Konferenzraum verlassen hatte, stürmte Stan Matthews herein. Seine Kleider waren schmutzig, sein Hemd hatte Risse und sein Gesicht war mit Erde beschmiert. Die Haut an seinen Fingerknöcheln war noch schlimmer zugerichtet als am Vortag, als hätte er sich mit bloßen Händen durch dorniges Gebüsch gekämpft.

Er warf einen Blick auf das Whiteboard und explodierte beinahe vor Wut. »Was zur Hölle ...? Sie haben meinen Namen bei den Verdächtigen hingeschrieben?« Er stürzte auf Ellie zu und fuchtelte drohend mit der Faust vor ihrem Gesicht herum. »Sie glauben, ich hätte meinem Baby etwas angetan?« Jetzt packte er sie an den Armen und schüttelte sie. »Ich habe all Ihre verdammten Fragen beantwortet und war draußen auf der Suche nach Penny, während Sie meine Frau bedrängt haben ...«

Ellie hob die Hände, um ihn von sich wegzustoßen, aber bevor sie die Gelegenheit dazu hatte, nahm jemand Matthews von hinten in den Schwitzkasten. »Lassen Sie die Dame los.«

Pennys Vater setzte zum Schlag an, doch der Fremde zwängte ihn in die Knie und legte ihm Handschellen an. Ellie konnte nicht fassen, dass dieser Kerl mitangesehen hatte, wie

Matthews sie beinahe überwältigt hatte. Verärgert sog sie die Luft ein.

Stans Blick flog wieder zu dem Board mit dem Foto seiner Tochter, also zog Ellie zog die Leinwand herunter, um es zu verdecken. Dann musterte sie den Mann, der gerade in ihren Konferenzraum gestürmt war.

Er war mindestens eins neunzig groß, hatte kurzgeschnittenes schwarzes Haar, dunkle, mokkabraune Augen und breite Schultern. Und er trug einen Anzug. *Scheiße. Jemand vom FBI.*

»Lasst mich los, verdammt noch mal!«, schnauzte Stan ihn an.

»Halt die Klappe.« Der Federal Agent drückte Matthews sein Knie in den Rücken, bis er aufjaulte und sein Körper erschlaffte.

Ellie stemmte die Hände in die Hüften. »Das war unnötig. Ich hatte die Situation unter Kontrolle.«

Die Augen des Federal Agent verengten sich, während er seinen Blick über ihr Gesicht wandern ließ. Ihr wurde klar, dass ihre Verletzung sie schwach aussehen ließ. Schwäche konnte sie sich jetzt nicht leisten. Und die Tatsache, dass er sie als »Dame« bezeichnet hatte und nicht als »Detective« kotzte sie an.

»Ach wirklich?«, fragte er und zog eine Augenbraue hoch.

»Machen Sie mich los«, forderte Pennys Vater knurrend.

Der Federal Agent zog Matthews vom Boden hoch und drückte ihn auf einen Stuhl. Dann sah er Ellie an. »Sie sind Detective Reeves?«

Im Gegensatz zu ihr wusste er bereits, mit wem er es zu tun hatte.

Was kein Wunder war, denn ihr Interview mit Angelica Gomez war überall in den Nachrichten zu sehen. Der Captain hatte sie ja gewarnt: Wenn sie keinen Erfolg hatte, würde ihr alle Welt Vorwürfe machen. »Ja.« Sie verschränkte die Arme vor der Brust. »Und wer sind Sie?«

»Special Agent Derrick Fox von der regionalen FBI-

Außenstelle in Atlanta. Wir müssen uns unterhalten.« Er zeigte in Stan Matthews Richtung. »Was machen wir mit ihm?«

Ellie wusste nicht, ob sie Stan bemitleiden oder ihn einlochen sollte. Falls er unschuldig war, brauchte seine Frau ihn. Wenn er aber schuldig war, verdiente er es, im Gefängnis zu schmoren. So oder so, falls er Penny etwas angetan hatte, brauchte sie ein Geständnis von ihm und außerdem musste sie ihn zu Pauline Shore befragen.

»Ich nehme an, Sie sind wegen des vermissten Kindes hier«, sagte Ellie zu dem Agenten. »Das ist Stan Matthews, Penny Matthews' Vater.«

Der Agent erstarrte und seine Miene schwankte zwischen Wut, Misstrauen und Mitgefühl.

»Mr Matthews war die ganze Nacht draußen unterwegs, auf der Suche nach seiner Tochter.« Sie warf Stan einen verständnisvollen Blick zu. »Sie sind wahrscheinlich körperlich wie seelisch am Ende, nicht wahr, Stan?«

In den Augen von Pennys Vater sammelten sich Tränen und er murmelte ein Ja.

»Streichen Sie meinen Namen von dem Board«, bat er mit kaum hörbarer Stimme. »Ich habe meiner Tochter nichts getan. Das habe ich Ihnen auch gesagt.«

Ellie bemühte sich um einen besänftigenden Tonfall. »Das stimmt, aber von Ihrer Affäre haben Sie nichts erzählt, Stan.«

Stan erbleichte.

Ellie stemmte die Hände in die Hüften. »Warum haben Sie gelogen, was Ihre Ehe angeht?«

Seine Augen wanderten hin und her, während er abwog, was er antworten sollte.

»Hatten Sie eine Affäre?«, fragte Ellie.

»Es war nur eine dämliche Nacht«, murmelte er. »Ich war wütend, habe mich besoffen und in einer Bar eine Frau aufgerissen. Es hat nichts bedeutet.«

»Ihrer Frau hat es sicherlich etwas bedeutet«, sagte Ellie geradeheraus.

Schuldgefühle blitzten in seinen Zügen auf. »Ja, ich weiß. Aber es war nur ein einziges Mal, und sie hat mir verziehen.«

»Ist das wirklich so, Stan?«

Er erwiderte ihren Blick. »Ja. Wir haben damals eine schwierige Zeit durchgemacht. Wir hatten kein Geld, und sie hatte mit dem Kind zu tun und ...«

Das brachte Ellie auf die Palme. »Während sie also damit beschäftigt war, sich um Ihr gemeinsames Kind zu kümmern, haben Sie, weil Sie sich so vernachlässigt fühlten, beschlossen, ein bisschen Spaß zu haben, hm?«

»So habe ich das nicht gemeint«, blaffte Stan.

Ungeduldig klopfte Ellie mit der Stiefelspitze auf den Boden.

»Ich habe mich richtig mies gefühlt, okay? Ich habe mir geschworen, dass so etwas nicht wieder vorkommen wird.« Seine Stimme zitterte. »Und das ist es auch nicht. Ich habe diese Frau nie wieder gesehen.«

»Gab es keine Anrufe? Geheime Verabredungen?«

»Nein.« Zorn schwang in seiner Stimme mit.

»Sind Sie sicher, dass Pauline nicht mehr von Ihnen wollte? Vielleicht wollte sie, dass Sie Ihre Frau verlassen, um stattdessen mit ihr zusammen zu sein?«

»Nein, verdammt«, schnauzte Stan sie an. »Sie schleppt wahrscheinlich jede Nacht einen anderen Kerl ab.«

Ellie hob eine Augenbraue. »Wenn wir uns Ihre Telefonverbindungen und Ihren Computer genauer ansehen, werden wir also keine Nachrichten von ihr finden?«

»Nein. Was hat das überhaupt mit der Suche nach meinem kleinen Mädchen zu tun?«

»Uns läuft in diesem Fall die Zeit davon, Stan«, sagte Ellie unumwunden. »Wenn Sie mich anlügen, verschwenden Sie meine Zeit. Ist es das, was Sie wollen?«

»Nein …« Seine Stimme brach. »Ich will, dass Sie meine Tochter finden.«

»Dann sollten Sie nichts mehr vor mir verheimlichen. Haben Sie verstanden?«

Stan verzog das Gesicht, nickte aber.

»Vielleicht würde ihm ein bisschen Zeit in der Arrestzelle helfen, sich darüber klarzuwerden«, schlug Agent Fox vor.

Ellie dachte einen Moment lang nach. »Ich glaube, was Mr Matthews helfen würde, ist, nach Hause zu gehen, sich zu duschen, etwas zu essen und sich dann auszuruhen.« Sie verzog keine Miene, als sie ihn ansah. »Ihre Frau braucht Sie jetzt, Stan. Denken Sie, Sie schaffen es, sich zusammenzureißen, wenn wir Sie gehen lassen?«

Verschiedene Gefühle zeichneten sich auf dem Gesicht des Mannes ab, während er sie anstarrte. Schließlich murmelte er: »Ja.«

Sie packte ihn am Kragen, bevor der Agent ihm die Handschellen abnahm. »Falls ich herausfinden sollte, dass Sie gelogen haben oder dass Sie wissen, wo Penny ist und es mir verschwiegen haben, werde ich dafür sorgen, dass Sie die Härte des Gesetzes zu spüren bekommen. Haben Sie mich verstanden?«

Er funkelte sie wütend an, nickte aber zögerlich.

»Nehmen Sie ihm die Handschellen ab«, sagte sie zu dem Agenten.

Er zog die dichten schwarzen Brauen zusammen. »Sind Sie sicher? Er ist auf Sie losgegangen.«

»Er ist aufgewühlt und sorgt sich um sein Kind«, sagte Ellie. »Da kann ich ihm das nachsehen.«

Statt Zorn zeichnete sich jetzt Dankbarkeit auf Stans Gesicht ab.

Der Agent zog einen Schlüssel aus seiner Hosentasche und schloss die Handschellen auf. »Wenn das noch einmal passiert, sperre ich Sie höchstpersönlich in eine Zelle.«

Stan rappelte sich hoch und stapfte aus dem Zimmer.

Ellie wandte sich zu dem Agenten um und sah ihn an, ohne einmal zu blinzeln. »Damit das klar ist, Special Agent Fox, ich komme allein klar. Das hier ist mein Fall und ich werde nicht zulassen, dass sich jemand einmischt.«

Fox straffte die Schultern. »Tatsächlich habe ich wichtige Informationen, Detective Reeves, die die Ermittlungen in ein neues Licht rücken könnten.« Seine Augen funkelten herausfordernd. »Oder sind Sie zu stur, um Hilfe anzunehmen, wenn Sie welche brauchen?«

ZWEIUNDZWANZIG

Ellies erster Impuls war, den Agenten aus dem Konferenzraum zu werfen. Seine Überheblichkeit kotzte sie an.

»Was ist Ihnen wichtiger, Detective?«, fragte er. »Ihr Stolz oder der Fall?«

»Wir suchen nach einem vermissten Kind«, sagte sie und in ihrer Stimme lag Ungeduld. »Das ist kein Spiel und auch kein Wettbewerb zwischen den Behörden. Und Sie sollten nicht den Fehler machen, zu glauben, ich wäre dumm, nur weil ich in einer Kleinstadt ermittle und aus dem Süden komme.«

Er zog eine Augenbraue hoch. »Das würde ich niemals tun.«

»Dieses unschuldige Kind ist da draußen Wind und Wetter ausgesetzt – es ist orientierungslos, verletzt und in Gefahr. Wenn Sie also Informationen haben, dann sparen Sie sich die Überheblichkeit und spucken Sie's aus.«

Er betrachtete sie einen Moment lang. Die Luft zwischen ihnen schien vor Anspannung zu vibrieren. Ein leichtes Lächeln zerrte an seinen Mundwinkeln, was sie nur noch wütender machte, weil es ihre Aufmerksamkeit auf die Tatsache lenkte, dass er attraktiv war.

Sie hatte jetzt keine Zeit für attraktive Männer.

»Können wir unter vier Augen miteinander reden? Ich möchte nicht gestört werden.«

»Natürlich. Möchten Sie Kaffee?«

»Danke, das wäre nett.«

Er stellte seine Aktentasche auf den Tisch und begann, Akten herauszunehmen. Ellie brauchte einen Moment, um sich zu sammeln, also verließ sie das Zimmer, goss Kaffee in zwei Tassen und trug sie zurück zum Konferenzraum.

Sie schloss die Tür, stellte die Tassen auf dem Tisch ab und setzte sich dem Agenten gegenüber.

»Hat Captain Hale Ihre Unterstützung angefordert?«

Der Agent schüttelte den Kopf. »Ich bin hier, weil ich Sie in den Fernsehnachrichten gesehen habe.«

»Und Sie haben Informationen zu Penny?«, fragte sie ohne Umschweife.

Er schwieg einen Augenblick lang. »Vielleicht«, antwortete er schließlich. »Erzählen Sie mir zuerst, was Sie bisher haben.«

Ellie ging zum Whiteboard hinüber, fuhr die Leinwand wieder hoch und brachte ihn auf den neuesten Stand der Ermittlungen. Derweil saß er kerzengerade da, schweigsam und nachdenklich. »Und jetzt sind Sie an der Reihe.«

Der Agent seufzte erschöpft auf. »Falls das kein Einzelfall ist, bei dem sich das Kind verlaufen hat, und wenn die Eltern nichts damit zu tun haben, könnte es sein, dass Pennys Verschwinden mit anderen Fällen zusammenhängt, an denen ich gearbeitet habe.«

Sein ernster Tonfall ließ Ellie ahnen, dass ihr nicht gefallen würde, was er zu sagen hatte. »Worauf wollen Sie hinaus?«

Er zog ein Bild von einem blonden Mädchen hervor, das etwa in Pennys Alter sein musste. »Dieses kleine Mädchen hier hieß Kim. Sie verschwand vor fünfundzwanzig Jahren vom AT und wurde nie gefunden.«

»Aber das war vor fünfundzwanzig Jahren. Wie könnte

dieser Fall mit dem Verschwinden von Penny Matthews zusammenhängen?«

Er öffnete die Akte und nahm Fotos von einem Dutzend Mädchen im gleichen Alter heraus, die er auf dem Tisch ausbreitete. Obwohl die Haarfarben der Kinder variierten und einige alleinerziehende Eltern hatten, andere hingegen aus Familien mit zusammenlebenden Elternteilen stammten, ähnelten sich die Geschichten, die er zu jedem Kind erzählte. Ellies Entsetzen wuchs mit jedem weiteren Bericht.

Die Familien waren in der Gegend zelten, wandern, picknicken oder schlicht im Urlaub gewesen. Die Eltern hatten ihrer Tochter nur kurz den Rücken zugedreht oder waren für einen Moment abgelenkt gewesen und schon war sie verschwunden. Einfach ... weg.

»O mein Gott, wollen Sie damit andeuten, was ich glaube?
«

Special Agent Derrick Fox nickte finster. »Ich glaube, jemand macht seit über zwei Jahrzehnten entlang des AT Jagd auf kleine Mädchen.«

DREIUNDZWANZIG

Ellie sah sich die Fotos eins nach dem anderen genau an, wobei sie immer nervöser wurde.

Wenn Special Agent Fox mit seinen Vermutungen richtig lag, war dieser Fall viel größer, als sie angenommen hatte. Der AT fiel in den Zuständigkeitsbereich der Bundesgerichte, unterstützt durch den National Park Service und die Strafverfolgungsbehörden der Städte in den vierzehn Staaten entlang des Trails. Weil so viele verschiedene Behörden involviert waren, konnten leicht Informationen verlorengehen.

Dennoch überkamen sie Zweifel. Es war ausgeschlossen, dass sich ein Serienmörder in den Bergen versteckte, die sie ihre Heimat nannte. Ihr Vater hätte längst etwas davon mitbekommen.

»Ich habe mein ganzes Leben in dieser Gegend verbracht«, sagte sie, als sie endlich ihre Stimme wiedergefunden hatte. »Und mein Vater ist schon seit über zwanzig Jahren Sheriff hier. Wenn auf dem Trail ein Serienmörder sein Unwesen treibt, warum höre ich dann jetzt zum ersten Mal davon?«

Die Muskeln im Unterkiefer des Agenten traten hervor. »Zum einen gibt es kein eindeutiges Muster, keine bestimmte

Jahres- oder Monatszeit, zu der die Entführungen hauptsächlich stattfinden. Das Timing ist im Allgemeinen nicht konsistent. Manchmal sind die Kinder im Abstand von mehreren Monaten verschwunden. In anderen Fällen lag ein Jahr oder mehr dazwischen. Und in zwei Fällen wurden die Kinder wochenlang nicht als vermisst gemeldet, weil es Probleme mit den Eltern und Sorgerechtsstreitigkeiten gab. Mindestens drei der Opfer lebten in Pflegefamilien, was die Vermisstenmeldungen ebenfalls verzögert hat.«

Ellie rieb sich die Schläfen. Allmählich begann ihr Kopf wieder zu pochen.

»Zeigen Sie mir das genau. Ordnen Sie die Opfer auf dem Board in der Reihenfolge an, in der sie verschwunden sind, und markieren Sie auch die entsprechenden Orte.«

Special Agent Fox schob die Fotos zusammen und befestigte sie auf einem zweiten Whiteboard, wobei er die Namen der Mädchen, ihre Heimatstädte sowie das Datum und den Ort ihres Verschwindens dazuschrieb. Er begann mit dem jüngsten Vermisstenfall.

»Penny Matthews, sieben Jahre. Crooked Creek, Georgia.«

Er setzte ein Fragezeichen neben ihren Namen, bevor er fortfuhr.

»Millie Purcell, sechs Jahre, Springer Mountain, Georgia.«

Am Springer Mountain nahm der Trail in Georgia seinen Anfang. Der Berg war eine Stunde vom beliebten Ausflugsort Ellijay entfernt. Er markierte den südlichen Endpunkt des AT und sein Gipfel lag auf einer Höhe von 1153 Metern. Wanderer starteten oft am Besucherzentrum am Amicalola-Wasserfall, einem weiteren Touristen-Hotspot.

Fox fuhr mit dem Aufhängen der Fotos fort.

Sandy Baines, fünf Jahre, Smoky Mountains, North Carolina.

Brenna Hart, sieben Jahre, Charlottesville, Virginia.

Dara Jackel, sechs Jahre, Blue Ridge Parkway, Virginia.

Lois Clinton, fünf Jahre, Gatlinburg, Tennessee.

Joy Lewis, sieben Jahre, Bristol, North Carolina.

Phyllis Elliot, sechs Jahre, Pigeon Forge, North Carolina.

Ginger Williams, fünf Jahre, Hot Springs, North Carolina.

Ansley Paulson, sechs Jahre, Jasper, Georgia.

Casey Little, sechs Jahre, Dahlonega, Georgia.

Mit jedem weiteren Namen wuchs Ellies Besorgnis. Die hübschen Gesichter der kleinen Mädchen mit ihren unschuldigen Mienen brannten sich in ihr Gedächtnis.

Zum Schluss fügte Fox das Foto des blonden Mädchens hinzu, das Penny Matthews ähnlich sah. Jetzt waren es zwölf Namen.

»Und das ist Kim Fox, fünf Jahre, Hiawassee, Georgia.« Seine Stimme brach, als er den Namen des Mädchens aussprach. »Sie verschwand vor fünfundzwanzig Jahren. Ich glaube, sie war sein erstes Opfer.«

Was er da eigentlich sagte, stand Ellie plötzlich so deutlich vor Augen, dass ihr übel wurde. Das hier war nicht nur ein Fall, von dem er zufällig Wind bekommen hatte. Er hatte eine persönliche Verbindung. »Kim ... war sie mit Ihnen verwandt?«, fragte Ellie.

»Ja. Sie war meine kleine Schwester.«

VIERUNDZWANZIG

Sie nannten ihn den Wächter.

Er lebte in den Schatten des Waldes und schlüpfte von einer dunklen Ecke in die nächste. Er suchte. Er suchte schon lange.

Nach Antworten. Nach der Wahrheit. Nach den Knochen.

Er trug seinen Jutesack über der Schulter und hatte den Blick auf den felsigen, beinah gefrorenen Boden gerichtet. Er achtete auch auf die Geräusche um sich herum. Eichhörnchen wühlten im Boden nach Nahrung. Frösche quakten. Das Wasser des Flusses schwappte ans Ufer. Irgendwo im Wald zischelte eine Schlange.

Manchmal drückte ihn sein Schmerz beinahe nieder. Aber heute drängte er ihn in die hinterste Ecke seines Bewusstseins zurück. Seine Aufgabe war es, den Wald zu bewachen. Die Unschuldigen zu beschützen.

Nur, dass er wieder einmal versagt hatte.

Letzte Nacht war ein neuer Suchtrupp im Wald unterwegs gewesen. Sie hatten den Namen eines kleinen Mädchens gerufen. Hunde hatten am Boden geschnüffelt und waren ihrer

Fährte gefolgt. Alle hatten verzweifelt versucht, die Kleine zu finden, bevor die Nacht hereinbrach und die Kälte sie umfing.

Bevor der schlimme Sturm das Gebiet mit voller Wucht traf.

Gerade als die Leute dachten, der Frühling wäre im Anmarsch, hatte Tempest beschlossen, sich gen Süden zu drehen und dort verheerende Verwüstung anzurichten.

Weder die Einheimischen noch die Touristen waren darauf vorbereitet. Auf den Straßen würde es bei diesen eisigen Temperaturen zu überfrierender Nässe kommen. Manch einer würde die Warnungen in den Wind schlagen, überzeugt davon, dass die Meteorologen viel Lärm um nichts machten.

Aber er spürte die grausame Kälte, die die letzte Wärme aus der Luft vertrieb, und fürchtete um das vermisste Kind.

Die Kleine wurde immer noch vermisst. Versteckt irgendwo in den Felsspalten und engen Höhlen des Gebirges. Wenn sie um Hilfe schrie, würden die Suchenden sie nicht hören, weil das Getöse des Winds alles übertönte.

Kilometer um Kilometer stapfte er die Berge hinauf bis zu einem Ort namens Bloody Rock. Die Einheimischen behaupteten, dass hier vor Jahren ein brutaler Kampf zwischen den amerikanischen Ureinwohnern und den weißen Männern stattgefunden habe. Durch Regen und Schnee war der Fels im Laufe der Jahre verwittert, aber der blutrote Fleck war immer noch zu sehen und erinnerte daran, dass die Welt ein finsterer, hässlicher Ort sein konnte.

Und daran, dass einige, die den Wald betraten, ihn nie wieder verließen.

Zumindest nicht lebend.

Er kletterte über knorrige Baumwurzeln, die fest im Boden verankert waren und sich kilometerweit dahinschlängelten. Die Äste verschränkten sich im Dickicht, als würden die Bäume sich an den Händen halten. Sie schirmten das Licht ab und hielten diejenigen, die sich verliefen, gefangen, bis sie ständig im Kreis liefen und schließlich den Verstand verloren.

Manche Menschen würden wohl sagen, er sei so jemand.

Andere wiederum ... nun ja, das tat nichts zur Sache.

Sein Fuß streifte etwas Hartes – noch ein zerklüfteter, steiler Vorsprung, der über den Berghang ragte. Ein Sonnenstrahl fiel schräg auf das undurchdringliche Gewirr aus Ästen, toten Blättern, Ranken und bröckelndem Fels unter ihm.

Plötzlich hielt er inne, denn Blick auf das dichte Gestrüpp zu seiner Rechten gerichtet. Dort blitzte ein winziger alabasterfarbener Splitter auf. Knochen.

Sein Puls beschleunigte sich bei der Vorstellung, vielleicht eine Leiche entdeckt zu haben. Hastig beseitigte er Äste und Gestrüpp mit seinem Taschenmesser. Schweiß lief ihm den Nacken hinab und der frostige Regen ließ seinen langen Bart vereisen, sodass er starr wurde.

Er verlor seinen Halt, stolperte über einen Baumstumpf und stürzte fast über die Kante des Felsvorsprungs. Im letzten Moment hielt er sich an einer Wurzel fest und zog sich zurück. Nach Atem ringend kam er wieder auf die Beine und schlitterte den tückischen Pfad hinunter.

Schließlich erreichte er den Grund. Er zog sich Handschuhe an und schritt vorsichtig durch Äste, Geröll und Laub, bis er die Stelle erreichte, an der er den Knochen gesehen hatte.

Er kniete sich hin, um alles genauer in Augenschein zu nehmen, dann löste er langsam den Knochen, der sich in ein paar Zweigen verfangen hatte.

Das war ganz eindeutig ein Knochen. Ein menschlicher Knochen. Von einem Kind.

Seine Finger streiften etwas Glattes – Holz. Eine winzig kleine Holzpuppe. Vorsichtig schob er die verrotteten Blätter und den Schlamm rund um das Spielzeug beiseite und bemerkte, dass sich die knöchernen Überreste einer Hand darum schlangen.

Er senkte den Kopf und unterdrückte einen Schrei. Dann nahm er sich einen Augenblick, um den kleinen Menschen, zu dem die Knochen gehörten, zu betrauern.

Wenn dort ein Knochen lag, musste es noch mehr geben. Mit seinen Händen, die in Handschuhen steckten, begann er zu graben.

Schmerz und Bedauern stiegen in ihm auf und schnürten ihm die Kehle zu.

Trotzdem konnte er der Polizei seinen Fund nicht melden. Denn dann musste er sich wieder der Welt stellen. Genau wie all den Fragen. Sie würden ihn beschuldigen, dieses Verbrechen begangen zu haben.

Er fand den Schädel, hob ihn vorsichtig hoch und fuhr mit den Fingern über die zierlichen Knochen. Sie waren spröde und zerbröckelten bereits. Die an Alabaster erinnernde Farbe der Knochen war nachgedunkelt, der dünne Schädel zerbrechlich und frei von Haaren oder Haut. Wie lange lag sie hier wohl schon?

Er fragte sich, wie der Name des kleinen Mädchens gelautet hatte. Wer sie vermisst hatte, als sie verschwunden war.

Ob sie vor ihrem Tod gelitten hatte.

Mit seinem Messer legte er behutsam alle sterblichen Überreste des Mädchens frei, sammelte sie ein und verstaute sie vorsichtig in seinem Sack. Als seine Suche endlich nichts mehr zutage beförderte, band er den Sack zu.

Froh darüber, dass es sich nur um einen Leichnam handelte und nicht um mehrere, trug er den Sack den steilen Hang hinauf. Das Geräusch des Flusses, der über den Felsen rauschte, mischte sich in seine eigenen keuchenden Atemzüge.

Als er eine kleine Lichtung erreichte, die mit tiefgrünem Moos und Flechten bewachsen war, hielt er inne. Dort, versteckt unter einer Gruppe von immergrünen Eichen und mit Blick auf das Wasser, wäre sein Fund vor der Witterung und vor wilden Tieren geschützt.

Er stellte seinen Sack ab, holte seine Pflanzschaufel hervor und begann, ein Grab auszuheben. Zentimeter für Zentimeter grub er sich durch die Erde, bis er einen Ort zur sicheren Verwahrung der Knochen geschaffen hatte. Behutsam legte er sie hinein.

Dann füllte er das Loch wieder auf. Dabei achtete er darauf, dass der kleine Leichnam so tief in der Erde lag, dass seine letzte Ruhe nicht von einem Tier auf Futtersuche gestört werden konnte.

Dennoch wollte er, dass sie gefunden wurde. Und nicht bis in alle Ewigkeit hier lag, ohne dass ihre Familie wusste, wo sie war, und sich fragte, ob sie jemals wieder nach Hause kommen würde. Ohne einen Ort, an dem sie sie besuchen und ihr zuflüstern konnten, wie sehr sie sie liebten und wie schrecklich sie sie vermissten.

Er entdeckte einen großen Stein und einen Ast, der beim Sturm abgebrochen war, und fertigte daraus einen kleinen Grabstein für die Knochen. Als er die Äste kreuzförmig angeordnet hatte, schnitzte er mit seinem Taschenmesser eine Zahl in das Holz.

Nummer eins.

Sie war die erste, die er gefunden hatte. Aber er lebte schon seit Jahren in diesem Gebirge. Er wusste, dass es noch mehr wie sie gab.

FÜNFUNDZWANZIG

Crooked Creek

Derrick biss die Zähne zusammen, um die Fassung zu bewahren. Er war nicht hergekommen, weil er Mitleid wollte. Was er wollte, waren Antworten.

»Es tut mir leid, Special Agent Fox«, sagte Detective Reeves jetzt in milderem Tonfall. »Ich kann mir gar nicht vorstellen, was Sie und Ihre Familie durchgemacht haben müssen.«

»Es war eine schwere Zeit. Ist es immer noch.« Er wandte den Blick ab. »Und wenn wir von nun an zusammenarbeiten, nennen Sie mich bitte Derrick.«

Sie nickte. »In Ordnung. Ich bin Ellie.« Sie ging zum Whiteboard hinüber und betrachtete die Gesichter genauer. »Wurde keines der Mädchen jemals gefunden?«

Er schüttelte den Kopf. »Die örtliche Polizei hat jeden Fall untersucht, genau wie ihr. Die Eltern wurden vernommen, außerdem Familienmitglieder, Nachbarn, Freunde, Lehrer. Suchtrupps haben tagelang die Wälder und das Gebirge durchkämmt. Es gab keine Hinweise auf einen konkreten Verdächtigen.«

Ihr Vater stand allerdings auf seiner Liste. Und noch ein Name tauchte in mehr als einem Fallbericht auf: Cord McClain – der Ranger, der geholfen hatte, die Such- und Rettungsteams zu organisieren. Sein Partner war gerade dabei, mehr Informationen über den Mann zusammenzutragen.

Derrick hatte gedanklich ein Profil des Mörders erstellt. Der Täter musste den Trail gut kennen und wissen, wo die Startpunkte waren und wo man sich verstecken konnte. Er wohnte vielleicht in den Bergen, auf dem Trail oder in einer benachbarten Stadt.

Wer wüsste über den Trail besser Bescheid als ein Ranger?

Ellie räusperte sich. »Die Eltern wurden jeweils als Verdächtige ausgeschlossen?«

»Ja. Die Geschichten ähneln sich alle. Die betreffenden Familien waren im Urlaub, zum Wandern, Angeln, Schwimmen oder Zelten. In zwei Fällen im Abstand von einem Jahr verschwand jeweils ein Pflegekind während eines Ausflugs. Jedes Mal haben sich die Mädchen einfach in Luft aufgelöst.«

»Kamen die Pflegekinder aus derselben Familie?«, fragte Ellie.

Er schüttelte den Kopf. »Es gibt keine Verbindung zwischen den Familien oder den Ämtern, mit denen sie in Kontakt standen.«

»Also wählt er die Mädchen willkürlich aus. Schlägt zu, wenn sich die Gelegenheit bietet.«

»Sieht ganz danach aus. Aber all seine Opfer sind weiblich.«

Bei diesen Worten zog sich Derricks Magen unheilvoll zusammen. Er betete jeden Tag, dass sie es nicht mit einem Triebtäter zu tun hatten. Aber ohne eine Leiche, die obduziert werden konnte, ließ sich das nicht mit Gewissheit sagen.

Ellie machte sich daran, mit Reißzwecken auf der Wandkarte die unterschiedlichen Orte zu markieren, an denen die Mädchen verschwunden waren.

»Nehmen wir an, du hast recht«, sagte sie und trat einen Schritt zurück, um zu sehen, wohin die Spur aus Reißzwecken führte. »Du glaubst, dass deine Schwester sein erstes Opfer war. Sie verschwand in der Nähe von Stony Gap. Die nächsten beiden Mädchen sind ebenfalls in Georgia verschwunden. Dann ging er nach North Carolina, wo er drei weitere Opfer entführte. Danach schlug er in Gatlinburg, Tennessee, zu und entführte ein weiteres Mädchen. Darauf folgte Virginia, wo er nochmals zwei Mädchen entführte. Schließlich kam er zurück in die Smoky Mountains nach Georgia und entführte wieder zwei Mädchen. Und jetzt haben wir den Fall Penny Matthews, die auch hier in Georgia verschwunden ist.«

Derrick beobachtete die Ermittlerin genau, während sie die Informationen analysierte. Er war nicht sicher gewesen, was er von ihr erwarten sollte.

Aber er hatte natürlich seine Hausaufgaben gemacht, bevor er hergekommen war. Sie war nicht nur Randall Reeves' Tochter und überaus attraktiv, sie hatte auch die Polizeischule mit Bestnoten abgeschlossen. Hatte Meth-Labore in der Gegend hochgenommen. Und sich ihre Polizeimarke als Detective vor zwei Jahren verdient. Ihre Akte war tadellos, nichts als glänzende Berichte. Und das, obwohl sie jung war. Vielleicht dreißig? Wie viel Erfahrung konnte sie schon gesammelt haben?

Die akribisch geordneten Informationen auf dem Whiteboard beeindruckten ihn. Es schien, als würde sie nach Vorschrift vorgehen, die richtigen Fragen stellen und dabei offen für alle denkbaren Szenarien bleiben. Sie hatte sogar Mitgefühl für Stan Matthews gezeigt. Auch Derrick empfand ihm gegenüber widersprüchliche Gefühle.

Seine eigene Familie war durch die Hölle gegangen, als Kim vermisst wurde. Seine Eltern hatte man wie Verdächtige behandelt. Die Polizei hatte selbst ihn verhört, als hätte *er* Kim etwas angetan.

Er hatte immer noch die barsche Stimme von Randall Reeves im Ohr, der ihn in die Mangel genommen hatte. *Kleine Schwestern können echt nerven. Geht dir deine Schwester manchmal auf die Nerven? Bist du eifersüchtig auf sie? Vielleicht war es ein Unfall; ihr zwei habt euch gestritten, du hast sie geschubst und sie ist von einem Felsvorsprung gestürzt?*

Als Erwachsener und als Special Agent verstand er, dass der Mann damals nur seinen Job gemacht hatte. Erst kürzlich hatte er die ersten Untersuchungsberichte gelesen, die der Sheriff verfasst hatte.

Aber irgendetwas war ihm daran komisch vorgekommen.

Zwar hatte Reeves Fragen gestellt, Leute vernommen und Rettungstrupps auf die Suche nach Kim geschickt, aber ... seine Notizen wiesen Ungereimtheiten auf.

Zuerst hatte der Sheriff beteuert, dass er nicht aufgeben würde, ehe er Derricks kleine Schwester gefunden hätte.

Und dann hatte er den Fall plötzlich zu den Akten gelegt.

Derricks Mutter war daraufhin immer tiefer in die Depression gerutscht. Und sein Vater ... Von einer Minute auf die andere war er wütend und dann wieder niedergeschlagen gewesen. Der Vorwurf, seinem eigenen Kind etwas angetan zu haben, hatte ihn innerlich zerrissen. Die Presse hatte alles noch schlimmer gemacht, indem sie dafür gesorgt hatte, dass Bilder der Familie überall zu sehen gewesen waren. Einige Freunde und Nachbarn hatten sie unterstützt und Mitleid mit ihnen gehabt. Andere hatten getratscht und waren ihnen misstrauisch und voller Angst begegnet. Die Eltern von Derricks Freunden hatten plötzlich den Kontakt ihrer Kinder zu ihm unterbunden.

Unter dem Druck von Trauer, Angst und all den Anschuldigungen hatte sein Vater seinen Truck von einer Klippe gefahren. Der Truck war beim Aufprall explodiert, und die Leiche hatte man nie gefunden. Derrick erinnerte sich noch an das schmerzerfüllte Schluchzen seiner Mutter, als die Polizei ihr die Nachricht überbracht hatte.

Derrick seufzte schwer. Innerhalb weniger Monate waren seine Schwester und sein Vater aus seinem Leben verschwunden.

Bitterer Zorn durchströmte ihn. Wenn Randall Reeves nicht so schnell aufgegeben hätte, hätte man Kim vielleicht gefunden. Und sein Vater wäre jetzt noch am Leben.

SECHSUNDZWANZIG

Ellie sah sich genauer an, wann die Opfer verschwunden waren. Derrick hatte recht. Die Zeitspanne zwischen den Fällen schwankte um Monate, manchmal um mehr als ein Jahr.

Es war ungewöhnlich, dass ein Serienmörder über einen längeren Zeitraum inaktiv war, obwohl es durchaus vorkam. Manchmal fand ein Täter Familienanschluss, Freunde oder einen neuen Job, was ihn eine Weile lang zufriedenstellte, bevor etwas passierte, das ihn dazu brachte, sich wieder auf die Jagd zu begeben. Eine andere Möglichkeit war, dass er eine Zeit lang krank oder sogar im Gefängnis war.

Zumindest, wenn man davon ausging, dass sie es nur mit einem einzigen Täter zu tun hatten. Organisierte Kindesentführungen und Menschenhändlerringe waren ein immer größer werdendes Problem. Allein bei dem Gedanken wurde ihr übel, aber sie konnte die Möglichkeit nicht ausschließen.

»Hast du Haftstrafenregister und psychiatrische Kliniken auf einen möglichen Verdächtigen überprüft?«, fragte Ellie.

»Natürlich«, antwortete Derrick. »Ich habe auch in Betracht gezogen, dass es mehr Opfer geben könnte als die, die ich identifiziert habe. Während dieser Pausen zwischen den

Vermisstenfällen könnte er weiter Jagd auf Opfer gemacht haben, vielleicht hat bloß niemand das Kind als vermisst gemeldet oder der Name ist im System verloren gegangen.«

»Warum sollte es jemand unterlassen, ein Kind als vermisst zu melden?« Noch während sie die Frage aussprach, kamen ihr die düsteren möglichen Antworten in den Sinn. »Warte, sag nichts. Ich weiß schon: Pflegeeltern, die ihre monatliche Zahlung nicht verlieren wollen.«

Derrick nickte grimmig. »Oder Eltern, die einen Sorgerechtsstreit führen oder Drogen- und Alkoholprobleme haben. Möglicherweise auch illegale Einwanderer. Im Moment sollten wir uns auf die Opfer konzentrieren, von denen wir wissen. Diese alten Fälle könnten uns auf die richtige Spur bringen.«

Ellie dachte laut nach. »Das erste Opfer eines Serienmörders ist normalerweise bedeutsam. Jemand, der dem Täter wichtig war.«

»Stimmt.« Ein Muskel in seinem markanten Kiefer zuckte. »Aber glaub mir, meine Familie wurde auseinandergenommen wie ein Insekt unter dem Mikroskop.«

»Könnte jemand deine Schwester verfolgt oder gestalkt haben? Ein Nachbar oder jemand aus der Verwandtschaft?«

»Nicht, dass wir es bemerkt hätten, obwohl meine Eltern das in Betracht gezogen haben«, sagte Derrick kühl. »Als der Sheriff damit fertig war, meine Familie zu beschuldigen, war der Entführer längst über alle Berge.«

»Wie alt warst du damals?«

»Vierzehn«, antwortete Derrick. »Ich sollte auf sie aufpassen, aber ich habe ihr gesagt, sie soll sich auf die Steine setzen, während ich in den Bach wate. Als ich wieder aufgesehen habe, war sie weg.«

Ellies Herz hämmerte schmerzhaft gegen ihren Brustkorb. »Ich will mir gar nicht vorstellen, wie beängstigend das gewesen sein muss.«

Sein Kiefer spannte sich an und ein Wimpernschlag

verging, bevor sie ihre Gefühle beiseiteschieben konnte. »Wenn du recht hast, müssen wir unsere Ermittlungen ausweiten.« Was bedeutete, dass sie die alten Fallakten selbst überprüfen musste. »Die Tourismussaison hat gerade erst begonnen«, fuhr Ellie fort. »Die Leute strömen wegen des Festes in die Region und um hier ihre Reise gen Norden zu beginnen. Wer auch immer Penny entführt hat, könnte sich mitten unter uns verstecken.«

Das Datum, an dem seine Schwester verschwunden war, fiel Ellie plötzlich auf. Kim war sechs Jahre alt gewesen. Etwa so alt wie Ellie, als sie nach Stony Gap gezogen waren.

»Derrick, wer war im Fall deiner Schwester der leitende Ermittler?«

Sein Körper versteifte sich plötzlich, jeder seiner Muskeln schien sich anzuspannen. »Sheriff Randall Reeves.«

Ein bedeutungsschweres Schweigen breitete sich zwischen ihnen aus. Das war der Grund, weshalb er zuerst zu ihr gekommen war.

»Du weißt, dass er mein Vater ist?«

Er nickte knapp. »Ich habe bereits versucht, meine Theorie mit ihm durchzusprechen, aber er wollte mich nicht anhören«, sagte Derrick. »Als ich gesehen habe, dass du den Matthews-Fall leitest, bin ich direkt hergefahren.«

Ellie verschränkte die Arme vor der Brust. »Ich verstehe nicht ganz. Wie konnte er dich in Anbetracht dieser Informationen nicht anhören wollen?«

»Er hat gesagt, ich würde Dinge sehen, die nicht da sind. Und dass ich mit einem Seelenklempner sprechen sollte.« Derrick fluchte. »Aber ich glaube, er hat den Fall zu den Akten gelegt, lange bevor er es hätte tun sollen. Außerdem gibt es Unstimmigkeiten in den Vernehmungen, die er durchgeführt hat.«

Sein Vorwurf traf sie unvorbereitet. Ihr Vater wurde in Bluff County respektiert und bewundert. Seit über zwanzig

Jahren beschützte er die Einwohner und war maßgeblich an der Rettung von Menschen beteiligt, die auf dem Trail verunglückten. Er hätte sich in einem Vermisstenfall, bei dem es um ein Kind ging, keine Fehler erlaubt. »Was für Unstimmigkeiten?«

»Vor ein paar Monaten habe ich mit zwei der Ortsansässigen gesprochen, die er damals befragt hat. Ihre Version der Geschichte stimmt nicht mit den Aufzeichnungen deines Vaters überein.«

»Nach zwei Jahrzehnten vergessen die Leute die Details«, bemerkte Ellie. »Sie erinnern sich nur noch verschwommen und kommen mit dem zeitlichen Ablauf durcheinander.«

»Ich erinnere mich genau«, sagte Derrick. »Ich erinnere mich daran, wie dein Vater meine Eltern und mich in die Mangel genommen hat. Er dachte, wir hätten Kim etwas angetan.«

Ellies Brustkorb zog sich schmerzhaft zusammen. »Als Federal Agent weißt du, dass es notwendig ist, jeden als möglichen Verdächtigen zu behandeln, bis er als Täter ausgeschlossen werden kann.«

»Jetzt weiß ich das, ja«, sagte Derrick. »Aber irgendetwas stimmte bei der Untersuchung nicht. Mein Bauchgefühl sagt es mir. Und bin entschlossen, herauszufinden, was das war.«

Er hatte recht. Wenn dieser Fall mit dem Matthews-Mädchen zusammenhing, konnte sie die Informationen, die Derrick aufgetan hatte, nicht ignorieren.

Sie musste schließlich ein vermisstes Kind finden.

SIEBENUNDZWANZIG

»Lass mich die Akten anschauen«, sagte Ellie zu Derrick. »Dann reden wir weiter.«

Er nickte kurz, dann zog er sein Handy aus der Tasche. »Ich muss einen Anruf tätigen. Nimm dir so viel Zeit, wie du brauchst.«

Sobald er die Tür hinter sich geschlossen hatte, meldete Ellie sich bei Cord. Es war schon nach Mittag.

»Wir haben schon einen Umkreis von über fünfzehn Kilometern abgedeckt«, sagte Cord. »Keine Spur von Penny oder sonst irgendjemandem. Aber der Sturm ist im Anmarsch, El. Der Wind hat aufgefrischt und es fühlt sich nach Minusgraden an. Der Schneeregen kann jeden Moment einsetzen.«

Er klang hundemüde und überaus besorgt. »Keine Fußspuren?« Irgendeinen Anhaltspunkt musste es doch geben.

»Falls es welche gab, hat der Regen letzte Nacht sie weggespült«, antwortete Cord.

»Gibt es Überwachungskameras auf dem Parkplatz des Parks?«

»Leider nicht. Aber wenn das hier vorbei ist, werde ich den NPS drängen, welche aufzustellen.«

»Gut. Was Neues von den Hunden?«

»Sie sind der Spur flussabwärts gefolgt, haben sie aber dann verloren. Freiwillige Helfer haben den Bach und den Park meilenweit abgesucht. Keine Spur von Penny.«

Enttäuschung überrollte Ellie und sie musterte die Gesichter auf dem Whiteboard mit wachsendem Grauen.

»Konzentriert euch jetzt auf die Schutzhütten und Höhlen im Wald«, sagte Ellie.

»Wenn Penny entführt wurde und ihr Entführer sie nicht mit dem Auto weggebracht hat, hat er inzwischen einen Ort gefunden, an dem er sich verstecken kann.«

»Verstanden.«

Sie legte auf, trank schnell eine Tasse Kaffee und überflog dann die Notizen ihres Vaters.

Derricks Vater, Gerrard Fox, war Pathologe gewesen und hatte damals in einem Forschungslabor gearbeitet. Randall zufolge waren beide Eltern über das Verschwinden ihrer Tochter außer sich gewesen.

Während des Campingausflugs über das Wochenende war Mr Fox für ein paar Stunden weg gewesen, um sich mit einem Kollegen zu treffen. Der Kollege und seine Ehefrau hatten sein Alibi bestätigt.

Die Mutter, Margaret Fox, eine Floristin, war losgezogen, um für eine bevorstehende Hochzeit Wildblumen zu sammeln und hatte es dem Sohn überlassen, auf Kim aufzupassen.

Ellies Magen verkrampfte sich.

Der Vater hatte sich Vorwürfe gemacht, weil er nicht auf dem Campinglatz geblieben war. Die Mutter ebenfalls, weil sie Kim nicht mitgenommen hatte. Und Derrick hatte sich selbst die Schuld gegeben, weil er auf seine kleine Schwester hätte aufpassen sollen.

Abgesehen von einer Mitarbeiterin seiner Mutter, die angedeutet hatte, das Paar habe Eheprobleme, gab es keine Hinweise darauf, dass sie unglücklich gewesen waren.

Ihr Vater hatte Derrick in die Mangel genommen. Wollte wissen, ob er die Nase voll von seiner nervigen kleinen Schwester gehabt hatte. Ob sie sich gestritten hatten. Ob er sie geschubst hatte und sie gestürzt war.

Laut des Sheriffs hatte Derrick gekränkt und wütend reagiert und die Beschuldigungen abgestritten.

Wenn an den Verdächtigungen ihres Vaters etwas dran gewesen wäre, dann wäre Derrick jetzt nicht hier, um die Ermittlungen voranzutreiben, oder?

Derrick schien überzeugt davon, dass ein Serienmörder Kim entführt hatte, dass sie sein allererstes Opfer gewesen war. Falls dem so war, war Kim nicht mehr am Leben.

Was also hatte der Mörder mit ihrer Leiche gemacht? Und mit denen der anderen Mädchen?

ACHTUNDZWANZIG

Ellie trommelte mit den Fingern auf den Tisch, als Derrick zurück in den Konferenzraum kam. »Du hast von Unstimmigkeiten gesprochen?«

»Ja, in einigen der Aussagen«, antwortete Derrick. »Den Aufzeichnungen deines Vaters zufolge hat unser Nachbar Ned Hanline behauptet, er habe gesehen, wie Dad Kim den Hintern versohlt habe. Aber mein Vater hat uns nie geschlagen. Nicht ein einziges Mal. Und als ich Hanline befragt habe, hat er abgestritten, das jemals ausgesagt zu haben.« Derrick fuhr sich mit der Hand über den Nacken. »Außerdem hat die Mitarbeiterin meiner Mutter angeblich ausgesagt, Mom hätte ihr gegenüber Eheprobleme erwähnt. Aber Tammy besteht darauf, dass das nicht stimmt, sondern sie deinem Vater gesagt hat, dass meine Eltern glücklich miteinander waren.«

Ellie legte die Stirn in Falten. Das ergab keinen Sinn.

»Was mir am meisten zu schaffen macht, ist ein Gespräch, das einer seiner Deputies mit einer Gruppe Jugendlicher geführt hat, die in der Nähe zelteten«, fuhr Derrick fort. »Einer der Jungen behauptete, er habe ein kleines Mädchen mit einem anderen Teenager gesehen, gut einen Kilometer von unserem

Camp entfernt. Das Mädchen sah verzweifelt aus und hat geweint, aber der ältere Junge hat sie weitergezerrt. Zuerst dachte der Teenager, die beiden wären Geschwister, aber als er von Kim erfuhr, wurde ihm klar, dass er sich geirrt haben könnte.« Derrick zögerte. »Aber dein Vater hat diese Information nicht herausgegeben. Stattdessen hat er sich auf meinen Vater als Verdächtigen konzentriert.«

»Hast du mit den Jugendlichen aus der Gruppe gesprochen?«

Derrick schüttelte den Kopf. »Nein. Ihre Kontaktdaten wurden nicht richtig aufgenommen.«

Ellie legte die Hände auf den Tisch. »Das war sicher nur ein Versehen.« Obwohl ihr Vater zumindest den Hinweisen der Jugendlichen hätte nachgehen sollen.

Dafür musste es eine Erklärung geben.

Sie stand auf, sammelte die Notizen ein und gab sie Derrick zurück.

Die Muskeln in seinem Kiefer spannten sich an. »Du ziehst also nicht einmal in Betracht, dass ich recht habe? Wie kannst du die offensichtlichen Beweise einfach abtun?«

»Das tue ich nicht.« Ellie deutete in Richtung der Tür. »Wir werden mit meinem Vater sprechen.«

Verwunderung zeichnete sich auf seiner Miene ab, gefolgt von einem erleichterten Ausdruck.

Ellie nahm an, ihr Vater wäre im Wald, auf der Suche nach Penny, daher schrieb sie ihm eine Nachricht und fragte, wo sie sich treffen könnten.

Er antwortete sofort: *Bin zu Hause. Komm vorbei.*

Sie eilte in ihr Büro, schnappte sich ihre Jacke und die Schlüssel. Derrick folgte ihr. Ein Windstoß rüttelte an der Ampel im Stadtzentrum, als sie nach draußen traten. Wie vorhergesagt war aus dem Regen inzwischen ein leichter Schneeregen geworden, der aus einem düsteren, unheilverheißenden Himmel auf die Dächer der Geschäfte und die Bürgersteige fiel.

Sie deutete auf ihren Jeep. »Ich fahre.«

Derrick nahm wortlos auf der Beifahrerseite Platz. Während sie durch die Stadt fuhren, kamen sie an unzähligen Schildern mit der Aufschrift WÄHLT BRYCE WATERS ZUM SHERIFF vorbei, auf denen Bryces Lächeln prangte.

Übelkeit drohte in ihr aufzuwallen, aber sie unterdrückte sie. Bryce war gerade ihre kleinste Sorge.

Der Jeep fuhr über eine vereiste Stelle und geriet leicht ins Schlingern, als sie in die Straße einbog, die zum Haus ihrer Eltern führte. Erst gestern war sie genau denselben Weg gefahren, voller Hoffnung, was die Bekanntmachung ihres Vaters anging.

Heute hatte sie dabei einen Knoten im Magen und anklagende Stimmen im Kopf. Ein kleines Mädchen wurde seit vierundzwanzig Stunden vermisst. Ein anderes kleines Mädchen war vor fünfundzwanzig Jahren auf ähnliche Weise verschwunden, und ihr Vater hatte nichts davon erwähnt.

Wenn es Derrick Fox gelang, eine Verbindung zwischen den beiden Fällen herzustellen, warum zur Hölle hatte ihr Vater das nicht getan?

NEUNUNDZWANZIG

Stony Gap

Der tosende Wind wirbelte Müll über den Rasen ihrer Eltern, als Ellie in den Parkmodus wechselte. Vor Kälte kribbelte ihre Haut unangenehm. Ein loser Fensterladen klapperte im Wind, und Schneeregen prasselte gegen die Fensterscheiben. Nasse Erde saugte sich schmatzend an den Sohlen ihrer Stiefel fest, als sie aus dem Fahrzeug stieg, und beißend kalte Luft schlug ihr ins Gesicht. Es war zu kalt dafür, dass Penny schutzlos der Witterung ausgeliefert war. Die Bedrohung, die von einer Unterkühlung ausging, war noch größer als durch wilde Tiere auf dem Trail.

Derrick vergrub seine Hände in den Taschen seines Mantels und folgte ihr zur Tür. Sein Blick schweifte über das Grundstück, während sie die Stufen zur Veranda hinaufstiegen.

Ellies Mutter kam gerade die Treppe herunter, als Ellie ins Haus trat.

»Mein Schatz, wie schön, dass du vorbeikommst.«

Ellie machte eine Geste in Derricks Richtung, der hinter ihr stehengeblieben war. »Es geht um den Fall, Mom. Ich habe Dad eine Nachricht geschrieben.«

Enttäuschung blitzte in den grünbraunen Augen ihrer Mutter auf. »Na schön. Aber er ist müde. Er war die ganze Nacht lang unterwegs, um das Kind zu finden.«

Ellie drängte sich an ihr vorbei. »Genau deshalb bin ich hier. Das ist Special Agent Derrick Fox. Er hat womöglich neue Erkenntnisse zu dem Fall.«

Das Gesicht ihrer Mutter wurde ein wenig blasser, doch sie ging zur Seite, sodass Ellie mit Derrick das Arbeitszimmer ihres Vaters betreten konnte.

Wie so oft stand er vor einer seiner Karten und studierte sie, als wären darauf Antworten auf alle Mysterien der Welt zu finden. Vielleicht war es so.

Vielleicht konnte die Karte ihnen sagen, wo Penny Matthews war.

Beim Klang ihrer Schritte drehte er sich um, doch als er die beiden erblickte, stockte sein Atem.

DREISSIG

Derrick hatte lange auf diesen Tag gewartet.

Er hätte schon früher herkommen sollen, um Sheriff Reeves zu sprechen. Aber seine Hypothese war immer wieder angezweifelt worden, wenn er mit den örtlichen Polizisten gesprochen hatte, die die anderen Fälle untersuchten, und auch Randalls sofortige Zurückweisung am Telefon hatte ihn abgehalten. Er hatte konkrete Beweise sammeln wollen, um die Theorie mit Indizien zu unterfüttern, bevor er es erneut versuchte.

Sie hielten sich nicht mit Höflichkeiten auf. Derrick war nicht danach, übermäßig freundlich zu sein.

»Dad«, setzte Ellie an. »Erinnerst du dich an Derrick Fox?«

»Natürlich.« Der Sheriff deutete auf die beiden Ohrensessel

vor seinem Schreibtisch. »Für welche Dienststelle arbeiten Sie inzwischen noch gleich?«

»Für das FBI.«

Sheriff Reeves stieß die Luft aus. »Mir war nicht bewusst, dass du das FBI eingeschaltet hast, Ellie.«

»Genau genommen hat sie mich nicht eingeschaltet, Sir.

Ich bin von selbst hergekommen.« Derrick legte die Mappe mit Kopien von den Fotos der Mädchen sowie seinen Notizen auf den Schreibtisch. »Vor zehn Jahren, als ich beim FBI anfing, habe ich den Fall meiner Schwester neu aufgerollt. Ich hatte gehofft, auf neue Beweise zu stoßen oder etwas zu finden, das Sie damals übersehen haben und das mir helfen könnte, herauszufinden, was ihr zugestoßen ist.«

Der Sheriff verschränkte die Arme vor der Brust. »Und, haben Sie das?«

»Mir sind Unstimmigkeiten in Ihren Notizen aufgefallen. Aussagen, die sich widersprechen. Ich habe auch nach weiteren ähnlichen Fällen recherchiert und, wie damals gesagt, als ich versucht habe, Ihnen meine Theorie darzulegen, habe ich einige solcher Fälle gefunden.«

Verärgerung flackerte in Randall Reeves Augen auf. »Sprechen Sie weiter.«

Derrick öffnete die Mappe und breitete die Bilder auf dem Schreibtisch des Sheriffs aus. »All diese Mädchen sind zwischen fünf und sieben Jahren alt. Alle sind irgendwo entlang des AT verschwunden.«

Randall sank in seinen Schreibtischstuhl und blätterte durch die Bilder. Sein Adamsapfel trat hervor, als er schluckte.

Derrick beobachtete die Reaktion des Mannes genau: Er wirkte nicht überrascht. Nicht so, als würde er die Opfer wiedererkennen. Vielleicht verwirrt? Oder skeptisch?

Schließlich hob der Sheriff den Kopf. Er hatte die Augenbrauen finster zusammengezogen. »Keiner dieser Fälle wurde je aufgeklärt?«

Derrick schüttelte den Kopf. »Die örtliche Polizei hat ermittelt, aber wie auch beim Verschwinden meiner Schwester haben sie die Eltern als Verdächtige ausgeschlossen und niemals gegen jemanden Anklage erhoben. Die Mädchen wurden nie gefunden, und die Fälle landeten ungelöst bei den Akten.«

»Und Sie glauben, dass eine Verbindung zwischen den Fällen besteht«, sagte Sheriff Reeves. Das war keine Frage, sondern eine Feststellung.

»Das tue ich. Und ich denke, dass Penny Matthews ein weiteres Opfer sein könnte.«

Ellies Vater blätterte erneut durch die Notizen. Während er die Informationen überflog, trat eine Ader an seinem Hals hervor. Ellie seufzte. »Dad, Fälle von vermissten Kindern machen doch landesweit Schlagzeilen. Hast du nicht in den Nachrichten von einem dieser Mädchen gehört und dich gefragt, ob es vom gleichen Täter entführt worden sein könnten?«

Aus dem Blick des Sheriffs sprach jetzt Unmut. »Natürlich habe ich das. Ich habe sogar mit einigen der Ermittler gesprochen. Aber niemand hat eine Verbindung zwischen den Fällen gesehen. Die Familien standen nicht in Verbindung, die Mädchen verschwanden in verschiedenen Zuständigkeitsbereichen und es gab kein zeitliches Muster.« Er wandte sich Derrick zu. »Warum sollte ein Täter ein Kind entführen und dann ein Jahr lang warten, bevor er das nächste entführt?«

EINUNDDREISSIG

»Dieselbe Frage habe ich mir auch gestellt«, sagte Ellie. »Aber dafür könnte es Erklärungen geben. Vielleicht gibt es noch mehr Opfer, von denen wir nichts wissen. Vielleicht saß der Täter auch in Haft, oder in seinem Leben ist etwas geschehen, was ihn kurzzeitig hat aufhören lassen.«

Die Miene ihres Vaters wirkte jetzt ausdruckslos. »Wenn ein und derselbe Täter all die Mädchen entführt und als Geiseln genommen hätte, wäre er inzwischen mit einem von ihnen gesehen worden.«

»Nicht, wenn er abgeschieden lebt oder irgendwo untergetaucht ist«, warf Derrick ein.

Oder wenn er die Mädchen getötet und ihre Leichen irgendwo versteckt hat, wo sie niemand findet. Ellie drehte sich der Magen um.

»Ich habe zwei Agenten, die in diesem Bereich arbeiten und sich auf Menschenhändlerringe konzentrieren, was wohl am wahrscheinlichsten ist. Aber einige Kleinstädte haben veraltete Computersysteme und andere melden Vorfälle nicht fristgerecht. In wieder anderen sind Berichte verloren gegangen, in einer Dienststelle wurden durch ein Unwetter alle Akten zerstört, außerdem haben manche Familien die Zusammenarbeit verweigert. Sie hatten es satt, wie Verdächtige behandelt zu werden.«

»Diese angeblichen Entführungen ereigneten sich also in verschiedenen Zuständigkeitsbereichen und ohne zeitliches Muster. Haben Sie wenigstens einen potenziellen Verdächtigen gefunden, der sich an all diesen Orten aufgehalten hat? Eine Einzelperson oder jemanden mit Verbindungen zu einem kriminellen Ring?«, fragte Randall.

Derrick rutschte auf seinem Sessel herum, als hätte er eine Idee, wollte sie aber nicht aussprechen.

»Niemanden, der an jedem einzelnen Tatort hätte gewesen sein können.«

Ellie verzog nachdenklich den Mund. »Vielleicht war eines der Verbrechen persönlich motiviert und der Täter hat die anderen Mädchen nur entführt, um die Ermittlungen von seiner Spur abzubringen.«

»Das könnte bei ein oder zwei Entführungen eine Erklärung sein, aber es wäre weit hergeholt, anzunehmen, jemand würde eine ganze Reihe von Mädchen kidnappen, nur, um die Entführung oder Ermordung eines einzelnen zu vertuschen«, erwiderte Randall nüchtern. »Ein organisierter Verbrecherring ist wahrscheinlicher. Falls es sich um einen Einzeltäter handelt, ist derjenige wahrscheinlich in seinen Zwanzigern oder Dreißigern gewesen, als das erste Mädchen verschwand – in dieser Zeit schlagen die meisten Serienmörder zum ersten Mal zu. Manche fangen aber auch schon im Teenageralter an.« Er warf Derrick einen vielsagenden Blick zu.

In Derricks Kiefer trat ein Muskel hervor. »Ich bin hier, weil ich weiß, dass ich meiner Schwester nicht wehgetan habe. Und ich möchte Gerechtigkeit.«

»Kommen wir zu der Frage, was mit der Gruppe Jugendlicher ist, mit der deine Leute damals gesprochen haben, als Kim verschwunden ist, Dad«, mischte sich Ellie ein. »Warum hast du ihre Kontaktdaten nicht herausgefunden und das Ganze weiterverfolgt?«

Randall presste die Lippen zu einer schmalen Linie zusammen. »Das war nicht nötig. Die Jungs hatten nichts mit Kims Verschwinden zu tun.« Er bedachte Derrick mit einem fragenden Blick. »Haben Sie diese Theorie auch mit Ihrem Vater besprochen?«

Derricks Miene wurde schlagartig eiskalt. »Mein Vater hat sich umgebracht, neun Monate, nachdem Sie Kims Fall geschlossen hatten.«

Ellie sog scharf die Luft ein.

Ihr Vater zeigte allerdings keine Reaktion. »Sind Sie sicher, dass er tot ist? Ich habe gehört, man hat seine Leiche nie gefunden.«

Derrick ballte die Hände zu Fäusten. »Hat man nicht, aber er hat einen Abschiedsbrief hinterlassen.«

»In diesem Brief hat er geschrieben, er könne nicht mit der Schuld leben, richtig?«, fragte Ellies Vater.

»Sie wussten davon?« Neben Verwunderung schwang auch Wut in Derricks rauem Tonfall mit.

»Ja. Das erste Opfer eines Serienmörders ist normalerweise von Bedeutung. Und da Sie mit der Theorie hausieren gehen, dass ein und derselbe Täter all diese Mädchen entführt hat, angefangen mit Ihrer Schwester, sollten Sie sich vielleicht fragen, ob dieser Täter Ihr Vater sein könnte.«

ZWEIUNDDREISSIG

Ellie starrte ihren Vater einen Moment lang wutentbrannt an, während Derrick aus dem Zimmer stürmte.

Als die Haustür lautstark hinter ihm ins Schloss fiel, verschränkte sie die Arme vor der Brust. Sie war hin- und hergerissen und wusste nicht, ob sie ihrem Vater vertrauen oder an ihm zweifeln sollte.

Derrick schien so überzeugt davon, dass Randall bei den Ermittlungen Mist gebaut hatte. »Glaubst du wirklich, dass Derricks Vater Kim etwas angetan hat?«

Die Ader an seinem Hals pochte, so wie immer, wenn er wütend war. »Ich habe nie Beweise dafür gefunden, aber wie du weißt, musste ich ihn vernehmen. Als er dann Selbstmord beging, habe ich mich gefragt, ob er sich aus Schuldgefühlen das Leben genommen hat.«

Ellie war von der Theorie ihres Vaters noch nicht ganz überzeugt. »Hast du schon zum Zeitpunkt des Selbstmordes die Möglichkeit in Betracht gezogen, dass er seinen Tod nur vorgetäuscht haben könnte?«

Ihr Vater schüttelte den Kopf. »Damals nicht. Derrick ist derjenige, der eine Verbindung zwischen den Fällen annimmt.

Ich habe nur auf eine denkbare Möglichkeit hingewiesen. Derrick hat sich damals Vorwürfe gemacht. Vielleicht hat er seiner Schwester versehentlich wehgetan, und die Familie hat es dann vertuscht.«

Auch das konnte Ellie nicht glauben, aber was wusste sie schon über Derrick Fox? Sie hatte von Fällen gelesen, in denen ein Polizist oder eine der Rettungskräfte sich als der Täter herausgestellt hatte. »Warum sollte er dann die Aufmerksamkeit auf die anderen vermissten Mädchen lenken?«

»Man weiß doch über Serienmörder, dass sie manchmal durchdrehen, weil sie in Wirklichkeit gefasst werden wollen.«

Sein herablassender Ton ärgerte sie. Sie sah Derrick nicht als Mörder.

Und sie hatte ihren Vater noch nie so kaltherzig gegenüber der Familie eines Opfers erlebt. Zum Teufel mit seinen Verdächtigungen. Sie verstand die Beweggründe ihres Vaters in letzter Zeit überhaupt nicht. Er wurde mehr und mehr zu einem Fremden für sie.

Ihr Handy vibrierte an ihrem Gürtel. Der Captain. »Ich muss da rangehen.«

»Ich werde die Suchtrupps unterstützen«, sagte ihr Vater und griff nach seinem Schlüssel. An der steifen Haltung seiner Schultern war deutlich zu erkennen, dass er wütend war.

Auf dem Weg nach draußen stieß Ellie beinahe mit ihrer Mutter zusammen. Sie musste das Gespräch mitangehört haben.

Ellie ignorierte ihren missbilligenden Blick, nahm den Anruf entgegen und trat ins Freie.

»Sagen Sie mir, dass es irgendwelche Neuigkeiten gibt«, blaffte Captain Hale.

Fox saß bereits im Jeep, also blieb Ellie auf der Veranda stehen, wo sie vor dem schlimmsten Regen geschützt war. Sie musste allein mit dem Captain sprechen.

»Ellie?«, schnauzte er.

»Ich bin noch dran. Und … ja, es gibt vielleicht etwas Neues.« Sie berichtete von Derricks Auftauchen und von seiner Theorie.

»Verdammte Scheiße«, nuschelte Captain Hale. »Wir haben doch keinen Serienmörder in unserem County.«

»Ich hoffe nicht«, sagte Ellie. »Aber ich habe die Akten gesehen, und er könnte recht haben. Das hieße, dass Stan Matthews unschuldig ist.«

Eine unangenehme, emotionsgeladene Stille breitete sich aus, durchbrochen lediglich von der Atmung des Captains.

»Ermitteln Sie weiter in diese Richtung«, sagte er im Befehlston. »Und übrigens: Ich weiß nicht, ob es dasselbe Paar ist, das Matthews gesehen hat, aber ein Mann und eine Frau haben vor zwei Tagen im Crooked Creek Inn eingecheckt und sind gestern abgereist. Ich habe ihre Kennzeichen überprüft und sie in einem Quick Mart bei Dahlonega ausfindig gemacht. Der örtliche Deputy hat gesagt, das Paar behaupte, einen Mann mit einem kleinen Mädchen gesehen zu haben, das Penny gewesen sein könnte.«

Ellie eilte zu ihrem Jeep. Derrick saß da, den Blick auf das Gebirge gerichtet. »Wo war das?«

»In der Nähe von Rattlesnake Ridge.«

Graue, tornadoähnliche Wolken zogen über den Himmel und Graupel setzte ein.

Sie mussten sich beeilen. Und Penny finden, bevor Tempest seine ganze verheerende Kraft entfesselte und in der Region wütete.

»Und Ellie«, sagte Captain Hale. »Ich glaube, du liegst richtig, was Matthews angeht. Der Polizist hat dem Paar ein Foto von Pennys Vater gezeigt. Es ist nicht der Mann, den sie mit dem kleinen Mädchen gesehen haben.«

»Haben sie den Mann beschrieben?«

»Sie haben sein Gesicht nicht gesehen. Aber sie haben ausgesagt, er sei groß, ziehe ein Bein etwas nach und habe einen alten, zerschlissenen Mantel, Handschuhe und eine Skimütze getragen.«

Sie brauchte mehr Informationen. »Ich bin unterwegs.«

Es sah so aus, als hätte Derrick recht. Ein Serienmörder schlich womöglich auf dem AT herum, direkt vor ihrer Nase.

DREIUNDDREISSIG

Irgendwo auf dem AT

Penny rannte so weit vom Eingang der Höhle weg, wie sie konnte. Aber der Raum war dunkel und so eng, dass sie nicht besonders weit sehen konnte.

Gänsehaut kroch ihre Arme hinauf. Es roch eklig hier drinnen, nach verfaulten Bananen, die schon braun und schleimig waren und Fruchtfliegen anlockten.

Der Boden war hart und feucht. Und die scharfkantigen Steine stachen ihr in den Rücken.

Mit einer Hand hielt sie die kleine Holzpuppe umklammert, die sie jetzt fester an sich drückte. Er hatte sie nur für sie geschnitzt, hatte er gesagt. Ein Schatz, den sie zu ihren anderen Puppen legen konnte. Aber sie hatte nicht viele Puppen, sondern vor allem Steine, Kiesel und andere Sachen, die sie draußen gefunden hatte.

Doch sie hatte es cool gefunden, als er gesagte hatte, er hätte die Puppe aus dem Holz eines umgestürzten Baumes gemacht. Jetzt, wo sie in diesem dunklen Loch festsaß, wollte sie sie gegen Toby eintauschen, ihren gelben Plüschteddybären mit dem weichen Fell und den flauschigen Ohren. Wenn sie Toby ihre Geheimnisse anvertraute, hörte er zu. Und manchmal flüsterte er ihr sogar eine Antwort zu.

Aber diese Puppe sagte gar nichts. Sie starrte sie nur mit ihren ausgehöhlten, leeren Augen an.

Sie war nicht artig gewesen. Sie war vom Picknickplatz weggelaufen. Sie war wütend auf ihren Papa gewesen, weil er nicht mit ihr spielen wollte.

Also hatte sie sich allein davongeschlichen. Das war dumm gewesen.

Wo war Mama jetzt? War sie wach? Würde sie kommen und nach ihr suchen?

Das Geräusch von Wasser, das an der Felswand hinuntertröpfelte, hallte in der Nähe wider.

Dann krabbelte etwas über ihren Arm. Eine Spinne? Oder eine Ratte?

Tränen stiegen ihr in die Augen. Doch sie blinzelte sie weg. Sie durfte ihm nicht zeigen, dass sie Angst hatte. Dann wurde er wieder so wütend wie vorhin. Sie mochte es nicht, wenn er wütend war. Seine Augen wurden dann groß und unheimlich und das erinnerte sie an die Monster, die sie nachts aus ihrem Kleiderschrank heraus anstarrten.

Das schabende Geräusch seines Messers, das über das Holz fuhr, ließ sie erschaudern. Sie stellte sich vor, wie das Messer ihre Haut aufschlitzte. Wie Blut hinuntertropfte. Sich rot auf dem Boden verteilte. Viele, viele Tropfen, die aussahen wie Farbspritzer.

Sie unterdrückte einen Schrei.

Sei keine Heulsuse, hatte er gesagt.

Sie presste ihre Faust gegen den Mund, zog die Knie an und schlang ihre Arme darum. Dann versuchte sie sich zu erinnern, was passiert war. Sie war gestolpert und hatte sich den Knöchel verknackst. Ihr Fuß war über den Rand gerutscht. Sie war gefallen. War immer tiefer gefallen. Aber dann hatte er sie mit einem Ruck hochgezogen und sie gerettet.

Er hatte gesagt, sie müsse eine Lektion lernen. Müsse bestraft werden.

Sie war schon einmal bestraft worden, und das hatte ihr nicht gefallen. Überhaupt nicht.

Also machte sie die Augen zu und versuchte, an etwas Schönes zu denken, wie Mama es ihr gezeigt hatte, für die Momente, wenn Papa wieder schlechte Laune hatte. In ihrer Vorstellung fühlte sie, wie Mamas Hand über ihr Haar strich. Ihre Tränen wegwischte. Sie sang leise ein albernes Lied, das sie sich ausgedacht hatte und in dem es darum ging, Welpen durch den Garten hinter dem Haus zu scheuchen.

Sie wiegte ihren Körper vor und zurück und versuchte, an Sonne und Regenbögen und Einhörner zu denken, aber im Dunkeln konnte sie sie nicht sehen.

Sie wollte nach Hause zu Mama. Ihre Arme spüren, die sich um sie legten. Die Erdbeerseife riechen, die sie benutzte, wenn sie badete.

Ihr Körper erzitterte, als die Tränen über ihr Gesicht liefen. Sie versuchte, das Schluchzen zu unterdrücken, aber es bahnte sich einen Weg ihre Kehle hinauf und platzte heraus wie ein berstender Luftballon.

Das Messer hielt in der Bewegung inne. Er schnitzte nicht mehr. Jetzt lauschte er.

Sie vergrub ihren Kopf in den Armen und kniff die Augen zusammen. Aber sie hörte seine Schritte und wusste, dass er kommen und sie holen würde.

VIERUNDDREISSIG

»Was ist los?«, fragte Derrick, als er und Ellie wieder fuhren. Der Wind warf Bryces Wahlkampfplakate hin und her. Die Schaufenster und Laternenpfähle waren mit Postern übersät, die ein Foto von Penny zeigten. Doch der Wind zerrte auch an ihnen, hatte eines zerfleddert und wehte es jetzt über den Boden.

Andere Plakate machten Werbung für das anstehende Maisbrotfest. Trotz des drohenden Sturms bauten die Händler ihre Stände auf. Einige Touristen waren geblieben und schlenderten eingemummt in Mäntel, Mützen und dicke Wollschals, in denen sie ihre Gesichter vergruben, durch die hübschen altmodischen Läden.

Ellie gab wieder, was ihr Vorgesetzter berichtet hatte.

»Ich werde Cord sagen, dass er die Suche auf Rattlesnake Ridge ausweiten soll. Ich kann dich an deinem Auto absetzen.«

»Nein, ich komme mit.«

»Bist du dir da sicher? Ein Stadtkind wie du könnte auf dem Trail so seine Schwierigkeiten haben.«

Eine seiner Augenbrauen zuckte nach oben, und Verärgerung blitzte in seinen Augen auf. Beinahe hätte sie darüber gelächelt. »Mach dir keine Sorgen um mich«, sagte er finster. »Ich komme klar.«

»Ganz wie du meinst«, sagte Ellie und zuckte mit den Schultern. Sie deutete auf seine Anzughose und die eleganten Schuhe. »Hast du Wanderstiefel und Winterkleidung dabei?«

Er sah sie mürrisch an. »Ja, ich habe Stiefel, eine Thermohose, Handschuhe und eine Jacke in meinem Auto.«

»Dann fahren wir vorbei und holen die Sachen. Ich werde uns etwas zu essen besorgen, während du dich umziehst.«

Ihr Handy klingelte – Deputy Landrum. »Was gibt es, Heath?«

»Ich habe Pauline Shore aufgespürt. Sie bestätigt Stan Matthews' Geschichte von dem One-Night-Stand. Um genau zu sein, ist sie ein paar Wochen nach dem Seitensprung nach Atlanta gezogen.«

»Damit ist sie als Verdächtige vom Tisch, genauso wie Stans Absicht, seine Frau zu verlassen.«

»Ja, und über Zimmerman kann ich nichts finden, was ihn verdächtig macht. Als Penny verschwunden ist, wohnte er gerade als Trainer einem Spiel der Little League bei. Und jeder, mit dem ich gesprochen habe, sagte, dass er ein mustergültiges Leben führt.«

Jetzt, wo Derrick hier war, war Ellie ebenfalls der Meinung, dass Zimmerman aus dem Kreis der Verdächtigen ausgeschlossen werden konnte.

»Und was jetzt?«, fragte Heath.

Sie fasste die Informationen zusammen, die Derrick ins Spiel gebracht hatte. »Vorerst ist es nur eine Theorie, Heath. Das sollte also unter uns bleiben.«

»Verstanden. Lassen Sie es mich wissen, wenn ich sonst noch etwas tun kann.«

Sie murmelte, dass sie das tun würde, dann beendete sie das Gespräch. Zehn Minuten später hatte sie am Bahnhof geparkt, und Derrick holte seinen Seesack aus dem Kofferraum seines

Wagens. Nachdem er sich schnell im Gebäude umgezogen und sie ihnen Sandwiches besorgt hatte, machten sie sich wieder auf den Weg. Die dichten grauen Wolken über ihnen kündeten davon, dass noch mehr Eisregen und Schnee fallen würden, und die Bäume erzitterten im heulenden Wind. Ellie fuhr gen Norden. Sie waren jetzt fast fünfundzwanzig Kilometer von dem Park entfernt, in dem die Matthews gepicknickt hatten.

Als sie angekommen waren, funkte sie Cord an, der sagte, er würde am Bergkamm auf sie warten und Wilson, den Such- und Spürhund, mit dem er arbeitete, mitbringen.

Sie nahm ihren Rucksack mit, in dem sich ein Schlafsack, ein zusätzlicher Kompass, ihre eigenen handgezeichneten Karten von verschiedenen Abschnitten des Trails, Taschenlampen und andere wichtige Ausrüstung befanden. Dann zogen sie und Derrick Jacken, Skimützen und Handschuhe an, und Ellie schlüpfte in ihre Wanderstiefel.

Derrick ließ den Blick über das Gebirge vor ihnen schweifen. Er wirkte betrübt, und sie vermutete, dass er das traumatische Erlebnis, seine Schwester in den Bergen zu verlieren, gerade noch einmal durchmachte.

Die Erinnerung an ihr eigenes Martyrium in den Bergen stieg wieder in ihr hoch und sorgte dafür, dass ihr der Schweiß ausbrach. Eine Nacht allein in den Wäldern hatte sie traumatisiert. Was würde das erst mit Penny machen?

Derricks schroffe Stimme riss sie aus den Gedanken. »In welche Richtung gehen wir?«

»Nordosten«, sagte sie und deutete auf den Weg. »Rattlesnake Ridge ist etwa zehn Kilometer von hier entfernt.«

Der Wind peitschte durch die Bäume und nahm zusehends an Fahrt auf, während die Temperatur von Stunde zu Stunde weiter fiel. »Los geht's.«

Sie übernahm die Führung, und gemeinsam kämpften sie sich durch das wilde Gestrüpp und den endlosen Wald. Obwohl es erst Nachmittag war, schwand das Tageslicht bereits und die dunklen Wolken am Himmel schluckten das wenige verbleibende Sonnenlicht. Der Duft von Balsamtanne und Fraser-Tanne erfüllte die Luft und erinnerte Ellie an die vergangene Weihnachtszeit, als ihre Familie zusammengekommen war, um zu feiern, und sie hoffnungsvoll auf ihre Zukunft als Polizeisheriff geblickt hatte.

Ellie war zwar keine Botanikerin, aber ihr Vater hatte ihr genug über die heimische Flora beigebracht, um zu wissen, dass sie die dicht mit Giftefeu bedeckten Stellen meiden sollte. Die Pflanze wuchs im Wald und auch am Flussufer, wo das Wasser plätschernd und gurgelnd über die scharfkantigen Felsen stürzte, die den Weg zu den Wasserfällen wiesen.

Ellie nutzte die behelfsmäßige Brücke, die jemand errichtet hatte, wo das Wasser über das Ufer trat, umrundete eine Gruppe von Hemlocktannen und erstarrte dann. Eine Sekunde lang glaubte sie, den Schopf eines Kindes zu sehen, das hinter den Felsen hervorspähte.

Es hatte blondes Haar, genau wie Penny.

Und große blaue Augen, die sie mit gequältem Blick durch das Blattwerk hindurch anstarrten.

Mae.

Ihr Magen verkrampfte sich und sie blinzelte, bis das Bild verschwand. Doch Maes Schrei hallte in ihrem Kopf nach.

»Ellie?«

Derricks tiefe Stimme holte sie zurück in die Gegenwart, und sie sog scharf die Luft ein.

»Was ist los?«, fragte Derrick.

»Ich ... dachte, ich hätte etwas gesehen, aber ich habe mich geirrt«, sagte sie und war froh, dass ihre Stimme so gefasst klang, obwohl ihr Herz gegen ihren Brustkorb hämmerte.

Halluzinierte sie etwa wieder?

O Gott, nein. Es lag bloß an diesem Fall. Der ging ihr an die Nieren. Ließ sie Gespenster sehen.

Sie deutete auf das Dickicht vor ihnen. »Komm schon, lass

uns weitergehen.« Schritt für Schritt bahnten sie sich ihren Weg den steilen Hügel hinauf in Richtung des Bergkamms. Baumwurzeln, Ranken, Gestrüpp und abgebrochene Äste erschwerten ihren Aufstieg, und sie wanderten schweigend, um sich besser konzentrieren zu können.

Die Anspannung, die zwischen ihnen förmlich greifbar war, verstärkte sich mit der kälter werdenden Luft noch. Welke braune Blätter fielen auf sie herab und mischten sich in den frostigen Niederschlag. Ellie wollte den Bergkamm erreichen und Penny finden, bevor der Schneefall einsetzen und die Sicht vernebeln würde. Der Wind schlug ihr ins Gesicht, und ihre Stiefel versanken in nassem Moos und Schlamm. Sie schlug sich durch das Dickicht und suchte überall nach Spuren von Penny oder nach Fußabdrücken, die einen Anhaltspunkt dafür liefern würden, wohin der Entführer sie gebracht hatte.

Nach einigen weiteren Kilometern brach die Nacht herein. Nur das einsame Heulen eines Wolfs durchbrach die ohrenbetäubende Stille. Der beißende Gestank der Verwesung führte sie zu einem toten Reh und einem kalten Lagerfeuer. Mit ihrer Taschenlampe suchte Ellie nach Fußspuren von einem Mann oder einem Kind, aber falls sie hier entlanggekommen waren, hatte der Regen der letzten vierundzwanzig Stunden ihre Spuren verwischt.

Rattlesnake Ridge ragte groß und unheilvoll vor ihnen auf. Der Berg fiel steil aus knapp fünfundzwanzig Metern Höhe ab und war bekannt als Brutstätte für Schlangen. Als sie den Bergkamm erreichten, teilten sie sich auf, um die Umgebung abzusuchen.

Hier gab es keine AT-Schutzhütte, doch Ellie entdeckte eine kleine Höhle.

Der Eingang war mit Ästen versperrt worden. Eilig zog sie sie beiseite. Irgendwo in der Ferne heulte ein Kojote. Donner grollte. Der Regen prasselte trommelnd herab und mischte sich mit Graupel.

Ellie riss die Äste weg und richtete ihre Taschenlampe in den dunklen Eingang. Der durchdringende Gestank von etwas Verrottendem schlug ihr entgegen.

Mit heftig klopfendem Herzen beugte sie sich hinunter und spähte in die Höhle. Doch eine kalte Welle der Angst ließ sie erstarren.

Furchterregende Erinnerungen daran, wie sie als kleines Kind in so ein dunkles Loch gekrabbelt war, stiegen in ihr auf und lähmten sie. Es war ein Tunnel. Wie der aus ihren Albträumen. Sie hatte immer gedacht, er würde ... wo hinführen? Verdammt, sie konnte sich nicht erinnern.

Hilf mir!

Die Dunkelheit trug ihr den Schrei eines Kindes zu.

»Ich werde reingehen«, sagte Derrick, als hätte er gespürt, wie sehr sie sich sträubte.

Kalter Schweiß perlte über ihren Nacken, und ihr wurde flau im Magen. Übelkeit kroch ihre Kehle hoch.

Sie musste dagegen ankämpfen. Und Penny retten.

Sie nahm all ihren Mut zusammen, rief Pennys Namen und kroch in das feuchtkalte, schwarze Höhleninnere.

FÜNFUNDDREISSIG

Rattlesnake Ridge

Als sie sich schon halb durch den Eingang zur Höhle gezwängt hatte, schnürte sich Ellies Hals plötzlich zu.

Sie hatte gehofft, ihre Furcht vor der Dunkelheit irgendwann zu überwinden, aber die Angst war wieder da und das Gefühl, zu ersticken, war so real, als würde ein Ungeheuer seine unsichtbaren Tentakeln um ihren Hals schlingen und mit aller Kraft zudrücken, bis kaum noch Luft durch ihre Luftröhre gelangte.

Schluss jetzt, stell dich nicht so an. Penny könnte hier drinnen sein. Und sie braucht dich.

Sie zwang sich, durch die Nase zu atmen, schloss die Augen und meditierte für ein paar Sekunden. *Denken Sie an Ihren sicheren Zufluchtsort,* hatte ihr die Therapeutin geraten. Das Baumhaus, das Daddy für sie gebaut hatte. Zwischen den Eichen, hoch über dem Erdboden, sodass sie von dort den ganzen Garten hinter dem Haus überblicken konnte. Und es war so hoch, dass die Wildtiere aus dem Wald, die über das Grundstück streiften, sie nicht erwischen konnten. Foxy war auch da, sie hielt ihn im Arm und er hörte ihr zu, wenn sie ihm Geheimnisse ins Ohr flüsterte.

Dann lag sie plötzlich in ihrem Eisenbett, eingekuschelt in den Quilt ihrer Granny, der sich eng um sie schlang, so wie Grannys Arme es getan hatten, als sie noch am Leben gewesen war. So oft hatte Ellie dabei zugesehen, wie sie dasaß, den molligen Körper über die quadratischen Stoffstücke gebeugt, die unterschiedlich bedruckt waren, und sie mit flinken Fingern wie Puzzleteile zu einem schönen Muster zusammensetzte.

Allmählich ließ der Schrecken nach. Ellie öffnete die Augen und atmete aus, um sich zu beruhigen. »Penny, bist du hier drinnen?«

Zur Antwort erhielt sie nur Grabesstille.

Der modrige Gestank nach feuchter Erde, Moos und Verwesung stieg in ihre Nase, als sie auf dem Bauch ein paar Meter weit hineinkroch. Einen Zentimeter nach dem anderen. *Du musst Penny finden. Das ist alles, worauf es ankommt.*

Endlich verbreiterte sich der Gang, und auch die Decke der Höhle war hier so hoch, dass Ellie sich auf Hände und Knie stemmen und dann aufstehen konnte. Ihr Kopf streifte die Decke beinahe, aber immerhin konnte sie hier besser atmen.

»Penny, bist du hier, Liebes?« Ihr Blick flog durch das Innere der Höhle, und sie entdeckte vor sich Fußspuren. Die eines Mannes. Adrenalin rauschte durch ihre Adern. Sie eilte weiter und suchte den Boden nach einem Knopf oder einem Kleidungsstück ab, irgendeinem Hinweis darauf, dass Penny hier gewesen war.

Sie fand noch mehr Abdrücke und folgte zu einer Reihe kleinerer Fußspuren. Die Abdrücke stammten eindeutig von einem Mann und einem Kind.

Penny und derjenige, der sie entführt hatte, *waren* hier gewesen.

Sie krabbelte weiter und folgte dem Tunnel, der sich zu einer weiteren kleinen Höhle hin öffnete. Wasser tröpfelte an der Innenwand herunter und sammelte sich auf dem Boden. Feuchtes Moos bedeckte den Felsen, Matsch saugte sich an ihren Stiefeln fest.

Aber es war niemand da.

Und doch war jemand hier gewesen. Sie suchte den Raum ab. Dort, wo er am breitesten war, streifte der Lichtstrahl ihrer Taschenlampe einen Gegenstand, der im Matsch lag.

Ihr Puls schnellte in die Höhe. Eilig ging sie hinüber und richtete die Lampe auf den felsigen Boden.

Es war ein kleines Stück Holz. Sie streifte sich Handschuhe über, zog es aus dem Matsch und hielt es ins Licht.

Es war glatt, von Hand geschnitzt und sorgfältig gearbeitet. Eine winzige Holzpuppe, die aussah wie Kinderspielzeug.

Ein Déjà-vu überkam sie, und für eine Sekunde wurde die Welt schwarz und schien zu kippen. Ihr war wieder schwindlig, ihre Sicht verschwamm. Die Puppe mit dem kleinen runden Kopf, den dünnen Armen und den großen, tief ins Holz geschnitzten Augen ... Sie kam ihr bekannt vor, als hätte sie so eine geschnitzte Figur schon einmal zuvor gesehen.

Susan hatte nicht erwähnt, dass ihre Tochter eine Puppe bei sich gehabt hatte, oder doch? Gehörte die Puppe Penny? Oder hatte ihr Entführer sie ihr gegeben?

Ellie wusste, dass sie untersucht werden musste, holte einen Beweismittelbeutel aus ihrer Tasche und verstaute das Spielzeug darin, um es ins Labor zu schicken. Falls sie Fingerabdrücke darauf fanden, die mit denen von Penny übereinstimmten, hätten sie Gewissheit, dass das Mädchen hier gewesen war. Und wenn ihr Entführer ihr die Puppe gegeben hatte, konnten sie auch seine Fingerabdrücke nehmen.

Neue Hoffnung durchströmte sie. Vielleicht hatten sie eine Spur.

Sie suchte den Raum noch einmal ab und bemerkte einen Blätterhaufen. Die Blätter waren zerdrückt, als hätte jemand sie als Kissen benutzt.

Nachdem sie ein Foto davon geschossen hatte, kroch sie zurück durch den Tunnel und hielt dabei die ganze Zeit den Atem an. Der Wind pfiff laut in ihren Ohren, als sie durch den Eingang nach draußen kroch, und beißend kalter Graupel prasselte auf ihre Wangen.

Sie hielt die Puppe umklammert und ließ sie auch nicht los, als sie aufstand und Erde und Kiesel von ihrer Hose klopfte. »Derrick, wo bist du?«

»Hier drüben!«

Als er auf die Rodung trat, verhakte sich sein finsterer Blick mit ihrem.

»Hast du hier draußen etwas gefunden?«, fragte Ellie.

Er schüttelte den Kopf. »Ein paar abgebrochene Äste ein paar Meter weiter. Und Fußspuren, aber sie verlieren sich im Bach.« Er sah sie an. »Was hast du da?«

»Eine handgeschnitzte Holzpuppe, die ich in der Höhle gefunden habe. Ich glaube, Penny und ihr Entführer waren dort.«

Hoffnung erhellte sein Gesicht. »Sie könnte also noch am Leben sein.«

Ellie nickte hoffnungsvoll und tippte dann eine Nachricht, in der sie schnellstmöglich ein Team der Spurensicherung anforderte, das die Höhle untersuchen würde. Als sie die Nachricht gerade abgeschickt hatte, klingelte ihr Handy.

Cord. Sie nahm den Anruf entgegen und stellte das Handy auf laut.

»Ellie, du musst herkommen.«

Ihr Herz hämmerte gegen ihre Rippen. »Was ist los?«

Einen Wimpernschlag lang herrschte angespannte Stille, dann erklang Cords tiefer Bariton. »Ich habe etwas gefunden. Es sieht aus wie ein Grab. Ein kleines Grab.«

Angst durchströmte Ellie. Derrick taumelte für einen Moment, er war kreidebleich im Gesicht.

Beide liefen sie los zum Fluss.

SECHSUNDDREISSIG

Der auffrischende Wind sorgte dafür, dass herabfallende Blätter sich in den Schneeregen mischten. Ellie entdeckte Cord ein paar Meter vom Ufer entfernt, wo er sich über einen Erdhaufen beugte.

Als Derrick und sie näherkamen, konnte sie ein Holzkreuz und einen oval geformten Stein erkennen. Ihr Puls beschleunigte sich bei diesem Anblick.

Cord hielt seine Taschenlampe in der Hand und deutete mit finsterem Blick auf die frisch umgegrabene Erde. »Ich bin fast drüber gestolpert.«

Ellie schluckte schwer. Sie leuchtete den Bereich mit ihrer eigenen Taschenlampe ab. Frische Blätter und Wildblumen lagen auf der Erde verstreut, also hatte der oder die Tote demjenigen, der das Grab ausgehoben hatte, wohl etwas bedeutet.

Der Länge und Breite des Hügels nach konnte dort ein großes Tier begraben liegen. *Oder aber ein Kind,* dachte sie mutlos.

Handelte es sich um Penny? Hatte ihr Vater sie aus Versehen umgebracht, sie beerdigt und dann Blumen auf ihrem Grab verteilt, weil er sie liebte? Oder hatte Pennys

Verschwinden doch etwas mit den anderen vermissten Mädchen zu tun?

»Das ist Special Agent Derrick Fox vom FBI«, sagte Ellie. »Derrick, Ranger Cord McClain hat die Suchtrupps angeleitet, die nach Penny Matthews suchen.«

Die Männer begrüßten sich flüchtig.

Ellie entging nicht, dass Derrick Cord einen Moment lang mit zusammengekniffenen Augen musterte und sich dabei versteifte. »Was sagten Sie, wie Sie das Grab gefunden haben?«

Cord tätschelte den Spürhund, der wachsam neben dem Stein stand. »Wilson hat mich hergeführt.«

»Wilson ist ein Luftspürhund«, erklärte Ellie. »Wenn er Pennys Fährte aufgenommen hat, liegt sie vielleicht in diesem Grab.«

»Ich habe keine Fußabdrücke eines Kindes gesehen«, sagte Cord. »Da war ein Teil vom Stiefelabdruck eines Erwachsenen am Fluss, aber derjenige hat die restlichen Abdrücke verwischt, um seine Spuren zu beseitigen.« Sein Ärmel war hochgerutscht, und sie bemerkte, dass er einen Verband am Arm hatte – das gehörte zu seinem Beruf dazu. Er hatte immer überall Schrammen.

Ellies Brust zog sich sorgenvoll zusammen. In der Höhle hatte sie die Fußabdrücke eines kleinen Mädchens gefunden. Das bedeutete, dass Penny vielleicht getragen worden war. Hatte der Entführer sie in der Höhle getötet und dann ihre Leiche hergebracht, um sie zu begraben? Warum hatte er sie nicht in der Höhle gelassen, wo man sie vielleicht niemals gefunden hätte? In ihrem Kopf kreisten die Gedanken.

»Ich lasse ein weiteres Spurensicherungsteam und den Rechtsmediziner herkommen.« Ellie zog ihr Handy hervor und tätigte den Anruf.

Nachdem sie aufgelegt hatte, schoss sie Fotos vom Tatort, auf der Suche nach Anhaltspunkten, die helfen konnten, denjenigen zu identifizieren, der das Grab ausgehoben hatte.

Derrick kniete sich hin und betrachtete den kleinen Hügel respektvoll. Dann warf er Cord einen düsteren Blick zu, und Ellie wunderte sich, was genau ihm durch den Kopf gehen mochte. »Das Grab kann höchstens vor ein paar Stunden ausgehoben worden sein. Die Blumen sind noch frisch.«

»Denken Sie an Matthews?«, fragte Cord. »Er war heute Morgen mit den Suchteams unterwegs, und dann haben wir ihn nach Hause geschickt.«

Ellie zog die Stirn nachdenklich in Falten und berichtete ihm von der Unterhaltung mit ihrem Captain. »Wir vermuten, dass Penny entführt wurde.«

Cord verengte seine unergründlichen Augen zu Schlitzen. »Entführt?«

»Ja. Und vielleicht gibt es noch mehr Opfer«, sagte Ellie, die daran allmählich keine Zweifel mehr hatte.

»Sieh dir das mal an.« Derrick deutete auf ein paar Kratzer, die auf dem Stein zu sehen waren, und Ellie beugte sich hinunter, um sie zu betrachten. Mit einfachen Linien hatte jemand einen Engel in den Stein graviert.

Sie machte ein Foto davon und lehnte sich näher heran, um Details erkennen zu können.

»Ich sehe die römische Zahl eins auf dem Kreuz«, murmelte sie halblaut. Sie sah sich nach Derrick um.

»Eine Eins für sein erstes Opfer«, sagte Derrick mit belegter Stimme.

Ihre Blicke kreuzten sich, und Ellie schluckte schwer. »Eine Eins, das heißt also, da sind noch mehr.«

SIEBENUNDDREISSIG

Derrick hatte Mühe, sich nicht anmerken zu lassen, was beim Anblick des kleinen Grabes, in ihm vorging. Oder bei der unwillkürlichen Vorstellung, dass seine Schwester hier begraben liegen könnte.

Die Akten der Fälle, in denen Cords Name Erwähnung fand, wollten ihm nicht aus dem Kopf. Anhand dieser Unterlagen hatte er ein Profil des Mörders erstellt. Auf das der Ranger passte.

Er hätte Cord gern am Kragen gepackt und ihn gefragt, ob er die Leiche dorthin gebracht hatte.

Aber zuerst musste er die Fakten zusammentragen.

Er musste herausfinden, ob Kim in diesem Grab lag. Seine Mutter hatte keines der Bilder von ihr abgehängt, die überall im Haus verteilt waren. Sie hatte das Zimmer seiner Schwester genau so belassen, wie es ausgesehen hatte, als Kim noch am Leben gewesen war. Auf ihrem weißen Himmelbett lag noch die blassgrüne Steppdecke mit dem gelben Tulpenmuster. Auf den Regalen waren immer noch ihre Lieblingspuppen und Stofftiere verstaut, genau wie die Bücher, die Kim wieder und wieder gelesen hatte, bis sie sie auswendig kannte. Kim hatte es geliebt, mit ihrer Mutter zu backen, aber sie hatte ebenso gerne mit ihrem Vater Fußball gespielt.

Sie hätte Ellie gemocht. Ellie war feminin, fand sich aber in der Wildnis zurecht und schien eine Frau zu sein, die bei Konflikten nicht so schnell klein beigab.

Würde Ellie Randall decken, falls er Mist gebaut hatte? Oder Cord?

Der Name des Rangers tauchte in mehr als einem Polizeibericht über die vermissten Mädchen auf.

Er konnte praktisch unbemerkt in den Wäldern herumschleichen. Außerdem kannte er die Gegend. Und er war als Erster am Tatort gewesen, um sich auf die Suche nach Penny zu machen.

War es Zufall, dass er bei mehr als einem der Vermisstenfälle im Dienst gewesen war?

Die römische Zahl auf dem Grabstein sorgte dafür, dass sich Derricks Magen zusammenzog, doch sie stützte seine Theorie.

Nach Derricks Zählung musste es zehn weitere Leichen geben, ein Dutzend, wenn man Penny mitzählte. Und er war seinem Ziel, den Psycho zu finden, immer noch nicht nähergekommen.

Der Ranger bückte sich und betrachtete aufmerksam den Stein, der das Grab markierte. Die Tatsache, dass er den Leichnam gefunden hatte, verstärkte Derricks Verdacht zusätzlich. Was, wenn McClain ihn dort vergraben hatte, um sich selbst als Helden darzustellen?

»Wie lange arbeiten Sie schon als Rettungskraft?«, fragte er den Mann.

McClain zog finster seine dichten Brauen zusammen. »Ich bin seit etwa zehn Jahren bei der Katastrophenschutzbehörde und dem National Park Service.«

Ungefähr zur gleichen Zeit hatte Derrick den Verdacht

geschöpft, dass die Fälle miteinander zusammenhängen könnten. »In dieser Gegend?«, fragte Derrick.

Cord nickte knapp. »Ich bin hier aufgewachsen und schon immer viel gewandert. Deshalb war die Stelle wie für mich gemacht.«

Obwohl McClain zum Zeitpunkt von Kims Tod gerade einmal ein Teenager gewesen war, passte er ins Profil. Es war denkbar, dass sich seine gewalttätige Seite schon in jungen Jahren gezeigt hatte. Das war zwar selten, aber es kam vor.

Doch Derrick brauchte einen konkreten Anhaltspunkt, bevor er mit Anschuldigungen um sich warf oder seinen Verdacht mit Ellie teilte.

»Wie sind Sie zu den Such- und Rettungskräften gekommen?«, fragte Derrick.

Cord vergrub die Hände in den Taschen seiner Arbeitsjacke. Allerdings nicht schnell genug, um die Erde unter seinen Fingernägeln vor Derrick zu verbergen. Auch seine Kleidung war schmutzig, und an seinen Stiefeln klebte Schlamm. Dazu trug er ein beachtliches Jagdmesser an seinem Gürtel.

»Hab mich mal freiwillig für einen Suchtrupp gemeldet und gemerkt, dass mir das liegt. Sheriff Reeves hat vorgeschlagen, dass ich es zu meinem Beruf mache.«

Die Information, dass der Ranger Randall Reeves näher kannte, machte Derrick klar, dass er seine Worte mit Bedacht wählen musste.

Ein Windstoß fegte durch den Wald, riss Nadeln und Kiefernzapfen von den Bäumen und verteilte die Wildblumen über den Boden. Ellie sammelte sie auf und legte sie wieder auf dem Grab ab, als könnte sie es nicht ertragen, es so kahl zu sehen.

Heftiger Wind wirbelte das Laub auf und bog die Bäume, deren Äste knackten und splitterten. Der Geruch von feuchtem Moos und verwesendem Tier schlug ihnen entgegen, kurz darauf waren Stimmen zu hören.

Zwei Teams der Spurensicherung trafen ein, um den Tatort zu untersuchen. Ellie schickte eines in die Höhle. Dann stellte sie Derrick Dr. Laney Whitefeather vor, der Rechtsmedizinerin von Bluff County.

Die Rechtsmedizinerin beugte sich über das Grab, und Ellie wartete etwas abseits, damit die Spurensicherung mit ihrer Arbeit am Tatort beginnen konnte. Zwei der Kriminaltechniker suchten die Gegend nach Spuren ab, während die beiden anderen Fotos von der Grabstelle schossen und das Grab dann vorsichtig öffneten.

»Wie lange kennst du McClain schon?«, fragte Derrick Ellie. Ihm war alles recht, was ihn von der Übelkeit erregenden Befürchtung ablenkte, dass die Spurensicherung die Gebeine seiner Schwester zutage befördern könnte.

»Seit meiner Jugend«, antwortete Ellie. »Ich habe ihn kennengelernt, als ich mich freiwillig für die Suche nach einem vermissten Jungen gemeldet habe.«

»Was weißt du über ihn?«

Ellie strich sich eine Haarsträhne aus dem Gesicht. »Er ist gut in seinem Job. In den letzten zwanzig Jahren hat er etliche Wanderer gerettet, die sich verirrt oder verletzt hatten.«

»Hat er Familie?«

Ellie schüttelte den Kopf. »Nicht, dass ich wüsste. Zumindest hat er nie von einer Familie gesprochen. Er ist eher ein Einzelgänger und ziemlich schweigsam.« Sie zog die Stirn in Falten. »Warum fragst du mich nach Cord?«

»Er hat das Grab entdeckt«, sagte Derrick. »Vielleicht ist er zufällig darauf gestoßen, oder aber er hat es selbst gegraben.«

»Das ist weit hergeholt.« Skepsis blitzte in Ellies Augen auf. »Cord ist vielleicht ein verschlossener, ruhiger Typ, aber kein Mörder.«

»Bist du dir da sicher? Woher wusste er dann, dass der Leichnam hier vergraben ist?«

»Das sagte er doch: Wilson hat ihn zum Grab geführt.«

Verärgerung schwang jetzt in ihrem Tonfall mit. Vielleicht hatten sie und der Ranger etwas am Laufen.

Und wenn schon, das war ihm verdammt noch mal egal. Nichts würde ihn davon abhalten, herauszufinden, was wirklich mit seiner kleinen Schwester geschehen war.

Ellie sah aus, als wollte sie noch etwas sagen, aber die Stimmen der Ermittler ließen sie innehalten.

Einer von ihnen klopfte mit seiner Schaufel gegen einen Felsen. »Wir haben Knochen gefunden.«

ACHTUNDDREISSIG

Für einen kurzen Moment trübte sich Ellies Sicht, als würde der Boden zu ihren Füßen im Nebel versinken.

Sie war sieben Jahre alt und irrte allein über den Friedhof. Die Nacht war hereingebrochen, und der Wind wehte welkes Laub über das gefrorene Gras. Seidenrosen und frische Blumen, die Angehörige auf den Gräbern abgelegt hatten, wirbelten auf und schwirrten wie bunte Glühwürmchen über die Erdhügel.

Die Toten flüsterten ihr zu, riefen nach ihr.

»Ich bin hier. Komm und finde mich.«

Sie drehte sich um die eigene Achse und suchte den menschenleeren Friedhof ab. Schatten erhoben sich im nebligen Dunst, gespenstische Abbilder der Toten, die durch den Regen schwebten.

»Ich fürchte mich, Ellie. Hilf mir.«

Ein Schauer durchfuhr sie und sie taumelte durch die Gräberreihen, darauf bedacht, auf keines zu treten. Knochige Hände krochen aus den Erdhügeln empor und streckten sich nach ihren Füßen aus. Die Gesichter der Verstorbenen trieben vor ihr her, mit gefalteten Händen, leeren Augenhöhlen, aus denen dennoch Schmerz sprach, die Münder zu einem stummen Schrei weit aufgerissenen.

Sie hielt inne, um die Namen auf den Grabmalen zu lesen. Sie suchte eines nach dem anderen ab. Neben der Statue mit dem Engel und dem Wasserfall regte sich ein Schatten. Mae?

Plötzlich packte ihre Mutter sie am Arm. »Ellie, was machst du hier draußen?«

Dann hörte sie auch ihren Vater. »Geht es dir gut, Schatz?«

Ellie hob ihre Hand, um ihnen zu zeigen, wo Mae stand, doch mit einem Mal war sie nicht mehr da. Sie verschwand wieder in der Ferne. Ihre zierliche Silhouette war von einem weißen Leuchten umgeben, als sie über den Friedhof davonrannte.

Ellies Vater umfasste ihre Hand. »Komm, wir bringen dich wieder nach Hause.«

»Diese Besessenheit mit Mae muss aufhören!«, rief ihre Mutter. »Randall, wir müssen dafür sorgen, dass sie Hilfe bekommt.«

Eine andere Stimme durchbrach die Erinnerung. Es war Cord. »Bist du in Ordnung, El?«

Die Welt rückte wieder in den Fokus, und Ellie nickte schwach. Dabei war sie nicht in Ordnung. Nichts daran, dass Penny Matthews verschwunden war und ein Serienmörder auf dem Trail sein Unwesen trieb, war in Ordnung.

Der Anblick, der sich ihr bot, war grauenvoll. Der Erdhügel, die von Hand eingeritzte Inschrift auf dem Grabstein. Das winzige Grab, nur etwas über einen Meter lang ...

Ellie hielt den Atem an, als der Mitarbeiter der Spurensicherung die Erde von den Überresten fegte.

Es waren Gebeine.

Aber sie stammten nicht von Penny Matthews. Ihr Leichnam wäre in der Zwischenzeit nicht so sehr verwest. Diese Knochen hier waren alt. Porös und zerbrechlich. Weder Haaren noch Haut oder Muskelgewebe waren zu erkennen.

Das bedeutete, dass das Kind schon seit einiger Zeit tot sein musste. Die Rechtsmedizinerin würde feststellen, wie lange ungefähr.

Derricks unregelmäßige Atmung wurde von einem gequälten Seufzen unterbrochen.

»Armes Kleines«, murmelte Dr. Whitefeather. »Wir werden herausfinden, wer dir das angetan hat.«

»Und ob wir das werden!« Ellie erklärte der Rechtsmedizinerin, dass sie es vielleicht mit einem Serienmörder zu tun hatten und dass Derricks Schwester unter den Opfern sein könnte.

Auf Laneys Gesicht zeichnete sich Anteilnahme ab.

Derrick räusperte sich. »Können Sie schon sagen, ob die Überreste zu einer männlichen oder weiblichen Person gehören?«

Dr. Whitefeather zog sich Latexhandschuhe und setzte den Helm mit der Stirnleuchte auf, dann bürstete sie so viel Erde weg, dass sie den Schädel, den Brustkorb und das Becken erkennen konnte.

»Ein Mädchen«, sagte sie traurig. »Aber ich werde einen forensischen Anthropologen hinzuholen, damit er die Autopsie durchführt.«

»Ich lasse die ärztlichen und zahnärztlichen Unterlagen meiner Schwester an Ihr Sekretariat schicken.« Derricks Stimme war kaum mehr als ein Flüstern.

Mitgefühl schimmerte in Laneys Augen. »Ich werde mich gut um sie kümmern.«

»Wer auch immer sie hier zurückgelassen hat, sie muss ihm wichtig gewesen sein«, überlegte Ellie. »Warum sonst die Blumen auf dem Grab?«

Cord klopfte seine schmutzigen Hände an der Arbeitshose ab, blieb aber still.

Derrick musterte den Ranger misstrauisch. »Das Grab ist

frisch. Der Täter muss sie an einem anderen Ort getötet und versteckt haben und hat sie erst vor kurzem hierhergebracht.«

Die Beschuldigungen ihres Vaters hallten wieder durch Ellies Kopf. Konnte es sein, dass Mr Fox seiner Tochter etwas angetan und dann seinen eigenen Tod vorgetäuscht hatte?

Dass er der Mörder war, nach dem sie suchten? Hatte er Kim hier vergraben, damit Derrick ihre Überreste fand?

»Bringen wir sie erst mal in die Leichenhalle.« Dr. Whitefeather erhob sich. »Und dann können Sie sich auf die Suche nach dem Schuldigen machen.«

Derrick wanderte am Fluss auf und ab, während das Team die Knochen vorsichtig aus dem Boden hob. Sie legten einen nach dem anderen auf der Plane ab, um den Leichnam des Kindes zu rekonstruieren.

»Sehen Sie sich das an«, sagte Laney und hob den Blick zu Ellie.

Ellie hockte sich neben Laney, die einen Gegenstand aus der feuchten Erde zog.

Ihr Atem stockte. Es war eine handgeschnitzte Holzpuppe, genau wie die, die sie in der Höhle gefunden hatte.

Eine Puppe, die der Mörder angefertigt und den Mädchen gegeben haben musste.

NEUNUNDDREISSIG

Irgendwo auf dem AT

Er hatte nicht geplant, das kleine Mädchen wegzubringen.

Aber diese verdammten Hunde und die Gesetzeshüter waren in den Bergen unterwegs, sie schnüffelten überall herum, gruben alles um und kamen ihm dabei viel zu nahe.

Er hatte warten müssen, bis sie eine andere Richtung eingeschlagen hatten, dann hatte er das Kind geschnappt, es auf den Geländewagen gehievt und war abseits des Weges durch den Wald gebrettert, während der Sturm die Motorengeräusche geschluckt hatte.

»Psst, keinen Mucks«, hatte er gesagt und einen Schal um ihren Mund gebunden.

Tränen traten ihr in die Augen.

Er schnauzte sie an: »Sei keine Heulsuse!«

Sie weinte trotzdem.

Der kalte, stürmische Wind auf seinen Wangen hatte sich gut angefühlt, und der Abstand zwischen ihm und den Ermittlern war immer größer geworden. Das Wetter würde ihn nicht aufhalten. Er fühlte sich hier draußen so wohl, als wäre er für ein Leben in der Wildnis gemacht worden.

Lautes Bellen hallte von den Bergkämmen wider. Diese verdammten Hunde waren schlauer als die Menschen, sie nahmen seinen Geruch auf und verfolgten seine Fährte.

Aber sie würden ihn nicht finden. Das taten sie nie.

Er kannte diese Berge in- und auswendig, denn er hatte fast sein ganzes Leben hier verbracht. Wenn man das, was er tat, als leben bezeichnen konnte.

Er schlief im Wald und in den AT-Schutzhütten. Machte sich ein Bett aus Blättern und Ranken. Stahl Essen von den Campern. Versteckte sich und führte ein Schattendasein. Wie ein Gespenst.

Er war ein Beobachter. Immer auf der Suche.

Endlich erreichte er sein Ziel. Er trug das kleine Mädchen durch den Eingang. Sie strampelte und schlug gegen seine Brust, aber sie war so schmächtig, dass er kaum spürte, wie sich ihre Finger durch seinen Wintermantel drückten.

»Das wird dein neues Spielhaus«, sagte er zu ihr und setzte sie in der speziellen Box ab, die er extra für sie gebaut hatte. Er legte eine Decke auf den Boden und verteilte die kleinen Holzpuppen darauf.

Sie sah ihn mit großen, tränenüberströmten Augen an, als wäre er ein Ungeheuer.

Doch das war er nicht. Er war genau wie sie. Er hatte sich nach einer Mommy und einem Daddy gesehnt, die ihn liebten. Aber das hatten sie nicht getan. Niemand hatte das.

Nicht so wie die süßen kleinen Mädchen, in die sie so vernarrt gewesen waren.

»Ich bin bald zurück«, flüsterte er.

Sie schrie und er überlegte, ob er sie wieder knebeln sollte.

Aber es gab niemanden, der sie hören konnte. Sollte sie sich doch die Seele aus dem Leib schreien.

Er schloss die Tür und verriegelte sie. Das Mädchen schlug

gegen die Holzlatten, als wären sie Gefängnisgitter. Ein Glucksen entglitt ihm, weil sie so viel Kampfgeist hatte.

Früher war er genauso kämpferisch gewesen, bis man ihm das mit Prügeln ausgetrieben hatte. Er musste seine Lektion lernen, hatten die Pflegeeltern gesagt. Dann hatten sie ihn im dunklen Keller in den Käfig gesperrt.

Die Suchtrupps fielen ihm wieder ein, deshalb eilte er zurück nach draußen und parkte den Geländewagen zwischen den Bäumen. Beißend kalter Wind umfing ihn, als er das Fahrzeug unter Ästen und Ranken versteckte. Nicht, dass die Suchtrupps herkommen würden. Sie würden in der Nähe des Trails bleiben, als erwarteten sie, dass er ihnen Brotkrumen hinterlassen würde, denen sie folgen konnten.

Dummköpfe.

Er sammelte Feuerholz, dann kroch er in seine Behausung, die er selbst in den Berg gehauen hatte. Der alte Minenschacht war das perfekte Versteck und bot Zuflucht, wenn die Witterungsbedingen zu unwirtlich wurden.

Das kleine Mädchen hatte sich an der Wand des großen Puppenhauses zusammengekauert, das er für sie gebaut hatte, die Knie an ihre Brust gezogen und die Arme darum geschlungen. Sie hatte den Kopf gesenkt, und ihr Körper erbebte unter ihren Schluchzern.

Angst verzerrte ihr engelsgleiches Gesicht. »Ich will zu meiner Mama«, wimmerte sie.

Er öffnete die Tür gerade weit genug, um ihr einen Becher Wasser und ein paar Kräcker rüberzuschieben. Ihre Hand zitterte, als sie nach den Kräckern griff und sie hinunterschlang. Dann nahm sie das Wasser und trank es so gierig, dass die Hälfte über ihr Gesicht lief. Es tropfte wie Regen von ihrem zitternden Kinn und benetzte ihr rosafarbenes T-Shirt.

Er bückte sich zu ihr hinunter und strich ihr die Haare aus dem Gesicht.

Ihre Augen weiteten sich, groß und rund in ihrem kleinen

ovalen Gesicht. Sie erinnerte ihn so sehr an das erste Mädchen, das er entführt hatte.

Das, das ihm entkommen war.

Das, das er immer noch wollte.

VIERZIG

Crooked Creek

Der Wind peitschte so heftig gegen Ellies Jeep, dass sie das Lenkrad mit eisernem Griff umklammern musste, um den Wagen auf der Straße zu halten. Regen prasselte gegen die Windschutzscheibe und dichter Nebel trübte ihre Sicht, Vorboten dessen, was noch auf sie zukommen würde.

Angst packte sie und ließ sie gedanklich in die Nacht zurückreisen, in der sie sich verlaufen hatte. Auch in dieser Nacht hatte sich ein Sturm zusammengebraut. Sie hatte sich zusammengekauert und auf den Wind gelauscht, der Äste von den Bäumen riss. Ein Teil der Erde über ihr hatte sich gelöst und war auf ihr Gesicht herabgeregnet.

Das Klingeln ihres Telefons holte sie zurück in die Gegenwart. Sie las den Namen ihres Chefs auf dem Display und stellte sich vor, wie er in seinem Büro auf und ab ging und sich mit einem Taschentuch den Schweiß von der Glatze tupfte. Sie ging ran und fasste für ihn knapp ihren Fund zusammen.

»Handelt es sich um Penny?«, fragte er.

»Nein«, sagte Ellie. »Diese Überreste sind völlig verwest. Das Mädchen ist schon seit langer Zeit tot.«

»Grundgütiger«, bellte Captain Hale. »Der Bürgermeister wird uns die Hölle heiß machen, wenn er davon hört. Und die Bewohner der Stadt werden durchdrehen.«

Dazu hatten sie auch allen Grund.

»Matthews wurde nicht aus den Augen gelassen«, sagte Captain Hale. »Glauben Sie, dass er das getan hat?«

»Nein. Ich glaube, dass Special Agent Fox recht hat. Wir haben es mit einem Serientäter zu tun.« Und das bedeutete, dass sie wieder ganz am Anfang standen, ohne einen Verdächtigen.

Sie wurde aus ihren Gedanken gerissen, als der Jeep auf dem Asphalt ins Schleudern geriet. Sie erinnerte sich, dass es besser war, gegenzulenken, statt das Steuer in die andere Richtung zu reißen, und konnte den Wagen wieder in die Spur manövrieren. Wasser spritzte unter den Reifen hervor und herabfallende Kiefernzapfen trafen ihre Windschutzscheibe.

Das Geräusch von reißendem Papier drang aus dem Lautsprecher, und Ellie stellte sich vor, wie ihr Chef die zigste Packung Minzpastillen öffnete und sich eine in den Mund steckte. Seit er beschlossen hatte, mit dem Rauchen aufzuhören, aß er die Dinger am laufenden Band. »Also, wie geht es jetzt weiter?«, fragte Captain Hale.

»Ich habe veranlasst, dass Kriminaltechniker das umliegende Waldgebiet nach Spuren absuchen, und ein zweites Team nimmt sich die Höhle vor. Wenn wir das Opfer identifiziert haben, können wir die Familie benachrichtigen und eingrenzen, wie lange das Kind schon vermisst wird.« Sie erzählte ihm von den Puppen und berichtete, dass sie auf dem Weg zum Haus der Familie Matthews sei. »Vielleicht haben wir Glück und der Täter hat Fingerabdrücke darauf hinterlassen.«

»Das will ich hoffen«, sagte er und klang gereizt. Er zögerte plötzlich. »Scheiße, Bürgermeister Waters ruft an. Ich muss jetzt Schadensbegrenzung betreiben. Halten Sie mich auf dem Laufenden.«

Derrick schwieg auch, nachdem sie den Anruf beendet hatte, und sie ahnte, dass unter seiner ruhigen Fassade ein tief verwurzelter Schmerz brodelte.

Irgendwann schloss er die Augen und lehnte seinen Kopf gegen den Sitz, sodass sie glaubte, er sei eingeschlafen.

Wie oft hatten er und seine Mutter wohl neue Hoffnung geschöpft, nur um dann doch wieder enttäuscht zu werden? Hatte Mrs Fox sich vorgestellt, ihre Tochter würde nach Hause zurückkehren und sie könnte sie aufwachsen sehen? Könnte Kleider für Kims Abschlussball aussuchen und sie trösten, wenn sie Liebeskummer hatte? Könnte ihre Hochzeit planen?

Wie oft hatte sie sich wohl vorgestellt, ihre Tochter zu Grabe tragen zu müssen?

Die Familie wünschte sich Gewissheit, um abschließen zu können, und doch bewahrten alle Eltern eines vermissten Kindes sich einen Funken Hoffnung darauf, dass ihr geliebtes Kind noch lebend gefunden würde.

Mitgefühl wallte in Ellie auf, aber in diesem Moment klingelte ihr Telefon. Es war noch einmal ihr Chef.

Sie machte sich auf einen weiteren Anschiss gefasst, als sie den Anruf entgegennahm.

»Ellie«, setzte Captain Hale mit schriller Stimme an, »haben Sie mit Angelica Gomez gesprochen?«

Ellie stellte die Scheibenwischer auf die höchste Stufe. »Nicht kürzlich. Warum?«

»Ich schicke Ihnen ein Video mit einem Ausschnitt aus den Nachrichten. Sehen Sie es sich einfach an.«

Beklommen hielt Ellie am Straßenrand. Sie tippte auf den Link, den Hale geschickt hatte, und ein Videoclip erschien auf dem Bildschirm.

»Mein Name ist Angelica Gomez und ich befinde mich am Rande des Appalachian Trail, nur ein paar Kilometer von der

Stelle entfernt, an der Penny Matthews verschwunden ist. Während die Suche nach dem vermissten kleinen Mädchen weiterhin andauert, wurden heute Abend die sterblichen Überreste eines Kindes entdeckt. Sie waren in der Nähe von Rattlesnake Ridge vergraben. Die Identität des Kindes ist noch nicht geklärt, aber seien Sie versichert, dass ich Ihnen Antworten liefere, sobald die Polizei die Informationen herausgibt.« Der Tonfall von Angelicas sanfter Stimme war angemessen gesetzt, die Ernsthaftigkeit in ihrem Blick beinahe rührend.

Ellie hätte schreien können.

Scheiße! Falls Stan und Sue Matthews das zu Gesicht bekamen, bevor sie die Gelegenheit hatte, mit ihnen zu sprechen, würde es einen Shitstorm geben.

Sie schaltete wieder zum Gespräch mit dem Captain um. »Diese Information stammt nicht von mir, Sir.«

»Wer zum Teufel hat ihr die Geschichte dann weitergegeben?«

Ellies Gedanken rasten. »Haben Sie meinem Vater von dem Fund erzählt?«

»Natürlich. Das musste ich. Er ist der Sheriff, Herrgott noch mal. Und die Suchtrupps müssen wissen, dass sie nach weiteren Gräbern Ausschau halten sollen.«

»Dann muss es Bryce Waters gewesen sein. Er ist jetzt im Wahlkampfmodus.«

»Dieser Mistkerl«, murmelte Captain Hale. »Ich werde Randall anrufen und ihm sagen, er soll seinen Deputy unter Kontrolle kriegen, sonst sperre ich den Schwachkopf eigenhändig ein«, sagte er und legte auf.

Ellie knirschte mit den Zähnen, dankbar, dass zumindest ihr Chef Bryce durchschaut hatte.

Da öffnete Derrick die Augen und sah zu ihr hoch. »Was ist los?«

Sie reichte ihm das Telefon, damit er es sich selbst ansehen konnte, während sie den Wagen zurück auf die Straße lenkte.

Eine ganze Litanei an Schimpfwörtern sprudelte nur so aus ihm heraus. »Und das ist der Grund, warum ich es hasse, mit Kleinstadtpolizisten oder der Presse zu tun zu haben.«

Sie verspürte den Drang, die kleinstädtische Polizei zu verteidigen, biss sich aber auf die Zunge. Sie war ja selbst stinksauer.

Sie atmete tief ein und bog in die Straße ein, in der die Familie Matthews lebte. Das Letzte, was Ellie wollte, war, dass das Ehepaar erfuhr, dass eine Leiche gefunden worden war, und glaubte, es handele sich um Penny.

Kaum war sie in die Straße eingebogen, bemerkte sie einen Nachrichtenwagen, der vor dem Haus geparkt war. Wutentbrannt hielt sie und stieg aus. Wenn Angelica den Matthews die Neuigkeiten schon erzählt hatte, konnte sie für nichts garantieren.

Die Reporterin und ein Kameramann liefen auf sie zu und streckten ihr ein Mikrofon hin. »Detective Reeves, konnten Sie die sterblichen Überreste des Kindes identifizieren, das Sie heute gefunden haben?«

Ellie warf der Frau einen giftigen Blick zu. Hatte sie denn gar kein Mitgefühl mit der Familie, die in diesem Haus lebte? »Wie ich bereits gesagt habe, kann ich während laufender Ermittlungen keine Details zu dem Fall preisgeben. Ich werde ein Statement abgeben, sobald ich Ihnen neue Erkenntnisse mitteilen kann.«

»Aber finden Sie nicht, dass die Menschen, die hier leben, davor gewarnt werden müssen, dass ein Triebtäter ihren Kindern nachstellt?«

Ja, das fand sie durchaus.

Hatte Bryce Angelica etwa von Derricks Theorie erzählt? Falls ja, würde sie dem Scheißkerl den Kopf abreißen. »Falls dem so sein sollte, werde ich mich an die Öffentlichkeit wenden, sobald ich gesicherte Informationen habe«, sagte sie in ruhigem Tonfall. »Und jetzt machen Sie Platz, ich muss mit

Pennys Familie sprechen.« *Und den Schaden, den Sie angerichtet haben, begrenzen.*

Angelica drehte sich zu Derrick um. »Special Agent Fox, ist es wahr, dass Ihre Schwester genauso verschwunden ist wie Penny Matthews? Und dass Sie glauben, es gäbe eine Verbindung zwischen den Fällen?«

Derrick schob die Kamera mit eiskaltem Blick von sich weg. »Kein Kommentar. Und jetzt lassen Sie uns unsere Arbeit machen.«

Ellie und Derrick eilten zur Haustür. Susan ließ sie herein und schlug die Tür hinter ihnen zu.

Sie sah mitgenommen aus, mit blassem Gesicht und verquollenen Augen. Sie trug noch ihre Pyjamahose und ein schmutziges T-Shirt, als hätte sie den ganzen Tag lang keine Kraft gefunden, sich anzuziehen. Stan ging hinter ihr auf und ab; seinen fahrigen Bewegungen wirkten verzweifelt, als würde er auf nichts und niemanden mehr Rücksicht nehmen. »Ist das Penny, das Mädchen, das Sie heute gefunden haben?«

EINUNDVIERZIG

Ellie biss die Zähne zusammen. »Nein, wir suchen immer noch nach Penny und haben Grund zu der Annahme, dass sie noch am Leben ist. Ich habe Fußspuren eines Kindes in einer Höhle gefunden.«

Das Paar umarmte sich und atmete sichtlich erleichtert auf.

»Wo ist sie?«, fragte Susan mit heiserer Stimme.

»Die Suchtrupps arbeiten rund um die Uhr und konzentrieren sich dabei auf das Gebiet, in dem ich die Fußspuren gefunden habe.«

»Aber Sie haben die Leiche eines anderen Mädchens gefunden?« Angst sprach aus Stans glasigem Blick.

Ellie wusste, dass ihre Worte für Derrick schwer zu ertragen sein mussten, aber sie konnte das Paar nicht belügen. »Ja, allerdings ist das Kind schon vor langer Zeit verstorben, also hat es vielleicht nichts mit Pennys Verschwinden zu tun.«

Susan gab einen erstickten Laut von sich.

»Aber die Möglichkeit besteht«, schnauzte Stan.

»Mr Matthews«, schaltete sich Derrick ein. »Ziehen Sie jetzt keine voreiligen Schlüsse.«

Ellie konnte Derricks Schmerz und seine Besorgnis förmlich spüren. »Bitte, setzen wir uns doch.« Sie führte das Paar ins Wohnzimmer und wartete, bis sie auf dem Sofa Platz genommen hatten. Dann zog sie den Beweismittelbeutel mit der Holzpuppe aus ihrer Tasche hervor. »Haben Sie diese kleine Puppe schon einmal gesehen?«

Susan schüttelte sofort den Kopf. »Nein, die ist nicht von Penny. Wieso?«

»Ich habe sie auf dem Trail gefunden.« Genau wie eine weitere in dem kleinen Grab. Aber das würde sie jetzt nicht erwähnen.

Derrick räusperte sich. »Es wäre hilfreich, wenn Sie uns einen Gegenstand geben, an dem Pennys DNA zu finden ist, damit wir sie mit den Spuren an der Puppe vergleichen können. Eine Zahnbürste oder ein Kamm würden genügen.«

»Selbstverständlich.« Susan lief ins Bad und kehrte kurz darauf mit einer rosafarbenen Haarbürste und einer Kinderzahnbürste zurück. Derrick packte die Sachen in einen Beweismittelbeutel und versprach, sie zurückzugeben, sobald sie mit den Untersuchungen fertig waren.

»Ich habe eine Idee«, begann Ellie. Eine Idee, um die sensationslüsterne Reporterin zufriedenzustellen und dafür zu sorgen, dass sie ausnahmsweise für sie arbeitete, statt gegen sie. »Zumindest, falls Sie damit einverstanden sind.«

Susan griff nach Ellies Arm. »Worum geht es? Sagen Sie es uns. Wir tun alles, um Penny zurückzubekommen.«

»Ich möchte, dass Sie im Fernsehen einen persönlichen Appell an Penny richten«, sagte Ellie.

Susan und Stan tauschten einen Blick, dann stimmten sie beide gleichzeitig zu, ohne zu zögern.

»Gut. Ich gehe zu Ms Gomez und rede mit ihr.«

Derrick stellte sich ihr an der Haustür in den Weg. »Hältst du das wirklich für eine gute Idee? Was, wenn Angelica ihnen sagt, dass ein Serienmörder ihre Tochter in seiner Gewalt hat?«

»Ich behalte sie im Auge«, sagte Ellie. »So haben wir

wenigstens die Kontrolle über die Berichterstattung und vielleicht bekommen wir einen hilfreichen Hinweis.«

Derrick wirkte nicht überzeugt. »Sich an die Öffentlichkeit zu wenden, sorgt manchmal dafür, dass Menschen, die nur Aufmerksamkeit suchen, falsche Geständnisse ablegen. Dann müssen wir Zeit damit verschwenden, falschen Hinweisen nachzugehen.«

»Unter den momentanen Umständen können wir jede Hilfe gebrauchen«, sagte Ellie. »Die Uhr tickt, Derrick. Wir müssen verhindern, dass Penny so endet wie das Mädchen im Grab.«

Ellie bereute die Worte, kaum, dass sie ihr herausgerutscht waren. Derricks gequälter Blick sagte alles.

Aber der beste Weg, den Täter zu schnappen, war, die Ermittlungen offensiv anzugehen, und das hieß, dass sie alle verfügbaren Ressourcen nutzen mussten.

Angelica Gomez war eine davon. Sie würde ohnehin über den Fall berichten, und Ellie war es lieber, wenn sie den öffentlichen Diskurs in die von ihr gewünschte Richtung lenkte. Sie trat nach draußen und winkte Angelica zu sich unter das Vordach, während Derrick einen Anruf tätigte.

»Ich sage es Ihnen gleich, Angelica«, setzte sie ernst an. »Wir werden die Wörter Serientäter oder Mörder nicht erwähnen. Wir wollen Penny lebend finden und wir wollen den Entführer nicht verklären und berühmt machen. Wir wollen nicht einmal, dass er von unserer Vermutung weiß, er könnte so etwas früher schon einmal getan haben. Haben Sie mich verstanden?«

»Versprechen Sie mir einen Exklusivbericht?«

»Ich gebe Ihnen mein Wort.« Ellie deutete in Richtung des Kameramanns. »Auch er sollte die Informationen besser unter Verschluss halten. Sie beide wollen doch nicht dafür verantwortlich sein, dass ein kleines Mädchen getötet wird, oder?«

Angelikas Augen blitzten. »Natürlich nicht.« Sie gestikulierte in Richtung ihres Kollegen. »Und machen Sie sich keine Sorgen um ihn. Er tut, was ich sage.«

Das hoffte Ellie. Es machte ihr schon genug Sorgen, dass Bryce Waters so ein loses Mundwerk hatte.

»Ich habe ein Hinweistelefon eingerichtet«, verkündete Derrick. »Stellen Sie sicher, dass die Nummer eingeblendet wird, wenn der Beitrag zu Ende ist.«

Angelia willigte ein, betrat dann das Haus und schenkte dem Ehepaar ein mitfühlendes Lächeln. »Es tut mir so leid, das von Ihrer Tochter zu hören«, sagte sie. »Hoffentlich bringt es hilfreiche Hinweise, wenn die Öffentlichkeit sieht, wie sehr Sie sie lieben.«

Sie ließ das Ehepaar im Wohnzimmer Platz nehmen und der Kameramann passte die Beleuchtung an, während Angelica den beiden vorschlug, ein Foto von Penny zu zeigen. Susan drückte Pennys Teddybären an sich, als sie mit der Aufnahme begannen. Mit seinen großen Knopfaugen und den abgewetzten Ohren sah der gelbe Plüschbär aus, als wäre er sehr geliebt worden.

Das Paar gab das Bild liebender Eltern ab, die schreckliche Angst um ihre Tochter hatten – und genau das war es, was Ellie haben wollte, während die beiden den Entführer anflehten, ihnen ihre Tochter zurückzugeben.

»Das ist Toby, Pennys Teddybär«, sagte Susan. »Meine Kleine hat Angst im Dunkeln und kann ohne ihn nicht einschlafen.«

»Sie ist noch so klein, sie ist herzallerliebst und unser Ein und Alles«, sagte Stan. »Sehen Sie sich doch nur ihr unschuldiges Gesicht an.« Stans Stimme brach. »Wir tun alles, um sie nach Hause zu holen.«

»Letzte Woche hat sie das Geld aus ihrem Sparschwein an das Naturschutzzentrum gespendet, um eine verletzte Schildkröte zu retten.« Susan schluckte ihre Tränen hinunter. »Sie bastelt gerne kleine Kunstwerke aus Naturmaterialien. Und wenn sie groß ist, möchte sie Künstlerin werden.« Ihre Stimme brach. »Letzte Woche hat sie ein Bild von der Sonne gemalt. Ich … möchte nur, dass sie sie wieder sehen kann …«

»Bitte tun Sie ihr nicht weh«, flehte Stan. »Bitte.«

Ellies Herz zog sich schmerzhaft zusammen, als Stan und Susan die Beherrschung verloren und sich weinend umarmten.

Der Reporter nannte noch einmal die Nummer des Hinweistelefons, dann war das Interview zu Ende. Jetzt hieß es warten.

Ellie begleitete Angelica und den Kameramann zur Tür. »Die Leute in der Gegend müssen gewarnt werden, wenn irgendein Verrückter Jagd auf ihre Kinder macht«, flüsterte Angelica. »Vierundzwanzig Stunden, Detective Reeves, dann werde ich die Information, dass Sie in Richtung eines Serienmörders ermitteln, nutzen, mit oder ohne Ihre Erlaubnis.«

ZWEIUNDVIERZIG

Irgendwo auf dem AT

Er stellte die kleinen Puppen in einer Reihe auf und gab ihnen die Namen der Mädchen, die er entführt hatte.

Das erste war immer noch etwas Besonderes. Er fuhr mit dem Finger über das glatte Holz, über den kleinen runden Kopf und die winzigen Ärmchen und Beinchen und lächelte. Sie war so hübsch gewesen.

Er hatte doch nur mit ihr spielen wollen.

Tagelang hatte er sie beobachtet. Hatte zugesehen, wie sie »Hänsel und Gretel verliefen sich im Wald« gesungen und dabei im Garten Rad geschlagen hatte. Er hatte sie und ihren Daddy dabei beobachtet, wie sie Stöcke in den Bach warfen und nach Würmern buddelten. Er hatte beobachtet, wie ihre Mutter sie verhätschelte, ihr Süßigkeiten gab, mit ihr in den Park ging und in der Küche Kekse backte, die himmlisch dufteten.

Er hatte ihr auch zugesehen, wenn sie mit ihren Puppen gespielt hatte. Sie hatte ihnen die Haare gekämmt, sie schick angezogen und dann Teekränzchen veranstaltet, bei denen sie echte Kekse servierte und so tat, als würde sie auch Tee einschenken.

Er hatte sich auch eine Familie gewünscht. Wollte eine kleine Schwester haben, mit der er spielen konnte. Also hatte er angefangen, die Puppen zu schnitzen. Er wusste, wenn sie sie sah, würde sie ihm folgen.

Dann, eines Tages, hatte sie sich von ihren Eltern entfernt, genau wie er gehofft hatte. Er hatte sich an sie herangeschlichen, hatte ihr die Puppen gezeigt, die er geschnitzt hatte, und sie so in sein Geheimversteck gelockt. Aber als sie drinnen war, hörte er ihre Eltern herankommen und war davongelaufen.

Er durfte sich nicht erwischen lassen, sonst wären sie wütend geworden, genau wie die Betreuer im Waisenhaus, wenn er die anderen Mädchen an den Haaren gezogen oder mit Kröten beworfen hatte, um sie zum Kreischen zu bringen.

Er unterdrückte ein Lachen. Er hatte es geliebt, sie schreien zu hören und zu sehen, wie sie die Gesichter vor Angst zu grässlichen Fratzen verzogen. Dann waren sie nicht mehr so hübsch und perfekt.

Die Mommys und Daddys, die dorthin gekommen waren, um Kinder mit nach Hause zu nehmen, hatten ihn nicht gewollt. Sie hatten gesagt, er sei zu groß. Zu alt. Zu ungelenk. Zu verschlossen. Zu seltsam. Und eines seiner Augen zuckte. Er humpelte beim Gehen.

Aber alle hatten die hübschen kleinen Mädchen geliebt. Die Mommys sagten, sie seien Engel. Wie niedliche kleine Puppen.

Die nahmen sie mit nach Hause, wo sie schöne, moderne Zimmer, warme Betten und Spielzeug hatten. Er hingegen war im Waisenhaus geblieben, hatte auf einer schäbigen Pritsche geschlafen, mit Stöcken gespielt und gebrauchte, zerlumpte Kleider getragen, die die reichen Kinder weggeworfen hatten.

Er krabbelte zurück an seinen dunklen Platz und starrte das

kleine Mädchen an. Es war schon eine Weile her, dass er eines entführt hatte. Über ein Jahr.

Aber sie hatte da einfach nur gespielt, ganz allein. Hatte nach Schätzen gesucht. Ihre Eltern schliefen beide, faul wie die Waschbären, während sie am Bachufer entlangwanderte und sich schließlich auf den Berggrat wagte.

Sie war ausgerutscht und beinahe den Abhang hinuntergestürzt. Doch er hatte sie gerettet. Und dann hatte das kleine Biest ihn gebissen.

Er rieb sich die Stelle am Unterarm, die immer noch schmerzte. Das würde ihr noch leidtun. Dafür musste sie bestraft werden.

DREIUNDVIERZIG

Crooked Creek

Es war kurz vor einundzwanzig Uhr, und Derrick brauchte wirklich einen Drink.

Dieser Knochenfund war ihm an die Nieren gegangen. Und auch dieses kleine Grab ...

Möge Gott ihnen beistehen.

Kinder sollten nicht sterben.

Die Erkenntnis, dass er heute vielleicht Kim gefunden hatte,

sorgte dafür, dass er kaum atmen konnte. Er malte sich das Gesicht seiner Mutter aus, wenn er ihr von den Neuigkeiten erzählen würde. Dass sie Knochen in einem einfachen Erdhügel gefunden hatten. Seinen Vater hätte das innerlich zerrissen.

Sein Handy klingelte, und er erkannte am Klingelton, dass es seine Mutter war. Derrick holte tief Luft, dann ging er ran. »Hallo, Mom.«

»Ich habe die Nachrichten gesehen, Derrick.« Ihre Stimme zitterte, so aufgewühlt war sie. »War das Kim in diesem Grab?«

Er kniff die Augen zusammen, weil er den Schmerz, der in ihren Worten mitschwang, kaum ertragen konnte. Er wusste, dass sie versuchte, sich zusammenzureißen. Aber sie hatten sich beide so lange vor diesem Augenblick gefürchtet.

»Ich weiß es noch nicht, Mom, und werde es erst wissen, wenn die Autopsie abgeschlossen ist. Ich schicke Kims Unterlagen vom Arzt und Zahnarzt an das Sekretariat des Rechtsmediziners.«

Ellie stieß einen leisen Seufzer aus, der verriet, dass sie Mitleid mit ihm hatte, aber er konnte sie jetzt nicht ansehen. Es wäre ihm lieber gewesen, unter vier Augen mit seiner Mutter zu sprechen, doch dazu gab es im Jeep keine Möglichkeit.

»Du brauchst mich nicht zu schonen, mein Sohn«, sagte seine Mutter. »Keiner von uns beiden möchte diese Nachricht hören, aber wir werden damit zurechtkommen. Ich will sie einfach nur finden und nach Hause holen.«

Schmerz, Schuldgefühle und Angst stiegen in Derrick auf und schnürten seinen Hals zu. Es dauerte einen Moment, bis er sich genügend gesammelt hatte, um zu antworten. »Ich verspreche dir, dass ich dir Bescheid sage, sobald ich Gewissheit habe.« Er hielt inne, weil ihn die Erinnerung daran, wie seine Mutter zusammengebrochen war, als sie von Kims Entführung erfahren hatte, wieder einholte. »Ist jemand bei dir?«

»Lou Ann, von nebenan«, sagte sie leise. »Sie hat darauf bestanden, heute Nacht hierzubleiben.«

»Gut. Ich möchte nicht, dass du allein bist.«

»Du bist so ein guter Junge, Derrick.« Ihre Stimme zitterte. »Bitte sei vorsichtig. Ich würde es nicht überstehen, noch ein Kind zu verlieren.«

Derrick zwang sich zu einem ruhigen Tonfall, obwohl sich sein Herz schmerzhaft zusammenzog. »Mach dir keine Sorgen. Ich komme zurecht.«

Sie verabschiedeten sich, und er ließ den Blick aus dem Fenster wandern, wo die Wolkenmassen und der Regen eine immer dichter werdende Nebelwand bildeten. Ein düsterer Abend, der durch das Wetter noch düsterer wurde.

»Wenn du heute Abend ein bisschen Zeit brauchst, überlass mir die Notizen und die Videos, dann sehe ich mir das an«, setzte Ellie behutsam an.

Derrick schüttelte den Kopf. Jetzt, da sie eine Leiche gefunden hatten, war er noch entschlossener, die Wahrheit herauszufinden.

»Nein, wenn wir die Fallakten zwischen uns aufteilen, geht es schneller.«

»Dann arbeiten wir in meinem Büro weiter? Oder sollen wir etwas zu essen holen und zu mir nach Hause fahren?«

Ihm war zwar nicht nach Essen zumute, aber sein Magen knurrte. »Essen, ja. Und dann fahren wir in dein Büro.« Zu Ellie nach Hause zu fahren, fühlte sich zu intim an. Und er wollte nicht, dass ihre Beziehung persönlicher wurde, jetzt, wo er so verletzlich war. Außerdem vermutete er, dass ihr Freund Cord in den Fall verwickelt sein könnte. Zudem glaubte er, dass ihr Vater in seinem Job nachlässig gewesen war oder sogar völlig versagt hatte.

Es sei denn ... Hatte Randall ihn und seinen Vater vielleicht gerade deshalb verdächtigt, weil er selbst der Mörder war?

Das ist jetzt aber weit hergeholt.

Dennoch: Als ihm die Idee erst einmal gekommen war, wollte sie nicht mehr aus seinem Kopf. Wenn man in Betracht zog, dass Kim, das erste Opfer des Triebtäters, auf dem Abschnitt des Trails verschwunden war, der in Randalls Zuständigkeitsbereich fiel, und dass der Entführer nun wieder in dieselbe Gegend zurückgekehrt war, lag es fast auf der Hand, dass er in der Nähe gewohnt hatte. Er hatte hier angefangen und war jetzt zurückgekehrt, um die Polizei damit zu verhöhnen, dass er clever genug war, ihr die ganze Zeit über zu entkommen.

Wer kannte das Gebirge besser als Sheriff Reeves? Wer

wusste besser, wo man sich verstecken und wie man Beweise vernichten konnte, als er? Er hatte in Bluff County gelebt, als Kim verschwunden war. Er hätte auf dem Trail nach Belieben Jagd auf Opfer machen können, ohne dass jemand nach dem Grund gefragt oder ihn verdächtigt hätte.

Seine Gedanken wanderten wieder zu Ranger Cord McClain, einem weiteren Verdächtigen. Er war in den Bergen aufgewachsen. Wie auch Randall genoss er das Vertrauen der Menschen. Und er war ein Einzelgänger. Er konnte ein kleines Mädchen schnappen, ohne dass es jemand mitbekäme.

Er war es, der die erste Leiche gefunden hatte, obwohl Dutzende Suchtrupps das Gebirge durchkämmten.

Allein das war Grund genug, diesen mysteriösen Kerl polizeilich zu überprüfen.

»Warum ist dein Name nicht im Rennen um den Posten des Sheriffs?«, fragte Derrick, als sie an etlichen Schildern mit der Aufschrift WÄHLT BRYCE WATERS ZUM SHERIFF vorbeifuhren.

Ellie presste ihre Lippen fest zusammen. Damit hatte er einen wunden Punkt getroffen.

»Nach der Polizeischule hatte ich vor, mit meinem Vater zu arbeiten. Aber meine Eltern fanden, das sei zu gefährlich für eine Frau.«

»Du wirkst nicht so, als ob du vor Gefahren zurückschreckst«, sagte er.

Sie warf ihm einen Seitenblick zu. »Danke. Viele Männer hier in den Südstaaten halten sich Frauen gegenüber immer noch für überlegen. Bilden sich was auf ihre Muskeln ein.« Aber ein guter Ermittler zu sein, erforderte nicht nur Muskelmasse, sondern ebenso sehr geistige Stärke und einen scharfen Verstand. Und wer sich auf dem Revier umsah, würde feststellen, dass besagte Masse bei einigen Polizisten eher in Richtung Taille gewandert war.

»Vielleicht wollten deine Eltern dich bloß beschützen.«

»Das haben sie auch gesagt.« Sie reckte ihr Kinn. »Aber ich kann auf mich selbst aufpassen.«

Er verkniff sich eine weitere Bemerkung, denn er hatte das Gefühl, dass alles, was er jetzt sagen könnte, sie nur verärgern würde. Außerdem dachte er immer noch über seine Theorie bezüglich ihres Vaters nach.

Vielleicht war Randall bewusst, dass Ellie clever war und dass sie bemerken konnte, wie unfähig er war, wenn sie das Amt übernahm?

Ellie fuhr auf den Parkplatz eines Diners namens Soulfood Barbecue und stellte den Motor ab. Regen und Schneeregen hatten vorerst nachgelassen, aber am Himmel türmten sich tiefhängende graue Wolken und versprachen, sich in der Nachtabzuregnen. Ein riesiges Metallschwein stand vor der langgezogenen hölzernen Veranda des Restaurants, und aus den beiden Smokern an der Seite quoll Rauch. Der Geruch nach geräuchertem Schweine- und Rindfleisch erfüllte die Luft, und drinnen saßen die Leute und ließen sich ihr Abendessen schmecken.

Ellie schlug die Autotür hinter sich zu, nachdem sie ausgestiegen war, als wäre sie immer noch sauer wegen ihres Gesprächs von eben. Er folgte ihr in das Diner. Beim Raucharoma des Grills und dem erdigen Geruch nach Kohl begann sein Magen zu knurren.

Über der Bar hing ein Fernseher, auf dem in den Nachrichten der öffentliche Appell des Ehepaars Matthews lief. Die Gespräche verstummten, als sie eintraten, und neugierige Blicke schlugen ihnen entgegen.

Ellie grüßte leise zwei ältere Frauen, die Flugblätter mit Pennys Foto verteilten. Einige der Stammgäste rutschten unruhig auf ihrem Platz hin und her, während sie die Nachrichten verängstigt verfolgten. Eine dürre ältere Dame mit einem grauen Dutt saß allein an einem Tisch und fuhr mit den

Fingern über das Flugblatt. Die anderen Gäste schienen einen großen Bogen um sie zu machen.

»Wer ist das?«, flüsterte er Ellie zu.

»Eula Ann Frampton«, erwiderte sie leise. »Sie behauptet, sie könne mit den Toten sprechen. Manche Leute in der Stadt haben Angst vor ihr. Andere suchen sie auf, weil sie mit ihren verstorbenen Angehörigen kommunizieren wollen.«

Sein Magen verkrampfte sich. Seine Mutter war nach Kims Verschwinden so verzweifelt gewesen, dass sie einmal ein Medium aufgesucht hatte. Die Frau war eine Scharlatanin gewesen und hatte trauernden Menschen ihr Geld abgeknöpft.

Dennoch glaubten einige Menschen daran, dass so etwas möglich war.

Jetzt kamen die beiden Damen, die die Flugblätter verteilten, an Eulas Tisch vorbei. Eine von ihnen blieb stehen und starrte sie an.

»Wissen Sie, wo Penny ist, Ms Eula? Ist sie noch am Leben?«

Schmerz trübte Ms Eulas Augen, als sie zu den Frauen aufsah. »Ich … ich kann es nicht sagen.«

»Können Sie nicht oder wollen Sie nicht?«, zischte eine der Frauen, dann liefen beide eilig davon.

Derricks Nackenhaare stellten sich auf. In der Stadt herrschte Panik. Das Misstrauen unter den Menschen wuchs, weil sie fürchteten, dass ein Mörder mitten unter ihnen lebte.

Wie würden sie erst reagieren, wenn sie erfuhren, dass fast ein Dutzend Mädchen durch die Hand dieses Monsters umgekommen waren?

VIERUNDVIERZIG

Eula Ann steckte das Flugblatt in ihre gehäkelte Handtasche, legte einen Fünfer auf den Tisch, um ihren Tee zu bezahlen, und verließ mit gebrechlichen Schritten das Diner. Sie spürte die Blicke in ihrem Rücken und hörte auch das Getuschel.

Einige wollten an ihre Kräfte glauben. Andere hielten sie für verrückt.

Doch selbst diese Menschen verurteilten sie, als hätte sie kein Recht, ihre Geheimnisse für sich zu behalten. Als ob sie lügen könnte, wenn sie gesehen hätte, wie Pennys Geist ins Jenseits übertrat – wer würde etwas so Grausames tun? Als ob sie einen Mörder decken würde.

Diese Ellie Reeves hatte ihr ein trauriges Lächeln geschenkt. In ihren Augen hatte Eula das Grauen gelesen, mit dem sie die neuen Erkenntnisse erfüllten. Das Wissen, dass es dort draußen noch mehr Kinderleichen gab.

Und dass niemand von ihnen verhindern konnte, dass es wieder geschah.

FÜNFUNDVIERZIG

Ellie hatte Mitleid mit Ms Eula. Sie lebte allein in den Bergen, wo sie von den Blicken und dem hässlichen Gerede nichts mitbekam. Weil niemand sie verstand, gab es viele, die sie fürchteten. Oder lag das an den Gerüchten, dass sie ihren Mann ermordet hatte?

Das spielte jetzt keine Rolle, es war Schnee von gestern. Sie musste einen Kindermörder finden.

Von der Bar dröhnte die Stimme eines Mannes zu Ellie hinüber und sie drehte sich auf der Stelle um. Verdammt, wenn das nicht Bryce war, der bei einem Bier ein Pulled Pork-Sandwich hinunterschlang.

Ihre Blicke kreuzten sich, als sie den Gastraum durchquerte, um etwas zum Mitnehmen zu bestellen. Sie und Derrick nahmen den Grillteller mit Coleslaw, Hoppin ' John-Eintopf und Grünkohl. Ein Drink wäre jetzt schön gewesen, aber sie hatte noch viel Arbeit vor sich, daher entschied sie sich für Eistee.

Sie spürte Bryces Blick und beschloss, ihn zur Rede zu stellen. Derrick begleitete sie und strahlte etwas Ernstes, Stoisches aus.

»Du hast Angelica Gomez Informationen zukommen lassen, stimmt's?«, blaffte sie.

Bryces Lippen zuckten, als müsse er ein Lächeln zurückhalten, dann tupfte er sich mit einer Serviette etwas Barbecue-Sauce vom Mund. »Ich habe nur meinen Job gemacht«, sagte er. »Und im Übrigen hat Randall mich gebeten, mich um die Presse zu kümmern. Er hat gesagt, du seist zu sehr im Stress.«

Wut mischte sich in ihren Tonfall. Also hatte sich ihr Vater schon wieder eingemischt. »Dieses vermisste Mädchen für deine Kampagne zu benutzen, ist selbst für dich ungewöhnlich niederträchtig, Bryce.«

In seinen Augen flackerte Zorn auf. Und dann regte sich darin noch etwas anderes – Reue? Doch im nächsten Moment war es wieder verschwunden. Er warf Derrick einen genervten Blick zu. »Dein Daddy hat ja erwähnt, dass ein FBI-Futzi in der Stadt ist. Ich wusste nicht, dass du um Hilfe gebeten hast.«

»Hat sie auch nicht«, sagte Derrick eiskalt und gefasst. »Setzen Sie die Ermittlungen in diesen Fall nicht wegen Ihren politischen Plänen in den Sand, Deputy. Es steht mehr auf dem Spiel, als Sie ahnen.«

In Bryces Augen glühte Wut. »Warum arbeiten wir dann nicht zusammen und Sie teilen Ihre Informationen mit mir?«

Ellie bohrte ihm ihren Finger in die Brust. »Weil ich weiß, dass du gerne tratschst. Und jetzt halt dich aus meinen Angelegenheiten raus, Bryce.«

Derrick trat einen Schritt näher. »Tun Sie, was sie sagt, oder Detective Reeves wird Ihr kleinstes Problem sein. Und jetzt lassen wir Sie weiter Ihr Bier trinken. Wir haben Ermittlungsarbeit zu erledigen.«

Als die Kellnerin ihr Essen brachte, griff Ellie ihr nach ihrem Portemonnaie. Derrick schüttelte den Kopf und bezahlte. »Auf dich ging schon das Mittagessen.«

Ellie schnappte sich die Tüte. Sie wollte so schnell wie möglich weg von Bryce.

»Der Kerl ist ein Arschloch«, bemerkte Derrick, als sie wieder in den Jeep stiegen.

Allerdings, dachte Ellie. *War er schon immer.* Damals in der Highschool hatte Bryce das Gerücht verbreitet, er hätte sie hinter der Tribüne flachgelegt. Danach hatte sie lauter notgeile Teenager abwehren müssen, die dachten, sie wäre leicht zu haben. »Das hast du ja schnell herausgefunden.« Und dennoch stand ihr Vater immer noch hinter ihm. Das sollte mal einer verstehen.

Vor Anspannung ganz verkrampft fuhr sie mit quietschenden Reifen vom Parkplatz und raste zum Revier. Captain Hale war schon weg, als sie ankamen, und Heath überwachte die eingehenden Anrufe auf dem Hinweistelefon. Ellie stellte das Essen auf den Tisch im Konferenzraum, während Derrick seine Akten ordnete. Die Bilder der Mädchen verhöhnten Ellie vom Whiteboard aus.

Sie waren blond, brünett oder hatten rotbraunes Haar. Blaue oder braune Augen. Dieser Stalker hatte keinen eindeutigen Typ.

Abgesehen vom Alter. All seine Opfer waren jung.

Dieser Gedanke ließ sie erschaudern und sie betete stumm, dass Laney keine Hinweise auf sexuellen Missbrauch finden würde.

Sie fuhr mit dem Finger über die Bilder und flüsterte den Namen jedes der Mädchen, weil sie sie als Menschen sehen wollte und nicht bloß als Opfer. Sie konnte ihre Hilfeschreie förmlich hören. Wie sie um Gerechtigkeit bettelten.

Ob die Knochen, die sie heute entdeckt hatten, zu einer von ihnen gehörten?

Derrick stand vor der Tafel und betrachtete die Fotos. Vor dem seiner Schwester blieb er länger stehen. Ellies Brustkorb zog sich zusammen, als sie den Schmerz in seinem Gesicht las.

Nachdem Derrick sich endlich von den Fotos losgerissen hatte, fuhr er seinen Computer hoch und öffnete die Interviews, die er auf seine Festplatte gezogen hatte. Während sie aßen, sahen sie sich die Aufnahmen an.

Ellie schmeckte nicht viel von dem rauchig-süß gegrillten Fleisch oder der Chilisoße, die sie auf ihren Kohl gab, doch zumindest ihr Magen dankte ihr, dass sie etwas aß und die Mahlzeit mit Eistee hinunterspülte.

Einige der Aufnahmen waren alt, körnig und von schlechter Qualität, sie zeigten jedoch alle eine ähnliche Situation: Ein Polizist saß in einem Raum und befragte die Angehörigen der vermissten Mädchen.

Als sie bei der dritten Vernehmung angelangt waren, wurde es zunehmend schwieriger, die Aufnahmen zu ertragen. Es war herzzerreißend zu sehen, wie Mütter und Väter in Tränen ausbrachen und die Polizei anflehten, ihre Kinder zu finden. Wie ihre Angst in Wut umschlug, als der Polizist andeutete, dass die Eltern selbst etwas mit dem Verschwinden zu tun haben könnten.

Nachbarn, Lehrer, Verwandte und Trainer wurden befragt. Doch alle Vernehmungen endeten ohne eine Spur.

»Die meisten Mütter erwähnen ein Spielzeug oder ein Kleidungsstück, das ihr Kind bei sich hatte, als es verschwand. Ein Schlüsselanhänger, eine bunte Kette aus Plastikperlen, eine Stoffpuppe«, begann Ellie. »Wurde einer von diesen Gegenständen jemals gefunden?«

Derrick schüttelte den Kopf. »Nein. Kim trug damals ein Medaillon, das meine Mutter ihr zum Geburtstag geschenkt hatte. Aber der Suchtrupp hat es nie gefunden.«

Ellies Herz wurde schwer. Häufig bewahrten Serientäter Andenken an ihre Opfer auf. Hatte dieser Mann die persönlichen Gegenstände der Mädchen aufgehoben, um sich an sie zu erinnern?

Sie widmete sich wieder den Akten und überflog die Berichte. Ihr Herz setzte einen Schlag aus, als sie Cords Namen in einem davon entdeckte. Drei Videos später erwähnte eine andere Mutter Cord. »Er war in der Nähe und hörte, wie wir ihren Namen riefen«, sagte der Vater.

Mit jedem Interview fühlte sich Ellie unwohler.

Als sie das letzte Video gesehen hatte, stieg Übelkeit in ihr auf. Die unschönen Gedanken, die ihr im Kopf herumschwirrten, gefielen ihr nicht. Warum hatte Cord nicht erwähnt, dass er auch an der Suche nach anderen vermissten Kinder beteiligt gewesen war?

»Wo ist das Video von der Befragung deiner Eltern durch meinen Vater?«, fragte Ellie.

Derricks Miene verfinsterte sich. »Davon gibt es keins.«

Ellie klopfte mit der Spitze ihres Stiefels auf den Boden. »Es ist wohl schon so lange her, dass Videoaufzeichnung damals nicht üblich war.«

»Nein«, widersprach Derrick. »Laut meiner Mutter hat er das Gespräch gefilmt, aber mir wurde gesagt, das Band sei verschwunden. Genauso wie einige seiner Notizen. Offenbar sind sie bei einem Brand in seinem Büro verloren gegangen.«

Ellie durchforstete ihr Gedächtnis. Doch sie konnte sich nicht erinnern, dass es im Büro ihres Vaters jemals gebrannt hatte.

SECHSUNDVIERZIG

Irgendwo auf dem AT

Sie schrien den Namen des Mädchens über den ganzen Berg. Er hatte sich auf dem Kamm oberhalb des Parks versteckt, wo er sie entdeckt hatte. Von dort aus hatte er auch beobachtet, wie ihre Eltern auf der Suche nach ihr in Panik durch die Gegend liefen. Danach hatten sie die Such- und Rettungskräfte gerufen.

Dieselbe Frau, die am ersten Tag mit der Mutter gesprochen hatte, war auch in den Nachrichten zu sehen gewesen. Detective Ellie Reeves.

Sie hatte goldenes Haar. Leuchtend blaue Augen und milchweiße Haut.

Sie sah noch genauso aus wie damals als Kind. Jahrelang hatte er nach ihr gesucht. Und jetzt war sie zurück auf dem Berg und suchte nach ihm! Vor Aufregung wurde ihm ein bisschen schwindelig.

Aus dem Minenschacht drangen die Schreie des kleinen Mädchens zu ihm herüber, es rief nach seiner Mama.

Aber Mama hätte aber besser auf ihre Tochter aufpassen

sollen. Genau wie der Papa. Doch das hatten sie nicht, und jetzt gehörte sie ihm.

Er stapelte Äste vor der Schachtöffnung auf und kauerte sich dann am Feuer hin, um zu schnitzen.

Noch mehr Puppen. So viele Puppen.

Er hasste diese albernen kleinen Dinger. Aber die Mädchen mochten sie. Und wenn er ihnen erzählte, dass er sie von Hand geschnitzt hatte, wollten sie sie anfassen. Mit ihnen spielen. Ihnen ausgedachte Namen und ein schönes Prinzessinnenleben geben.

Versunken in ihre Traumwelt folgten sie ihm, um sein Puppenhaus zu sehen. Die dreistöckige Villa mit den hübschen rosafarbenen Fensterläden und dem Leuchter, der sich drehen konnte.

Eines Tages würde er es vielleicht tatsächlich bauen. Ein Glucksen stieg in seiner Kehle auf. Oder auch nicht.

Er brauchte kein Puppenhaus. Warum sollten die hölzernen Dinger mehr Luxus haben als er? Die Puppen konnten auf dem Boden schlafen, genau wie er.

Er nahm ein neues Stück Holz zur Hand und fuhr mit dem Finger über die Maserung. Dann setzte er die Klinge des Messers schräg an und machte den ersten Schnitt. Das Holz splitterte in seinen Händen. Er wiederholte diese Bewegung ein Dutzend Mal. Doch der Anblick dieser Ermittlerin blitzte vor seinem inneren Auge auf, er rutschte ab und schnitt sich in den Daumen.

Er hob die Hand und beobachtete, wie das Blut zu Boden tropfte. Die Farbe verschwamm vor seinen Augen, weil der Drang, Ellie Reeves aus der Nähe zu sehen, immer stärker wurde.

Es war noch nicht an der Zeit. Er würde dieses Spiel noch ein bisschen länger spielen. Würde sie tiefer in den Wald führen und beobachten, wie sie sich auf der Jagd nach ihm drehte und wand.

Er wickelte ein Taschentuch um seinen blutenden Daumen, dann sammelte er drei der kleinen Puppen ein und legte sie in den Sarg, den er extra dafür geschnitzt hatte. Anschließend löschte er das Feuer und machte sich auf den Weg den Berg hinunter.

Er würde Ellie Reeves ein Geschenk zukommen lassen, das sie finden würde, wenn sie heute Abend nach Hause kam. Ein paar seiner hübschen kleinen Puppen, um sie daran zu erinnern, dass er noch nicht fertig war.

SIEBENUNDVIERZIG

Crooked Creek

Ellie und Derrick notierten jedes Detail, das auch nur irgendwie eine Verbindung zwischen den Fällen darstellen konnte, um einen Verdächtigen für alle Fälle ausfindig zu machen.

Der Trail war ihr einziger Anhaltspunkt.

Und so ungern Ellie es auch zugab, ihr Vater und Cord waren die einzigen beiden Personen, die in mehrere Fälle verwickelt gewesen waren.

Abgesehen davon, dass ihr Vater in einer Notiz vermerkt hatte, mehrere der Schattenmenschen vernommen zu haben. Jemand, dessen Namen er nicht notiert hatte, hatte erwähnt, dass er gesehen hatte, wie ein dunkel gekleideter Mann von dem Ort weglief, an dem Kim verschwunden war. Aber der Mann war verschwunden, und niemand in den Bergen wusste, wer er war. Und ob er gefährlich war.

War es denkbar, dass der Mörder einer von ihnen war?

Laut ihrem Vater hatten die Schattenmenschen eine geheime Methode, um untereinander zu kommunizieren und

Nachrichten auszutauschen. Aber sie verrieten sie niemandem. Schon gar nicht der Polizei.

Vielleicht hatte einer von ihnen im Wald etwas beobachtet.

Eine E-Mail von der Rechtsmedizin ging auf ihrem Handy ein. »Laney sagt, dass die forensische Anthropologin morgen früh hier sein wird«, klärte sie Derrick auf, nachdem sie sie gelesen hatte. »Hoffentlich bekommen wir morgen Antworten auf die Frage nach der Identität des Opfers sowie Informationen zur Todesursache und den genauen Zeitrahmen.«

Ein Muskel an Derricks Kiefer trat hervor. Das hier war eine persönliche Angelegenheit für ihn.

Es war schmerzhaft.

Sie ignorierte den Drang, ihn zu trösten, rief die Fotos auf, die sie am Grab geschossen hatte, und scrollte durch die Aufnahmen, auf der Suche nach einem Hinweis darauf, wer das kleine Mädchen begraben hatte. Sie konzentrierte sich auf den Grabstein und das, was darauf eingeritzt war, und fragte sich, ob es etwas zu bedeuten hatte.

In ihrem Hinterkopf formte sich ein Gedanke, den sie nicht ganz zu fassen bekam. Und was Cord anging ... Sie war sicher, dass er eine Sammlung von Büchern über die Geschichte von Grabmalen und Grabsteinen besaß. Als sie die Nacht in seinem Haus verbracht hatte, war ihr ein Regal mit Büchern neben dem Kamin aufgefallen, aber als sie sich eines davon hatte ansehen wollen, hatte er es ihr entrissen. Danach war er ihr gegenüber schroff und kühl gewesen.

»Das Kreuz wurde von einem Fachmann geschnitzt«, bemerkte Derrick.

Ellies Puls beschleunigte sich. Ihr Vater schnitzte, er sagte, er könne sich dabei entspannen. Er verkaufte seine Entenattrappen sogar auf den Stadtfesten.

Nein ... sie durfte nicht zulassen, dass Derrick in ihr Misstrauen gegenüber ihrem eigenen Vater weckte. Sie war vielleicht wütend auf ihn, aber er war immer ihr Held gewesen. Er hatte im Laufe der Jahre zahllose Menschen und Familien gerettet. Und zahllose Kinder.

»Sieh dir mal den Engel an«, begann sie. »Sein Finger zeigt gen Norden. Darüber ist auch eine kleine Markierung.«

»Was glaubst du, hat das zu bedeuten?«

»Vielleicht soll der Engel uns etwas sagen.« Ellie vergrößerte das Foto. Sie betrachtete die Zeichnung über dem Engel, da dämmerte es ihr. »Das ist eine Hemlocktanne.«

Derrick strich mit einer Hand über seine Bartstoppeln. »Bist du sicher?«

Ellie nickte. »Auf dem Trail gibt es einen Ort namens Hemlock Holler.« Ellie stand auf und kreiste ihre schmerzenden Schultern. Sie wollte diesem Hinweis unbedingt noch heute Abend folgen. Aber ein Blick auf die Uhr, der heftige Regen draußen und ihr gesunder Menschenverstand sagten ihr, dass es dafür zu spät war. »Gleich morgen früh wandere ich hin, um nachzusehen. Vielleicht ist dort noch eine Leiche begraben.«

»Oder vielleicht will der Mörder dich in eine Falle locken«, sagte Derrick und angelte seine Schlüssel aus der Tasche.

Auch wieder wahr. Sie passte ihn an der Tür ab. »Hör zu, Derrick, ich weiß, dass du diesen Kerl unbedingt schnappen willst und dass der Fall dir nahegeht, aber geh da nicht allein hoch. Ich habe keine Zeit, dir den Hintern zu retten, wenn du dich verläufst.«

Eine seiner Augenbrauen schoss in die Höhe. »Du rechnest damit, dass ich mich verlaufe?«

Sie schenkte ihm ein leicht schiefes Lächeln. »Das ist schon Wanderern passiert, die deutlich erfahrener waren als du. Wir gehen gleich morgen Früh zusammen hin.«

Eine angespannte Stille breitete sich zwischen ihnen aus, als überlegte er, ob er ihr vertrauen konnte oder nicht.

Aber er hatte keine Wahl. Sie hatte recht, und das wusste er.

Ellie leitete die Ermittlungen. Und sie kannte sich in den Bergen besser aus als er.

»In Ordnung. Ich werde früh aufstehen«, antwortete er. »Schreib mir, wenn du soweit bist.«

Sobald die Tür hinter ihm zufiel, schickte Ellie eine Textnachricht an Cord. *Ich muss dich sprechen. Bei dir?*

Einige Sekunden vergingen. Sie dachte schon, er würde nicht zurückschreiben, da kam eine Nachricht: Er schrieb, sie solle zu ihm kommen.

Sie zog ihren Mantel, ihre Skimütze und ihre Handschuhe an und ging nach draußen. Auf dem Weg zu ihrem SUV schlug ihr Schneeregen entgegen, und die Kälte ließ sie frösteln. Sie war nur ein paar Mal in Cords Hütte gewesen, einmal nach einer langen Such- und Rettungsaktion, noch bevor sie auf die Polizeischule gegangen war.

Die Hütte befand sich hoch in den Bergen auf einem Bergkamm, abgeschieden von der Stadt. Er hatte gesagt, dass es ihm gefiel, so zu leben. Damals hatte sie das seltsam gefunden, aber schließlich war Cord eher der geheimnisvolle Typ und nicht unbedingt gesellig. Und da sie das ehrlich gesagt auch nicht war, hatte sie das nie gestört. Abgesehen davon, dass es in seinem Haus immer stockdunkel war. Er mochte es nicht, wenn Licht brannte.

Und sie brauchte das Licht.

Erinnerungen an ihre gemeinsame Nacht stiegen in ihr hoch. Besessen von der Arbeit ihres Vaters und entschlossen, in seine Fußstapfen zu treten, hatte sie sich freiwillig gemeldet, um bei Such- und Rettungseinsätzen zu helfen. Die Tatsache, dass Cord mit ihrem Vater zusammengearbeitete , hatte die Freiwilligenarbeit noch verlockender für sie gemacht. Mit sechzehn, als Tomboy, hatte Cords toughe, verschlossene Ausstrahlung sie angezogen. Ihr Vater prahlte mit Cords Gespür und seinem Wissen über die Natur.

Dass er nicht über seine Kindheit sprechen wollte, hatte sie noch mehr fasziniert. Im Sommer nach ihrem Abschluss, kurz bevor sie auf die Polizeischule ging, hatte sie ihm bei der Suche nach einem vermissten Teenager an den Fersen geklebt.

Erschöpft und halb erfroren von der zweitägigen Suche hatte sie, nachdem sie den Jungen aus einer Schlammlawine gerettet hatten, schließlich die Nacht bei Cord verbracht.

Nach der nervenraubenden Rettungsaktion hatten sie sich noch im Adrenalinrausch die Kleider vom Leib gerissen und harten, heißen Sex gehabt. Intensiven Sex.

Aber das war auch alles gewesen. Als sie mehr über ihn hatte wissen wollen, zum Beispiel, warum er darauf bestand, dass es im Zimmer vollkommen dunkel war, während sie miteinander schliefen, hatte er dichtgemacht. Hatte zu ihren Fragen nach seiner Vergangenheit oder der Narbe auf seiner Stirn geschwiegen.

Am nächsten Morgen war er schon angezogen gewesen, als sie aufgewacht war, und hatte sie zur Tür komplimentiert, wobei die Reue in seiner Stimme nicht zu überhören gewesen war. Sie hatte sich geschämt, hatte sich aber gesagt, dass es so das Beste sei, weil sie ein neues Leben beginnen würde. Am nächsten Morgen war sie aus der Stadt abgereist und hatte die Vergangenheit hinter sich gelassen.

Doch manchmal, wenn sie ihn ansah, oder in einer kalten, einsamen Nacht, prickelte ihre Haut bei der Erinnerung an ihre gemeinsam verbrachten Stunden.

Allerdings lohnte es sich nicht, sich mit Männern einzulassen, mit denen sie zusammenarbeitete.

Das machte alles nur komplizierter. Es war ihr wichtiger, ihren Respekt zu erlangen, als sie in ihr Bett zu bekommen.

Außerdem hatte sie ihn als Bad Boy mit zu vielen Problemen abgestempelt, der ihr ohnehin das Herz brechen würde, wenn sie sich auf ihn einließ.

Sie zwang sich, sich auf die Gegenwart zu konzentrieren und auf die sternenlose Nacht, die sie unheimlich umfing, als sie von der Hauptstraße abbog und sich durch die serpentinenartigen Kurven schlängelte. Wieder ertönte Donnergrollen, und noch stärkerer Regen schlug prasselnd gegen ihr Auto. Der Wind hatte einen lockeren Ast abgerissen und auf die Straße geschleudert, dem sie ausweichen musste. Der Himmel wurde von dem dichten Wald verdeckt, die dornigen Äste ineinander verflochten wie Stränge eines Seils.

Hoffentlich würde Stony Gap wenigstens einen Tag lang das Maisbrotfest feiern können, bevor der Sturm das Leben in der Stadt zum Stillstand brachte.

Sie wurde langsamer und bog in eine schmale einspurige Straße ein, die sich im Wald verlor. Am Ende dieser Straße stand Cords rustikale Blockhütte, dahinter verlief der Fluss. Kiefern und Eichen umgaben das Häuschen, das wirkte, als stünde es am äußersten Zipfel des Bergrückens und wäre geradezu in den Berg hinein gebaut worden. Sie erinnerte sich noch, dass ihr beim Blick durch die Glasschiebetüren schwindlig geworden war, weil das Tal so weit unter ihnen lag.

Kilometerweit gab es keine anderen Häuser oder Hütten. Niemand, der beobachten konnte, was hier vor sich ging. Niemand, der etwas davon hören würde.

Ein einzelnes Licht leuchtete ihr von der Veranda an der Seite des Hauses entgegen. Ansonsten war das Grundstück in Dunkelheit getaucht, sodass es beinahe unheimlich wirkte.

Sie parkte und zog den Kopf ein, um sich vor Wind und Regen zu schützen, während sie den gepflasterten Weg entlangging und die Stufen zum Haus erklomm. Nur das Rauschen des Flusses durchdrang die Stille der Nacht.

Er öffnete die Tür, noch bevor sie anklopfen konnte. Die kantigen Gesichtszüge und sein dichter, dunkler Bartschatten unterstrichen seine gefährliche Ausstrahlung. Tiefe Schatten umrahmten seine verhangenen Augen und die Narbe auf seiner Stirn trat im spärlichen Schein des Feuers, das im Kaminofen brannte, noch deutlicher hervor.

»Wir müssen reden.« Sie zwängte sich an ihm vorbei. Ohne Beleuchtung wirkte das Haus beinahe wie eine Höhle. Die schreckliche Erinnerung an den Vorfall vor so vielen Jahren, als sie sich verlaufen hatte, stieg wieder in ihr auf und ließ sie erschaudern.

Obwohl sie in der Nacht, die sie bei Cord verbracht hatte, Albträume geplagt hatten, hatte er darauf bestanden, das Licht ausgeschaltet zu lassen, als sie im Bett waren. Als sie die Lampe anknipste, war er abweisend geworden und hatte das Licht sofort wieder ausgeschaltet.

Dann hatte er nach seiner Kleidung gegriffen, und jegliche Intimität zwischen ihnen war schlagartig beendet gewesen.

Jetzt schloss er die Tür hinter ihr. In seinem Blick las sie lauter unausgesprochene Fragen. Sie bemerkte einen Verband an seinem Arm, aber er zog eilig den Ärmel darüber.

Cord räusperte sich. »Hat der Rechtsmediziner die Leiche identifiziert?«

»Noch nicht. Hoffentlich liegen die Ergebnisse morgen vor.«

Sie wartete nicht, bis er sie hineinbat, sondern ging ins Wohnzimmer und genoss dankbar die Wärme des Ofens. Cords Haus war minimalistisch eingerichtet. Es gab ein rotbraunes Ledersofa und einen Sessel, vor dem ein Bärenfellteppich auf dem Boden lag. Außerdem waren da ein abgewetzter Holztisch und Holzstühle mit gerader Lehne. Aber es gab keine Bilder oder persönlichen Gegenstände. Keine kuscheligen Decken oder einen Raumduft mit warmer Note, der alles gemütlicher gemacht hätte.

Auf dem Regal an der gegenüberliegenden Wand standen Tierpräparate. Eine Wildkatze. Eine merkwürdig anmutende schwarze Katze. Darüber hing der Kopf eines Berglöwen. Die waren noch nicht hier gewesen, als sie das letzte Mal bei ihm gewesen war.

Ihr Herz setzte vor Unbehagen einen Schlag aus. »Ich wusste nicht, dass du dich für Tierpräparation interessierst.«

Er gab ein leises Geräusch von sich, das tief aus seiner Kehle zu kommen schien, und zuckte mit den Schultern.

Der Blick aus den leblosen Augen der Tiere schien sie zu durchbohren und sorgte dafür, dass sich ihre Nackenhaare aufstellten. Weil sie dringend ein bisschen mehr Licht brauchte, knipste sie die Lampe neben dem Couchtisch an, der aus einem Baumstamm geschnitzt war. Cord versteifte sich für einen Moment, aber er machte keine Anstalten, das Licht wieder zu löschen.

Ein großes braunes Buch lag aufgeschlagen auf dem Tisch, auf den Seiten waren Skizzen von alten Grabsteinen abgebildet. Ein anderes Buch auf dem Tisch zeigte Fotos von Mausoleen. Wieder ein anderes beinhaltete alte religiöse Symbole, die mit dem Tod in Verbindung gebracht wurden.

Sie deutete auf einen Band über Engel. »Du hast dein Interesse an dem Thema nicht erwähnt, als wir heute das Grab gefunden haben.«

Sein bereits finsterer Blick verdunkelte sich weiter, und er starrte auf seine vernarbten Daumen hinab. »Ich habe diese Bücher schon seit Jahren, aber ich habe sie selten angeschaut. Dass wir das Grab gefunden haben, hat mich an sie erinnert. Jemand hat sie mir mal geschenkt.«

Ellie zog eine Augenbraue hoch.

»Jemand aus deiner Familie?«

Er zuckte mit den Schultern und antwortete nicht.

Ellies Puls schnellte in die Höhe, als etwas aus seiner Tasche fiel. Beim Anblick des Gegenstands musste sie ein Keuchen unterdrücken.

Es war keine Holzpuppe, aber ein grob geschnitzter Engel.

»Und du schnitzt?«, fragte sie heiser.

Ein Moment verging, und die Spannung zwischen ihnen wurde unerträglich. Sein Atem ging keuchend. »Ab und zu.« Er schloss die Finger um den Engel und hielt ihn fest in seiner Handfläche. »Bist du deshalb hier, Ellie?« Ein angriffslustiger Unterton lag in seiner Stimme, Wut, die sie unter der Oberfläche brodeln spürte. »Weil du denkst, ich hätte diese kleinen Puppen geschnitzt und diese Mädchen umgebracht?«

Widersprüchliche Gefühle stürmten auf Ellie ein. »Ich ... nein. Aber ich habe ein paar Fragen.« Sie hatte Mühe, die Fassung zu bewahren. Sie wollte keine Angst vor Cord haben. Sie hatte einmal geglaubt, dass sie Freunde wären. »Warum hast du mir nicht erzählt, dass du auch an drei anderen Fällen von vermissten Kindern mitgearbeitet hast? Fälle, bei denen kleine Mädchen in Pennys Alter verschwunden sind?«

Zorn flackerte in seinen Augen auf. »Das ist schon lange her. Ich dachte nicht, dass es von Bedeutung wäre.«

Ellie legte die Stirn in Falten. Sie glaubte ihm nicht wirklich. »Bei einer Mordermittlung ist jedes Detail von Bedeutung. Diese Fälle könnten mit Pennys Verschwinden zusammenhängen.«

Cord ging zur Bar in der Ecke des Raumes, stellte die Engelsfigur ab und schenkte sich einen Whiskey ein. Er bot Ellie mit einer Geste auch einen an, aber sie lehnte ab. Ihre Nerven waren bereits strapaziert und Alkohol konnte, in Verbindung mit Cords Gegenwart, ihr Urteilsvermögen beeinträchtigen.

»Du glaubst, die Leiche, die wir heute gefunden haben, hat etwas mit Penny zu tun und mit der vermissten Schwester von diesem Fox?«

»Das tue ich. Es gibt noch mehr Opfer, Cord«, sagte sie leise. »Und wenn wir diesen Verrückten nicht aufhalten, wird Penny vielleicht nicht sein letztes sein. Wenn du mir also Informationen vorenthalten hast, lass es mich bitte wissen.«

Er schwenkte den Whiskey in seinem Glas. »Wenn du

etwas über die Engelsschnitzerei wissen willst: Der Engel symbolisiert Unschuld und Reinheit.«

Das passte zu den kleinen Mädchen. »Hast du in den anderen Fällen etwas gesehen, was dir merkwürdig vorkam, oder irgendjemanden verdächtigt? Jemanden, der an allen Tatorten aufgetaucht ist?«

Ein erbitterter Ausdruck verzerrte seine kantigen Züge. »Du meinst, außer mir?«

Erschöpft stieß sie die Luft aus. »Ich suche nur nach der Wahrheit, Cord. Ich will Penny finden«, erwiderte sie leise.

»Jetzt verstehe ich. Weil ich bei den Rettungsaktionen dabei war, hat dieser FBI-Agent dir eingeredet, dass du mir nicht trauen kannst, nicht wahr?«

»Das hat nichts mit ihm zu tun«, sagte Ellie und spürte, wie ihr der Schweiß auf der Stirn ausbrach. »Als ich dich nach deiner Vergangenheit gefragt habe, hast du dichtgemacht. Ich weiß, dass du Geheimnisse hast, Dinge, über die du nicht reden willst. All die Bücher und die Taxidermie, außerdem lebst du praktisch im Dunkeln. Das ist verstörend, Cord.«

Seine Augen verengten sich zu Schlitzen. »Das sagt die Richtige. Du hast auch deine Geheimnisse.«

»Wovon redest du da?«

»Von deiner Kindheit. Und deiner Angst im Dunkeln.«

Ellie leckte sich über die trockenen Lippen. »Woher weißt du davon?«

»Du hast es mir erzählt. Erinnerst du dich nicht mehr daran, wie du schreiend aufgewacht bist, als du die Nacht hier verbracht hast? Du bist aufgesprungen und hast alle Lichter angemacht. Du hast nach jemandem namens Mae gerufen, aber als ich dich nach ihr gefragt habe, bist du auf die Terrasse gerannt.«

Scham überkam sie. Sie hatte nie jemandem von Mae oder von ihren Therapiesitzungen erzählt. Sie wollte nicht, dass die Leute sie auf dieselbe Weise ansahen, wie sie Ms Eula ansahen.

Cords Hand schloss sich fester um sein Glas. »Wenn du mir jetzt immer noch nicht vertraust, El, dann scher dich zum Teufel.«

Die Spannung zwischen ihnen wurde unerträglich. Cord sagte kein Wort mehr. Er ging zu den Glasschiebetüren, die auf die Terrasse hinter seinem Haus führten, trat mit seinem Drink in der Hand hinaus und ließ Ellie allein zurück.

Sollte das eine Aufforderung sein? Ich verrate dir meine Geheimnisse, wenn du mir deine verrätst?

Nicht heute.

Sie war hergekommen, um Antworten zu erhalten. Sie hatte gehofft, er würde sich ihr anvertrauen. Stattdessen hatte er den Spieß umgedreht und ihr dann befohlen zu gehen.

Kochend vor Wut und verwirrt drehte sie sich um und lief zur Tür. Der Wind ließ die Blätter rauschen und schüttelte die Bäume durch. Kurz darauf ertönte Donner aus den dunklen Wolken , die ihre entfesselte Wut auf sie herabregnen ließen, während sich der Regen in Graupel wandelte.

Sie sprang in ihren SUV und wartete, bis die Scheibenwischer die Sicht durch die Windschutzscheibe geklärt hatten. Sie hatte geglaubt, sie und Cord seien Freunde.

Aber sie hatte sich getäuscht.

Ob es ihm gefiel oder nicht, sie würde herausbekommen, was er ihr verschwieg. Dann würde sie wissen, ob sie ihm vertrauen konnte.

Oder ob er sie die ganze Zeit über belogen hatte.

ACHTUNDVIERZIG

Irgendwo auf dem AT

Penny fröstelte und zog die Knie an die Brust. Sie kaute auf ihren Fingernägeln herum, damit sie nicht wieder anfing, zu weinen.

Er mochte es nicht, wenn sie weinte.

Aber es fiel ihr immer schwerer. Sie vermisste ihr warmes Bett. Mit der rosafarbenen Daunendecke und dem Laken mit den kleinen rosafarbenen Blumen darauf.

Und sie vermisste Toby. Ihren niedlichen, weichen, gelben Plüschteddybären. Nachts beschützte er sie. Sie flüsterte es ihm ins Ohr, wenn sie Angst hatte. Sie erzählte ihm all ihre Geheimnisse.

Mit den kleinen Holzpuppen war es nicht dasselbe. Sie waren glatt und hart, nicht weich und kuschelig. Sie hatten keine richtigen Augen und lächelten nicht. Toby sah sie mit seinen großen Knopfaugen immer an, als ob er sie genauso liebte wie sie ihn. Und sie streichelte beim Einschlafen so gern seine flauschigen Ohren. Als sie mit der Hand über eine der kleinen Puppen gefahren war, hatte ihr ein Splitter in den Finger gepiekt.

Der böse Mann erinnerte sie an Big Foot, wie sie ihn aus den Gruselfilmen kannte, die der Bruder ihrer Freundin gerne schaute. Sein haariger Arm kam näher und ließ einen Haufen Stöcke vor ihr fallen. »Hier, bau damit ein Puppenhaus.«

Sie trat gegen die Zweige, als er aus dem unheimlichen dunklen Raum schlurfte. Sie hatte keine Lust, ein Puppenhaus zu bauen. Oder mit den blöden Puppen zu spielen.

Sie wollte nach Hause gehen und mit Toby neben sich auf ihrem Prinzessinnenkissen liegen, während ihre Mama sie in den Schlaf sang.

NEUNUNDVIERZIG

Crooked Creek

Auf der Rückfahrt zu ihrem Bungalow schaltete Ellie die Nachrichten ein, um die Stimme in ihrem Kopf zu übertönen, die ihr zuflüsterte, dass Cord gefährlich sein könnte.

Und dass er mehr über das Verschwinden der kleinen Mädchen wusste, als er zugab.

»Trotz des für morgen erwarteten Sturms hat Bürgermeister Waters angekündigt, dass das jährliche Maisbrotfest mit seinen Feierlichkeiten und dem Umzug stattfinden wird«, sagte der Radiomoderator. »Allerdings werden aufgrund des starken Windes und der eisigen Temperaturen viele der Aktivitäten drinnen stattfinden. Für weitere Einzelheiten behalten Sie unsere Website im Blick.«

Ellie verdrehte die Augen. Wie konnten die Menschen bloß feiern, obwohl sie Penny noch nicht gefunden hatten?

Sie unterdrückte ihre eigene Angst und parkte. Schneeregen prasselte auf sie nieder, während sie sich zur Treppe vor ihrer Eingangstür durchkämpfte und die Stufen hinaufeilte.

Als sie gerade nach dem Türknauf griff, stieß sie mit dem

Fuß gegen etwas auf dem Fußabtreter. Sie verfluchte sich dafür, dass sie vergessen hatte, die Außenbeleuchtung anzulassen, und nutzte die Taschenlampenfunktion ihres Handys. Ihr Blick fiel auf eine kleine geschnitzte Holzkiste, um die ein dünnes Stück Seil gebunden war.

Ein kalter Schauer durchlief sie, und allein das Knacken des Gebüschs und das Ächzen der Bäume ließen sie zusammenzucken. Ellie zog ihre Waffe, umklammerte sie, drehte sich langsam um die eigene Achse suchte ihr Grundstück nach demjenigen ab, der die Kiste dort hinterlassen hatte. Schatten traten wabernd hervor und schienen zu tanzen, als die Bäume sich unter der Kraft des Windes beugten. Der Graupel fiel jetzt hefiger, dicke Körner, die fast so groß waren wie Pistolenkugeln.

Falls da draußen jemand gewesen war, war er jetzt im dichten Blattwerk verschwunden. Plötzlich fror Ellie und sehnte sich nach ihrem warmen Zuhause. Sie schloss die Tür auf, hob die kleine Kiste auf, die Hand in den Ärmel gewickelt, und trug sie ins Haus, wobei sie auf dem Weg das Licht einschaltete.

Sie behielt ihre Waffe schussbreit in der Hand, stellte die Holzkiste auf den Küchentisch und eilte dann wachsam von Zimmer zu Zimmer. Nachdem sie das Haus durchsucht hatte, kehrte sie in die Küche zurück, legte ihre Waffe auf den Tisch und zog sich Latexhandschuhe über.

Angst lastete schwer auf ihrem Brustkorb, doch sie hielt die Kiste an ihr Ohr und lauschte. Nichts. Vorsichtig drehte und wendete sie die Kiste, fand aber keine Karte, aus der hervorgegangen wäre, wer sie dagelassen hatte.

Mit jeder Sekunde wurde Ellie mulmiger zumute. Sie löste langsam das Seil und hob den Deckel an. Als sie den Inhalt sah, begann sie zu zittern.

In der Mitte der Kiste lagen auf einem Stück rotem Samt drei kleine Holzpuppen, genau wie die, die sie im Grab gefunden hatte.

FÜNFZIG

Irgendwo auf dem AT

Trotz der Unmengen an Eis und Schnee, die auf die Welt niedergegangen waren, hatte der Wächter die ganze Nacht Knochen gesucht. Nachdem er auf die ersten gestoßen war, fand er nicht weit davon vier weitere Leichen im Gebüsch. Alle waren achtlos hingeworfen worden, als ob die Kleinen nicht von Bedeutung gewesen wären.

Aber ihren Familien bedeuteten sie alles.

Alles.

Ihr Leid trieb ihn dazu, den Wald nach anderen Unschuldigen zu durchforsten, die zu früh den Tod gefunden hatten.

Das Such- und Rettungsteam hatte das erste Grab entdeckt. Er hatte derweil auf einer Anhöhe gestanden, unter dem Blätterdach von Eichen und Zypressen, wo er vor dem Sturm Schutz gesucht hatte, während er wartete. Zum Glück hatten sie die Kleine gefunden.

Jetzt konnten sie sie nach Hause bringen, damit ihre Familie der Toten Ehre erweisen konnte.

Obwohl dann die schreckliche Ungewissheit über das

Schicksal ihrer Töchter durch die Gewissheit ersetzt werden würde, dass sie ermordet und den wilden Tieren zum Fraß überlassen worden waren.

Er hatte gewissenhaft eine Ruhestätte für drei Skelette ausgesucht und sie behutsam in die Erde gelegt. Dazu errichtete er einen weiteren Grabstein und ein Kreuz für die geliebten Engel, ein Provisorium, bis sie ein ordentliches Begräbnis erhielten, bei dem gebetet wurde und Gospellieder erklangen und ihre Familien sie betrauern konnten.

Er entdeckte eine Bärenspur und der Gedanke an das Tier, das mit gefletschten Zähnen auf großen Tatzen durch den Wald streifte und dabei Gestrüpp und alles andere auf seinem Weg dem Erdboden gleichmachte, ließ seinen Puls in die Höhe schnellen.

Er musste sich beeilen. Er wollte sich nicht mit dem großen schwarzen Tier anlegen.

Oder zulassen, dass es die Knochen zerstörte.

Er lauschte und versuchte herauszufinden, ob der Bär noch in der Nähe war.

Nichts.

Aber der tosende Wind trug Stimmen zu ihm herüber. Noch mehr Leute des Suchtrupps. Sie durften ihn nicht finden. Oder herausbekommen, was er getan hatte.

Er hielt den Sack mit den Knochen fest, den er sich über die Schulter geworfen hatte, und lief leise in die entgegengesetzte Richtung, wobei er gegen die Erschöpfung ankämpfen musste. In den letzten beiden Tagen hatte er kaum geschlafen.

Eisregen peitschte durch die Bäume. Die kalten Kristalle prasselten auf ihn ein, spitz und glatt wie Flusssteine. Er zog sich die Kapuze über den Kopf und folgte einer Biegung, auf der Suche nach einer Senke, in der er Zuflucht finden konnte. Der feuchte, matschige Boden fühlte sich an wie Treibsand, dennoch beschleunigte er sein Tempo. Der Sturm würde die Suchtrupps aufhalten.

Aber ihn nicht.

Der Trail war sein Zuhause. Das konnte hart sein. Der Wind war manchmal eiskalt. Das Gelände unerbittlich.

Aber der Schmerz war ihm willkommen. Er war das Einzige gewesen, durch das er sich lebendig gefühlt hatte.

Aber dann war er auf die Knochen gestoßen und hatte begonnen, sie zu begraben.

Nach den sterblichen Überresten der Mädchen zu suchen, hatte seinem Leben endlich einen Sinn gegeben.

EINUNDFÜNFZIG

Crooked Creek

Die Puppen starrten Ellie mit leeren Augen an. Ihre steifen Holzkörper ließen sich nicht verbiegen. Ihre Münder waren unheimlich geformt und erinnerten an hölzerne Marionetten. Winzige Einkerbungen, die aussahen wie Tränen, fanden sich auf den Wangen der Puppen.

Kalte Angst erfasste sie. Die Kiste war der Sarg der Puppen.

Hatte die Zahl etwas zu bedeuten? Hieß das, dass er drei weitere Opfer entführen wollte?

Am ganzen Körper zitternd rannte sie ins Bad und riss die Tür des Medizinschranks auf. Das Medikament gegen die Angstzustände stand bereit. Ein oder zwei Tabletten würden ihre Nerven beruhigen.

Aber ... Wenn sie ihrem Bedürfnis nach dem Medikament nachgab, würde sie wieder von den Tabletten abhängig werden. Sie würden zwar ihre Ängste lindern, aber ihr Verstand würde sich trüben und sie wäre ganz vernebelt. Würde schlafen wie ein Stein.

Dafür hatte sie keine Zeit. Sie musste sich konzentrieren. Dieser sadistische Mistkerl musste aufgehalten werden.

Er führte sie an der Nase herum. Verspottete sie. Spielte ein Spiel mit ihr.

Wut kochte in ihr hoch bei der Vorstellung, dass er die Kinder für irgendein wahnsinniges Vorhaben benutzte.

Sie knallte die Schranktür zu und ging zurück in die Küche. Die Puppen und die Kiste mussten ins Labor. Nicht, dass sie damit rechnete, DNA darauf zu finden, aber vielleicht den Teil eines Fingerabdrucks?

Ihre Hände zitterten, als sie die Kiste in einer Tüte verstaute. Gleich morgen früh würde sie sie zur Spurensicherung schicken.

Sie schenkte sich einen Wodka ein und rief Derrick an. Als sie seine schroffe Stimme hörte, stieß sie einen erleichterten Seufzer aus.

»Der Mörder war hier.« Sie schwenkte die klare Flüssigkeit in ihrem Glas und atmete den frischen Zitrusduft ein. »Hier, bei mir zu Hause.«

Selbst durch die Telefonleitung konnte sie seine Anspannung spüren. »Was? Wann?«

»Ich weiß es nicht. Aber er hat mir ein Geschenk dagelassen. Drei dieser kleinen Holzpuppen in einer Kiste.« Sie schluckte schwer. »Es ist eine Botschaft, Derrick.«

»Ich bin sofort da.«

»Nein«, sagte sie etwas zu schnell. Sie wollte nicht, dass er sah, wie sehr sie sich fürchtete. Sie musste stark sein.

»Sei nicht so stur.« Ungeduld tränkte seine Stimme. »Vielleicht hat er Beweise hinterlassen.«

Sie verbarg den Kopf in einer Hand. »Ich werde mich umsehen.«

»Nicht allein«, erwiderte er streng. »Er weiß, wo du wohnst, und er war bei dir. Vielleicht hat er sich draußen versteckt und wartet auf eine Gelegenheit, um dich zu überfallen.«

Wenn er ihr hätte wehtun wollen, hätte er das heute Abend tun können, als sie die Puppen gefunden hatte.

»Ich bin im Lokal in der Stadt. Ich komme so schnell wie möglich zu dir.«

Sie erkannte, dass es keinen Zweck hatte, sich zu streiten, schickte ihm die Adresse und legte auf. Während sie wartete, ging sie zu den Glastüren am Hinterausgang und blickte in den Wald. Die Bergkämme, die in den Himmel ragten und die tiefen Täler überschatteten, reihten sich aneinander wie Trittsteine. Schwere Wolken zogen über die Gipfel hinweg, an den Hängen gediehen Hartriegelsträucher, Ulmen, Hemlocktannen, Balsamtannen und Amerikanische Rotfichten.

War er jetzt hier? Beobachtete er sie und lachte sie aus?

Das Rascheln von schneebedeckten Ästen katapultierte sie zurück in die Vergangenheit.

Sie lief umher und spielte mit Mae Verstecken, während ihr Vater am Bach das Zelt aufstellte.

Als die Nacht hereinbrach und der Mond wie ein riesiger, orangefarbener Ball am tiefschwarzen Himmel leuchtete, hatten sie und Mae Glühwürmchen in den Wald verfolgt. Sie hatten Steine in Herzform angeordnet und ihre Namen mit Stöcken in den Boden geschrieben.

Sie schlug sich mit der Faust gegen den Kopf.

Hör auf, an Mae zu denken. Du musst stark sein, für Penny.

Ein Klopfen an der Tür holte sie zurück in die Gegenwart, dann erklang Derricks Stimme. Sie versuchte, sich zu beruhigen, und ließ ihn herein. Als er die hölzerne Kiste sah, wurde sein Gesicht leichenblass.

»Er hat einen verdammten Sarg gebaut«, murmelte Derrick.

Sie nickte, hin- und hergerissen zwischen Entrüstung, Angst und Wut über sich selbst, weil der Täter sie vorgeführt hatte.

Einen Moment lang trafen sich ihre Blicke. Als Derrick sah, dass Ellie zitterte, streckte er die Hand aus und zog sie an sich.

Nur einen kurzen Augenblick lang ließ sie sich von ihm umarmen. Noch nie in ihrem Leben hatte sie so heftig gezittert. Nicht einmal in der schrecklichen Nacht, die sie als Kind allein im Wald verbracht hatte.

»Wir werden ihn schnappen«, flüsterte Derrick.

Sie nickte an seinem Brustkorb, dankbar für die Wärme, die von ihm ausging. Sie hatte gar nicht gemerkt, wie kalt ihr war, bis sie seinen Körper an ihrem spürte und seine Arme sie umfingen.

Im nächsten Augenblick lösten sie sich zeitgleich voneinander. Derrick sah sich noch einmal nach der Kiste um, dann zog er eine Taschenlampe aus seiner Jacke. »Ich werde mich draußen umsehen. Vielleicht hat er Spuren hinterlassen, Fußabdrücke zum Beispiel.«

Ellie bezweifelte das. Dieser Mann war der Polizei mehr als zwanzig Jahre lang entkommen. Er war nicht gefasst worden, weil er clever war.

Er hatte nur das zurückgelassen, von dem er auch wollte, dass sie es fand.

ZWEIUNDFÜNFZIG

TAG DREI DES VERSCHWINDENS

3. März, 12:10 Uhr, irgendwo auf dem AT

Nachdem er Ellie die Puppen dagelassen hatte, war er zurück zu Penny geeilt. Er konnte nicht zulassen, dass jemand sie fand, bis er soweit war. Sie hatte den ganzen Tag geweint und ihn angefleht, sie gehen zu lassen. Sie wollte die Puppen nicht. Sie wollte zu ihrer Mommy.

Als er sich in die Stadt wagte, kam ihm eine Idee. Trotz des beschissenen Sturms, der im Anmarsch war, waren die Touristen in Scharen in die Gegend gekommen, wie Vögel, die für den Winter in den Süden zogen. Und alles nur wegen dieses albernen Maisbrotfestes.

Ein Lächeln umspielte seine Lippen und er zog seine Skimütze fest bis über die Ohren. Gerade waren also sehr viele Besucher in Bluff County. Auch Familien mit Kindern.

Hübsche kleine Mädchen, die man sich leicht schnappen konnte. Vielleicht würde er Penny eine Spielkameradin besorgen.

»Schlaf, Kindlein schlaf, so schenk ich dir ein Schaf, mit einer gold'nen Schelle fein, das soll dein Spielgeselle sein …«

Er hasste das Schlaflied, das sich in seinem Kopf endlos wiederholte wie eine kaputte Schallplatte. Er presste die Faust an seinen Mund, damit die grässlichen Worte nicht länger herausschlüpfen konnten. Dieses Lied … Eine seiner Pflegemütter hatte es immer dem kleinen Mädchen vorgesungen, das neu zu ihnen gekommen war. Sie streichelte die Kleine, wenn sie weinte, wiegte sie auf ihrem Schoß hin und her und küsste sie zärtlich auf die Stirn, während sie sie so fest an sich drückte, als wäre sie ihr eigenes Kind.

Aber wenn er weinte, schlug sie ihn und schrie: »Sei still. Große Jungs weinen nicht.«

Aber er hatte geweint. Es war übel gewesen.

Jetzt war es übel für die kleinen Mädchen.

DREIUNDFÜNFZIG

Sie wusste nicht, wie lange sie unterwegs sein würden, also hatte Ellie genügend Vorräte für einen Tag und eine Nacht in ihren Rucksack gepackt. Wenn es ein weiteres Grab gab, waren da vielleicht noch mehr.

Sie würde nicht eher ruhen, bis sie alle Gräber gefunden hatte. Und hoffentlich würde sie auch auf einen Hinweis stoßen, wo Penny sich aufhielt.

Nachdem Derrick die Gegend rund um ihr Haus abgesucht und einen unvollständigen Fußabdruck gefunden hatte, hatte er Fotos davon geschossen und sie an seinen Partner geschickt. Danach hatte er auf ihrem Sofa übernachtet. Sie hatte sich zunächst gegen den Vorschlag gesträubt, doch er hatte darauf bestanden, für den Fall, dass der Mörder noch einmal zurückkehrte.

Um ehrlich zu sein, hätte sie wahrscheinlich gar kein Auge zubekommen, wenn er nicht geblieben wäre. Aber das würde sie niemals zugeben. Er wollte sich so schnell wie möglich wieder an die Arbeit machen und war im Morgengrauen aufgebrochen, um zu duschen und sich auf die Wanderung vorzubereiten. Sie hatten verabredet, sich am Polizeirevier zu treffen.

Ellie stellte die Holzkiste auf dem Beifahrersitz ab und ließ den Wetterbericht laufen, während sie zum Revier fuhr.

»Hallo Leute, hier ist Meteorologin Cara Soronto. Das heftige Unwetter von gestern Abend ist vorüber. Dabei sind rund um die Appalachen mindestens fünfzig Millimeter Regen und etwas Graupel runtergekommen. Das Schlimmste steht uns aber noch bevor. In den nächsten Stunden fallen die Temperaturen rasant. Bis zum späten Nachmittag werden sich die Berge in das reinste Wintermärchen verwandeln. Bei zweistelligen Minusgraden und noch frostigerem Wind in den Bergregionen ist es nicht sicher, auf den Straßen unterwegs zu sein oder sich im Freien aufzuhalten. Die Bewohner werden dringend gebeten, zu Hause zu bleiben und sich dort zu verbarrikadieren, da der Wintersturm Tempest sich zu einem Schneesturm entwickelt.«

Ellie umklammerte das Lenkrad so fest, dass ihre Knöchel weiß wurden. Schneidender, gefährlicher Wind und Schneemassen in den Bergen würde es erschweren, Penny – und die Gräber – zu finden. Vielleicht war es unter diesen Bedingungen sogar unmöglich. Sollte es zu einer Weißblendung kommen, müssten sie die Suchtrupps zurückrufen, weil sie sonst noch mehr Menschenleben riskieren würden.

Konnte sie es rechtfertigen, mehrere Menschen in Gefahr zu bringen, um ein einziges Mädchen zu retten?

Vielleicht nicht. Aber zumindest sie selbst würde nicht aufgeben.

Verärgert schaltete sie das Radio aus und raste in die Stadt.

Als sie am Polizeirevier ankam, wartete Derrick bereits auf dem Parkplatz. Heute war er ihrem Vorhaben gemäß gekleidet: Er trug einen warmen Mantel, eine Thermohose, eine dicke Mütze, Handschuhe und Stiefel. Über seiner Schulter hing ein armeegrüner Rucksack.

Schatten lagen unter seinen schokoladenbraunen Augen

und Sorgenfalten zeichneten sich auf seiner Stirn ab. Er begrüßte sie mit einem leisen Grummeln.

Er war kein Mann großer Worte. Und das war in Ordnung. Letzte Nacht war sie ihm zu nahe gekommen. Das durfte nicht noch einmal passieren.

Sie nahm die Schachtel mit den Puppen an sich, um sie drinnen abzuliefern. Sie hatte ihrem Captain bereits eine Nachricht geschickt, er würde das Beweisstück an das Labor weitergeben. Nachdem sie die Kiste zusammen mit dem Papierkram für die Beweismittelkette in seinem Büro abgegeben hatte, eilte sie wieder nach draußen. Derrick wartete neben ihrem Jeep. Er hatte den Kragen seines Mantels hochgeschlagen, um sich gegen den beißenden Wind zu schützen.

Als sie im Wagen saßen, reichte er ihr eine Mappe. »Ich dachte, das könnte dich vielleicht interessieren.«

»Was ist das?«

»Sieh es dir an.«

Widersprüchliche Gefühle durchströmten Ellie, als ihr klar wurde, dass er bei Cord eine Hintergrundüberprüfung vorgenommen hatte.

»Hast du etwas Unschönes gefunden?«, fragte sie, während sich unwillkürlich Verärgerung in ihr breitmachte.

»Sag du es mir.«

Sie hatte auch in Erwägung gezogen, Cord zu überprüfen, wollte aber lieber, dass er ihr reinen Wein einschenkte und selbst erzählte, was er zu verbergen hatte, weil es ihr widerstrebte, sein Vertrauen zu missbrauchen.

Doch das hatte er nicht getan. Stattdessen hatte er sie rausgeworfen.

Sie atmete tief ein und überflog den Inhalt. Es stand nicht viel über seine Kindheit darin, keine Informationen zu seinem Geburtsort, seinen Eltern oder was mit ihnen geschehen war. Nur, dass er in die Obhut von Pflegeeltern gegeben worden war.

Manche dieser Pflegestellen waren durchaus in Ordnung, aber andere waren dafür bekannt, dass sie ihre Arbeit nicht gut machten. Berichte über Missbrauch gab es zuhauf. Die Kinder fühlten sich ungeliebt und alleingelassen. Sie wurden von einer Familie zur nächsten gereicht. Sie litten unter Bindungsstörungen. Manchmal ließen sie ihren Schmerz in Form von Aggression heraus.

Ihr Herz zog sich schmerzhaft zusammen, als sie sich vorstellte, wie Cord als kleiner Jungen seine Habseligkeiten in einem Müllsack von einem fremden Haus zum nächsten geschleppt haben musste.

Einige Kinder verhielten sich auffällig, weil sie in Pflegefamilien aufwuchsen. Andere wurden von Pflegestelle zu Pflegestelle weitergereicht. Die Sozialarbeiter wurden unterirdisch bezahlt und ihr hohes Arbeitspensum ließ ihnen kaum Zeit für die notwendigen Hausbesuche und Kontrollen.

Der Bericht enthielt wenig Einzelheiten über die Pflegefamilien, durch die Cord gereicht worden war, nur die Information, dass es, als er zehn Jahre alt gewesen war, bereits fast ein Dutzend gewesen waren. O Gott ... wie musste es sein, kein Zuhause und keine Familie zu haben? Hatte er die Narbe auf seiner Stirn von den Pflegeeltern , die ihn doch beschützen sollten?

Ihr Puls beschleunigte sich, als sie die Informationen über Familie Nummer elf las. Die Familie lebte in einer Wohnung über einer Leichenhalle. Der Pflegevater war Bestatter und leitete das Familienunternehmen. Die Beerdigungen fanden im Salon im Erdgeschoss statt, die Leichname wurden dafür im Keller vorbereitet.

Herrgott! Sie hatte genug Autopsien miterlebt, um zu wissen, dass man diese Eindrücke, den Geruch des Todes und den stechenden, an Essiggurken erinnernden Geruch von Formaldehyd nur schwer wieder vergaß, wenn sie einem erst mal unter die Haut gegangen waren. Einen Leichnam einzubalsamieren, war eine grauenvolle Arbeit. Vor ihrem inneren Auge erschienen Bilder von aufgedunsenen Leichen, der Drainage von Blut und der Vorbereitung des Körpers für die Totenfeier.

Ein Schauer sorgte dafür, dass sich die feinen Härchen in Ellies Nacken aufstellten. Hatte Cord dem Bestatter bei seiner Arbeit zugesehen? Hatte er mitangesehen, wie der Mann Nase und Rachen eines Leichnams mit Watte verschloss und dann den Mund zunähte?

Hatte er dort die Bücher über Grabsteine und Todessymbole her?

Sie überflog den Bericht, fand aber keine Einzelheiten darüber, was in dem Haus vor sich gegangen war. Stattdessen ging es damit weiter, dass Cord als Teenager verhaftet worden war, weil er einen Gleichaltrigen angegriffen hatte.

Ellie riss den Kopf hoch und bemerkte, dass Derrick sie beobachtete. »Du wusstest das nicht?«, fragte er mit schroffer Stimme.

Sie schüttelte den Kopf. »Warum gibst du mir das?«

»Weil er auf das Profil des Mörders passt«, sagte Derrick frei heraus. »Und wenn du diesen Irren aufhalten und Penny Matthews lebend finden willst, musst du dich der Tatsache stellen, dass dein Freund vielleicht das Monster ist, nach dem wir suchen.«

VIERUNDFÜNFZIG

Hemlock Holler

Ellie rang mit ihren aufgewühlten Gefühlen, als sie am Einstiegspunkt nahe Hemlock Holler parkte. Sie wollte nicht schlecht über Cord denken. Seine Vergangenheit mit all den Pflegefamilien war beunruhigend, aber weckte in ihr auch Mitgefühl für den kleinen Jungen, der ohne sicheres Zuhause umhergereicht worden war.

Ein Windstoß ließ sie hochschrecken. In ein paar Stunden wären drei ganze Tage vergangen, seit Penny das letzte Mal gesehen worden war. Konnte sie überhaupt noch am Leben sein, selbst, wenn man das schlechte Wetter außer Betracht ließ? Hatte sie Nahrung und Wasser? Oder hatte ihr Entführer sie bereits getötet?

»Willst du denn gar nichts zu Ranger McClain sagen?« Derricks Stimme klang kühl.

Sein anklagender Blick befeuerte ihren Zorn noch. »Nur weil er in Pflegefamilien aufgewachsen ist und als Jugendlicher verhaftet wurde, ist er noch lange kein Serienmörder. Viele Pflegekinder geraten mal in Konflikt mit dem Gesetz, selbst

Jugendlichen, die nicht in Pflegefamilien waren, passiert das.« Sie wusste nicht, warum sie Cord verteidigte, nachdem er sie so barsch behandelt hatte.

»Aber es beweist, dass er zu gewalttätigem Verhalten neigt«, meinte Derrick. »Und dass er über einer Leichenhalle gewohnt hat, könnte darauf hindeuten, dass er viel über die Symbolik von Grabinschriften weiß.«

Sie hatte die Bücher gesehen ... und er hatte einen Verband am Arm getragen. Hatte er sich vielleicht bei Pennys Entführung verletzt? Weil sie sich gewehrt hatte?

Ellie ging in Gedanken ihre Erlebnisse mit Cord durch. Sicher, er war unergründlich und nachdenklich. Hinter seinen Augen schienen dunkle Geheimnisse zu lauern. Außerdem war er verbissen. Sie hatte gesehen, wie er sich auf der Suche nach einem Vermissten tagelang auf dem Trail verausgabt hatte. Er hatte sich selbst kasteit, war Kilometer um Kilometer ohne Rast gewandert und war vor nichts zurückgescheut, um einen Wanderer zu finden, der sich verlaufen hatte.

Und dennoch tauchte er jedes Mal ohne ein Wort ab, wenn sie dachte, sie wären sich nähergekommen, wären dabei, tatsächlich Freunde zu werden. Manchmal war er für mehrere Tage verschwunden. Eine ganze Woche oder noch länger.

»Ich kenne Cord«, sagte sie schließlich. »Glaub mir, er macht keine Jagd auf Kinder.« Doch noch während sie die Worte aussprach, um ihn in Schutz zu nehmen, beschlichen sie Zweifel. Sie hatte schließlich auch geglaubt, sie würde ihren Vater kennen.

Misstrauen flackerte in Derricks Augen auf. »Woher weiß ich, dass du ihn nicht deckst, weil du in ihn verliebt bist?«

Blanke Wut überschwemmte jede einzelne Zelle in Ellies Körper. Sie sollte in Cord verliebt sein? Und einen Mörder decken, der sich an kleinen Mädchen verging? »Weil ich die Wahrheit herausfinden und Penny retten will. Und weil ich einen Funken Integrität besitze.« Ellie richtete einen Finger auf ihn. »Und wenn du mir nicht vertraust, dann sollten sich unsere Wege hier vielleicht trennen. Meinetwegen musst du nicht mitkommen.«

Sie hätte Gift und Galle spucken können, als sie aus dem Jeep stieg und ihren Rucksack hervorholte. Er setzte seinen eigenen Rucksack auf und folgte ihr mit verbissener Miene. Aber wenigstens hielt er den Mund.

Vielleicht würde sie diesen Arsch im Wald verlieren, dann könnte er zusehen, wie er selbst wieder herausfand. Sollte er doch Cord anrufen, damit der kam und seinen Hintern rettete, dann würde er schon sehen, was für ein Mann ihr Freund – oder angeblicher Freund – war.

Sie holte ihre selbsterstellte Karte aus dem Rucksack und betrachtete sie genau, wobei sie sich die Wege, Kurven und Bergkämme, die vor ihr lagen, einprägte. Es waren sechseinhalb Kilometer bis zum Hemlock Holler, wo eine Gruppe von Hemlocktannen am Fuße eines sechs Meter tiefen Abhangs stand. Der Volksmund behauptete, das Tal sei voller Gift- und Schlingpflanzen, die sich um den Hals eines Menschen winden und ihn erwürgen würden. Manche sagten, die Blumen, die auf dem Bergkamm wuchsen, wären Gottes Art und Weise, den Toten, die dieser Falle erlagen, die Ehre zu erweisen.

Es war ein Widerspruch in sich – die atemberaubende Schönheit dieses Ortes, der einer der tödlichsten und trostlosesten in den hiesigen Wäldern war.

Schlamm und nasses Laub klebten an ihren Stiefeln und erschwerten ihren Gang, als sie auf dem verschlungenen Pfad vorauslief. Die Temperatur sank weiter, und die kalte Luft ließ die Regentropfen auf ihren Wangen zu Eis gefrieren. Der Wind rauschte mit gespenstischem Flüstern durch die Blätter, Vögel krächzten und irgendwo in der Ferne kreisten Geier am Himmel, bevor sie sich für ihr Festmahl auf eine Lichtung stürzten.

Derrick schwieg und blieb ihr dicht auf den Fersen,

während sie sich einen Weg durch das dichte Gestrüpp und das Unkraut schlug. Sie kletterte über verrottende Baumstümpfe und Wurzeln, die so dicht ineinander verschlungen waren, dass sie aussahen wie ein Schlangennest. Zweige knickten geräuschvoll um, und gelegentlich versperrten ihnen dünne Äste, die der Wind abgebrochen hatte, den Weg.

Das Geräusch ihres Messers, mit dem sie auf das wuchernde Gestrüpp einschlug, um den Weg freizumachen, mischte sich in die ursprünglichen Klänge der Natur. Insekten summten und surrten, Geier zischten, Frösche quakten. Mit den Händen in den Handschuhen schob Derrick Ranken und Gestrüpp beiseite, und sie kämpften sich weiter. Über Hügel, steile Abhänge hinauf und zwischen Bäumen hindurch, die so massiv waren und so hoch aufragten, dass man außer ihren Stämmen kaum etwas erkennen konnte.

Hinter sich hörte sie Derricks angestrengte Atmung, doch er hielt Schritt. Er war gut in Form. Nicht, dass ihr das wichtig gewesen wäre, sie wollte ihn nur keinesfalls kilometerweit durch den Wald schleppen müssen, wenn er zusammenbrach.

Nachdem sie fast fünf Kilometer zurückgelegt hatten, machte sie eine Pause, um etwas zu trinken, und Derrick schloss sich ihr an. Mit seinen dunklen Augen suchte er den Horizont ab. »Wie weit ist es noch?«

»Ungefähr anderthalb Kilometer«, sagte sie, verschloss ihre Wasserflasche wieder und stapfte weiter.

Der Wind tobte immer erbarmungsloser, zerrte an den Bäumen und Blättern. Den Wildblumen, die im Wind tanzten, hatte der Regen der letzten Nacht gutgetan, aber heute Nacht würden Schnee und Eis sie unter einer weißen Decke begraben.

Ellies Puls beschleunigte sich, als sie Derrick über einen schmalen Felsvorsprung weiter in Richtung der Wildblumen führte. Der Fels war locker und bröckelte unter ihren Füßen.

Derrick verlor den Halt und fluchte. Dann hörte sie ein lautes Krachen und einen Schrei.

Ellie wirbelte herum und sah, wie Derrick über die Felskante rutschte und sich in dem verzweifelten Versuch, nicht zu fallen, an einer Baumwurzel festkrallte.

Sie rief seinen Namen, rannte zum Felsvorsprung, sank auf die Knie und packte seine Hand. Doch seine Finger glitten durch ihre, und er rutschte den Abhang hinab in Richtung der Schlucht.

FÜNFUNDFÜNFZIG

Entsetzen packte Ellie, und die Zeit schien stillzustehen. Derrick ruderte mit den Armen und versuchte, sich an der moosbewachsenen Felswand festzuhalten.

Er schlug die Finger in die feuchte Erde und irgendwie schaffte er es, sich an einer Ranke festzuhalten und seinen Fall zu bremsen. Er ließ sich auf einen Felsvorsprung gut drei Meter unter ihr fallen und landete mit einem dumpfen Aufprall.

»Derrick?«

Eine unerträgliche Sekunde verging. Ellie hielt den Atem an, während sie auf eine Reaktion wartete. Schließlich hob er den Kopf. »Ja?«

»Bist du verletzt?«

Er rang keuchend um Luft, dann sackte er mit dem Rücken gegen den Felsen und tastete seine Arme und Beine ab. »Ich glaube nicht.«

»Ich rufe Cord an!«, rief Ellie.

»Nein«, rief Derrick zurück. »Wirf mir einfach ein Seil zu, dann klettere ich wieder hoch.«

Ellie zögerte. Der Schneeregen fiel jetzt heftiger und

machte die Bedingungen noch tückischer. Sogar an ihren Wimpern klebten Eiskristalle. »Wir brauchen Hilfe«, rief sie.

»Keine Zeit. Binde das Seil an einem Baum fest und wirf es dann runter.«

Ellie sprang auf und holte ein Seil aus ihrem Rucksack. »Na schön. Augenblick.«

Ihr Herz hämmerte schmerzhaft gegen ihre Rippen, während sie sich nach einem Baum umsah, der geeignet war und Derricks Gewicht aushalten konnte. Die Lebenseiche wirkte kräftig. Sie band das Seil um den Stamm und sicherte es mit einem Dreifachknoten, dann zog sie das Seil bis zum Vorsprung. Weil es nicht lang genug war, um Derrick zu erreichen, band sie noch ein zweites Seil ans Ende. Zum Glück hatte ihr Vater ihr beigebracht, wie man Seile ordentlich verknotete, sonst wäre sie jetzt aufgeschmissen gewesen. Die Erinnerung geisterte quälend durch ihren Kopf. Er hatte darauf bestanden, dass sie es wieder und wieder übte, bis sie es richtig hinbekam.

Sie warf Derrick das Seil zu und beugte sich über die Kante. »Binde es fest um deine Taille, bevor du versuchst, zu klettern.«

»Verstanden.«

Sie beobachtete, wie er sich das Seil umwickelte. Er hielt es mit seinen behandschuhten Händen fest. Dann stemmte er einen Fuß gegen die zerklüftete Felswand und begann mit dem Aufstieg. Einmal verlor er den Halt, und sie hielt den Atem an, bis er sich wieder gefangen hatte. Das Seil spannte sich im Wind und drohte zu reißen, hielt aber, bis sie Derrick über den Rand helfen konnte.

Er brach auf dem Boden zusammen und drückte sich dann wieder hoch, bis er saß.

»Mach so etwas nie wieder«, sagte sie. Es gefiel ihr gar nicht, welche Angst bei der Vorstellung, er wäre in den Tod gestürzt, von ihr Besitz ergriffen hatte.

»Nein«, sagte er verblüfft und sah zu ihr hoch, als wäre er überrascht, dass es sie überhaupt kümmerte.

Sie ließ den Moment verstreichen und blickte wieder hinunter in die Schlucht.

Irgendwo in der Nähe brach ein Ast ab und wurde nicht weit von ihnen zu Boden geschleudert. Sie wichen beide zur Seite. »Wir müssen weiter«, sagte Ellie. »Der Sturm wird immer schlimmer.«

Eilig löste sie das Seil vom Baum, während er es von seiner Hüfte losmachte, und verstaute es in ihrem Rucksack. Sie half ihm auf und gemeinsam bezwangen sie trotz des Sturms den restlichen Weg ins Tal.

Als sie den Talboden erreicht hatten, spähte Ellie nach links.

Da war noch ein Kreuz. Und noch ein Grabstein.

»Da ist es!« Ellie schlug sich durch das Gestrüpp zum Grab durch und kniete neben dem Erdhügel nieder. Ihr Brustkorb zog sich schmerzhaft zusammen beim Anblick der lila Wildblumen, die das kleine Grab bedeckten. Auch hier markierte ein schlichtes Kreuz die Stelle, und auf dem Stein war ein Engel eingraviert.

Diesmal stand dort außerdem die römische Zahl II.

Entweder war der Mörder seines Spiels müde geworden

und wollte, dass die Mädchen gefunden wurden, oder aber sie hatten es mit zwei verschiedenen Personen zu tun. Zum einen mit dem Mörder. Und mit noch jemandem, der die Knochen gefunden hatte.

Wenn das der Fall war, warum war die Person dann nicht gleich zur Polizei gegangen?

Derrick gab einen leisen kehligen Laut von sich und strich mit seinen behandschuhten Fingern behutsam über das Kreuz. Die dunkle Graberde bildete einen makabren Kontrast zu den leuchtend violetten Blumen.

»Warum gerade hier?«

»Laut der Einheimischen ist es ein Wunder Gottes, dass sich die Wildblumen auf diesem Bergrücken durch Schnee und Eis kämpfen, ein Zeichen der Hoffnung im Angesicht des Bösen, das im Wald haust.« Was bedeutete, dass der Totengräber die Gegend kannte und um ihre Bedeutung wusste.

»Etwas abgrundtief Böses«, sagte Derrick mit heiserer Stimme. »Nur ein teuflischer Mensch würde einem Kind etwas antun.«

Das sah Ellie genauso.

»Ich werde es melden.« Ihr Handy hatte keinen Empfang, deshalb benutzte sie das Funkgerät, um mit der Rangerstation Kontakt aufzunehmen. Während sie das Grab meldete und sowohl die Rechtsmedizinerin als auch die Spurensicherung anforderte, schoss Derrick Fotos und begann, die Gegend nach Spuren abzusuchen.

Ein Windstoß fuhr pfeifend durch die Senke. Der Schneeregen wurde stärker und trübte Ellies Sicht. Trotz des eisigen Niederschlags glaubte Ellie zu erkennen, wie sich eine Gestalt auf dem Hügel über ihnen regte. Jemand in einem langen schwarzen Mantel. Vielleicht einer der Schattenmenschen? Derjenige, der die Knochen begraben hatte? Oder der Mörder?

Sie zog ihre Waffe und suchte die Umgebung ab. Geier segelten über den Baumwipfeln und schlugen mit ihren Flügeln.

Derrick hielt inne und hob fragend die Brauen.

Sie wies mit ihrem Daumen in Richtung des Hangs und bedeutetet ihm stumm, dass sie sich das näher ansehen wollte und er beim Grab bleiben sollte. Dann schlich sie mit der Waffe im Anschlag durch das Gebüsch. Das Sonnenlicht versuchte erfolglos, sich durch die Bäume zu zwängen, und die Wolken überzogen das Land mit einem grauen Schleier der Trostlosigkeit.

Der Wind schüttelte Regen und Graupel von den Ästen und ließ beides auf sie herunterprasseln. Durch die fallenden

Temperaturen fühlten sich selbst die Tropfen an wie Nadelstiche. Vor ihr bewegte sich etwas im Gebüsch. Ein Ast wurde vom Wind hin und her gepeitscht und schlug ihr ins Gesicht, doch sie kämpfte sich weiter. Sie stolperte über die Wurzel eines Baumes. Mit den Armen ruderte sie durch die Luft, um nicht das Gleichgewicht zu verlieren. Auf dem glatten Felsen rutschte sie mit dem Fuß weg. Erde und Kieselsteine lösten sich unter ihrem Tritt und fielen in die Senke hinab.

Der Schatten huschte in Richtung Osten.

Sie lief schneller und rannte durch eine Gruppe Kiefern, eine Abkürzung zum Gipfel des Hügels. Ihre Stiefel versanken in eisigem Schneematsch.

Das Gelände wurde steiler, und ihre Waden brannten. Sie hatte den Gipfel fast erreicht, als sie spürte, dass im Gebüsch hinter ihr jemand war.

Mit erhobener Waffe wirbelte sie herum, nahm aber aus dem Augenwinkel eine Bewegung in der entgegengesetzten Richtung wahr. Sie drehte sich, doch bevor sie sich entscheiden konnte, welche Richtung sie einschlagen sollte, traf etwas mit Wucht ihren Hinterkopf.

Benommen von dem Schlag streckte sie die Arme aus, um sich festzuhalten, rutschte aber mit den Beinen weg. Die Welt schwankte und verschwamm vor ihren Augen. Sie verlor den Halt und stürzte den Hügel hinunter, durch Gestrüpp, Äste und Ranken. Sie streckte die Hände nach dem Boden aus, nach dem Fels, dem Laub, nach allem, was ihren Sturz abmildern konnte.

Aber sie griff ins Leere und fiel weiter in die Dunkelheit.

SECHSUNDFÜNFZIG

Als die Rechtsmedizinerin und die Spurensicherung eingetroffen waren, beschloss Derrick, Ellie suchen zu gehen. Er hätte ihr folgen sollen, aber er musste den Tatort bewachen.

Seine kleine Schwester lag vielleicht in diesem Grab.

Wenn nicht, dann war es ein anderes kleines Mädchen. Er konnte sie nicht hier allein zurücklassen. Das hatte schon das Monster getan, das sie getötet hatte.

»Die forensische Anthropologin untersucht gerade die Knochen, die wir gestern geborgen haben«, sagte Dr. Whitefeather. »Hoffentlich kennen wir heute Nachmittag die Identität des Opfers.«

Derricks Lungen lechzten nach Luft, also nickte er nur.

Er wollte Antworten. Brauchte Antworten.

Genau wie seine Mutter. Sie hatte versucht, tapfer zu sein, wann immer sie miteinander telefoniert hatten. Aber Angst und Schmerz hatten ihre Stimme brüchig klingen lassen und sie verraten. Er bemerkte auch die Tränen. Tränen, die sie verbergen wollte, von denen er aber dennoch wusste.

Als Teenager hatten ihm die gequälten Schluchzer zugesetzt, die nachts aus ihrem Schlafzimmer zu hören gewesen waren. Dieses Geräusch würde er nie wieder vergessen können.

Er musste unbedingt wissen, ob Ellie etwas entdeckt hatte, also lief er in die Richtung, in die sie losgegangen war. Sie hätte schon längst zurück sein müssen. Hätte Kontakt zu ihm herstellen müssen.

Hatte sie etwa den Scheißkerl gefunden, der die beiden Gräber ausgehoben hatte?

Ein Versuch, Ellie erst über ihr Handy zu erreichen und dann über das Handfunkgerät, das sie ihm gegeben hatte, blieb erfolglos.

Was, wenn der Mörder sie überfallen hatte? Er war in der Nacht zuvor in ihrem Haus gewesen. Vielleicht hatte er sie beobachtet und war ihr heute Morgen gefolgt.

Derrick machte sich selbst Vorwürfe. Es gefiel ihm nicht, dass die Sorge um Ellie ihm keine Ruhe ließ. Genauso wenig, dass er sie am Abend zuvor umarmt hatte. Und dass sich das gut angefühlt hatte.

Gefühle konnten sein Urteilsvermögen trüben. Und verdammt, er hatte zu lange daran gearbeitet, dem Entführer seiner Schwester auf die Spur zu kommen, um sich jetzt von irgendetwas – insbesondere von einer Frau – ablenken zu lassen.

Trotzdem hätte er ihr Rückendeckung geben sollen. Er leuchtete mit seiner Taschenlampe über den nassen Boden und folgte Ellies Fußspuren. Er wünschte sich, er wüsste den Weg durch den Wald, aber die Karte des AT mit ihrem großen Maßstab und den vielen Details war nutzlos.

Abgeknicktes Gestrüpp und zertretenes Laub dienten ihm als Wegweiser, dann entdeckte er wieder Abdrücke ihrer Stiefel im Schlamm, denen er einen steilen Hügel hinauf folgte, bis zu einem weiteren Bergkamm.

Mit seinem Fernglas suchte er den Wald ab. Die Bäume schwankten und die eisige Luft schlug ihm beißend ins Gesicht.

Er rief Ellies Namen, doch der Wind trug das Wort in das Meer aus Kiefern und Hemlocktannen in der Tiefe, wo es verklang. Wo zur Hölle war sie?

Er hielt inne und versuchte es noch einmal mithilfe des Funkgeräts. Es knisterte und knackte.

Aber von Ellie war nichts zu hören.

Mit rasendem Puls kletterte er auf die Spitze des nächstgelegenen Hügels und suchte dann den Wald in alle Richtungen ab.

Scheiße. Da war sie. Sie lag mit dem Gesicht nach unten am Fuße eines Abhangs. Ein Geräusch lenkte seine Aufmerksamkeit auf den Felsvorsprung darüber. Er hob seine Waffe. McClain stand im Schatten der Bäume und starrte zu Ellie hinunter.

Blut hatte sich auf dem Felsen ausgebreitet, und Ellie rührte sich nicht.

SIEBENUNDFÜNFZIG

Ellies Gesicht prickelte vor schneidender Kälte. Jemand rief ihren Namen. Schmerz zuckte durch ihren Schädel, und sie wollte die Augen nicht öffnen.

»Ellie, rede mit mir. Bist du in Ordnung?«

Eine Hand berührte sie sacht an der Schulter, und sie zuckte zusammen, weil das schmerzhafte Pochen sich verstärkte.

»El, wach auf«, sagte die Stimme schroff.

Da war wieder die Hand. Diesmal strich sie über ihren Hinterkopf. Dann drehte sie sie langsam herum. Schwindel überkam Ellie, Galle stieg in ihrer Kehle auf. Und sie schmeckte Blut. Sie versuchte, die Augen zu öffnen. Ein Lichtstrahl durchschnitt die Dunkelheit. Er war zu grell, wie von einer Taschenlampe. Sie blinzelte gegen die Helligkeit an.

Dann schloss sie ihre Augen wieder fest und schluckte schwer, um die Übelkeit zu unterdrücken.

»El?«

Das war Cord. Seine raue Stimme war beruhigend, auch wenn sie besorgt klang. Er war hier, hatte sich über sie gebeugt.

Seine Hände wanderten über ihre Arme und Beine, um sie auf Verletzungen zu untersuchen.

Sie stieß ihn von sich, als wirre Erinnerungen an den vorigen Abend zurückkehrten. Cord war wütend auf sie. Sie war auch wütend auf ihn gewesen.

Die Puppen ... der Mörder war in ihrem Haus gewesen.

Ihr Kopf pochte unerträglich.

»Sieh mich an«, forderte Cord.

Zu der Wut in seiner Stimme gesellte sich Besorgnis. Sie zwang sich, die Augen zu öffnen. Langsam gewöhnte sie sich an das Licht. Die dürren Äste über ihr sahen aus wie gespenstische Finger, die nach dem grauen Himmel griffen. Der Wind, der vom Berg herab pfiff, klang wie der Todesschrei einer Banshee.

Sie erschauderte und hatte Mühe, sich zu konzentrieren.

Da war Cords Gesicht. Das breite Kinn. Die Narbe auf seiner Stirn. Dunkle, verhangene Augen, die konzentriert zusammengekniffen waren.

Irgendwo in der Nähe bewegten sich Schritte knackend durch Zweige und Gebüsch.

Da kam noch jemand. »Ellie?«

Sie erkannte die heisere, tiefe Stimme. Das war Special Agent Derrick Fox.

Schlagartig holte die Realität sie ein. Sie hatten das Grab gefunden. Da war ein Schatten auf dem Hügel gewesen. Sie war gelaufen. Hatte ihn fast erreicht. Dann ... hatte er sich von hinten an sie herangeschlichen.

Hatte sie unvorbereitet erwischt.

Verdammt. Sie hatte sich überfallen lassen wie eine blutige Anfängerin.

Sie ärgerte sich über sich selbst, insbesondere vor diesen beiden starken Männern, und drückte sie sich eilig in eine sitzende Position hoch. Die Welt drehte sich, als säße sie in einem Karussell. Die Bäume kippten zur Seite. Der Boden tat sich auf und drohte, sie zu verschlucken. Jetzt war sie schon zum zweiten Mal in drei Tagen ohnmächtig geworden – sie sollte sich auf jeden Fall medizinisch untersuchen lassen. Aber nicht jetzt.

Sie stemmte ihre Faust in den Boden, um sich abzustützen, und biss die Zähne zusammen.

»Ich rufe einen Krankenwagen.« Das war Derricks Stimme.

»Nein, es geht mir gut.« Ellie würde sich nicht wie eine Jungfrau in Nöten den Berg hinuntertragen lassen. Sie war zäh. Sie kannte die Pfade und wusste, wie man überlebte. Sie hatte schon viele Stürze überlebt. Und sie würde noch mehr ertragen und sich davon nicht aufhalten lassen.

»Lass mich deinen Kopf ansehen.« Diesmal sprach Cord mit ihr, und zwar im Befehlston.

Sie fluchte ein bisschen, ließ aber zu, dass er ihr Haar beiseiteschob und ihren Kopf untersuchte.

Derrick kniete sich vor sie. »Was ist passiert?«

»Ich habe ihn verfolgt, ihn aber einen Moment lang aus dem Blick verloren. Dann habe ich noch etwas gesehen.« Sie zuckte zusammen, weil Cord ein blutstillendes Pflaster abgenommen hatte und die Wunde mit Desinfektionsmittel reinigte. »Als ich mich umgedreht habe, muss er sich mir von hinten genähert haben.«

»Sieht schlimmer aus als es ist«, sagte Cord. »Die Wunde sollte nicht allzu tief sein. Trotzdem muss sie vielleicht mit ein, zwei Stichen genäht werden.«

»Mach sie einfach sauber und kleb ein Heftpflaster drauf«, keuchte Ellie. »Ich habe keine Zeit, in die Notaufnahme zu gehen.«

»Nicht so stur, Detective«, erwiderte Derrick. »Niemand ist eine Hilfe, wenn er eine Gehirnerschütterung hat oder alles vollblutet.«

Ellie warf ihm einen wütenden Blick zu. »Ich sagte doch, mir geht's gut.« Sie griff nach Cords Arm. »Mach die Wunde einfach sauber. Ich muss zurück zum Grab.«

Cord erstarrte. »Ihr habt noch eins gefunden?«

»Ja, bei den Wildblumen oberhalb von Hemlock Holler«, sagte Ellie. »Ich muss mir den Grabstein genauer ansehen.«

»Ich schaffe das schon«, widersprach Derrick. »Geh ins Krankenhaus.«

Sie schüttelte den Kopf. Auf keinen Fall würde er sie aus den Ermittlungen drängen. Es war ihr Fall und sie hatte der Familie Matthews und sich selbst versprochen, dass sie Penny finden würde.

Cord packte sie an den Armen und zwang sie, ihn anzusehen. »Du weißt, wie es läuft, El. Wenn dir schwindlig oder übel ist oder du alles doppelt siehst, musst du dich untersuchen lassen. So oder so. Du solltest dich im Computertomographen durchchecken lassen.«

»Was ich tun sollte, ist, zurück an die Arbeit zu gehen, statt von euch beiden herumkommandiert zu werden.« Um zu beweisen, dass sie dazu imstande war, wischte sie ihre Hände, an denen Erde und Matsch klebten, an ihrer Hose ab und richtete sich auf. Doch wieder drohte die Welt zu kippen, und der Boden unter ihren Füßen schwappte hin und her wie ein aufgewühlter Fluss nach einem Gewitter.

»Ganz ruhig«, sagte Derrick besänftigend. »Konntest du das Gesicht des Mannes sehen?«

»Nein, er ist im Schatten geblieben.«

Derrick warf Cord einen misstrauischen Blick zu. »Woher wussten Sie, dass Ellie hier ist?«

Cord richtete sich auf. »Ich habe im Funk gehört, wie sie von Hemlock Holler gesprochen hat.« Er deutete in Richtung des Bergkamms, an dem Ellie abgestürzt war. »Ich war auf dem Weg dorthin, als ich Ellie gesehen habe.« Cord verschränkte die Arme. »Und wo waren *Sie*, als Ellie angegriffen wurde?«

Derricks dunkelbraune Augen funkelten wütend. »Ich habe das Grab bewacht, bis die Spurensicherung und die Rechtsmedizinerin eingetroffen sind.« Jetzt wurde sein Tonfall frostig. »Wie interessant, dass Sie das erste Grab gefunden haben und allein hier draußen waren, als Ellie angegriffen wurde. Aber Sie sind ja immer allein, nicht wahr?«

Cord setzte zu einer Erwiderung an, aber Ellie hob mahnend die Hände. »Schluss mit dem Hickhack, ihr beiden. Gehen wir zurück zur Grabstätte. Ich will nachsehen, ob es einen Hinweis auf ein weiteres Grab gibt, nach dem wir suchen sollten, bevor der Schneesturm mit voller Wucht zuschlägt.«

Sie zog ihre Kapuze über, um sich vor dem eisigen Regen zu schützen, ließ die beiden stehen und stapfte den Weg wieder zurück.

ACHTUNDFÜNFZIG

Als Ellie sich der jüngst entdeckten Grabstätte näherte, war die Spurensicherung bereits dabei, die Gegend nach Hinweisen abzusuchen. Eine weitere kleine Holzpuppe ragte aus dem Matsch. Sie steckte bei den Knochen im verschneiten Boden.

Ellie blieb stehen, und wieder schwankte die Welt.

Irgendetwas an diesen kleinen Puppen kam ihr bekannt vor. Aber sie konnte nicht sagen, wo sie sie schon mal gesehen hatte. Vielleicht auf einem Kunsthandwerkermarkt in der Gegend?

Vielleicht sollte sie sich bei den ortsansässigen Handwerkern umsehen?

Derrick und Cord folgten ihr, schweigend und mit mürrischen Mienen.

»Wieder ein weibliches Opfer?«, fragte Derrick heiser.

»Ja«, murmelte Laney. »Scheint, als hätte sie sich mal die Elle gebrochen.«

Derricks erbleichte ein wenig. »Sind Sie sicher?«

Dr. Whitefeather deutete auf den Knochen. »Sieht aus, als wäre der Bruch behandelt worden, aber der Knochen ist immer noch verkrümmt.«

Derrick ging zum Rand des Hügels und blickte auf das bräunliche Gestrüpp hinunter; abgestorbene Büsche und Hemlocktannen. Er stand so still da, dass es aussah, als würde er nicht einmal atmen.

Cord kniete sich hin und betrachtete den Grabstein genauer. »Wieder der Engel. Das könnte darauf hindeuten, dass derjenige, der die Mädchen begraben hat, religiös ist.«

Der Engel auf dem Stein zeigte mit dem Finger nach oben. Darüber befand sich die Darstellung eines Felsens, an dem etwas hinunterströmte, das aussah wie Tränen.

Nein, keine Tränen. Sondern Blut. Heilige Scheiße. Es war noch ein Hinweis.

Sie drehte den Stein so, dass Cord das Motiv sehen konnte. »Siehst du, was ich sehe?«

Cord neigte den Kopf und betrachtete die Darstellung. »Bloody Rock?«

»Genau.« Sie stand auf und stemmte die Hände in die Hüften. »Ich werde das überprüfen.«

Derrick starrte immer noch in den Wald hinaus. Sein Gesicht war so schmerzverzerrt, dass Ellie der Atem stockte.

»Derrick?«

»Meine Schwester hat sich beim Fahrradfahren den Arm gebrochen, als sie fünf Jahre alt war.«

Einen Herzschlag lang schwieg Ellie. »Vielleicht ist sie es gar nicht«, sagte sie dann. Ein unzulänglicher Versuch, ihn zu trösten.

Sein Blick ging niedergeschlagen ins Leere, als hätte er keine Kraft mehr, zu hoffen. »Aber sie könnte es sein.«

Sie würde ihm keine falschen Hoffnungen machen, indem sie mit ihm darüber diskutierte. Er hatte diese Überlegungen wahrscheinlich schon hundertmal durchgespielt.

Stattdessen konzentrierte Ellie sich auf das, was sie für ihn tun konnte. »Er hat wieder eine Nachricht hinterlassen. Es gibt noch ein Grab.«

Er wirbelte zu ihr herum. »Wo?«

»Das Zeichen auf dem Stein verweist auf einen Ort namens Bloody Rock. Er liegt etwa fünfzehn Kilometer von hier entfernt.«

»Warum begräbt er die Mädchen nicht alle am selben Ort?«, fragte Derrick mit rauer Stimme. »Scheint, als wäre das irgendein krankes Katz- und Maus-Spiel. Die Mädchen zu töten, ist ihm nicht genug. Jetzt sollen wir uns auch noch an seine Regeln halten, wenn wir ihre Leichen finden wollen.«

Ellie zuckte mit den Schultern. »Vielleicht bleibt er auch in Bewegung, um nicht gefasst zu werden.«

NEUNUNDFÜNFZIG

Obwohl Ellie so schnell wie möglich nach Bloody Rock gelangen wollte, weigerte Derrick sich, wegzugehen, bevor die Knochen vollständig geborgen waren. Er war zudem fest entschlossen, dass sie sich nicht wieder trennen würden. Also stand er in der Nähe des Grabes und beobachtete die Bergungsarbeiten, offensichtlich gequält von dem Gedanken, dass die Überreste vielleicht seiner Schwester gehörten.

Sie konnte sich nicht einmal ausmalen, was er durchmachen musste.

Cord hielt Rücksprache mit den Suchtrupps, die den Wald nach Penny durchkämmten, aber sie hatten keine Neuigkeiten zu vermelden. Kurz darauf musste er los, um eine Gruppe von Wanderern zu retten, die in den Bergen festsaß. Währenddessen machte die Spurensicherung am Fundort ihre Arbeit, schoss Fotos und suchte in der Umgebung nach forensischen Anhaltspunkten. Behutsam sicherten sie das Kreuz und den Grabstein, um beides ins Labor zu schicken.

»Derrick glaubt, dass die Überreste von seiner Schwester stammen könnten«, sagte Ellie an Laney gewandt. »Kannst du die Autopsie etwas beschleunigen?«

»Ich werde sehen, was ich tun kann«, versicherte Laney ihr.

Es verging noch eine halbe Stunde, dann waren Laney und ihr Team soweit, dass sie die Knochen transportieren konnten.

Es war inzwischen Nachmittag, und die Temperatur war tief unter den Gefrierpunkt gesunken, die gefühlte Temperatur lag irgendwo um minus zehn Grad. Der Schneeregen hatte sich in Schnee verwandelt, die Baumwipfel und der Boden waren von einer weißen Schicht überzogen. »Ich mache mich auf den Weg nach Bloody Rock, bevor der Schneesturm noch heftiger wird«, sagte Ellie zu Derrick. »Wenn du in die Leichenhalle fahren willst, dann mach das.«

Er schüttelte den Kopf. »Dort kann ich nichts ausrichten. Ich komme mit dir mit.« Er bedeutete ihr, voranzugehen, und sie schloss den Reißverschluss ihres Mantels, zog die Kapuze über und warf einen Blick auf ihre Karte. Die fünfzehn Meilen lange Wanderung ging steil bergauf.

Ellie lief voran. Sie war entschlossener denn je, dieses Monster zu finden.

Das Gelände war unwegsam und zugewuchert, und sie mussten sich ihren Weg durch Ranken und dichtes Gestrüpp schlagen. Derrick hielt mit ihr Schritt. Dornen und Zweige zerkratzten ihre Beine, und Ellie wäre nicht nur einmal beinahe auf dem Felsen weggerutscht. Der Schnee fiel jetzt in daumengroßen Flocken und ließ alles unter einem weißen Schleier verschwinden.

Falls Penny noch am Leben war, würde sie wahrscheinlich an Unterkühlung sterben. Vielleicht würde sie bald selbst ein Grab brauchen. Dieser Gedanke brachte Ellie dazu, sich trotz der eisigen Temperaturen weiter voranzukämpfen.

Als sie einen schmalen Bergkamm erreichten, dachte sie an Derricks Sturz zurück und presste sich mit dem Rücken an den Felsen, dann setzte sie langsam einen Fuß vor den anderen. Der Abgrund führte mindestens zwanzig Meter in die Tiefe, was den sicheren Tod bedeuten würde, wenn sie ausrutschte. Unter ihnen rauschte das Wasser des Baches dahin, aus der unerbittlich steilen Bergwand ragten spitze Steine hervor. Sie hielt den Atem an, bis sie auf der anderen Seite wieder sicheren Boden unter den Füßen hatte, und beobachtete dann, wie Derrick vorsichtig auf sie zukam. Seine Stiefel trafen immer wieder auf lockeren Boden, der unter ihm wegbröckelte und über die Kante regnete. Doch er war konzentriert und gelangte in der Hälfte der Zeit, die sie gebraucht hatte, auf die andere Seite.

Als er bei ihr angekommen war, hielten sie inne, um zu verschnaufen. »Warum heißt es Bloody Rock?«, fragte Derrick.

Ellie wischte sich mit dem Handschuh etwas Schnee von den Wimpern. »Es gab eine heftige Schlacht mit den Ureinwohnern, die in diesen Bergen lebten. Dabei wurde so viel Blut vergossen, dass die Leute behaupten, die Felsen würden deshalb in der Abenddämmerung noch immer rötlich schimmern.«

Derrick wirkte nachdenklich. »Diese Orte müssen für den Mörder oder denjenigen, der die Knochen begräbt, eine Bedeutung haben. Aber welche?«

»Das werden wir ihn fragen, wenn wir ihn gefunden haben.« Ellie stapfte weiter.

Das Nachmittagslicht tauchte die ohnehin grausige Wildnis in Schatten, während sie schweigend weiterwanderten. Langsam überquerten sie eine behelfsmäßige Brücke aus Baumstämmen, die ein anderer Wanderer über einen Bach gelegt hatte. Das eiskalte Wasser schwappte gurgelnd über den Felsen darunter.

Nach weiteren fünf Kilometern erreichten sie eine Lichtung, auf der ein riesiger Findling stand. Ellie erkannte diese Landmarke wieder. Sie war auf Ausflügen mit ihrem Vater hier gewesen, um Pfeilspitzen zu sammeln.

Sie rieb ihre Hände in den Handschuhen aneinander und suchte die Lichtung ab. Ihr Magen verkrampfte sich, als sie es entdeckte: Zwischen den Bäumen lag, durch Felsen geschützt, noch ein Grab.

Derrick fluchte. »Nummer drei.«

Ellie bückte sich und entdeckte die römische Zahl. Und noch einen Engel. Dazu wieder ein schlichtes Holzkreuz.

»Der Engel geleitet die Kinder in den Himmel«, flüsterte Derrick gequält und kniete sich hin, um das Grab genauer zu untersuchen.

Genau das hatte Cord auch gesagt.

Und noch etwas anderes ließ Ellie keine Ruhe, die Notizen ihres Vaters zu einem anderen Fall. Darin hatte er Bloody Rock erwähnt.

Sorgfältig durchkämmte sie die Gegend, auf der Suche nach irgendetwas, das helfen könnte, denjenigen zu identifizieren, der das Grab angelegt hatte. Ein Haar oder ein Stofffetzen von einem Kleidungsstück, zum Beispiel. Oder Fußabdrücke.

Aber die Schneedecke, die über allem lag, wurde immer dichter und vernichtete die Spuren. Der Wind peitschte die fallenden Schneeflocken um sie, und eine ungute Vorahnung überkam Ellie. Sie strich mit der Hand über das Gebüsch und entdeckte dabei etwas Glänzendes, das aus den Blättern ragte. Sie streckte die Hand aus und zog den Gegenstand aus den Ranken.

Es war eine antike goldene Taschenuhr. Ellie klappte sie mit einem Daumen auf. Beim Anblick des weißen Zifferblatts, von dem sich die schwarzen römischen Ziffern abhoben, setzte ihr Herz einen Schlag aus.

Diese Uhr ... gehörte ihrem Vater. Ihr Großvater hatte sie ihm vermacht, als er gestorben war. Ihr Vater trug sie immer bei sich. Erst neulich hatte sie sie noch an seinem Gürtel gesehen.

Was bedeutete, dass Randall vor kurzem am Bloody Rock gewesen sein musste.

SECHZIG

Bloody Rock

Derrick wischte den Schnee von dem Stein und betrachtete das Grab genauer. Ellie hatte sich hingehockt, um die Felsen ringsherum zu untersuchen.

Aber dieser Engel ... er kam ihm irgendwie bekannt vor. Andererseits gab es auf Friedhöfen jede Menge Engel, Kreuze und andere religiöse Symbole.

Ellie kehrte zu Derrick zurück, die Hände in den Taschen vergraben. »Was hast du noch mal über die Engel gesagt?«

Die Stimme seines eigenen Vaters dröhnte Derrick in den Ohren, als er antwortete. »Engel kennzeichnen die Gräber von Kindern und Kleinkindern, sie symbolisieren Unschuld. Der Engel führt das kleine Kind in den Himmel.«

»Woher weißt du das?«, fragte Ellie.

Sein Kehlkopf trat hervor, als er schluckte. »Mein Vater hat es mir erzählt, als er von der Engelsstatue gesprochen hat, die seine Eltern auf dem Grab ihrer Tochter errichtet hatten. Seine Schwester ist jung gestorben.«

Ellie zog die Augenbrauen zusammen. »Wie ist sie gestorben?«

Er spürte, dass Ellie mehr in seine Aussage hineininterpretierte. »Ich weiß es nicht. Mein Vater hat nicht gern darüber gesprochen.«

»Wie alt war sie, als sie starb, Derrick?«

Derricks Blick traf sich mit ihrem. »Sechs.«

Die Schwester seines Vaters war also im gleichen Alter gewesen wie Kim, als sie verschwunden war.

Er verbot sich, weiter darüber nachzudenken. Sein Vater hätte seiner eigenen Schwester niemals etwas angetan. Genauso wenig wie seiner eigenen Tochter.

Dennoch ging ihm Randalls Andeutung, dass sein Vater seinen Tod nur vorgetäuscht haben könnte, nicht mehr aus dem Kopf. Im Laufe der Jahre hatte er sich manchmal eingebildet, seinen Vater in einer Menschenmenge zu sehen, zu spüren, wie er ihn beobachtete. Oder er hatte geglaubt, ihn in einem Park zu sehen, in der Ferne. Jedes Jahr am Jahrestag von Kims Verschwinden lag eine weiße Lilie auf der Türschwelle seiner Mutter, ohne Karte oder einen Hinweis, wer sie dort hinterlassen hatte.

Derrick hatte vermutet, dass Kims Entführer sie dort abgelegt hatte, um seine Mutter zu peinigen.

Aber niemand von den anderen Eltern, deren Kinder verschwunden waren, hatte jemals erwähnt, irgendwelche Blumen zu erhalten.

Ellie durchbrach das unangenehme Schweigen zwischen ihnen. »Ich melde es.«

Er sah zum sich verdunkelnden Himmel auf. Der Schnee breitete eine weiße Decke über alles. Bis jetzt waren es nur ein paar Zentimeter, aber wenn die Meteorologin mit ihrer Vorhersage richtig lag, würde bis Mitternacht beinahe ein halber Meter Schnee liegen. Schneesturmartige Bedingungen.

Das Wetter war zu harsch für ein kleines Mädchen, das allein hier draußen unterwegs war.

Versorgte ihr Entführer sie oder hatte er sie bereits getötet, so wie die anderen Mädchen?

Wut durchströmte ihn von Neuem. Hatten die Mädchen leiden müssen?

Was hatte die geliebte kleine Kim vor ihrem Tod durchlitten?

EINUNDSECHZIG

Während das Tageslicht schwand und der Sturm sich verschlimmerte, kämpften sie sich weiter. Die Zeichen auf dem Grabstein an Grab Nummer drei führten sie zu Grab Nummer vier, das wiederum etliche Kilometer entfernt lag. Auf Grab Nummer vier fanden sie wieder eine römische Zahl, eine weitere Darstellung eines Engels und noch eine geschnitzte Puppe. Aber keine Spur von Penny. Ellie wurde das schreckliche Gefühl nicht los, dass ihre Herangehensweise völlig falsch war, dass sie einen Tag mit der Jagd nach den Toten verschwendet hatten, statt mit der Suche nach einem Mädchen, das noch am Leben sein konnte. Als der Tag voranschritt, wog die Uhr ihres Vaters immer schwerer in ihrer Jackentasche. Und auf ihrem Gewissen. Ellie hatte die Uhr in einen Beweismittelbeutel gepackt, aber niemandem von ihrem Fund erzählt.

Die Mitarbeiter der Spurensicherung machten Überstunden und kämpften gegen Wind und Wetter an, um Hinweise zu finden, bevor der Schnee sie unter sich begrub.

Alles, was auf den Mörder hindeutete, konnte letztendlich dazu führen, dass sie Penny fanden.

Grab Nummer fünf war unter einem Vorsprung am Blindman's Bluff ausgehoben worden, einem Ort auf dem Trail, der so zwischen den steilen Bergkämmen versteckt war, dass man ihn nicht sehen konnte, bis man schon fast da war. Dieses Grab war wieder mit Wildblumen übersät, deren violette Kelche verwelkt waren, weil der Schnee sie vollständig unter sich begrub.

Ellie suchte den Grabstein nach einem Symbol ab, das auf das nächste Grab hinwies, fand aber keins. »Es gibt keine Gravur«, stellte sie frustriert fest. »Aber es gibt noch mehr Opfer. So viel wissen wir.«

»Vielleicht wurden die Leichen in den Bundesstaaten zurückgelassen, in denen die Mädchen verschwunden sind«, sagte Derrick. »Die Gräber könnten den ganzen AT hinauf bis nach Virginia führen.«

Ellie fasste sich mit einer Hand an die Brust, überwältigt von dem makabren Bild. Wahrscheinlich hatte er recht. Aber das hieß auch, dass sie die Überreste der kleinen Mädchen vielleicht niemals finden würden.

Der Schnee fiel jetzt so heftig, dass sie kaum die Hand vor Augen sehen konnte. Der Wind wurde stärker und wirbelte in Böen den Schnee auf, der sich als grellweißer Schleier über alles legte.

Derrick schob behutsam den Schnee am Grab beiseite, und sie entdeckte noch eine winzige Holzpuppe, die aus dem Boden ragte.

Ellies Brustkorb zog sich zusammen. An jedem der Gräber, in der Höhle und auf ihrer Veranda hatte eine Puppe gelegen ... Was hatten sie zu bedeuteten?

Zitternd zog sie unter ihrem Mantel die Schultern hoch, denn die Kälte sickerte ihr bis auf die Knochen. Sie ließ ihren Blick über die Reihen der weiß getünchten Bäume schweifen und beobachte, wie der dichte Schnee vom Wind verwirbelt wurde. Da war ein Schatten oben auf einem Bergkamm. Doch als sie blinzelte, war er verschwunden. Im nächsten Moment huschte irgendwo der Zipfel eines langen schwarzen Umhangs durch ihr Sichtfeld. Da war definitiv jemand. Hinter ihrer Stirn pulsierte es schmerzhaft, während sie versuchte, die Puzzleteile zusammenzusetzen.

»Mein Vater nennt die Landstreicher, Exzentriker und Eigenbrötler, die in den Wäldern leben, Schattenmenschen«, erklärte Ellie. »Sie sind wie Geister. Sie tauchen unter und verstecken sich, manchmal vor dem Gesetz, manchmal vor dem Leben an sich. Einer von ihnen nennt sich der Prediger, er interessiert sich für religiöse Symbole und Rituale. Im Wald hält er Predigten für alle, die kommen und zuhören wollen.« Ihr Atem gefror zu einer bauschigen weißen Wolke. »Vielleicht ist er derjenige, der diese Gräber angelegt hat?«

»Ein Prediger würde in das Profil des Totengräbers passen«, stimmte Derrick zu. »Die religiösen Symbole, die Kreuze … Er graviert den Engel in den Stein, um den Seelen der Opfer zu helfen, in den Himmel aufzusteigen.«

»Vielleicht kann Cord ihn ausfindig machen. Er könnte etwas gesehen haben. Oder vielleicht ist der Mörder zu ihm gekommen, um sich von seinen Sünden freisprechen zu lassen.« Vor lauter Sorge bekam sie eine Gänsehaut. Sie musste ihren Vater nach der Taschenuhr fragen.

Noch eine Windböe sorgte dafür, dass Erde und Schnee in alle Himmelsrichtungen verstreut wurden. Derrick erstarrte plötzlich, dann bückte er sich.

»Was ist?«, fragte sie.

Derrick stieß leise einen Fluch aus und zog einen silbern glänzenden Gegenstand aus dem Boden. Mit den Fingern wischte er die Erde und den Schnee darauf beiseite.

Ellies Herz hämmerte gegen ihren Brustkorb. »Was hast du da?«

Sein Gesicht wurde aschfahl, als er den Gegenstand ins Licht hielt. »Ein Medaillon ... Genauso eines wie das, das meine Mutter Kim zum Geburtstag geschenkt hat. Sie trug es an dem Tag, als sie verschwand.«

ZWEIUNDSECHZIG

Blindman's Bluff

Ellie hielt sich eigentlich für taff. Aber der Schmerz in Derricks Stimme setzte ihr zu. Wenn seine Schwester allerdings hier begraben lag, war das Mädchen mit der gebrochenen Elle vielleicht nicht Kim. Viele Kinder brachen sich den Arm, das konnte also ein Zufall sein. »Bist du sicher, dass es Kim gehört hat?«

Mit zittrigen Fingern öffnete er das Medaillon. Es enthielt ein Familienfoto. Kim, Derrick, als er noch ein Kind gewesen war, und ihre Eltern.

Tränen traten Ellie in den Augen, als sie dabei zusah, wie die Gewissheit Derrick traf.

»Ich wusste, dass sie nicht überlebt haben konnte, denn sonst hätte sie einen Weg gefunden, mit uns in Kontakt zu treten. Aber das hier jetzt zu sehen …« Er deutete mit einer zitternden Hand in Richtung des Grabes, und Ellie konnte sich nicht länger zurückhalten. Sie drückte mitfühlend seinen Arm.

»Es tut mir leid«, sagte sie leise.

Seine Miene wirkte so kühl wie der trostlose Himmel.

Der Sturm wütete jetzt noch schlimmer, und der Schnee fiel in weißen Wellen vom Himmel. Der Wind war so heftig, dass Ellie das Gefühl hatte, sie könnte vom Berg geweht werden. Ohne Sturm hätten sie zumindest noch ein paar Stunden Zeit gehabt, um nach Penny zu suchen, aber die Witterungsbedingungen machten das unmöglich.

»Wir müssen entweder wieder hinabsteigen, die Nacht unten verbringen und morgen, wenn der Sturm nachgelassen hat, wieder herkommen oder wir suchen Unterschlupf bis zum Morgen.« Ihre Finger und Zehen waren jetzt schon taub, und ihre Wangen fühlten sich von der Kälte ganz wund an.

»Ich gehe hier nicht weg«, sagte er barsch.

Das war eigentlich keine Frage gewesen. »Dann lass uns das Grab abdecken. Ich habe eine Plane in meinem Rucksack. Danach suchen wir uns für die Nacht einen Unterschlupf. Hoffentlich kann die Spurensicherung morgen herkommen.«

In der Nacht würde der Schnee gefrieren und den Weg noch gefährlicher machen. Und falls es noch mehr schneien sollte ... Das wollte sie sich nicht ausmalen. Sie schüttelte sich, um den Gedanken zu vertreiben.

Gemeinsam spannten sie die Plane über das kleine Grab, um es zu schützen. Mit den Ankern aus ihrem Rucksack sicherten sie die Plane, mussten aber wegen des heftigen Winds zusätzlich große Steine darauflegen, um die Plane an ihrem Platz zu halten.

Falls Kim das erste Opfer des Täters gewesen war und dies hier ihr Grab, konnte dort auch die Antwort auf die Identität des Mörders zu finden sein. Aber falls jemand anderes sie hier begraben hatte, waren vielleicht alle Beweise vernichtet worden, als ihr Körper bewegt worden war.

Wieder ließ eine Windböe die Bäume heulend erzittern. Ellie deutete den Hügel hinauf. Die Nacht war hereingebrochen, und die Gewitterwolken ließen den Himmel schwarz wirken. Das alles erinnerte sie viel zu sehr an die Nacht, in der sie selbst sich verlaufen hatte. »Komm. Lass uns Feuerholz sammeln und Unterschlupf suchen. Ein Stück weiter gibt es eine Schutzhütte.«

Über Funk gaben sie ihr Vorhaben durch, dann arbeiteten sie schweigend zusammen, kämpften gegen den tosenden Wind an und sammelten eilig Stöcke und Äste. Schließlich verstauten sie ihre Ausrüstung im hinteren Teil der Hütte, ein Stück entfernt von der Seite, die teilweise offen war. Sie schichteten die Zweige und kleinen Äste in der Feuerstelle auf und entzündeten das Anmachholz. Es dauerte einige Minuten, bis die nassen Stöcke brannten, dann wärmte sich der Raum langsam auf. Ellie breitete ihren Schlafsack auf dem Holzboden aus, und Derrick tat es ihr gleich. Sie zog eine Packung Trockensuppe und einen kleinen Metalltopf aus ihrem Rucksack, dann erhitzten sie etwas Wasser und teilten schließlich eine einfache Mahlzeit.

Derrick sah sie mit müden Augen an, als sie ihm eine dampfende Tasse reichte. »Du bist gut vorbereitet, was?«

»Mein Vater hat mir auf unseren Campingausflügen ein paar Fertigkeiten beigebracht, um in der Wildnis zu überleben.« Von ihren Ausflügen wanderten Ellies Erinnerungen zu dem Abend, an dem er festentschlossen verkündet hatte, Bryce bei der Wahl zum Sheriff unterstützen zu wollen. Die Enttäuschung darüber, dass er ihr in den Rücken gefallen war, saß tief. Und wie würde er erst die Taschenuhr erklären, die sie in der Nähe des Grabes gefunden hatte?

Derricks Gesicht war schmerzverzerrt. Sie rief sich wieder in Erinnerung, wie das kleine Grab unter einer weißen Decke verschwand. Sie konnte sich nicht ausmalen, welche Gedanken ihm jetzt durch den Kopf gehen mussten.

Ellie war aufgewühlt und kam nicht zur Ruhe. Sie wischte den Topf und ihre Tassen aus und verstaute sie für die Nacht in ihrem Rucksack. Schweigend machte sie sich dann mit Derrick daran, die Öffnung des Unterschlupfs so gut wie möglich zu verschließen, indem sie die Ecken der Plane festnagelten, damit der Wind sie nicht abriss.

Ellie war froh, dass sie ihre Thermounterwäsche und Wollsocken angezogen hatte. Sie krabbelte in ihren Schlafsack, lehnte sich gegen die Wand und sah Derrick an. Er stocherte mit einem Stock im Feuer herum, um die Glut zu schüren und zu verhindern, dass es erlosch, dann legte er neues Kleinholz nach.

Allmählich vertrieb die Wärme des Feuers die Kälte aus ihren Knochen, und das flackernde Licht drängte ihre Angst vor der Dunkelheit zurück. Aber es war noch zu früh, um schlafen zu gehen. Und sie war zu durcheinander.

»Erzähl mir von deiner Familie«, murmelte sie, um sich abzulenken und weil sie mehr über den Mannerfahren wollte, mit dem sie unterwegs war.

Die Muskeln in seinem Kiefer spannten sich an. »Kim war ein aufgewecktes Kind«, sagte er, und ein leichtes Lächeln bog seine Mundwinkel nach oben. »Sie war gerne draußen unterwegs und ist meinem Vater ständig hinterhergedackelt, anhänglich wie ein Hund. Sie war gerade in eine Fußballmannschaft eingetreten, und weil er Trainer war, haben sie stundenlang zusammen geübt.«

»Hört sich an, als hätten sie sich sehr nahegestanden.«

»Das haben sie. Papa hat immer Schnitzeljagd mit uns gespielt. An Weihnachten und Ostern mussten wir den Hinweisen folgen, um unsere Geschenke und die Osterkörbchen zu finden.«

»Das klingt nach einer schönen Erinnerung«, sagte Ellie sanft.

»Ja.« Seine Stimme wurde brüchig. »Er war freundlich und sanft, kein Alpha-Mann, Ellie. Ich habe nie miterlebt, dass er uns oder meiner Mutter gegenüber auch nur die Stimme erhoben hätte.« Er wärmte sich über dem Feuer, was ihre Aufmerksamkeit auf seine großen Hände und die langen Finger lenkte. Sie waren nicht so schwielig wie Cords Hände, aber dennoch männlich, wettergegerbt. »Deshalb weiß ich, dass er Kim oder überhaupt irgendeinem Kind niemals etwas hätte antun können.«

Ellie nickte gedankenversunken. »War Kim also eher burschikos?«

»Ja, aber sie mochte auch Puppen und Haarschleifen. Einmal hat sie sich zum Geburtstag nichts als ein Paar rote Glitzerschuhe gewünscht.«

»Dorothy-Schuhe«, sagte Ellie und dachte an den *Zauberer von Oz*.

»Genau. Sie hat ihren Plüschhund Toto genannt, ist den Bürgersteig hoch und runter getänzelt und hat ›Folge dem gelben Ziegelsteinweg‹ gesungen.«

»Ich glaube, ich hätte sie gemocht«, murmelte Ellie. »Klingt nach einem Mädchen, das wusste, was es wollte.«

»Das war sie. Kim hat gern improvisierte Theaterstücke aufgeführt. Mom hat extra ein Album angelegt, mit Fotos von all den Tänzen und Aufführungen, die sie sich ausgedacht hat.«

Seine Stimme brach, und ihr Herz zog sich schmerzvoll zusammen. »Ich will mir gar nicht vorstellen, wie furchtbar es für dich und deine Mutter gewesen sein muss.«

Unerträglicher Schmerz blitzte in seinen Augen auf.

Im nächsten Moment machte er dicht. Er krabbelte in seinen Schlafsack und legte sich so hin, dass er das Feuer beobachten konnte, gefangen in seiner eigenen Gedankenwelt voller Wut und Trauer.

Ellie wollte ihn trösten, aber was konnte sie schon sagen?

Sie hatten gerade fünf kleine Gräber gefunden. Und es gab noch mehr davon.

Sie betete stumm, dass es für Penny noch nicht zu spät war.

DREIUNDSECHZIG

Stony Gap

Der nebligen weißen Wolkendecke über den Bergen nach zu urteilen, war der Schneesturm in den höheren Lagen bereits im Gange, hatte aber die tiefer gelegenen Gebiete noch nicht vollends erreicht. Obwohl er nach Stony Gap zog, hatten die törichten Einwohner ihr Maisbrotfest nicht unterbrochen.

Als er ein Teenager gewesen war und allein gelebt hatte, hatte er sich einmal in die Stadt gewagt, um Touristen und Einwohner zu beobachten, die zu dem Fest strömten, das mit Kunsthandwerk, einem Kuchenbasar, Kuchen-Wettessen, einem Streichelzoo und einem Flohmarkt lockte. Die Festivitäten zogen sich kilometerweit durch die Straßen und Marktplätze der kleinen Bergstädte.

Heute stand das Maisbrot im Mittelpunkt der Feierlichkeiten. Die Bergbewohner nutzten jede Gelegenheit, um ein Stadtfest zu veranstalten.

Der Geruch von scharfem Chili, Truthahnkeulen und salzig gekochten Erdnüssen erfüllte die Luft. Die Menschen plapperten aufgeregt über die Fundstücke, die sie an den Verkaufsständen entdeckt hatten, und manche tuschelten über das kleine Mädchen, das vermisst wurde.

Einige paranoide Eltern umklammerten die Hände ihrer Kinder mit eisernem Griff, als fürchteten sie, dass man sie ihnen vor ihrer Nase entreißen könnten. Ein paar führten ihre Kleinkinder sogar an der Leine.

Er unterdrückte ein Glucksen. Für eins von ihnen würde dieser Albtraum wahr werden.

Er musste sie sich nur noch aussuchen.

Er hatte noch nie zwei Mädchen in so kurzem Abstand entführt. Sonst tötete er immer eines, pausierte dann eine Weile oder zog an einen anderen Ort, um keine Aufmerksamkeit zu erregen. Aber die Vorstellung, dass die Entführung eines kleinen Mädchens mitten in der Stadt die Polizisten überrumpeln und ihn noch berüchtigter machen würde, erfüllte ihn mit freudiger Aufregung.

All die Mütter, die in die Heime gekommen waren, in denen er wie eine Ratte im Käfig gelebt hatte, um sich die vielen Kinder anzusehen, die niemand wollte, und über ihn die Nase gerümpft hatten, würden das noch bereuen.

Während er sich seinen Weg durch die belebten Straßen bahnte, schlossen sich seine Finger um die neuste Puppe, die er gerade erst geschnitzt hatte. Da waren so viele Menschen mit dicken Mänteln und Hüten, die Gesichter in breiten Wollschals vergraben, um sich vor dem stürmischen Wind zu schützen. Es war leicht, nicht aufzufallen. Vor allem, weil überall Zelte standen und der Sturm auffrischte. Der Wind schlug gegen die Zeltklappen. Die Menschen huschten von einem Stand zum nächsten, den Kopf eingezogen, um nicht so viel Schnee abzubekommen, und achteten nicht auf ihre Umgebung. Kinder kreischten vergnügt in einer riesigen hässlichen Hüpfburg. Eine Mutter wischte ihrem kleinen Sohn den Mund ab, der ganz klebrig war von den Marshmallows in seiner heißen Schokolade. An den Ständen gab es Entenattrappen aus Holz, außerdem Töpferware, mundgeblasene Glasflaschen, aus Schrott hergestellte Kunst, aus Maishülsen gefertigte Puppen und Kunstwerke aus Altmetall. Trotz des rauen Wetters wurden an einem Stand Flyer für Wildwasser-Rafting und geführte Wanderungen auf dem AT verteilt.

Eine ganze Reihe von Ständen war der Verkostung und dem Verkauf von Maisbrot vorbehalten. An einem Ende standen Foodtrucks, die von Truthahnkeulen und *Brunswick Stew* bis hin zu fettgebackenen Strauben und hausgemachtem Fudge alles Mögliche verkauften.

An der Ecke beim Spielplatz war für die Kinder eine Bastelstation eingerichtet worden, an der sie bunte Sandflaschen selbst herstellen, Henna-Tattoos machen und sich schminken lassen konnten. Allerdings lichtete sich die Menge, weil es allmählich Abend wurde.

Er versteckte sich im Schatten einer Lebenseiche und musterte die Gesichter der Kinder, die sich anstellten und warteten, bis sie an die Reihe kamen.

Kurz darauf schlenderte ein Paar vorbei. Ihre kleine Tochter hatte dunkle Haare, trug einen weiten, fliederfarbenen Steppmantel und eine violette Schneemütze mit Bommeln.

Sie zerrte an der Hand der Frau.

»Ich möchte geschminkt werden, Mommy.«

Der Vater steuerte die Maisbrot-Verkostungsstation gegenüber dem Schminkstand an, und die Mutter lächelte ihrer Tochter zu. »Dann los, stell dich schon mal an. Daddy und ich sind gleich da drüben.«

Das kleine Mädchen sprang zum Stand, um sich das Motiv auszusuchen, während die Eltern sich auf die verschiedenen Maisbrotsorten konzentrierten.

Sein Puls beschleunigte sich. Sie war perfekt.

Er zog die kleine Puppe aus seiner Tasche und schlich behutsam näher.

Während Mom und Dad sich vollstopften, würde er ihr die Puppe zeigen.

Und dann würde sie ihm gehören.

VIERUNDSECHZIG

TAG VIER DES VERSCHWINDENS

4. März, 2:00 Uhr morgens, Blindman's Buff

Ellie war nicht nur körperlich erschöpft, sondern auch emotional ausgelaugt von diesem Tag. Als sie einschlief, schwirrten ihr Bilder der toten Mädchen durch den Kopf. Ihre engelsgleichen Seelen waren verloren, sie schwebten im Niemandsland zwischen Erde und Himmel, auf der Suche nach Frieden und Erlösung.

Da tauchte Mae auf, ein Schatten des Mädchens aus ihrer Kindheit.

Mae spielte wieder Verstecken mit ihr. »Zähl bis hundert, Ellie!« Mae rannte los, um sich zu verstecken. Ellie lehnte sich an die hohe Kiefer. Unter ihren Füßen knirschten die Kiefernzapfen, als sie vom einen auf den anderen trat. Sie hielt sich mit einer Hand die Augen zu und begann dann zu zählen. Die Vögel zwitscherten. Irgendwo bellte ein Hund.

Der liebliche Duft des Geißblatts erfüllte die Luft. Mae liebte es, die Blüten abzuzupfen und den süßen Nektar herauszusaugen. Auch Ellie mochte den Nektar inzwischen gerne.

Die Luft um sie herum geriet in Bewegung. Etwas streifte

ihr Bein. Ellie öffnete ein Auge und zählte weiter, während sie den Blick zu Boden richtete, um sich zu vergewissern, dass sich nicht gerade eine Schlange um ihr Bein wand. Sie tauchten immer im Frühling auf, dann schlängelte sich ihr Nachwuchs durch Gras und Unkraut in den Garten hinter dem Haus.

Aber da war nichts.

»Neunzig, einundneunzig, zweiundneunzig ...« Ein leichter Nebel erfüllte kühl die Luft. In der Ferne grollte der Donner. Mom hatte gesagt, dass es gewittern sollte. Sie durften nicht zu weit rausgehen.

»Neunundneunzig, einhundert!« Sie öffnete die Augen, drehte sich um die eigene Achse und spähte durch die Bäume. »Ich komme!«

Sie blickte erst nach links, dann nach rechts und überlegte, in welche Richtung Mae wohl gelaufen war. Zum Bach oder zu den Hügeln, wo sie sich gerne in dem alten Minenschacht versteckten? Oder runter zum Fluss, wo sie mit dem Seil Schwung nahmen und sich ins tiefere Wasser fallen ließen? Sie musste daran denken, wie ihr Vater immer den Spuren folgte, die am Boden zu sehen waren, und schaute nach unten. Unkraut, Gras, Moos, Blätter und Baumstümpfe ... da. Ein Büschel Unkraut und ein paar Streifen Baumrinde waren zerquetscht, weil jemand draufgetreten war.

Sie versuchte zu erkennen, welcher Teil des Abdrucks zur Spitze von Maes Schuh gehörte und welcher zur Sohle, um zu folgern, in welche Richtung sie gelaufen war.

Zu den alten Minen. Ihr Vater hat ihr gesagt, dass sie nicht hineingehen durfte. Niemals. Die Minen konnten über einem zusammenstürzen.

Ellie zitterte. Sie mochte keine engen Räume. Vor allem nicht, wenn es darin dunkel war.

Sie folgte den Fußspuren den Hügel hinauf, dann zwischen den kräftigen Bäumen hindurch und um die Ecke.

Ein Schatten bewegte sich rechts von ihr. Ruckartig drehte sie den Kopf in Richtung der Bewegung. »Mae?«

Zur Antwort heulte nur der Wind, ein unheimliches Geräusch, das ihr eine Gänsehaut auf den Armen bescherte. Aber keine Spur von Mae. Regentropfen fielen jetzt vom Himmel, prasselten auf ihr Gesicht und ihre Jacke.

»Mae, komm zurück, wir müssen wieder nach Hause!«

Doch sie antwortete nicht.

Es donnerte, und Blitze zuckten über die Baumwipfel. Der Regen wurde heftiger.

Sie rannte den Hügel hinauf zur Mine. »Mae, komm schon, du hast gewonnen!«

Nichts.

Ellie wusste, dass ihre Mom wütend sein würde, weil sie so tief in den Wald gegangen waren. Sie schaltete die kleine Taschenlampe an, die an Weihnachten in ihrem Strumpf gewesen war, und leuchtete in die Öffnung des Minenschachts. »Mae, wir müssen zurück nach Hause!«

Hinter ihr knackte ein Zweig. Sie hörte jemanden atmen. Mae schlich sich an sie heran. Und lachte, weil sie dachte, es wäre lustig, sie zu erschrecken.

Sie drehte sich nach Mae um, doch ein großer, massiger Schatten schluckte alles Licht. Dann schubste jemand sie, und sie fiel ins Gestrüpp. Sie blinzelte und rief nach Mae.

Aber als sie die Augen wieder öffnete, war Mae verschwunden. Und sie war ganz allein in der Dunkelheit.

Ellie schreckte hoch und rang keuchend um Luft. Das Feuer war erloschen. Der Unterschlupf war in völlige Dunkelheit getaucht, was sie vor Angst erzittern ließ. Außerdem war es eiskalt in der Schutzhütte, die Kälte sickerte durch die Plane und die dünnen Holzwände. Noch benommen von ihrem Albtraum blinzelte Ellie gegen die undurchdringliche Schwärze an. Alles hatte sich damals so real angefühlt, als wäre es wirklich passiert.

Doch ihre Eltern hatten ihr nicht geglaubt. Sie erinnerte sich noch daran, wie zornig ihre Mutter gewesen war.

»Hör auf zu lügen, Ellie. Mae ist nicht real. Du hast sie erfunden, weil du eine Schwester haben möchtest.« Ihre Mutter hatte sie mit missbilligendem Blick so fest geschüttelt, dass ihre Zähne klapperten. »Geh nie wieder allein in den Wald. Und kein Gerede mehr von Mae.«

Ellie rieb sich die Arme, um die bittere Kälte zu vertreiben. Sie war zu aufgekratzt, um zu schlafen, also krabbelte sie zur Feuerstelle, legte weitere Zweige nach, stocherte in der Asche herum und zündete das Kleinholz wieder an. Ihre Nerven beruhigten sich etwas, während sie beobachtete, wie rote und orangefarbene Funken aus der Glut stoben und ein schwaches Licht in der Dunkelheit erglomm. Trotzdem klapperten ihre Zähne und sie zitterte vor Kälte, ihre Zehen und ihre Finger waren taub.

Derrick musste endlich eingeschlafen sein, doch er wälzte sich unruhig hin und her. Er kämpfte gegen seine eigenen Albträume an. Das Bedürfnis, ihn zu trösten und das Grauen des vergangenen Tages aus seinem Gedächtnis zu tilgen, überkam sie und sie konnte nicht anders, als sich neben ihn zu legen. Sein Körper erbebte, während er sich hin und her wälzte. Sie strich in kreisenden Bewegungen über seinen Rücken. Einen Augenblick später drehte er sich plötzlich um und packte ihre Arme. Seine Augen waren glasig, und in seinem erschrockenen Blick lagen lauter unausgesprochene Fragen.

Die Bartstoppeln in seinem Gesicht ließen ihn wild aussehen, und der Schmerz in seinen Zügen war so unverhohlen, dass Ellie sich nicht länger beherrschen konnte. Sie strich mit dem Daumen über seine Wange und flüsterte seinen Namen. Hier drinnen, wo sie sich eingeigelt hatten, von der Welt abgeschirmt, und der Feuerschein über sein Gesicht flackerte, konnte Ellie fast vergessen, warum sie draußen unterwegs waren.

Dass sie einen Mörder jagten.

Die Spannung zwischen ihnen wurde unerträglich, heizte die Luft auf und ließ sie spüren, wie intim die Atmosphäre in der Hütte war. Schmerz blitzte in Derricks Augen auf. Und dann pures Verlangen.

Ihr Atem stockte. Sie legte eine Hand an seine Wange.

Ihre Blicke trafen sich. Er gab einen leisen, kehligen Laut von sich, dann senkte er seine Lippen auf ihre.

Die Kälte, die Angst und die Trauer, die sie in den letzten Stunden verspürt hatte, spiegelten sich in der wilden, fast verzweifelten Art, wie er sie küsste. Ihr Verlangen stieg ins Unermessliche. Ellie strich ihm über den Rücken und zog ihn näher zu sich. Der Feuerschein tanzte über sein kantiges Gesicht. Derrick stieß knurrend ihren Namen aus. Hunger nach mehr ergriff Besitz von ihnen, sodass sie die Welt um sich herum vergaßen. Oder vielleicht mussten sie beide nur irgendwie das Grauen vergessen, das sie heute gesehen hatten. Die Puppen, die Gräber, die Knochen …

Ellie vertrieb die Bilder aus ihren Gedanken und fuhr mit ihren Nägeln über seinen Rücken. Seine Finger machten sich an ihrem Shirt zu schaffen. Sie öffnete die Knöpfe, und im nächsten Moment zerrte er an ihrer Kleidung und sie an seiner. Nur Augenblicke später waren sie beide nackt, die Flammen wärmten sie.

Seine Hand wanderte an ihre Brust. Er spielte mit ihrem Nippel. Er vergrub seinen Kopf in ihrer Halsbeuge und saugte an ihrer Haut, dann ließ er seine Lippen und Finger über ihren Oberkörper nach unten wandern. Sie hielt sich an seinem Rücken fest und spürte den Schweiß auf seiner Haut unter ihren Fingern.

Ihre Körper verschränkten sich ineinander, und die Temperatur schien schlagartig noch weiter anzusteigen, als nackte Haut auf nackte Haut traf und er seine harte Erektion an sie drückte. Sie spreizte ihre Beine für ihn und hob einladend die Hüften.

Er gab ein leises, kehliges Stöhnen von sich, rollte sich auf sie und stieß in sie. Sie warf ihren Kopf in den Nacken und stöhnte seinen Namen. Stoß für Stoß kam sie ihm entgegen, nahm ihn in sich auf und klammerte sich an seinen muskulösen Körper. Ihr gemeinsamer Rhythmus steigerte sich, und ihre Atmung wurde immer unregelmäßiger. Prickelnde Wellen der Lust rissen Ellie mit, als ihr Orgasmus schwindelerregend schnell und intensiv kam und sie erzittern ließ.

FÜNFUNDSECHZIG

Derrick wachte auf, weil der Wind toste und die Plane an der Tür flatterte wie verrückt. Das Feuer war erloschen, und es war verdammt kalt. Als er sich umdrehte, stellte er fest, dass er und Ellie ineinander verschlungen dalagen. Und dass sie immer noch nackt waren.

Frustriert stöhnte er auf und ballte die Hände zu Fäusten. Was war nur in ihn gefahren? In einem Moment hatte er noch Albträume von dem Tag gehabt, als Kim verschwunden war, und im nächsten ... trieb er es mit Ellie.

Fuck. Fuck. Fuck.

Er konnte es sich nicht erlauben, sie zu vögeln. Weil sie zusammenarbeiteten. Und weil er glaubte, dass ihr Vater etwas verbarg. Ellie bewegte sich, dann wälzte sie sich herum. Er griff nach seiner Kleidung, die auf dem Holzboden verstreut lag. Sie hatten es in der Nacht so eilig gehabt, dass sie sich die Kleidung vor lauter Leidenschaft förmlich vom Leib gerissen hatten. Doch bevor er sich sein Hemd schnappen konnte, klopfte es an der dünnen Holzwand.

»Ellie, bist du da drin?«

Scheiße. McClain.

Der Typ klopfte noch einmal mit Wucht gegen eine Seite der Schutzhütte. Dabei klapperten eine paar lose Bretter, und Ellie schreckte ruckartig hoch. Ihre Augen weiteten sich, als Cord seinen Kopf in die Hütte steckte. »El?«

Sie versuchte, ihren nackten Körper mit dem Schlafsack zu bedecken, und Derrick knöpfte hastig sein Hemd zu. Cord erstarrte. Sein Gesichtsausdruck wurde so frostig wie die Eiszapfen, die vom Vordach der Hütte herabhingen.

Ellie fuhr sich mit den Fingern durch das zerzauste Haar, um es zu ordnen, aber in Derricks Augen, sah sie dadurch nur noch heißer aus. *Verdammt.*

»Cord, was machst du hier?«, fragte sie mit leiser Stimme.

»Es ist fast halb acht. Die Spurensicherung ist auf dem Weg hierher.«

»Gib mir eine Minute, um mich fertigzumachen«, bat Ellie. »Wir treffen uns dann draußen.«

Cord warf Derrick einen bösen Blick zu, aber der nahm es gelassen. Er hatte eine Nacht mit Ellie verbracht, na und? Es würde nicht wieder vorkommen. Er war nur aus einem Grund in Crooked Creek. Sobald er das Monster gefunden hatte, das Kim und die anderen kleinen Mädchen entführt hatte, würde er diese gottverlassene Wildnis wieder verlassen und das alles hier vergessen.

Ellie griff nach ihrer langen Unterwäsche und zog sich ihr Thermo-Oberteil über. Es schmiegte sich so eng an ihre prallen Brüste, dass sein Schwanz hart wurde.

Reiß dich verdammt noch mal zusammen. Er drehte ihr den Rücken zu, während er sich seine Kleidung überwarf, um sich nicht selbst in Versuchung zu bringen. Er hörte, wie sie sich abmühte, ihre Stiefel anzuziehen und ihren Rucksack wieder zu packen, während er sich anzog und in seinen Mantel schlüpfte.

»Wegen letzter Nacht«, begann er, um ihr klarzumachen, dass es eine einmalige Sache gewesen war.

»Mach dir keinen Kopf«, unterbrach sie ihn. »Wir haben nur versucht, uns in dem Schneesturm warm zu halten. Es wird nicht noch einmal passieren.«

Aber, verdammt, sie hatten nicht verhütet. »Wir haben kein Kondom benutzt.«

»Ich sagte, mach dir keinen Kopf. Ich nehme die Pille.«

Er nickte knapp, erleichtert, dass sie nicht mehr von ihm erwartete. Denn er konnte ihr nicht mehr geben.

Mit zusammengebissenen Zähnen machte er sich daran, das Feuer für den Kaffee zu schüren. Als er wieder aufsah, starrte sie mit finsterem Gesichtsausdruck auf ihr Handy.

»Was ist?«, fragte er.

»Mein Gott, Derrick.« Mit einem gequälten Stöhnen sah sie zu ihm hoch. »Es ist noch ein kleines Mädchen verschwunden.«

SECHSUNDSECHZIG

»Ich muss los.« Ellie sprang auf und schnappte sich ihre Ausrüstung.

»Was ist passiert? Wo wurde sie entführt?«

»Auf dem Maisbrotfest«, sagte Ellie. »Mein Captain will, dass ich so schnell wie möglich dort bin.« Von draußen drangen Stimmen herein, die Spurensicherung musste eingetroffen sein. »Bleib du hier und beaufsichtige die Bergung der Knochen und den Tatort.«

Seine Augen verrieten ihr, dass er mit sich rang. »Ich kann mitkommen.«

Ellie berührte ihn am Arm. »Nein. Ich komme schon zurecht. Wenn du einen Hinweis auf ein weiteres Grab findest, ruf mich an.« Ihr fiel wieder ein, dass er mit ihr hergekommen war, und sie deutete nach draußen. »Jemand von der Spurensicherung kann dich sicher mit zurücknehmen. Oder Cord.«

Bei der Erwähnung dieses Namens traten die Muskeln in seinem Kiefer hervor. Dann räusperte er sich. Seine Stimme klang dennoch belegt. »Sei vorsichtig, Ellie. Er beobachtet dich.«

Ellie nickte. »Soll er doch.« Sie schnallte sich ihr Holster mit der Waffe um. »Falls er Jagd auf mich macht, bin ich vorbereitet.«

Cords Stiefel knirschten im Schnee, während er vor dem Eingang zur Hütte auf und ab lief. Er wirkte angefressen, obwohl er keinen Grund dazu hatte.

Abgesehen von der Tatsache, dass sie ihm nicht vertraute Zur Hölle, er hätte einfach ihre Fragen beantworten sollen.

Du hast ihm auch nichts von Mae erzählt.

Aber das war etwas anderes. Sie arbeitete an einem Fall. Mae war etwas Persönliches. Cord reichte ihr eine Tasse Kaffee und riss sie damit aus ihren Gedanken. Dankbar wärmte sie ihre Hände daran und nahm einen großen Schluck, um sich zu stärken. Der Schnee fiel noch immer und reichte ihnen inzwischen bis zum Knöchel, aber der Wind war so weit abgeflaut, dass die Spurensicherung sich an die Arbeit machen konnte.

Penny war jetzt seit fast vier Tagen verschwunden. Bedeutete die Tatsache, dass er noch ein Kind entführt hatte, dass sie tot war?

»Ich muss los«, sagte sie zu Cord. »Noch ein Kind wurde entführt.«

Cords hob seine dichten Brauen. »Hier draußen?«

»Nein, auf dem Fest.« Was bedeutete, dass der Mörder wieder in der Stadt gewesen war. Nachdem er ihr die Puppen dagelassen hatte. »Sag den Suchtrupps Bescheid, dass wir jetzt nach zwei Kindern suchen. Ich gebe dir die Einzelheiten durch, sobald ich mehr weiß.«

Cord nickte mit distanzierter Miene. »Die Temperaturen sollen gegen Mittag bis um den Gefrierpunkt steigen. Die Suchtrupps nehmen ihre Arbeit in einer Stunde wieder auf. Gestern Abend haben wir sie wegen der Weißblendung nach Hause geschickt.«

»Agent Fox wird hier beim Grab bleiben«, sagte Ellie. »Versuch, den Prediger ausfindig zu machen und herauszubekommen, ob er etwas gesehen hat.«

»Wie kommst du darauf, dass er etwas weiß?«

»Die religiösen Symbole auf den Grabsteinen.« Sie trank ihren Kaffee aus, weil sie den Koffeinschub brauchte, um den Berg wieder hinunterzukommen. »Er wird sich eher dir anvertrauen als mir. Vielleicht hat er etwas gesehen. Und falls der Mörder hier draußen untergetaucht ist, könnte er es ihm gebeichtet haben.«

SIEBENUNDSECHZIG

Stony Gap

Ellie hatte dem Wetter getrotzt, die Wanderung den Berg hinunter überstanden und war nun auf den kurvenreichen Straßen unterwegs nach Stony Gap. Inzwischen hatte Captain Hale ihr den Namen des vermissten Mädchens und seiner Familie geschickt.

Als sie um zehn Uhr vormittags durch die Stadt fuhr, bemerkte sie, dass an Schaufenstern und Laternenpfählen Flugblätter mit Fotos der beiden Mädchen klebten. Auch Bryces Gesicht starrte sie an, arrogant und angeberisch.

Das Fest, das am Vortag noch stattgefunden hatte, war inzwischen vorübergehend unterbrochen worden. Die Schilder versprachen, dass die Feierlichkeiten morgen wieder aufgenommen werden würden, sofern das Wetter es zuließ.

Streufahrzeuge und Schneepflüge waren dabei, die Straßen zu räumen, und fußhohe Schneeverwehungen bedeckten die Umgebung. Der heftige Wind riss Schnee und Eis von Bäumen und Markisen. Eiszapfen hingen von den Fenstern wie Messer aus Kristall, und die Reifen der Autos schlitterten über das Blitzeis.

Die Straßen waren verlassen, genau wie die Zelte der Verkäufer, sodass man sich fühlte wie in einer Geisterstadt. Falls das Wetter die Menschen nicht dazu brachte, sich drinnen zu verkriechen, so würde die Tatsache, dass noch ein Kind verschwunden war, sicher dafür sorgen. Die Anwohner würden in Panik verfallen. Und die Touristen würden zweifellos die Stadt verlassen.

War der Entführer einer der Touristen oder lebte er mitten unter ihnen?

Als sie ankam, bemerkte sie, dass der Nachrichtenwagen von WRIX Channel 5 vor dem Büro ihres Vaters parkte. Angelica und ihr Kameramann standen auf der Treppe, daneben Bryce, mitten im Rampenlicht.

Ellie stieß leise einen Fluch aus, parkte den Jeep, zog ihren Mantel enger um sich und kletterte aus dem Wagen. Der Wind wehte Bryces Stimme zu ihr herüber, als sie sich näherte. »Ich bin Deputy Bryce Waters, der Anwärter für das Amt des Sheriffs in Bluff County«, sagte er. »Mit Bedauern muss ich Ihnen mitteilen, dass gestern Abend während des Maisbrotfestes die sechsjährige Chrissy Larkin verschwunden ist. Nach Angaben ihrer Eltern haben sie Chrissy kurzzeitig am Stand für Kinderschminken allein gelassen, während sie an einem anderen Stand das Maisbrot probierten. Als sie nach wenigen Minuten zurückkamen, war sie verschwunden.«

»Letty Cantrell, die Frau, die den Stand leitet, sagt, sie habe Chrissy eine Sternschnuppe auf die Wange gemalt, sich dann gebückt, um mehr Schminke hervorzuholen, und plötzlich war das kleine Mädchen verschwunden.«

Ellies Magen rumorte vor Unbehagen. Bisher hatte der Entführer Mädchen ausgesucht, die sich irgendwo unweit des Trails aufhielten. Diesmal hatte er eines mitten in der Stadt entführt. Und er hatte noch nie zwei Mädchen in so kurzem Zeitabstand verschleppt.

Falls sie es tatsächlich mit demselben Täter zu tun hatten, veränderte sich sein Verhalten, es wurde immer waghalsiger.

»Deputy Waters«, setzte Angelica an. »Was unternehmen Sie, um das vermisste Kind zu finden?«

»Nachdem die Polizei alarmiert worden ist, haben wir die Gegend durchkämmt und Menschen auf der Straße befragt, genau wie alle Verkäufer, die Inhaber der Imbisswagen und das Personal, das beim Fest aushalf.«

»Was ist mit Sicherheitskameras?«

Ellie biss die Zähne zusammen, als Bryce antwortete, dass es in Stony Gap keine öffentlichen Überwachungskameras gab. »Wir bitten jeden, der Chrissy gesehen oder etwas Verdächtiges bemerkt hat, sich telefonisch auf der Polizeiwache zu melden.« Er hob den Kopf und blickte direkt in die Kamera. »Vertrauen Sie mir. Als Ihr zukünftiger Sheriff sage ich Ihnen: Zusammen mit Sheriff Randall Reeves werde ich denjenigen finden, der dieses kleine Mädchen und auch Penny Matthews entführt hat, damit unsere Straßen und unsere Stadt wieder ein sicherer Ort sind.«

Dieser Scheißkerl. In seinem Tonfall lag genau das richtige Maß an Besorgnis, Mitgefühl und Autorität. Dazu war er sehr fotogen.

Angelicas Stimme klang samtweich. »Deputy Waters, jeder in Bluff County und Crooked Creek stellt sich eine Frage – hat Chrissys Verschwinden etwas mit dem Verschwinden von Penny Matthews zu tun?« Angelica hielt inne, um ihren Worten mehr Nachdruck zu verleihen. »Haben wir es hier mit einem Serienmörder zu tun, der es auf unsere Kinder abgesehen hat?«

Bryce bemerkte Ellie, ließ sich aber nichts anmerken. Er spielte weiterhin seine professionelle, mitfühlende Rolle.

»Leider muss ich Ihnen sagen, dass wir der Ansicht sind, dass dem so ist.«

»Haben Sie eine Spur?«

Bryce hob einen Gegenstand hoch. Als Ellie sah, was es war, stockte ihr der Atem.

»Die haben wir in der Tat. Der Entführer, der sich anscheinend in den Wäldern und in der Stadt herumtreibt wie ein Gespenst, hat diese kleine handgeschnitzte Holzfigur am Schminkstand hinterlassen, wo Chrissy zuletzt gesehen wurde.«

»Was hat die Puppe zu bedeuten?«, fragte Angelica. »Gehörte sie Chrissy?«

Ellie schüttelte den Kopf. *Nicht antworten,* formte sie tonlos mit den Lippen.

Aber Bryce setzte für die Kamera einen gleichmütigen Gesichtsausdruck auf. Und dann antwortete er.

ACHTUNDSECHZIG

Rasend vor Wut stapfte Ellie die Treppe hinauf.

Angelica bemerkte sie und lief auf sie zu, doch Ellie schüttelte den Kopf, bedachte Bryce mit einem finsteren Blick und stürmte ins Büro des Sheriffs. Hinter ihr schlug der Wind die Tür mit einem Knall zu, aber gleich darauf spürte sie noch einen Windstoß, weil er die Tür wieder aufgerissen hatte.

Angelica und ihr Kameramann klebten an ihren Fersen. Und auch Bryce folgte ihnen.

»Detective Reeves, konnten Sie die Überreste der Leichname, die Sie auf dem Trail gefunden haben, identifizieren?«, fragte Angelica.

Ellie erstarrte. Ihr Herz schlug so heftig, dass sie ihr eigenes Blut in ihren Ohren rauschen hörte. Ein kurzer Blick in das Büro ihres Vaters verriet ihr, dass er nicht da war.

»Detective Reeves«, rief Angelica.

Bevor Ellie etwas erwidern konnte, stürmte eine junge Frau mit rotbraunem Haar auf sie zu, das Gesicht wutverzerrt.

Sie packte Ellie so fest am Arm, dass sich ihre Fingernägel durch den Ärmel der Jacke hindurch in Ellies Haut gruben.

»Das ist Ihre Schuld. Wenn Sie diesen Irren gefasst hätten, hätte er meine Tochter nicht entführt.«

Ellie vernahm ein Keuchen hinter sich, dann wurde die Tür zum Büro erneut geöffnet und wieder zugeschlagen. Schritte ertönten, und Stan und Susan Matthews stürmten zu Chrissys Mutter. Deputy Landrum folgte ihnen, die Frustration stand ihm ins Gesicht geschrieben.

»Haben Sie Penny gefunden?«, rief Susan.

»Warum haben Sie zugelassen, dass er unsere Kinder entführt?«, blaffte Stan.

»Stan, bitte«, sagte Heath, »beruhigen Sie sich.«

Chrissys Mutter packte Ellie am Ellenbogen. »Stehen Sie da nicht so rum. Holen Sie jemand Fähigeres, der den Job übernimmt, bevor dieses Monster unsere Babys umbringt.«

Die hasserfüllten Worte der Frau fühlten sich an wie Messerstiche direkt in Ellies Herz. Für einen Moment raubten ihre Gefühle ihr die Luft zum Atmen. Angelicas Kameramann filmte alles, und die Stille im Raum wurde nur von den gequälten Schluchzern der Frauen durchbrochen.

Bryce drängte sich an ihr vorbei, berührte sanft Mrs Larkins Arm und flüsterte ihr zu, sie solle Ellie loslassen. »Es wird alles gut«, sagte er leise. »Ich werde Ihr kleines Mädchen finden und es zu Ihnen zurückbringen.«

Fassungslosigkeit mischte sich in Ellies Wut. Wie konnte Bryce so etwas versprechen? Wo sie doch keine Ahnung hatten, wer der Entführer war. Wie konnte er behaupten, ihm würde gelingen, was Ellie nicht geschafft hatte?

Ellie ärgerte sich über sich selbst, weil sie Bryce erlaubt hatte, die Situation vorschnell abzutun und so nur zu verschlimmern. Gleichzeitig war sie dankbar , dass Heath Stan im Griff hatte. Endlich fand sie ihre Stimme wieder. »Mrs Larkin, dass Chrissy verschwunden ist, tut mir unfassbar leid. Susan, Stan, wir haben die Hoffnung, Penny zu finden, noch nicht aufgegeben. Die Polizisten von Bluff County, Crooked Creek und

Stony Gap unternehmen zusammen mit dem FBI alles, was in ihrer Macht steht, um Ihre Töchter zu finden. Sie sind jetzt gerade da draußen und suchen, während Deputy Waters hier die Stellung hält.«

»Aber Sie haben sie nicht gefunden, und letzte Nacht gab es einen Schneesturm«, schrie Susan. »Sie könnte inzwischen erfroren sein.«

»Was tut er ihnen an?«, rief Mrs Larkin.

Stan machte einen Schritt auf Ellie zu, die Hände zu Fäusten geballt, aber Heath hielt ihn zurück. »Wenn unsere Tochter tot ist, werden wir Sie persönlich dafür verantwortlich machen.«

Shondra Eastwood, eine Deputy ihres Vaters, kam herbeigelaufen, um die Aufregung zu beenden. Sie streichelte erst Mrs Larkin und dann Susan über den Rücken. »Kommen Sie, damit ist doch niemandem geholfen. Lassen Sie uns einen Kaffee trinken und erst einmal tief durchatmen.«

Ellie warf ihrer Freundin einen dankbaren Blick zu, während Shondra die beiden aufgelösten Frauen in den kleinen Konferenzraum bugsierte. Bryce schob Heath zur Seite und forderte Stan auf, einen Spaziergang mit ihm zu machen, so als hätten die beiden ein beinahe kameradschaftliches Verhältnis.

Angelica ließ sich die Gelegenheit nicht entgehen. »Detective Reeves, haben Sie neue Erkenntnisse in diesem Fall? Gibt es irgendwelche Spuren, was Penny oder ihren Entführer angeht?«

Immer noch aufgewühlt beschloss Ellie, dass Bryce dazu schon genug gesagt hatte. Die Mütter brauchten jetzt jemanden wie Shondra, nicht sie selbst.

»Es gibt Hinweise, denen wir nachgehen«, sagte sie und wandte sich der Kamera zu. »Deshalb muss ich mich jetzt auch an die Arbeit machen.«

»Deputy Waters sagte, dieser Täter streife praktisch ungesehen umher, wie ein Gespenst.« Angelica versperrte ihr den

Weg, bevor sie die Bürotür erreicht hatte. »Was glauben Sie, wie viele Kinder er entführt hat?«

Ellie starrte sie einfach nur schweigend an. Sie hatte nicht vor, die Frage zu beantworten und noch mehr Panik in der Bevölkerung zu schüren.

Also öffnete sie die Tür und eilte auf den Flur. Auf ihrer To-Do-Liste stand ein Besuch in der Leichenhalle.

Und danach musste sie ihren Vater wegen der Uhr zur Rede stellen, die sie am Bloody Rock gefunden hatte.

NEUNUNDSECHZIG

Heath folgte Ellie nach draußen. »Was kann ich tun?«

Ellie atmete scharf ein und zwang sich, sich auf ihre Arbeit zu konzentrieren. »Wenn das wieder derselbe Mann war, der schon Penny und die anderen Mädchen entführt hat, wie wir vermuten, hat er diesmal sein Vorgehen geändert. Anstatt Chrissy auf dem Trail zu entführen, ist er in die Stadt gekommen. Das bedeutet, dass er dreister wird, dass er die Beherrschung verliert und vielleicht einen Fehler gemacht hat. Zuerst solltest du alle Verkäufer vernehmen, die auf dem Fest waren, und auch alle anderen, die etwas gesehen haben könnten. Danach überprüf die Familie Larkin, frage bei ihren Nachbarn und Freunden nach. Vielleicht hat ja diesmal jemand etwas gesehen.«

»Bin schon dabei.« Heath drehte sich um und warf einen Blick zurück in Richtung des Büros des Sheriffs. »Die sind zu weit gegangen. Sie tun, was Sie können.«

Ellie rang um Luft. Was, wenn ihr Bestes nicht gut genug war?

Sie verkniff sich eine Antwort. »Lass uns an die Arbeit

gehen. Dass er die Beherrschung verliert, könnte bedeuten, dass Penny bereits tot ist.«

Bei dieser Vorstellung brannte ihre Kehle, und Tränen füllten ihre Augen, aber sie hielt sie zurück. Heath wirkte niedergeschlagen, doch dann reckte er sein Kinn. »Geben Sie noch nicht auf.«

»Nein«, murmelte sie, »wir werden sie so oder so finden. Jetzt muss ich in die Leichenhalle.«

Sie verabschiedeten sich, und Ellie kämpfte draußen gegen Wind und Schnee an. Sie setzte ihre Kapuze auf, eilte zu ihrem Jeep und fuhr zur Leichenhalle. Sie war noch immer aufgewühlt, als sie das Gebäude betrat.

Laney war zusammen mit Derrick am Fundort der Gräber und machte dort ihre Arbeit, inzwischen hatte die forensische Anthropologin die Knochen untersucht.

Dr. Taylor Wright war groß, hatte eine breite Statur, eine markante Nase, lila Haare und eine raue Stimme.

»Ich habe die ersten beiden Opfer anhand von zahnärztlichen Unterlagen und medizinischen Akten identifiziert«, sagte sie. »Das eine war die sechsjährige Millie Purcell aus Springer Mountain, Georgia. Das zweite Opfer ist die fünfjährige Sandy Baines aus North Carolina.«

»Beide standen auf der Liste, die Special Agent Fox angefertigt hat«, sagte Ellie. »Die Todesursache?«

»Das ist schwer zu sagen. Es gibt keine Anzeichen für Verletzungen oder Fremdeinwirkung, abgesehen von den Bisspuren, die aber von wilden Tieren stammen und nach dem Tod entstanden sind, weil die Leichen in der Wildnis zurückgelassen wurden. Da es keine Anzeichen für Gewalteinwirkung an den Überresten gibt, würde ich sagen, dass die Mädchen erdrosselt wurden, obwohl das Zungenbein ebenfalls keine Anzeichen von Gewalteinwirkung aufweist. Aber das ist bei Kindern nicht ungewöhnlich, da bei ihnen das Zungenbein noch nicht vollständig verknöchert und daher flexibler ist als bei Erwachsenen.«

»Was ist mit sexuellem Missbrauch?«

»Da auch die Beckenknochen keine Zeichen von Gewalteinwirkung aufweisen, würde ich sagen, nein.«

Das erleichterte Ellie zumindest ein wenig. »Es folgen zeitnah noch drei weitere Leichen«, erklärte Ellie. »Und nur als kleine Vorwarnung: Eines der Opfer könnte die Schwester von Special Agent Fox sein, Kim. Er hat ein Medaillon gefunden, das ihr gehörte. Ich glaube, sie war das erste Opfer des Täters.«

Dr. Wright schüttelte traurig den Kopf, als Ellie sich von ihr verabschiedete.

Die Uhr ihres Vaters wog noch immer schwer in ihrer Jackentasche, während sie mit eingezogenem Kopf durch das Schneetreiben zu ihrem Jeep eilte. Die Flocken benetzten dennoch ihre Kleidung und ihre Wimpern. Als sie den Motor startete und den Parkplatz verließ, betete sie stumm, dass Derrick Unrecht hatte, was ihren Vater anging.

Die Straßen waren mit Blitzeis überzogen, sodass sie auf dem Weg zum Haus ihrer Eltern langsamer als sonst fahren musste. Der Schnee fiel in dicken Flocken, und in der ganzen Stadt waren Plakate angebracht, die darauf hinwiesen, dass das Maisbrotfest verschoben worden war.

Überall hingen Fotos der beiden vermissten Mädchen, die sich in Ellies Kopf zu den gespenstischen Bildern der Gräber gesellten. Der Täter hatte definitiv die Kontrolle verloren. Bedeutete Chrissys Entführung, dass er Penny bereits getötet hatte?

Das schneebedeckte Landhaus ragte vor ihr auf, Eiszapfen hingen von den Ästen der Bäume und dem Verandavorbau. Dahinter erhoben sich die malerischen Berge, die sie schon so lange liebte. Nur als Kind hatten sie ihr Angst eingejagt.

Das Wissen darum, dass sich dort ein Monster versteckte, ließ sie noch gespenstischer wirken als damals.

Sogar das Haus sah nicht mehr so einladend aus, sondern irgendwie düster, während bedrohliche Winterwolken über den ohnehin grauen Himmel zogen.

Ellie parkte und stapfte durch wadenhohen Schnee, bis sie den mit Ziegelsteinen gepflasterten Weg erreichte. Ihr Vater hatte ihn geräumt, trotzdem musste sie vereisten Stellen ausweichen und sich, als sie die Stufen zur Haustür hinaufstieg, am Geländer festhalten, um nicht zu stürzen. Nachdem sie ihre mit Schnee und Matsch bedeckten Stiefel auf der Fußmatte abgetreten hatte, klopfte sie an die Tür und drehte den Knauf herum.

»Mom? Dad?«

Die Wärme des Ofens und das knisternde Feuer im Wohnzimmer hätten eine einladende Atmosphäre schaffen sollen, aber heute spürte Ellie eine eisige Kälte im Haus, die nichts mit der tatsächlichen Temperatur zu tun hatte. »Mom? Dad?« Sie rief ihre Eltern und lief zur Treppe. Die Stiefel ihres Vaters verursachten ein polterndes Geräusch auf dem Holzboden, als er die Treppe hinunterkam.

»Ellie, ich wusste nicht, dass du vorbeikommst.«

»Wir müssen reden.«

Er kam neben ihr am Treppenabsatz zum Stehen. »Ich schätze, du weißt von dem zweiten vermissten Kind. Hast du Penny gefunden?«

Sie schüttelte den Kopf. »Lass uns in dein Arbeitszimmer gehen.«

Er runzelte die Stirn, dann ging er voran in sein Büro. Normalerweise hielt er seinen Schreibtisch ordentlich, abgesehen von den Landkarten, die sich immer auf dem Tisch stapelten. Aber heute lagen überall Unterlagen herum, die Schublade, in der er seine Akten aufbewahrte, stand offen, und mehrere Ordner waren auf dem Buffet aus Eichenholz verteilt. Neben seiner Kaffeetasse entdeckte sie den selbstgemachten

Briefbeschwerer, den sie ihm aus einem bemalten Flussgestein gebastelt hatte, und ihr wurde warm ums Herz.

Auf dem Beistelltisch in der Sitzecke lagen drei auseinandergefaltete, schon etwas zerknitterte Landkarten. Ein seltsamer Ausdruck blitzte in seinen Augen auf, und er schob die Ordner eilig zu einem Stapel zusammen, bevor er sie in die Schublade stopfte.

Ihre Nackenhaare stellten sich auf. Wollte er etwas vor ihr verstecken?

»Bryce ist ein wandelndes Pulverfass«, sagte sie, ohne sich mit Smalltalk aufzuhalten. »Ich habe dir gesagt, dass ich mit der Presse klarkomme.«

»Er macht nur seinen Job«, hielt ihr Vater dagegen. »Du warst gestern Abend, als Chrissy verschwunden ist, nicht da. Er schon.«

»Er hat Angelica von den Holzpuppen erzählt, die wir gefunden haben, Dad.« Ellie gab sich keine Mühe, die Geringschätzung in ihrem Tonfall zu verbergen.

»Sie hätte es sowieso herausbekommen.«

»Aber das war ein wichtiges Detail, das ich zurückbehalten wollte, für den Fall, dass wir ein Geständnis bekommen.«

Er massierte seine Nasenwurzel. »Ich rede mit ihm.«

»Dafür ist es jetzt zu spät«, gab sie bissig zurück. »Es lässt sich nicht mehr rückgängig machen.«

Ihr Vater wich ihrem Blick aus und ließ sich in seinen Schreibtischstuhl sinken. Alles an ihm wirkte, als sei er auf der Hut. So hatte Ellie ihn noch nie erlebt.

»Wir haben fünf Gräber entdeckt«, sagte sie unumwunden. »Wir glauben, dass die sterblichen Überreste von Kim Fox darunter sind.« Sie berichtete ihm von den Grabsteinen, den Symbolen und den Ergebnissen der Autopsie durch Dr. Wright.

»Glaubst du, dass der Mörder die Leichen selbst begräbt?«

»Ich weiß es nicht. Es könnte auch sein, dass jemand

anderes die Überreste entdeckt und vergraben hat, damit wir sie finden«, sagte Ellie.

Mit zitternder Hand zog sie die Taschenuhr hervor.

»Dad, ich habe außerdem deine Uhr beim Grab am Bloody Rock gefunden.« Ihr Atem stockte.

Hinter ihr stieß jemand wütend die Luft aus. Ellie fuhr herum und sah, dass Derrick in der Tür stand. Ihre Mutter eilte hinter ihm her und kam neben ihm zu Stehen.

Verdammt! Sie hatte ihn nicht kommen hören.

Er warf Ellie einen anklagenden Blick zu. »Du hast Beweise am Grab gefunden und sie vor mir versteckt?«

Ellie öffnete den Mund, um sich zu verteidigen, aber Derrick stapfte zum Schreibtisch und schlug mit den flachen Händen auf die Holzplatte.

»Ich wusste, dass Sie schlampig ermittelt haben«, knurrte Derrick. »Und jetzt kenne ich auch den Grund.«

Ellie berührte seinen Arm, aber er riss ihn zurück.

»Ich habe gerade mit dem Labor gesprochen, Sheriff Reeves.« Er spuckte ihm die Worte förmlich entgegen. »Ihre DNA war an dem Taschenmesser, das in der Nähe der Stelle gefunden wurde, wo Penny Matthews verschwunden ist.«

Ellie rang nach Luft. Erst die Taschenuhr, jetzt auch noch die DNA ihres Vaters an einem Tatort.

»Sie Mistkerl«, sagte Derrick. »Sie haben meinen Vater und mich beschuldigt, Kim wehgetan zu haben, aber in Wirklichkeit waren Sie es, stimmt's? Sie tun so, als wären Sie ein Held, aber Sie haben sie getötet. Sie haben fünfundzwanzig Jahre lang unschuldige kleine Mädchen ermordet, und niemand hat Sie je verdächtigt.«

SIEBZIG

Ellie konnte nicht glauben, was sie da hörte, und erstarrte. Sie rechnete damit, dass ihr Vater widersprechen würde, aber stattdessen las sie Schuld in seinen Augen.

»Hast du ihn gedeckt, Ellie?« Derricks Tonfall war so eisig wie der Wind draußen. »War das auch gestern Nacht dein Plan, mich abzulenken?«

Seine Anschuldigung ließ Wut in ihr hochkochen. Sie warf ihm einen Blick voller Verachtung zu, ließ sich aber nicht dazu herab, ihm zu antworten. Dass sie mit ihm geschlafen hatte, war jetzt ihr kleinstes Problem.

Ihr Vater konnte kein Mörder sein. Er war der Held der ganzen Stadt. Es war *ihr* Held.

Er war doch kein Monster.

»Dad, sag was«, bat sie mit zittriger Stimme.

»Nein, Randall.« Ihre Mutter betrat den Raum, eine Pistole in der Hand, die nicht zu ihrer Seidenbluse und der Perlenkette passen wollte. Ellie hatte keine Ahnung gehabt, dass ihre Mutter überhaupt wusste, wie man mit einer Waffe umgeht. »Es gibt nichts zu sagen«, zischte sie Ellie zu.

Ellie starrte sie an. »Mom, was machst du da?«

»Ich beschütze meine Familie«, sagte ihre Mutter. »Ich weiß, du hältst mich für schwach und dumm, Ellie. Das hast du schon immer. Aber das bin ich nicht. Ich habe immer das getan, was das Beste für unsere Familie war, und das werde ich auch weiterhin tun, solange ich lebe.«

Ellie schüttelte den Kopf. Das durfte alles nicht wahr sein. »Nimm die Waffe runter, Mom. Wenn Dad es erklären will, dann lass ihn.«

Bitte, lieber Gott, mach, dass es eine Erklärung gibt. Eine, in der ihr Vater kein Kindsmörder war.

Randall stand auf und ging mit gefasster, aber resignierter Miene zu Ellies Mutter hinüber. »Gib mir die Waffe, Vera. Es ist vorbei.«

Ellie wartete stumm und hoffte, ihr Vater würde jede Verbindung zum Verschwinden der Mädchen abstreiten.

Doch das tat er nicht. »Vera, überlass das mir.«

Er wandte Ellie den Kopf zu. »Deine Mutter hat nichts damit zu tun. Es ist alles meine Schuld. Es waren meine Entscheidungen.«

»Hör auf, Randall«, zischte Vera.

Er legte eine Hand auf ihre zitternden Finger. Derrick stand reglos da, aber Ellie spürte, dass er beim kleinsten Anlass seine Waffe ziehen und ihren Vater erschießen würde. Vielleicht auch ihre Mutter, wenn sie sich nicht raushielt. »Bitte, Mom«, flehte Ellie. »Ich möchte nicht, dass noch mehr Menschen zu Schaden kommen. Nimm die Waffe runter.«

Es reichte, dass Susan Matthews litt. Genau wie Mrs Larkin. Und Derricks Mutter.

Penny und Chrissy mussten völlig verängstigt sein. Wenn sie überhaupt noch am Leben waren.

Falls ihr Vater ein Mörder war, konnte sie nicht zulassen, dass er weiterhin Jagd auf Kinder machte. Auch wenn ihr Bauchgefühl ihr mit aller Macht sagte, dass das nicht wahr sein konnte.

Ihr Vater strich ihrer Mutter mit einer Hand über den Rücken, nahm ihr dann vorsichtig die Pistole ab und legte sie auf das Buffet.

Ellie räusperte sich. »Wo sind Penny und Chrissy, Dad?

Sind sie noch am Leben?«

»El, es tut mir leid«, sagte ihr Vater schmerzerfüllt. »Das ist alles ein Irrtum.«

Derricks Tonfall wurde vor Entrüstung eine Spur schärfer. »Ein Irrtum? Du nennst das Töten eines Dutzend Mädchens einen Irrtum?«

Ihre Mutter trat auf Ellie zu, einen flehenden Ausdruck in den Augen, der sie darum zu bitten schien, ihr zu zuhören. »Dein Vater ... Er beschützt dich und er beschützt mich, Ellie, du kannst ihn nicht verhaften. Er ...«

»Sei still, Vera«, brummte Ellies Vater. »Ich hätte schon vor langer Zeit reinen Tisch machen sollen.«

»Du gibst es also zu?«, blaffte Derrick.

»Er gesteht gar nichts«, rief Ellies Mutter. »Und Sie können ihn nicht verhaften. Diese Stadt liebt Randall.«

»Weil die Leute nicht wissen, was für ein Monster er in Wahrheit ist«, brachte Derrick zwischen zusammengebissenen Zähnen hervor.

Vera wandte sich wieder an Ellie. »Wir müssen die Familie beschützen, Schatz. Alles, was wir getan haben, haben wir nur für dich getan.« Plötzlich stürzte sie sich auf die Waffe.

Der wirre Ausdruck in den Augen ihrer Mutter versetzte Ellie in Panik. Vera wollte Derrick erschießen und sie erwartete von ihrer Tochter, dass sie den Mord vertuschen würde.

Ellie stürzte sich ebenfalls auf die Pistole. Sie und ihre Mutter kämpften um die Waffe. »Lass los!«, schrie Ellie.

Anstatt ihren Griff zu lockern, kämpfte Vera noch verbissener. Ellie stieß sie mit einer Hand zurück, um sie aus dem Gleichgewicht zu bringen. Ihre ineinander verschlungenen Arme schwangen in die Höhe. Ihr Vater sprang auf sie beide zu und zerrte ihre Mutter weg. In all dem Tumult ging die Waffe los.

Das Geräusch des Schusses hallte in der Stille wider. Ellies Mutter kreischte. Ihr Vater keuchte erschrocken auf, wich taumelnd zurück und fasste sich mit einer Hand an die Brust.

Überall war Blut. Auf dem Hemd ihres Vaters, an der Wand.

Er brach zusammen und sank zu Boden, während sich eine rote Pfütze unter seinem Körper ausbreitete.

EINUNDSIEBZIG

Ellie starrte auf das Blut, das aus der Brust ihres Vaters sickerte, und die Zeit schien stillzustehen. Ihre Mutter schrie und griff nach der Pistole, die zu Boden gefallen war.

Gleichzeitig machte Derrick einen Hechtsprung, um die Waffe zu erreichen. Vera stürzte sich auf ihn, aber Ellie umklammerte ihre Taille und zog sie von ihm weg.

»Mom, es ist vorbei!«, rief Ellie. Ihre Mutter schubste sie beiseite, dann lief sie zu ihrem Vater und ließ sich schluchzend neben ihn fallen.

Derrick zückte sein Handy. »Ich rufe den Notarzt.« Ellie nickte wie betäubt.

»Wenn er stirbt, ist das deine Schuld«, sagte Vera und warf ihr einen wutentbrannten Blick zu.

Der Schmerz überrollte Ellie mit solcher Wucht, dass sie zur Seite stolperte und sich an der Wand festhalten musste, um nicht zu fallen.

»Der Krankenwagen ist auf dem Weg«, sagte Derrick. »Ellie, hol Tücher, damit wir die Blutung stoppen können.«

Seine ruhig vorgebrachte Anweisung ließ sie aus ihrer Starre erwachen. Sie lief in die Küche und holte einige saubere

Geschirrtücher aus der Schublade. Als sie ins Arbeitszimmer zurückkehrte, kniete Derrick neben ihrem Vater.

»Hau ab!«, schrie Vera.

»Er will nur helfen«, sagte Ellie. Derrick riss das Hemd ihres Vaters auf und drückte ein Tuch auf die Wunde und dann noch eins, wobei er den Druck verstärkte.

»Dad?«, flüsterte Ellie.

Er blinzelte und versuchte mühevoll, bei Bewusstsein zu bleiben. Doch schließlich fielen seine Augen zu, und sein Körper erschlaffte. Kostbare Sekunden verstrichen. Die schmerzerfüllten Schluchzer ihrer Mutter wurden immer lauter. Ellies Brustkorb zog sich vor Angst zusammen.

Sie war so wütend auf ihren Vater gewesen. Aber sie wollte doch nicht, dass er starb.

Was war mit den kleinen Mädchen? Mit Penny? Und Chrissy? Wenn er wusste, wo sie waren, musste er es ihnen sagen ...

Draußen ertönte das Heulen einer Sirene. Ihre Mutter legte den Kopf an die Schulter ihres Vaters und klammerte sich weinend an ihm fest.

Ellie rannte zur Tür und zeigte den Sanitätern den Weg. »Schusswunde in der Brust. Er verliert schnell Blut und ist bewusstlos.«

Sie eilten mit einer Trage ins Haus. Tränen traten Ellie in die Augen, als die Vitalwerte ihres Vaters überprüft wurden.

»Sehr schwacher Puls«, sagte einer der Sanitäter. Eilig betteten sie ihren Vater auf die Trage. Vera hielt Randalls Hand umklammert, während er zum Rettungswagen getragen wurde.

Ellie lief hinterher, schreckliche Angst beherrschte ihr Denken und Fühlen.

»Steig ein. Ich fahre dich ins Krankenhaus«, sagte Derrick.

Seine verletzenden Worte von vorhin hallten in ihrem Kopf nach. Er hielt ihren Vater für schuldig. Und er glaubte, dass sie ihn verführt hatte, um ihn von dem Fall abzulenken.

»Ich fahre selbst.« Sie lief zu ihrem SUV, sprang hinein und startete den Motor. Sie ertrug es gerade nicht, in Derricks Nähe zu sein.

Ihre Reifen schlitterten die vereiste Auffahrt hinunter und dann auf den Highway. Mit heftig pochendem Herzen schaltete sie die Sirene ein und blieb dicht hinter dem Rettungswagen, während Derrick ihr am Heck klebte.

Als sie das Krankenhaus erreicht hatten, trugen die Sanitäter ihren Vater aus dem Wagen und brachten ihn eilig in die Notaufnahme. Ihre Mutter wich auch dann nicht von seiner Seite, als er in ein Untersuchungszimmer geschoben wurde.

Ellie zog ihre Marke hervor. »Er hat eine Schusswunde in der Brust«, sagte sie dem behandelnden Arzt.

Er rief dem Personal sofort Anweisungen zu. »Legen Sie eine Infusion. Ich muss mir das genauer ansehen.«

Ellie nickte und ging zur Tür des Zimmers, doch der wütende Blick ihrer Mutter ließ sie auf der Schwelle innehalten.

Wenn er stirbt, ist das deine Schuld.

Ellie lehnte sich gegen die Wand. Angst durchströmte sie, während sie beobachtete, wie die Krankenschwester das Unterhemd ihres Vaters zerschnitt und der Arzt die Schusswunde untersuchte. Derrick kam zu ihr. Seine Miene war wie versteinert.

Kurz darauf trat der Arzt zu ihr an die Tür. »Es könnte sein, dass die Kugel eine Arterie verletzt hat. Wir müssen ihn so schnell wie möglich operieren.«

»Wird er durchkommen?«, flüsterte Ellie erstickt.

»Wir tun alles, was in unserer Macht steht, um ihn zu retten.«

Die Angst schnürte Ellie die Kehle zu. Sie und Derrick standen schweigend da, als ihr Vater aus dem Untersuchungszimmer und über den Flur gefahren wurde. Ellies Mutter lief völlig aufgelöst hinter der Trage her.

Als sie um die Ecke des Korridors gebogen waren, blieb Ellie wie erstarrt zurück. Derricks Handy klingelte, und die Falten um seine Augen vertieften sich, während er dem Anrufer zuhörte. Wenig später beendete er das Gespräch mit einem unterdrückten Seufzen.

»Das war die forensische Anthropologin«, sagte Derrick leise. »Das Mädchen im letzten Grab ... es ist Kim.«

ZWEIUNDSIEBZIG

Mitleid mit Derrick überkam Ellie. »Es tut mir so leid«, murmelte sie.

Sein Körper versteifte sich. »Ich muss telefonieren. Aber ich komme wieder, ich bin noch nicht fertig mit Randall.«

Seine Worte fühlten sich an wie ein Schlag ins Gesicht. Aber wie konnte sie ihm verübeln, dass er so empfand?

Dennoch tat es weh, dass er ihr vorgeworfen hatte, ihn nur benutzt zu haben. Er kannte sie nicht mal wirklich.

Er drehte sich auf der Stelle um und verschwand über den Flur, völlig vereinnahmt von seiner Wut und dem Schmerz. Die Stimmen des medizinischen Personals drangen an Ellies Ohr und lenkten ihre Aufmerksamkeit zurück auf das gegenwärtige Problem. Ihr Vater musste am Leben bleiben, damit er ihr sagen konnte, wo Penny und Chrissy waren.

Aus den Minuten wurden zwei quälend lange Stunden, in denen Ellie im Wartezimmer auf und ab ging. Ihre Mutter saß zusammengekauert auf der gegenüberliegenden Seite, rang die Hände und weinte. Sie musste Bryce angerufen haben, denn jetzt stürmte er herein und eilte zu Vera, die beinahe hysterisch wirkte. Sie fiel ihm in die Arme, als sei sie das Opfer und Ellie der Feind. Wenigstens hatte er Angelica diesmal nicht im Schlepptau.

Was hatte ihre Mutter ihm erzählt? Hatte Bryce all die Zeit gewusst, was vor sich ging? Hatte ihr Vater beschlossen, Bryce bei der Wahl zu unterstützen, weil er wusste, dass der ihn decken würde?

Auf der Suche nach Antworten ließ Ellie das Gespräch mit ihrem Vater in seinem Arbeitszimmer noch einmal Revue passieren. Er hatte nicht wirklich zugegeben, dass er die Mädchen entführt oder ihnen wehgetan hatte. Wenn seine Fingerabdrücke auf einem der Grabsteine waren, hatte er die Überreste der Opfer vielleicht gefunden und begraben.

Aber welchen Grund konnte er gehabt haben, den Fund nicht zu melden?

Das passte ganz und gar nicht zu dem Mann, mit dem sie aufgewachsen war.

Ihr Vater war fürsorglich gewesen. Liebevoll. Ein Mann mit ausgeprägtem Gerechtigkeitssinn.

Er hatte sie auf seinem Schoß reiten lassen, als sie klein gewesen war, und hatte ihr das Fahrradfahren beigebracht. Sie hatten zusammen im Park Drachen steigen lassen und ehrenamtlich im Tierheim ausgeholfen. Er hatte unzählige Wanderer gerettet, die sich in den Bergen verlaufen hatten. Er hatte mit ihr und ihre Freundinnen Camping- und Wanderausflüge unternommen. Er war ein Vorbild gewesen. Er war immer noch ein Vorbild für jedermann. Ein Held.

Sie massierte sich die Schläfen.

Kurz nach sechs verschwand Bryce und kam wenig später mit zwei Kaffeebechern zurück. Nachdem er einen ihrer Mutter gegeben hatte, kam er zu Ellie hinüber. Sie nahm den Becher entgegen und murmelte ein Danke, fühlte sich aber nicht danach, zu reden.

Zum Glück erschien der Arzt in der Tür und rief mit ernster Miene nach der Familie Reeves. Ellie und ihre Mutter eilten zu ihm, wobei Vera bewusst Abstand zu Ellie hielt. »Die Kugel hat seine Aorta knapp verfehlt. Wir konnten sie entfernen«, sagte der Arzt. »Er hat viel Blut verloren und liegt auf der Intensivstation. Sein Zustand ist ernst, die nächsten achtundvierzig Stunden sind entscheidend.«

Vera tupfte sich die Tränen mit einem bestickten Taschentuch ab. Sie wirkte dabei so feminin und zerbrechlich, wie Ellie sie schon ihr ganzes Leben lang kannte. Nicht wie die Verrückte, die eine Waffe auf sie und einen FBI-Agenten gerichtet hatte.

Es wunderte sie, dass Derrick Vera nicht verhaftet hatte. Aber vielleicht tat er das noch.

»Kann ich ihn sehen?«, fragte Ellie.

»Ich bin seine Ehefrau, ich will zuerst zu ihm«, widersprach ihre Mutter.

Ein verwirrter Ausdruck huschte über das Gesicht des Arztes, aber er hakte nicht weiter nach. »Es ist nur ein Besucher auf einmal erlaubt. Und höchstens fünf Minuten. Der Patient braucht Ruhe.«

Als der Arzt sich zum Gehen wandte, drängte Ellies Mutter sie in die Ecke. »Du hast den Arzt gehört. Er muss sich ausruhen und soll sich nicht aufregen.«

»Das ist mir klar«, blaffte Ellie sie an. »Aber das Leben von zwei kleinen Mädchen steht auf dem Spiel. Wenn er weiß, wo sie sind, kann ich sie vielleicht noch retten.«

»Wenn du deinen Vater weiterhin bedrängst, wirst du ihn noch umbringen«, fauchte Vera und eilte dann über den Flur.

Bryce beobachtete Ellie mit verschleiertem Blick, als ihre Mutter durch eine Doppeltür verschwunden war. »Was ist passiert, Ellie? Willst du reden?«

Mit ihm? Im Leben nicht.

Bevor sie antworten konnte, tauchte Derrick auf. Ellie bemerkte, dass eine Ader an seinem Hals hervorgetreten war. »Ist er raus aus dem OP?«

Ellie nickte. »Er ist auf der Intensivstation. Meine Mutter ist gerade zu ihm gegangen.«

»Ich muss mit ihm sprechen, Detective Reeves.«

Jetzt war sie also wieder *Detective*, nicht Ellie. Wenn sie geglaubt hatte, sie wären sich nähergekommen, hatte sie offensichtlich falsch gelegen. Er dachte, sie hätte mit ihm geschlafen, um ihn abzulenken. Glaubte er wirklich, sie würde so tief sinken? Dass sie einen Kindsmörder decken würde?

Sie brachte ihre Gefühle unter Kontrolle und antwortete knapp. »Sie wird gleich wiederkommen.«

Bryce sah zwischen ihnen hin und her, aber weder sie noch Derrick machten sich die Mühe, ihm zu erklären, was los war. Ellie nippte an der bitteren Brühe aus dem Automaten. Ihre starke Fassade bekam allmählich Risse, genau wie der Putz an den ramponierten Krankenhauswänden.

Nach weiteren fünf Minuten ging sie zum Stationstresen und bat darum, auf die Intensivstation gelassen zu werden. So sehr sie Derrick auch sagen wollte, dass er sich von ihrem Vater fernhalten sollte, konnte sie ihm doch den Zutritt nicht verweigern. Trotz allem, was zwischen ihnen vorgefallen war, trotz seiner boshaften Anschuldigungen, hatten sie ein gemeinsames Ziel – sie wollten Penny und Chrissy finden.

Ellie hoffte nur, dass die beiden dann noch am Leben wären.

DREIUNDSIEBZIG

Ellie und Derrick gingen schweigend zum Zimmer ihres Vaters auf der Intensivstation.

Ihre Mutter stand am Bett und streichelte Randalls Wange. Er war so leichenblass, dass seine Haut sich kaum von dem weißen Laken abhob, mit dem man ihn zugedeckt hatte, und er war an ein halbes Dutzend Maschinen angeschlossen, die piepten und summten und ihn fürs Erste am Leben hielten.

Als Vera Ellie und Derrick bemerkte, warf sie ihnen böse Blicke zu. Ellie bedeutete ihrer Mutter mit einer Geste, den Raum zu verlassen, und Vera bewegte sich widerstrebend auf die Tür zu. Sie umklammerte den Rahmen so fest, dass ihre Knöchel weiß hervortraten.

»Lass ihn in Frieden, El«, zischte sie.

»Das kann ich nicht, und das weißt du auch.« Sie bemühte sich um einen milderen Tonfall. »Rede mit mir, Mom. Ich bitte dich. Weißt du, wo die vermissten Mädchen sind?«

»Natürlich nicht«, sagte ihre Mutter. In ihrem Tonfall schwang so viel Bitterkeit mit, als hätte Ellie ihre Familie im Stich gelassen.

Ellies Herz pochte schmerzhaft gegen ihre Rippen, als

Derrick eine Hand ihres Vaters mit Handschellen an den Bettrahmen fesselte.

Vera stieß einen schmerzerfüllten Laut aus. »Du irrst dich in Randall. Er ist ein guter Mann. Er hat nicht verdient, dass du ihm so etwas antust.«

»Ich versuche nur, zwei kleine Mädchen zu retten«, sagte Ellie. Die Einstellung ihrer Mutter widerte sie an. »Wenn Dad unschuldig ist, warum willst du mir dann nicht sagen, was ihr verheimlicht? Und warum bedrohst du einen FBI-Agenten mit einer Waffe? Du kannst von Glück reden, dass Agent Fox dich nicht in Handschellen aus diesem Zimmer führt.«

»Das darf er nicht«, protestierte ihre Mutter. »Dein Vater braucht mich.«

Ungeduldig biss Ellie die Zähne zusammen. »Und Penny und Chrissy brauchen dich auch. Sie sind darauf angewiesen, dass du die Wahrheit sagst.«

Derrick kam wieder zu ihnen und blieb neben Vera stehen. »Wo sind die Mädchen?«

»Ich habe doch gesagt, dass ich es nicht weiß, und das ist auch die Wahrheit.«

Derrick starrte sie eine endlose Minute lang an. Sein wütender Atem ging im selben Takt wie die Maschine, die Luft in die Lungen ihres Vaters pumpte. Als er schließlich sprach, war der Ausdruck, der sich dabei auf sein Gesicht legte, eine eindeutige Warnung. »Wagen Sie es nicht, die Stadt zu verlassen, Mrs Reeves. Wir sind noch nicht fertig miteinander.«

Die Augen ihrer Mutter funkelten verächtlich. »Raus mit euch, alle beide.«

Mit stürmisch pochendem Herzen drängte sich Ellie an ihr vorbei. Sie erreichte das Bett ihres Vaters und klammerte sich an den Rahmen. »Dad, bitte, wenn du weißt, wo diese kleinen Mädchen sind, dann sag es mir.«

Seine Augenlider hoben sich zitternd, und er stöhnte auf.

Dann krampfte sein Körper plötzlich, und die Maschinen schlugen wild klingelnd und piepsend Alarm.

Vera kreischte, und gleich darauf stürmte eine Schar von Krankenschwestern und Ärzten ins Zimmer.

»Sie müssen alle gehen.« Eine der Krankenschwestern führte Vera hinaus, während ein Team mit einem Notfallwagen herbeieilte.

Ellies Puls raste, als sie draußen stand und beobachtete, wie das Team versuchte, ihren Vater zu retten.

VIERUNDSIEBZIG

Kostbare Sekunden verstrichen. Sekunden, die zu quälenden Minuten wurden, während Ellie darauf wartete, zu erfahren, ob ihr Vater überleben würde oder nicht. Schließlich stabilisierte sich seine Atmung, und Ellie schickte ein stummes Dankgebet gen Himmel.

Noch immer wollte sie Antworten, aber der Arzt bestand darauf, dass alle das Zimmer verließen. Alle, bis auf ihre Mutter.

»Wenn du oder Dad wissen, wo Penny und Chrissy sind, Mom, dann sag es uns bitte«, flehte Ellie.

»Wie oft muss ich dir noch sagen, dass ich das nicht weiß? Und jetzt lass uns allein. Ich kann Randall nicht verlieren.«

Die Angst lastete schwer auf Ellies Schultern. Angespannt folgte sie Derrick auf die Station. Als sie zum Wartezimmer kamen, verspürte sie plötzlich den Drang, einfach wegzulaufen.

Weglaufen würde ihr allerdings nicht helfen, die vermissten Kinder zu finden. Trotzdem brauchte sie ein bisschen frische Luft. Am Ausgang versperrte ihr Bryce den Weg. »Sprich mit mir, Ellie.« Bryce umfasste ihren Arm. »Lass mich dir helfen.«

»Du kannst mir höchstens helfen, wenn du mir sagst, wo Penny und Chrissy sind.«

Er zog die Augenbrauen zusammen. »Das weiß ich nicht. Aber du musst dich irren, was Randall angeht. Er ist der anständigste Mann, den ich je getroffen habe.«

Ellie hatte das auch einmal von ganzem Herzen geglaubt. Jetzt wusste sie nicht mehr, was sie glauben sollte. Sie wusste nur, dass er etwas verbarg. »Was weißt du darüber?«, fragte Ellie. »Hat er etwas mit dem Verschwinden der Mädchen zu tun?«

Bryce schüttelte den Kopf. »Das glaube ich nicht. Und ich glaube auch nicht, dass du das wirklich denkst.«

»Was hat meine Mutter dir erzählt?«

Bryce presste die Lippen fest aufeinander. »Nichts, nur dass du falsch liegst.«

»Warum erklärt sie es mir dann nicht?«

Sein ausdrucksloser Blick verriet ihr, dass er die Antwort auf diese Frage nicht kannte.

»Keine Ahnung, was? Ich dachte, du wüsstest immer auf alles eine Antwort, Bryce.«

Wut flackerte in seinen Augen auf, dann der Anflug eines Gefühls, das sie nicht deuten konnte. Sorgte er sich wirklich um sie? Oder hatte ihr Vater ihn gebeten, auf sie aufzupassen?

Vielleicht erinnerte er sich gerade auch bloß an ihre Rache für die Gerüchte, die er zu Schulzeiten über sie verbreitet hatte. Bei dieser Vorstellung umspielte ein Lächeln ihre Mundwinkel. Nachdem sie einen Footballspieler abgewimmelt hatte, der wegen der Gerüchte, die Bryce über sie verbreitet hatte, zudringlich geworden war, hatte sie beschlossen, Bryce eine Lektion zu erteilen. Zuerst hatte sie ihn hinter die Turnhalle gelockt. Es war nicht schwer gewesen, ihm weiszumachen, dass sie mit ihm rummachen wollte. Das wollten damals alle Mädchen. Aber nachdem er sich vollständig ausgezogen hatte,

hatte sie seine Handgelenke an den Torpfosten gefesselt und ihn dort allein zurückgelassen.

Er war im wahrsten Sinne des Wortes am Arsch gewesen: Die ganze Football-Mannschaft hatte sich über ihn lustig gemacht, weil er sich von einem Mädchen hatte reinlegen lassen.

Bryce hatte das gar nicht witzig gefunden und sich geschworen, es ihr eines Tages heimzuzahlen.

Sie riss sich von ihm los. »Lass mich verdammt noch mal in Ruhe.«

Als sie nach draußen eilte, kamen ihr Angelica Gomez und ihr Kameramann entgegen. Das hatte ihr gerade noch gefehlt. »Detective Reeves«, begann Angelica. »Wir haben gehört, dass Sheriff Reeves bei den Ermittlungen gegen das Gespenst angeschossen wurde. Können Sie das bestätigen?«

Ellies Bauchgefühl sagte ihr, dass Bryce Angelica angerufen haben musste. *Dieser verdammte Mistkerl.*

»Wie geht es dem Sheriff?«, fragte Angelica.

Ellie tat ihr Bestes, eine gefasste Miene zu wahren. »Alles, was ich bestätigen kann, ist, dass Sheriff Reeves in kritischem Zustand ist und um sein Leben kämpft.«

»Haben Sie einen Verdächtigen? Gibt es irgendwelche Hinweise auf den Verbleib der vermissten Mädchen?«

»Kein Kommentar.« Ellie starrte die Reporterin wütend an. »Und Sie sollten besser aufpassen, was Sie berichten, um unsere Bemühungen, diese Kinder sicher wieder nach Hause zu bringen, nicht zu torpedieren.«

Angelica presste die Lippen zu einer schmalen Linie zusammen. Ellie drängte sich an ihr vorbei und lief zu ihrem SUV. Sie ließ den Motor an und fuhr mit quietschenden Reifen vom Parkplatz. Schneematsch spritzte unter ihren Reifen hervor, als sie nach Hause raste. Die Scheibenwischer kratzten geräuschvoll über das Eis und den Schnee auf ihrer Windschutzscheibe.

Ihr Handy klingelte. Es war der Captain.

Sie ging nicht ran. Konnte jetzt nicht mit ihm reden.

Aber weil sie wusste, dass er Neuigkeiten zu dem Fall haben konnte, hörte sie sich die Nachricht an, die er auf der Mailbox hinterlassen hatte.

»Was zur Hölle ist da los, Ellie? Der Bürgermeister will Antworten, und zwar jetzt. Und was habe ich da gehört, Randall wurde angeschossen? Ruf mich gefälligst an, verdammt noch mal.«

Sie sträubte sich davor, jemandem von ihrem Verdacht zu erzählen. Deshalb konnte sie im Moment nicht mit ihrem Vorgesetzten sprechen. Der Bürgermeister, die Stadt und sogar Derrick; alle gaben ihr die Schuld. War sie dumm genug gewesen, nicht zu bemerken, was ihr Vater all die Jahre trieb?

Ihre Reifen quietschten und fanden auf den mit Blitzeis überzogenen Straßen kaum Halt. Gewitterwolken ließen noch mehr Schnee herabfallen, und der Wind verwirbelte ihn zu einem weißen Nebel, der die Sicht erschwerte. Trotz der Heizung im Auto fröstelte sie, die eisige Kälte kroch selbst durch ihre Winterkleidung.

Der Sturm hatte offenbar auch auf dem Highway für Schwierigkeiten gesorgt. Mehrere Fahrzeuge waren liegen geblieben, manche davon versanken bereits halb im Schnee. Die Verkehrsschilder waren vor lauter Schnee kaum noch zu erkennen, und abgebrochen Äste lagen auf der Straße. Sie fuhr langsamer, weil sie durch die vereisten Stellen manövrieren musste, und bemerkte einen Unfall mit Blechschaden am Straßenrand. Ein schneller Blick zeigte ihr, dass es allen Beteiligten gut ging und die Feuerwehr bereits vor Ort war. Offenbar war niemand ernsthaft verletzt worden.

Sie fuhr weiter, doch das Adrenalin rauschte durch ihren Körper, ließ ihre Hände schwitzig und ihren Magen nervös werden. Bei den gefährlichen Straßenverhältnissen brauchte sie einige Minuten länger als sonst, um zu ihrem Haus zu gelangen.

Sie parkte und eilte hinein. Als sie die Stufen zur Veranda hinaufstieg, musste sie sich gegen den heftigen Wind stemmen, um nicht umzufallen. Ihr Blick streifte den Boden, und sie unterdrückte einen Schrei. Da lag noch eine Kiste.

Ihre Hände, die noch in den Handschuhen steckten, zitterten, als sie sie aufhob und ins Haus trug. Sie ließ die Tür hinter sich zufallen, schüttelte den Schnee von ihren Stiefeln und ihrem Mantel und legte die Schachtel auf den Küchentisch. Die Heizung bollerte. Ein Ast schrappte über die Fensterscheibe. Herabfallende Zweige prasselten lautstark auf das Dach.

Ellie zog ihre Waffe und durchsuchte eilig, aber fokussiert ihr Haus. Im Wohnzimmer sah alles aus wie immer. Außer ... das Foto von ihr und ihren Eltern, das auf dem Kaminsims stand, lag mit der Glasplatte nach unten da.

Vielleicht hatte der Sturm am Haus gerüttelt, und es war umgefallen?

Sie ging weiter und durchsuchte das Badezimmer und ihr Schlafzimmer, wo alles so war, wie sie es zurückgelassen hatte.

Erleichtert, dass der Mörder nicht mehr da war, kehrte sie in die Küche zurück und öffnete die Kiste. Noch eine Puppe. Eine einsame kleine Holzfigur, gebettet auf roten Samt.

Ein frustrierter Schrei bahnte sich seinen Weg an die Luft. Tränen stiegen brennend in Ellies Kehle auf und liefen schließlich über ihr Gesicht. Die Tropfen benetzten die kleine Holzpuppe.

»Wer hat dich gemacht?«, rief sie. »Wer ist der Mörder?«

Zur Antwort bekam sie nur Schweigen.

So heftig schluchzend, dass ihr Brustkorb bebte, ging sie in ihr Schlafzimmer, zog sich aus und warf ihre Kleidung in den Wäschekorb. *Zum Teufel noch mal*, sie roch nach Schweiß und nach etwas Maskulinem, Moschusartigem ... Derrick.

Vorwürfe schwirrten durch ihren Kopf und wurden immer lauter. Letzte Nacht, während sie ihn gevögelt hatte, war ein weiteres Kind entführt worden. Das würde sie sich niemals verzeihen.

Und jetzt lag ihr Vater im Krankenhaus und kämpfte um sein Leben. Der rohe Schmerz zerriss sie beinahe. Vor ein paar Stunden hatte sie noch verzweifelt an der naiven Überzeugung festgehalten, dass er ein guter Mensch war.

Die Erkenntnis, dass er nicht der war, für den sie ihn gehalten hatte, war niederschmetternd.

Sie stellte sich unter die Dusche. Heißes Wasser strömte über ihren Körper, und sie schrubbte ihre Haut, bis sie brannte. Es reichte nicht aus, um sie von dem Schmerz über seinen Vertrauensbruch abzulenken. Wie hatte sie nur so blind sein und nicht bemerken können, dass er all die Jahre Geheimnisse vor ihr hatte? Dass gerade er das Monster sein könnte, das Penny entführt hatte?

Als das Wasser schließlich kalt wurde, trat sie aus der Dusche, trocknete sich ab und zog sich einen Sweatanzug an. Ihr Magen erinnerte sie knurrend daran, dass sie seit Stunden nichts mehr gegessen hatte, also gab sie sich einen Ruck, wärmte eine Schüssel Suppe auf und goss sich einen Whiskey ein. Sie musste die Bilder vom blutüberströmten Körper ihres Vaters und das Geräusch des Schusses unbedingt aus ihrem Kopf vertreiben. Sie trat mit ihrem Drink ans Fenster und blickte hinaus auf die verschneiten Berge. Schatten schienen dort umherzuschweben, sie bewegten sich lautlos durch den Wald wie die Monster aus den Albträumen ihrer Kindheit, als sie mit Mae Verstecken gespielt hatte.

Sie sehnte sich nach dem brennenden Gefühl des Alkohols in ihrer Kehle und leerte den Whiskey in einem Zug. Im Moment wollte sie gar nichts fühlen.

Doch die Bilder prasselten unablässig auf sie ein. Die Wildnis, die sie immer geliebt hatte, war wunderschön, doch die Bilder von den Gräbern kleiner Mädchen taten dieser Schönheit Abbruch. Es waren so viele Mädchen.

Die kleinen Holzpuppen, die zwischen den welken Blättern und dem spröden Laub verstreut lagen, sahen makaber aus. In Ellies Vorstellung wurden sie von den skelettartigen Händen der vermissten kleinen Mädchen umklammert. Auf der Suche nach Trost hatten sie sie festgehalten, als sie gestorben waren. Doch die kalten Holzpuppen spendeten keinen Trost.

Frust kochte in Ellie hoch. Sie schritt durch das Zimmer zu der Wand mit den Karten. Ihr Vater und sie hatten so viele Orte besucht. Manche Karten zeigten Wanderausflüge und Abenteuer, die sie für die Zukunft geplant hatten.

In einem Wutanfall zog Ellie sie von der Wand und riss sie in Stücke. Sie würde sie nie wieder so betrachten können wie zuvor. Ihr Vater hatte ihr beigebracht, wie man die tückischen Berge bezwang und draußen überlebte, damit sie sich niemals verirrte oder in Gefahr geriet.

Hatte er die ganze Zeit über Jagd auf Mädchen gemacht?

Unglaube stieg wieder in ihr auf. Dieses Gefühl gehörte so untrennbar zu ihr wie ihr Herzschlag und es schmeckte so widerlich und bitter wie verdorbenes Essen. Vor Trauer über das, was sie mit ihrem Vater zu teilen geglaubt hatte, warf Ellie die zerrissenen Karten in den Müll. Sie versuchte in Gedanken zu ordnen, was sie wusste, und all die unbeantworteten Fragen, die ihr durch den Kopf gingen, zu sortieren.

Ihre Mutter bestand darauf, dass Ellie alles falsch verstanden hatte. Was, wenn das tatsächlich der Fall war? Wenn es eine andere Erklärung gab und ihr Vater unschuldig war? Sie wollte das glauben. Aber ihr Gespür als Ermittlerin sagte ihr, dass sie die Fakten und Beweise, die ihr ins Auge sprangen, nicht einfach abtun durfte.

Mit zitternden Fingern wählte sie die Nummer des Labors. Niemand ging ran.

Scheiße, natürlich nicht. Es mussten längst alle Feierabend haben. Trotzdem hinterließ sie eine Nachricht und bat um die forensischen Berichte aller Gegenstände, die sie ans Labor geschickt hatte, und auch von denen, die sie auf der Dugan-Farm gefunden hatten.

Nachdem sie aufgelegt hatte, schenkte sie sich noch einen Whiskey ein. Sie stürzte ihn hinunter, wartete, bis die Wärme des Alkohols in ihren Körper sickerte, und genoss das brennende Gefühl in ihrem Hals. Sie schmeckte die vollmundige Karamellnote, in die sich das Salz ihrer eigenen Tränen mischte. In ihrem Kopf nahm ein Plan Form an.

Sie knallte das Glas auf den Tisch, zog sich ihre wetterfeste Thermohose und den dazugehörigen Pullover an und schnallte sich dann ihr Holster mit der Waffe um.

Sie griff nach ihrem Handy, rief Angelica an und bat darum, dass sie sich am Krankenhaus mit ihr traf.

Auf dem Weg nach draußen schnappte sich Ellie die hölzerne Kiste mit der Puppe.

FÜNFUNDSIEBZIG

Irgendwo auf dem AT

Er gab dem neuen Mädchen eine Puppe, die er gerade fertig geschnitzt hatte, und sie drückte sie an ihre Brust, als könnte die Puppe sie zu retten. Genau wie das allererste Mädchen, das er entführt hatte.

Aber die Puppe hatte sie nicht gerettet. Und auch Penny hatte sie nicht gerettet.

Bald würde es im Wald wieder von Suchtrupps und Polizisten wimmeln. Sie nannten ihn das Gespenst. Die hübsche Reporterin hatte beinahe gelächelt, als sie ihm den Namen verpasst hatte, als ob sie und diese Cop besonders schlau wären, weil sie sich das ausgedacht hatten.

Aber er war kein Gespenst. Er war *echt*.

Nur, dass er sein Leben lang so behandelt worden war, als wäre er unsichtbar.

Jetzt war das anders. Die Menschen würden ihn wiedererkennen. Sie würden sein Vermächtnis kennen. Er würde berühmt werden wie Jeffrey Dahmer, Ted Bundy oder der Boston Strangler.

Ein Déjà-vu überkam ihn. Das neue Mädchen sah dem ersten Mädchen, das er entführt hatte, so ähnlich, dass er die Augen schloss und sich vorstellte, er sei in der Zeit zurückgereist.

Sie war so begeistert von den Puppen gewesen, als er sie ihr zum ersten Mal gezeigt hatte. Er hatte geglaubt, sie würde nur mit ihnen spielen wollen, aber stattdessen wollte sie ihm dabei zusehen, wie er sie aus dem Holz schnitzte. Er hatte ihr gezeigt, wie man den Kopf oval formte, dann, wie der runde Körper und die dünnen Arme und Beine entstanden. Schließlich hatte er ihr gezeigt, wie man die Augen schnitzte, die genauso leer waren wie die Herzen der Mommys, die ihn abgewiesen hatten, weil sie lieber die hübschen kleinen Mädchen haben wollten.

Nur dass die Puppen nicht gereicht hatten, um die Kleine dazu zu bringen, dass sie bleiben wollte.

Sie hatte geweint und gebettelt, nach Hause zu dürfen.

Sei keine Heulsuse, hatte er zu ihr gesagt.

Aber statt zu schweigen, hatte sie ihn mit Dreck beworfen und ihn mit bösen, gemeinen Wörtern beschimpft. Er hatte sie an den Haaren gepackt und sie so heftig geschüttelt, dass ihre Zähne klapperten. Ihre Augen quollen hervor, und ihre Lippen bebten. Rotz lief ihr aus der Nase.

Da war sie nicht mehr so hübsch gewesen.

Angewidert war er nach draußen gestapft und hatte sie für eine Weile allein gelassen. Sie hatte lernen sollen, dass es keinen Spaß machte, allein zu sein.

Dass es schön war, jemanden zum Spielen zu haben.

Ein Geschwisterchen. Das war alles, was er sich gewünscht hatte. Na ja, und eine Mommy, die ihn liebte. Und vielleicht auch einen Daddy.

Aber er hatte nichts von alledem bekommen.

Weil sie sich stattdessen für die hübschen kleinen Mädchen entschieden hatten.

Vor Abscheu verknotete sich sein Magen, und mit einem

Mal war er wieder in der Gegenwart. Endlich schenkten ihm die Mommys Beachtung. Ausnahmsweise waren *sie* es, die litten.

Er sammelte die Holzstücke ein, die er für die Herstellung der Puppen aufgehoben hatte, und trug sie hinein. Dabei pfiff er das Lied, das sich pausenlos in seinem Kopf wiederholte: »Schlaf, Kindlein schlaf«. Er zog sein Messer und ließ das Holz vor die Füße des neuen Mädchens fallen.

Ihre Augen weiteten sich, als sie das Messer entdeckte, und dann schrie sie.

SECHSUNDSIEBZIG

Stony Gap

Bevor Ellie sich mit Angelica traf, rief sie Heath an, um sich auf den neusten Stand bringen zu lassen. Ihm zufolge hatte niemand aus Mrs Larkins Freundeskreis oder von den Nachbarn etwas Verdächtiges gesehen. Alle sagten aus, sie sei liebevoll und ganz vernarrt in ihre Tochter Chrissy.

Es gab keine Stalker in der Nachbarschaft, und auf den Social-Media-Accounts der Familie fand sich nichts Verdächtiges. Sie hatten keine Feinde.

Es gab überhaupt keine Spur.

Kostbare Zeit verstrich, während sie zum Haus ihrer Eltern fuhr. Wenn ihr Vater die Mädchen umgebracht oder die Puppen geschnitzt hatte, musste es dort Beweise dafür geben.

Oder Beweise, die seine Unschuld belegten.

Bevor sie mit Angelica live im Fernsehen sprach, wollte sie mit allen Informationen versorgt sein, die sie nur bekommen konnte.

Der Sturm wütete wieder stärker, und der Himmel war so

dunkel und trüb wie ihre Stimmung. Sie stapfte durch den Schnee zur Haustür und schloss mit ihrem Schlüssel auf.

Das Geräusch des Schusses, der ihren Vater getroffen hatte, schien noch durch das Haus zu hallen und machte sie beinahe bewegungsunfähig. Dann hörte sie wieder den Schrei ihrer Mutter. Und sah das ganze Blut.

Ellie blinzelte, bis das Bild verschwand, atmete tief ein und aus, und zwang sich, einen Fuß vor den anderen zu setzen. Sie ging direkt ins Büro ihres Vaters. Zuerst untersuchte sie alles, was auf seinem Schreibtisch lag, dann seine Aktenschubladen. Es gab einige Ordner mit alten Fällen und eine Mappe mit Zeitungsausschnitten, die über das Verschwinden aller Mädchen berichteten.

Vor Übelkeit verkrampfte sich ihr Magen. Hatte er die Artikel als Andenken aufbewahrt, oder weil er die Verbindung erkannt hatte und selbst in diese Richtung ermittelte?

Von Penny gab es allerdings keine Akte.

Sie knirschte mit den Zähnen und durchsuchte alle Schubladen, fand aber nichts.

Alle Eltern hatte einen Gegenstand genannt, den ihr Mädchen bei sich gehabt hatte, als es verschwunden war, und der nicht gefunden worden war. Aber in seinem Schreibtisch war keiner davon zu sehen. Mit rasendem Puls durchsuchte sie seine Bücherregale, öffnete die Bücher in der Hoffnung, Geheimfächer oder Notizen zu finden, und stieß schließlich auf seinen Safe.

Ein Zahlenschloss, doch sie kannte den Code nicht. Es klappte weder mit seinem Geburtsdatum noch mit dem ihrer Mutter. Aber mit ihrem Geburtstag öffnete sich der Safe. Darin fand sie einige Anleihepapiere, die er bei der Bank gekauft hatte, sowie sein Testament, aber nichts über die vermissten Mädchen.

Sie schloss den Safe und entschied, in der Garage nachzusehen, wo er mit Holz arbeitete. Sie hielt den Atem an und betete, dass Derrick sich in Bezug auf ihren Vater irrte, dann stieß sie die Tür zu seiner Werkstatt auf. Der Raum war dunkel und roch nach Kiefer, Eiche und Zedernholz. Wenn sie sich als Kind hierher verirrt und ihrem Vater dabei zugesehen hatte, wie er ein Vogelhaus baute oder eine Entenattrappe schnitzte, hatte sie den Geruch beruhigend gefunden. Heute sorgte er dafür, dass sich ihr der Magen umdrehte.

Als das Licht den Raum erhellte, suchte sie alles ab. Das Holz war gestapelt und nach Baumart sortiert. Kiefer, Eiche, Zypresse, Kirsche. Auf einem Regal standen unfertige Enten, die darauf warteten, abgeschmirgelt und bemalt zu werden. Auf einem anderen Regal standen Vogelfutterkrippen wie die, die sie im Garten hinter dem Haus aufgehängt hatte.

Sie durchquerte die Werkstatt und blieb vor dem Wandschrank stehen. Das Herz schlug ihr bis zum Hals, als sie die Tür aufzog.

Da waren keine Puppen, Gott sei Dank.

Aber ein Puppenhaus. Ein großes, hübsches, zweistöckiges Puppenhaus mit rosa Fensterläden und einem Leuchter, der sich drehen konnte.

Ein leeres Puppenhaus ohne Puppen darin.

SIEBENUNDSIEBZIG

Der Wind wütete so heftig, dass der Schnee rund um Ellie aufgewirbelt wurde, als sie von ihrem Jeep zum Eingang des Krankenhauses eilte. Angelica erwartete sie schon, und auch Stan und Susan Matthews sowie Chrissys Mutter standen bei der Reporterin.

»Stimmt es, dass Ihr Vater etwas mit dem Verschwinden unserer Mädchen zu tun hat?«, rief Stan.

»Sagen Sie uns die Wahrheit«, forderte Mrs Larkin.

»Bitte«, flüsterte Susan heiser. »Weiß er, wo sie sind?«

»Sind sie noch am Leben?« Stan machte einen Schritt auf Ellie zu, doch plötzlich tauchte Bryce auf und schob sich geschickt zwischen sie.

»Detective Reeves macht nur ihre Arbeit«, sagte Bryce in beruhigendem Tonfall. »Bitte bleiben Sie ruhig und lassen Sie sie das weiterhin tun. Ich kann Ihnen versichern, dass wir bei der Suche nach den Mädchen Fortschritte machen.«

Angelicas Kameramann filmte alles. Bryce geleitete das Paar und Chrissys Mutter unter das Vordach. »Kommt, lassen Sie uns einen Kaffee trinken gehen«, bat er.

Stan machte einen Schritt auf Ellie zu, aber Bryce hielt ihn am Arm fest. »Das würde ich sein lassen, Stan.« Der Mann funkelte Ellie wütend an, gab aber schließlich nach. Bryce begleitete ihn und die anderen ins Krankenhaus und über den Flur zur Cafeteria.

Angelica wickelte sich ihren Schal fester um den Hals. Sie trug auch Handschuhe und umklammerte ihr Mikrofon.

»Wollen Sie das immer noch durchziehen, Detective?«

»Mehr denn je«, sagte Ellie, denn sie fühlte den Schmerz der Eltern, als wäre es ihr eigener.

Angelica richtete das Mikrofon aus, der Kameramann zählte von drei runter und Ellie nickte als Zeichen dafür, dass sie bereit für das Interview war.

»Ich bin Angelica Gomez, live auf Sendung mit Detective Ellie Reeves, die die Suche nach zwei vermissten Mädchen in Bluff County leitet.« Sie deutete in Ellies Richtung. »Bitte, Detective.«

Ellie blickte direkt in die Kamera. »Heute Abend möchte ich das Wort an den Mann richten, den die Presse *das Gespenst* nennt. Ich weiß, wie viele Kinder Sie entführt und wie viele Familien Sie zerstört haben.« Sie hielt die kleine Holzpuppe aus der letzten Kiste für eine Nahaufnahme dicht vor die Kamera. »Ich weiß, dass Sie in meinem Haus waren und mir das hier dagelassen haben.« Auch wenn sie gefasst wirkte, brodelte in ihr die Wut. »Jetzt ist es an der Zeit, die Spielchen sein zu lassen.« Sie hielt inne, um ihren Worten mehr Nachdruck zu verleihen und weil ihre Stimme zu zittern begann. »Bitte tun Sie Penny Matthews und Chrissy Larkin nichts. Sie sind unschuldige Kinder. Wenn Sie Ihre Geschichte erzählen wollen, dann hören Sie auf, sich zu verstecken wie ein Feigling, und nehmen Sie es mit mir auf.«

Angelicas Augen weiteten sich, aber Ellie ließ sich nicht beirren. »Sagen Sie mir, wo, und ich werde Sie treffen. Allein.«

Ellie ließ Angelica völlig verdutzt und sprachlos zurück, drehte sich um und eilte ins Krankenhaus. Im Wartezimmer wurde das Interview ausgestrahlt, sie sah ihr eigenes Gesicht in den Nachrichten.

Ihre Mutter stand in einer Ecke und starrte sie an. »Was um alles in der Welt ist in dich gefahren?« Vera keuchte auf. »Hast du den Verstand verloren, Ellie?«

Ellie ließ die missbilligenden Worte ihrer Mutter nicht an sich herankommen. »Ich versuche, zwei vermisste Kinder zu finden. Und ich will, dass den anderen Opfern Gerechtigkeit widerfährt. Wenn du und Dad mit mir geredet hättet, wäre ich vielleicht nicht gezwungen gewesen, mit *ihm* zu sprechen.«

Vera wich schwankend zurück, als hätte sie einen Schlag abbekommen.

»Wirst du jetzt mit mir reden?«, fragte Ellie.

Vera ließ sich auf den Stuhl fallen, stützte den Kopf in ihre Hände und begann zu beten.

Ellie ballte ihre Hände zu Fäusten, um ihren Zorn zurückzuhalten. Wenn Penny oder Chrissy starben, weil Vera und ihr Vater einen Mörder schützten, würde ihnen kein Gott mehr helfen können.

Ihr Handy vibrierte an ihrem Gürtel. Captain Hale. Sie ahnte, dass er nicht gerade glücklich über ihr Vorgehen sein würde, ließ die Mailbox rangehen und eilte zurück zum Stationstresen.

Während sie darauf wartete, dass die Krankenschwester zurückkehrte, hörte sie die Nachricht des Captains ab.

»Bist du übergeschnappt, Ellie? Bürgermeister Waters und ich haben gerade das verfluchte Interview gesehen. Du hast gerade einen gottverdammten Mörder hergelockt.«

Ellie ignorierte die Nachricht.

Es war ihr lieber, wenn der Mörder hinter ihr her war, als wenn er Jagd auf noch mehr Mädchen machte. Mit diesem Wissen hätte sie nicht leben können.

Die Krankenschwester kam zurück und beäugte sie argwöhnisch. »Sie müssen noch warten, bis Sie zu Ihrem Vater können. Ich habe gerade schon den FBI-Agenten abgewimmelt.«

Ellie suchte sich einen Platz auf der anderen Seite des Wartezimmers, so weit weg von ihrer Mutter, wie nur möglich.

Sie würde hier Wache halten, bis ihr Vater zu sich kam. Und sie würde nicht gehen, ehe er ihr alles erzählt hatte.

ACHTUNDSIEBZIG

Irgendwo auf dem AT

Chrissy rollte sich in der Dunkelheit zusammen wie ein Embryo und drückte die kleine Holzpuppe an ihre Brust. Die schäbige, kratzige Decke, in die er sie gewickelt hatte, nachdem er sie gepackt und in den Kofferraum seines Autos geworfen hatte, roch ekelhaft.

Aber es war so kalt in diesem dunklen Loch, dass sie sich trotzdem darunter verkroch.

Mit dem Handrücken wischte sie ihre Tränen weg. Warum war sie so dumm gewesen und ihm gefolgt? Mommy hatte doch gesagt, man durfte nicht mit Fremden reden. Aber die Frau hatte gerade die Sternschnuppe fertiggemalt, als Chrissy die Puppe auf dem Boden neben dem Stand entdeckt hatte, zusammen mit den anderen selbstgemachten Spielsachen.

Da war ein knalllila Puppenbett gewesen, und sie hatte gedacht, dass die Puppe in das Bett gehörte. Lila war ihre Lieblingsfarbe. Als sie sich gebückt hatte, um die Puppe aufzuheben, war er plötzlich da gewesen. Er hatte gesagt, er hätte ein großes Puppenhaus gebaut, und gefragt, ob sie es gern sehen würde.

Sie Dummerchen war mit ihm an die Ecke des Stands gegangen. Da war es war dunkel und kalt gewesen, und sie hatte plötzlich dieses komische Gefühl gehabt, dass etwas nicht stimmte. Genau wie damals, als der fiese Marty sie im Kindergarten von der Schaukel geschubst und ihr Mittagessen geklaut hatte.

Von dem Geräusch seiner Schritte irgendwo in der Nähe bekam sie Bauchschmerzen. Er sang wieder dieses Schlaflied, das von dem Schaf. Aber seine Stimme klang nicht schön wie die von Mommy, sondern böse. Auch seine Augen hatten böse ausgesehen, als er sie aus dem Kofferraum gezogen und über seine Schulter geworfen hatte.

Sie hatte ihm gegen die Brust geschlagen, hatte ihn getreten und geschrien, dass er sie loslassen soll, aber niemand hatte sie gehört, weil sie da schon irgendwo im Wald gewesen waren. Die lustige Musik vom Fest war jetzt nicht mehr zu hören. Stattdessen raschelte der Wind in den Bäumen.

Ängstlich nahm sie die kleine Puppe hoch und versuchte, ihr Gesicht zu sehen, aber es war so dunkel, dass sie nichts erkennen konnte. Sie fuhr mit dem Finger über das Holz und befühlte die Arme und Beine, dann den Kopf.

Vielleicht würde er sie gehen lassen, wenn sie brav war und mit den Puppen spielte. Warum hatte ein großer Mann wie er überhaupt Puppen?

Fröstelnd zog sie die Knie enger an ihre Brust. Das Geräusch von tropfendem Wasser erfüllte die Stille. Dann hörte sie nichts mehr. Wo war er jetzt? Würde er zurückkommen?

Er hatte ihr gesagt, dass sie nicht weinen sollte, aber sie konnte nicht anders. Sie hatte gehört, wie ein paar Erwachsene über einen Mann geredet hatten, der ein anderes kleines

Mädchen entführt hatte. Sie hatten gesagt, niemand hätten das Mädchen gefunden.

Einer hatte gesagt, sie sei wahrscheinlich tot.

Sie schluckte, um die Tränen zurückzuhalten, vergrub ihr Gesicht in ihren Händen und schluchzte trotzdem auf. Die dumme Puppe ließ sich nicht verbiegen, sie konnte gar nichts tun und lag nur steif und kalt in ihrer Hand. Sie wollte nicht damit spielen.

Und sie wollte auch nicht tot sein wie die anderen kleinen Mädchen.

NEUNUNDSIEBZIG

In der Nähe von Atlanta, Georgia

Angst fraß Derrick von innen heraus auf, als er an die Tür seiner Mutter klopfte. Die Fahrt zu ihrer Wohnung außerhalb Atlantas hatte zwei Stunden gedauert, und in dieser Zeit hatte er genügend Gelegenheit gehabt, sich das bevorstehende Gespräch so lange auszumalen, bis ihm ganz flau im Magen gewesen war. Doch den Einfall, sie einfach anzurufen, hatte er schnell verworfen, weil sie es verdient hatte, die Neuigkeiten von Angesicht zu Angesicht von ihm zu erfahren.

In dem Augenblick, als sie ihm öffnete, entglitten ihre Gesichtszüge. Trotzdem führte sie ihn schweigend ins Wohnzimmer, schenkte ihm einen Scotch und sich einen Wodka Tonic ein und drehte sich erst dann zu ihm um.

Ihr Blick war vor Trauer getrübt, aber ihre Stimme war fest.

Resigniert. »Ich habe die Nachrichten gesehen. Du hast sie gefunden, nicht wahr?«

Schmerz und Bedauern raubten ihm den Atem, also nickte er nur. »Es tut mir leid. Es tut mir so leid.«

Er hatte damit gerechnet, dass sie zusammenbrechen würde. Stattdessen schlang sie ihre Arme um ihn. »Danke, dass du sie gefunden hast, mein Sohn. Ich … weiß, dass es nicht leicht war.«

Tränen stiegen in ihm auf und schnürten ihm die Kehle zu. Plötzlich war er wieder ein kleiner Junge, der Kim dabei zusah, wie sie durch den Garten rannte, Frösche jagte und kreischend durch den Rasensprenger lief.

»Es war meine Schuld, Mom. Ich würde alles dafür geben, die Zeit zurückdrehen und etwas ändern zu können.«

»Pscht.« Sie umfasste sein Gesicht mit ihren Händen. »Hör auf, dir Vorwürfe zu machen, Schatz. Wir haben beide ein Leben voller Reue und Kummer hinter uns. Jetzt können wir Kim ein ordentliches Begräbnis zukommen lassen, und du kannst endlich dein Leben weiterleben.«

Er wusste nicht, wie er das anstellen und was er tun sollte. Außer den Fall abzuschließen. Kims Mörder zu finden. Und ihn leiden zu lassen.

Sein Verlangen nach Rache wurde immer stärker, der Gedanke vereinnahmte ihn und breitete sich aus wie ein wucherndes Geschwür, dessen einzige Chance auf Heilung im Tod dieses Mistkerls bestand.

Er schluckte seine Wut hinunter und umarmte seine Mutter fest. »Ich muss wieder zurück. Den Mann finden, der sie und die anderen entführt hat.«

»Ich weiß, Derrick«, sagte sie leise. »Ich habe Detective Reeves vorhin in den Nachrichten gesehen. Es klang danach, als wolltet ihr ihm eine Falle stellen.«

Ellie war in den Nachrichten gewesen? »Wie meinst du das?«

»Sie hat den Mörder aufgefordert, sich mit ihr zu treffen.« Seine Mutter runzelte die Stirn. »Wusstest du nichts davon?«

»Nein.« Derricks Magen verknotete sich. Was zum Teufel hatte sie sich dabei nur gedacht? Wenn sie den Täter aufforderte, sich mit ihr anzulegen, glaubte sie offenbar nicht, dass ihr Vater schuldig war.

Die Vorstellung, dass Ellie sich diesem Serienmörder allein stellen würde, ließ seinen Brustkorb vor Panik ganz eng werden. »Ich muss los.« Er wollte zur Tür stürmen, hielt aber noch einen Moment inne. »Ist alles in Ordnung, Mom? Soll ich jemanden anrufen, der herkommen und bei dir bleiben kann?«

Entschlossenheit flackerte in ihren Augen auf, und sie hob tapfer das Kinn. »Ich bin in Ordnung, Schatz. Geh einfach. Finde diesen Mann und sperre ihn ein, damit er niemandem mehr wehtun kann.«

Derrick umarmte sie noch einmal und eilte dann zur Haustür. Sobald er den Motor angelassen hatte, rief er Ellie an.

Ihr Handy klingelte und klingelte, doch sie ging nicht ran.

Scheiße. Was, wenn er zu spät kam und sie schon allein losgezogen war, um sich mit diesem Psychopathen zu treffen?

ACHTZIG

TAG FÜNF DES VERSCHWINDENS

5. März, 8:00 Uhr, Stony Gap

Das Erste, was Ellie wahrnahm, als sie im Wartezimmer aufwachte, war der Geruch nach Ammoniak, Medikamenten und Krankheit. Dann Stimmen aus dem Schwesternzimmer und vom Flur.

Eine eingehende Nachricht von Heath ließ ihr Handy piepen.

Maude Hazelnut sagt, sie habe einen großen, stämmigen Mann in einem dunklen, abgetragenen Mantel und einer schwarzen Skimütze gesehen, der unter einem Baum stand und die Kinder im Spielbereich und am Stand für Kinderschminken beobachtet hat.

Ellies Puls beschleunigte sich. Dieser Mann könnte der Entführer sein. Vielleicht hatte er Chrissy dort nachgestellt, um sich sein nächstes Opfer direkt in der Stadt zu suchen.

Sie schickte eine Nachricht zurück:

Gibt es sonst noch etwas?

Keine Details. Sie hat sein Gesicht nicht gesehen. Ich werde noch ein paar Leute befragen. Keine Überwachungskameras. Ich halte dich auf dem Laufenden.

Weder in Stony Gap noch in Crooked Creek gab es öffentliche Überwachungskameras, was sie dringend ändern wollte. Die Bergstädte waren idyllisch, und in der Regel herrschte dort kaum Kriminalität. Es gäbe keinen Grund, Geld für Überwachungskameras ausgeben, hatte der Stadtrat gesagt.

Vielleicht würde er seine Meinung jetzt ändern.

Sie hatte auch mehrere Nachrichten von Derrick bekommen, darunter eine sehr wütende, in der er sie warnte, nicht allein auf die Jagd nach dem Täter zu machen, was sie aber ignorierte. Sie wollte im Moment nicht mit ihm reden. Um ihn loszuwerden, schrieb sie ihm zurück, dass sie im Krankenhaus sei.

Aus dem Lautsprecher drang eine Stimme und ließ sie hochschrecken. »Code Blau. Dr. Henry, kommen Sie bitte in Zimmer 310. Code Blau. Dr. Henry bitte in Zimmer 310.« Erleichtert, dass es nicht das Zimmer ihres Vaters war, streckte sich Ellie und ließ ihre Schultern kreisen, um ihren verspannten Nacken zu lockern. Stimmen erklangen vom Flur her. Zwei Frauen unterhielten sich in gedämpftem Flüsterton an der Kaffeemaschine. Jemand weinte.

Jetzt kam die Krankenschwester herüber und bedeutete ihr, dass sie ihren Vater sehen durfte. »Aber nur für ein paar Minuten«, mahnte sie.

Ellie folgte ihr durch die Flügeltür auf die Intensivstation. Medizinische Geräte piepten, und auf dem angrenzenden Flur klapperten die Medikamentenwagen.

Als Ellie ihren Vater erblickte, der immer noch an die Maschinen angeschlossen war, hatte sie einen schweren Stein im Magen. Seine Haut war so blass, als stünde er schon mit einem Bein im Grabe, mehr tot als lebendig. Der Anblick der Handschellen an seinem Handgelenk ließ Übelkeit in ihr aufsteigen.

Eine Krankenschwester schenkte Ellie ein mitfühlendes Lächeln, als sie ins Zimmer kam und seine Vitalwerte überprüfte. Ellie wartete, bis die Schwester gegangen war, dann setzte sie sich schnell auf den Stuhl neben seinem Bett.

Einen Moment lang beobachtete sie ihm beim Schlafen. Erinnerungen an ihre gemeinsamen Campingausflüge fluteten ihr Bewusstsein und ließen auch den Schmerz wieder aufflackern. Ihr Vater hatte ihr geduldig beigebracht, wie man ein Zelt aufschlug und ohne Streichhölzer Feuer machte. Außerdem wusste sie dank ihm, wie man giftige Pflanzen erkannte, und welche Pilze und Beeren sie essen konnte. So viele Abenteuer hatten sie zusammen erlebt, so viele Male hatte sie ihn begleitet und ihn geradezu angehimmelt.

Hatte er all die Jahre seine dunkle Seite nur versteckt? Hatte er sie geliebt und ihr beigebracht, wie man in der Wildnis überlebte, während er andere unschuldige kleine Mädchen entführt und ermordet hatte?

Diese Vorstellung holte sie schlagartig wieder in die Gegenwart zurück. »Dad, kannst du mich hören?«

Seine Atmung ging stoßweise, dann zuckten seine Augen.

»Dad, bitte wach auf und rede mit mir. Ich muss die Wahrheit erfahren.«

Er stöhnte auf und streckte die Hand nach ihr aus. Einen Augenblick lang starrte sie ihn an. Sie wusste nicht, ob sie es übers Herz bringen würde, ihn anzufassen.

Nicht, wenn er mit ebendiesen Händen Kinder umgebracht hatte.

Bring ihn dazu, zu reden, Ellie. Mach deinen Job. Penny und Chrissy sind auf dich angewiesen.

Sie setzte sich gerade auf, atmete ein und umfasste seine

Hand. »Dad, ich bin hier.« Er öffnete langsam die Augen und blinzelte. Von den Schmerzen und den Medikamenten war er noch benebelt, und seine Augen wirkten glasig.

»Ich bin's, Ellie«, sagte sie leise. »Erinnerst du dich daran, was passiert ist?«

Er musterte ihr Gesicht einen Moment lang fragend, dann mischte sich Beunruhigung dunkel in seinen Blick. »Angeschossen?«

»Ja, du bist im Krankenhaus, auf der Intensivstation.«

Ein Muskel in seinem Kiefer trat hervor. »Deine Mutter?«

»Mom ist im Wartezimmer. Sie war die ganze Nacht hier.«

Seine kantigen Gesichtszüge wurden weicher. Es war rührend, wie sehr er Vera verehrte.

Eine andere Erinnerung flirrte durch ihren Kopf – das Weihnachten, als sie sieben Jahre alt gewesen war. Sie hatte sich ins Wohnzimmer geschlichen und ihn dabei erwischt, wie er als Weihnachtsmann verkleidet ihr Fahrrad zusammengebaut hatte.

Sie musste falsch liegen, was ihren Verdacht ihm gegenüber anging. Es durfte einfach nicht sein.

»Penny Matthews wird immer noch vermisst, und jetzt ist auch noch ein Mädchen namens Chrissy Larkin verschwunden«, erklärte sie leise. »Special Agent Fox glaubt, dass du etwas damit zu tun hast. Oder dass du den Mörder deckst.«

Seine Lippen teilten sich, als er um Luft rang, und Schweiß glänzte auf seiner Stirn. Sie hatte das Bedürfnis, ihn mit einem kühlen Lappen wegzuwischen, beherrschte sich aber.

»Wenn du weißt, wo die Mädchen sind, Papa, oder wer sie entführt hat, dann sag es mir bitte. Ihre Eltern sind krank vor Sorge.« Vor Entschlossenheit und auch vor Angst klang ihre Stimme ganz belegt. »Lass sie nicht sterben.«

Seine Hand zuckte erneut, und er murmelte etwas, das sie nicht verstand, bevor ein Hustenanfall ihn schüttelte. Sie reichte ihm sein Wasserglas und wartete, bis er mithilfe des

Strohhalms einen Schluck getrunken hatte. Als er fertig war, brachte er ein Wort hervor. »H-Hiram.«

Hiram? Der Name erinnerte sie an irgendetwas.

Ihr Vater stöhnte. »Hiram. Ordner ... Mein Büro, Schreibtisch.«

Schlagartig fiel es ihr wieder ein. Hiram war einer der Schattenmenschen, vor denen ihr Vater sie gewarnt hatte. Er war gefährlich und labil.

Wenn du Hiram siehst, lauf vor ihm weg und sag mir Bescheid.

Sie betrachtete sein Gesicht. »Hat Hiram Penny entführt?«

»Ich habe dir gesagt, du sollst deinen Vater nicht aufregen«, keifte Ellies Mutter von der Tür aus. »Geh jetzt raus, Ellie. Du hast schon genug angerichtet!«

Ihr Vater schnappte nach Luft, gleich darauf piepte der Herzmonitor.

Ihre Mutter stürmte ins Zimmer und schob Ellie zur Seite. »Lass ihn in Ruhe. Du bringst ihn noch um.«

Ellie ging rückwärts aus dem Zimmer. Ihr Blick traf noch einmal den ihres Vaters. Reue flackerte in seinen Augen auf, und eine Träne lief über seine Wange. Dann formte er mit den Lippen tonlos ein Wort: *Geh.*

EINUNDACHTZIG

Die Tatsache, dass der Mörder sie nach ihrem öffentlichen Appell nicht kontaktiert hatte, beunruhigte Ellie. Allerdings konnte er auch untergetaucht sein und keinen Zugang zum Fernsehen oder zu den Nachrichten haben, sodass er ihr Interview gar nicht gesehen hatte.

Sie fuhr auf einen Parkplatz vor der Polizeiwache von Stony Gap, parkte, sprang heraus und stapfte durch den Schnee zum Eingang. Bryces Streifenwagen stand an der Seite. *Verdammt!* Sie hatte nicht vor, sich von ihm aufhalten zu lassen.

Ihr Handy klingelte, als sie die Eingangstür aufstieß. Ein rascher Blick verriet ihr, dass es wieder Derrick war. Aber sie ignorierte ihn. Sie musste ihre Arbeit machen.

Eilig ging sie an Bryce vorbei, der an der Kaffeetheke telefonierte, und hastete in das Büro ihres Vaters. Auf seinem Schreibtisch stapelten sich die Unterlagen. Schnell blätterte sie die Akten durch. Da war nichts, was mit den vermissten Mädchen zu tun hatte – nur Routineuntersuchungen, Verkehrsberichte, behördliche Verordnungen und Genehmigungen.

Sie ließ sich auf den Schreibtischstuhl ihres Vaters fallen

und versuchte, das Aktenfach zu öffnen, aber es war verschlossen, also kramte sie in der obersten Schreibtischschublade nach dem Schlüssel und fischte ihn schließlich heraus.

»Was machst du da?«, blaffte Bryce, der jetzt im Türrahmen stand.

Ellie warf ihm einen verärgerten Blick zu. Sie hatte keine Zeit, mit ihm zu diskutieren. »Wonach sieht es denn aus?«

Bryces Stiefel polterten lautstark über den Boden, als er auf sie zukam. »Du darfst die Akten deines Vaters nicht ohne richterlichen Beschluss durchsuchen. Das sind vertrauliche Unterlagen.«

»Dad hat gesagt, dass ich herkommen soll, Bryce. Hier drin steht etwas über die vermissten Mädchen.« Sie öffnete das Schloss und zog das Schubfach auf.

Bryce packte sie am Arm. »Du behandelst deinen Vater wie einen Verbrecher.«

»Ich versuche nur, einen Serienmörder zu fassen«, presste Ellie zwischen zusammengebissenen Zähnen hervor. »Und jetzt geh mir aus dem Weg, oder ich sage deiner Freundin Angelica, dass du dich geweigert hast, mit mir zu kooperieren. Wie wird sich das wohl auf deinen Wahlkampf auswirken?«

Er riss den Kopf zurück, als hätte sie ihn nicht nur mit Worten attackiert. »Ich weiß nicht, was in dich gefahren ist, aber du führst dich auf wie eine Wahnsinnige.«

Sie überging seine Bemerkung und wühlte sich durch die Akten. Ihr Herzschlag beschleunigte sich, als sie eine mit der Aufschrift HIRAM entdeckte.

»Sag mir wenigstens, wonach du suchst, damit ich dir helfen kann«, stammelte Bryce.

Sie schüttelte den Kopf. Sie vertraute ihm nicht.

Mit feuchten Händen öffnete sie die Akte und legte sie auf ihrem Schoß ab. Übelkeit stieg in ihr auf, als sie eine Karte entdeckte und sie aufklappte. Es war nicht irgendeine Karte, sondern eine mit detaillierten Markierungen. Sie zeigte die

Orte, an denen die Mädchen im Laufe der Jahre verschwunden waren.

Ihr Vater hatte auch die Stellen farbig markiert, an denen er Hiram gesehen hatte. Fast all diese Sichtungen lagen in unmittelbarer Nähe zu den Orten, an denen die Mädchen entführt worden waren, doch ein Gebiet war in einer anderen Farbe eingekreist worden als die anderen.

Sie lehnte sich mit flauem Magen im Stuhl zurück. Ihr Vater hatte die ganze Zeit über an dem Fall gearbeitet. Er hatte vermutet, dass es einen Zusammenhang zwischen den Vermisstenfällen gab und dass dieser Mann namens Hiram die Mädchen entführt hatte.

Warum hatte er geschwiegen? Warum hatte er Hiram nicht zur Fahndung ausgeschrieben und dafür gesorgt, dass sein Gesicht überall in den Nachrichten zu sehen war? Und warum hatte er seine Verbindung zu den Fällen geleugnet, als Derrick ihn darauf angesprochen hatte?

Warum hatte er Hiram nicht selbst verhaftet?

Sie schnappte sich die Karte und die Notizen ihres Vaters, drängte sich an Bryce vorbei und eilte durch den Empfangsbereich. Bryce folgte ihr bis zum Ausgang.

»Komm schon, Ellie. Sprich mit mir. Sag mir, was los ist.« Warum? Damit er seinen Arsch retten konnte? Ganz bestimmt nicht.

Sie ließ ihn stehen, rannte zu ihrem Jeep und fuhr mit quietschenden Reifen vom Parkplatz. Sie musste Hiram finden, bevor Penny und Chrissy in Gräbern endeten, so wie die anderen kleinen Mädchen.

ZWEIUNDACHTZIG

Irgendwo auf dem AT

Der Schneesturm wütete wieder heftiger, als Ellie einen kurzen Zwischenstopp bei ihrem Haus einlegte. Sie würde erst hierhin zurückzukommen, wenn sie Hiram gefunden hatte. Und die kleinen Mädchen, die er entführt hatte.

Sie betete, dass sie sie lebend nach Hause bringen konnte.

Eilig füllte sie ihren Rucksack mit Notvorräten, schnappte sich zusätzliche Munition für ihre Dienstwaffe, zog sich nach dem Zwiebelprinzip an und studierte die Karte ihres Vaters genau.

Sie ermittelte den besten Einstiegspunkt zu dem Gebiet, das er eingekreist hatte: etwa fünfzehn Kilometer von der Stelle entfernt, an der sie das letzte Grab entdeckt hatten. Dann stieg sie wieder in ihren Jeep.

Es war später Vormittag, als sie über die glatten, kurvenreichen Straßen den Einstiegspunkt zum Trail erreichte. Der Schnee fiel wieder so dicht, dass er alles unter einer blendend weißen Decke begrub, doch sie zog sich die Kapuze über den

Kopf, schnappte sich ihren Rucksack und machte sich auf den Weg.

Diese Gegend war menschenleer, einerseits wegen des Wetters, andererseits, weil dieser Weg nicht direkt zum offiziellen Trail führte.

Ellie war dankbar, dass ihr Vater ihr beigebracht hatte, seine stenografischen Notizen zu lesen. Sie folgte der Karte gen Norden, durch tückisches Terrain und über steile Bergzüge, vor denen selbst sie als erfahrene Wanderin Respekt hatte. Der Wind schlug ihr so heftig entgegen, dass es Anstrengung kostete, gegenzuhalten, und der Schnee erschwerte ihre Sicht.

Kilometerlange steile Hänge und verschlungene Pfade ließen ihre Wadenmuskeln brennen. In der beißenden Kälte tat ihr jeder Knochen weh, doch sie kämpfte sich weiter. Sie suchte fieberhaft die gesamte Umgebung ab, denn sie konnte nicht wissen, ob der Mörder sie nicht bereits beobachtete.

Nach zwei Stunden kam sie schließlich an eine Stelle, wo Ranken und Bäume dicht ineinander verschlungen waren. Laut der Karte ihres Vaters war in diesem Gebiet einst Kohle in einem Bergwerk abgebaut worden. Sie spähte durch ihr Fernglas und drehte sich um sich selbst, um sich einen Überblick über das Gebiet zu verschaffen. Die Äste und Ranken waren so eng miteinander verwachsen, dass sie ein Blätterdach bildeten.

Ellies Puls beschleunigte sich. An einer Stelle wirkte das Geflecht irgendwie unnatürlich, als hätte jemand die Pflanzen und Zweige absichtlich übereinandergeschichtet. Es war geschickt gemacht und wäre einem vorbeikommenden Wanderer wohl nicht aufgefallen – selbst sie hatte es beinahe übersehen, obwohl sie die Augen offengehalten hatte.

So leise wie möglich wanderte sie weiter den Hügel hinauf, in Richtung des merkwürdigen Geflechts.

Als sie es erreichte, räumte sie einen Ast nach dem anderen beiseite. Ihr Herz setzte einen Schlag aus. Unter den Ästen und all dem Gestrüpp war ein Geländewagen verborgen.

Das Gebiet schien übersichtlich zu sein, war aber abgelegen. Ellie ging weiter bis zu der Stelle, an der auf der Karte der Minenschacht eingezeichnet war. Sie entdeckte noch mehr aufgehäufte Äste, die die Öffnung versperrten, und räumte sie beiseite.

Eine unheimliche Stille traf sie, während sie am Eingang innehielt, und das vertraute Gefühl, keine Luft zu bekommen, befiel sie. Es war fast so, als würde eine unsichtbare Kraft versuchen, sie von dem Eingang wegzuziehen. Angst umklammerte sie wie ein tentakelbewehrtes Ungeheuer. Genau wie damals, als sie sich verlaufen und die Nacht in völliger Dunkelheit verbracht hatte.

Beruhige dich. Penny und Chrissy brauchen dich.

Sie hasste sich für ihre Schwäche, also atmete sie mehrmals tief durch und zwang sich dann, sich auf die Gegenwart zu konzentrieren. Sie war kein Kind mehr. Nur, wenn sie sich ihren Dämonen stellte, konnte sie sie besiegen.

Entschlossen ging sie in die Hocke und beugte sich in den Schacht. Mit wachen Sinnen lauschte sie in die Stille, die Waffe schussbereit im Anschlag. Hier drinnen war alles so schwarz wie die Kohle, die hier einst abgebaut worden war, was ihren Puls wieder in die Höhe schnellen ließ. Ellie zog ihre Taschenlampe hervor und leuchtete damit über den Boden.

Sie erspähte Erde und Felsen, dann einen Tunnel, der in verschiedene Bereiche des Bergwerks führte. Auf den ersten Blick schien niemand hier zu sein.

Doch von irgendwo weiter hinten drang ein leises Geräusch zu ihr herüber. Sie erstarrte, und ihr Herz stolperte. Das klang nach Weinen ... Ein kleines Mädchen weinte. Vielleicht Chrissy?

Angst raubte ihr den Atem. War Penny noch am Leben?

Sie kroch auf das Geräusch zu und bog nach rechts ab, als sich der Weg in zwei Richtungen teilte. Ihr eigener Atem klang in der Stille überlaut. Nach etwa dreißig Metern öffnete sich der Gang, und Elie hielt inne. Da stand eine Holzkiste auf dem Boden, mit abgenommenem Deckel.

Ihr Atem beschleunigte sich, als sie mit der Taschenlampe hineinleuchtete. Darin waren noch mehr der grob geschnitzten Puppen. Der Mörder war also hier gewesen. War Penny auch hier gewesen? Und Chrissy?

Angst presste ihren Brustkorb zusammen. Würde sie hier drinnen eine Leiche finden?

Als sie mit ihrer Taschenlampe die Umgebung ausleuchtete, entdeckte sie noch eine Holzkiste.

Grauen packte sie, während sie sich langsam näherte. Sie sah hinein und erstellte eine gedankliche Liste des Inhalts: eine gelbe Plastikhaarschleife. Haarbänder. Ein kleiner Ring mit einem Geburtsstein. Ein kleiner Teddybär an einem Schlüsselanhänger. Eine bunte Kette aus Plastikperlen. Ein Paar rosa Schnürsenkel …

Mein Gott. Das waren die Dinge, die die kleinen Mädchen bei sich gehabt hatten, als sie verschwunden waren. Andenken an seine Opfer.

Wieder das Geräusch von eben. Ein Kind, das schluchzte.

Sie musste weitergehen. Sich tiefer in die Mine wagen. Mindestens eines der Mädchen war dort hinten.

Sie kroch in die Dunkelheit hinein, bis sie in eine zweite kleine Kammer kam, die so hoch war, dass sie darin stehen konnte. In einer Ecke lag eine kahle Matratze auf dem Boden.

Auch die Wände und der Boden waren kahl. In der Hoffnung, irgendeinen Anhaltspunkt zu finden, steckte sie ihre Waffe zurück in ihr Holster und suchte die Matratze ab.

Ein schlichter brauner Schuhkarton steckte im Spalt zwischen der Matratze und der Höhlenwand. Ellie zog ihn heraus und öffnete ihn. Ihr Magen krampfte sich beim Anblick der Fotos zusammen. Es waren Polaroids von den Kindern, die er entführt hatte. Es gab Fotos, die zeigten, wie er ihnen nachgestellt hatte. Fotos, auf denen sie tot dalagen, mit vor Schreck aufgerissenen Augen, die winzigen Finger um die kleinen Holzpuppen geklammert.

Der Schmerz flutete sie und ließ ihren Körper erbeben. Sekunden verstrichen, und sie presste ihre Hand auf den Mund, um einen Aufschrei zu unterdrücken. Wind peitschte durch die kalte Höhle. Wasser tropfte irgendwo herunter, und das Geräusch hallte in der Leere wider. Die Dunkelheit umgab sie, und die Wände schienen immer näher zu rücken.

Vor Panik drohten ihr die Tränen zu kommen, aber sie drängte sie blinzelnd zurück und durchwühlte noch einmal die Schachtel. Am Boden war ein Trennbrett angebracht, als wäre darunter noch ein Geheimfach verborgen. Sie zog daran, hob es an und entdeckte noch ein Foto. Dieses Bild war offenbar alt, die Aufnahme körnig und die Farben verblasst.

Es zeigte kein kleines Mädchen. Sondern eine Frau, die einen Säugling hielt, der in eine blaue Decke gewickelt war. Sie drehte das Bild herum und entdeckte eine Notiz, die Hiram auf die Rückseite gekritzelt hatte. »Ich und Mommy« stand darauf – zusammen mit einem Datum.

Zehn Jahre, bevor Ellie geboren worden war.

Der Schock überwältigte sie, als sie das Gesicht der Frau erkannte. Und wandelte sich gleich darauf in ein Gefühl der Ungläubigkeit.

Die Frau auf dem Foto war Ellies Mutter.

DREIUNDACHTZIG

Sprachlos wippte Ellie auf ihren Fersen vor und zurück. Auf dem Foto hielt ihre Mutter ein Baby im Arm. Einen kleinen Jungen namens Hiram. Sie drehte das Bild um und las noch einmal das Datum. War das der Tag, an dem Hiram geboren worden war?

Mein Gott. Hiram war der Sohn ihrer Mutter.

Die Fassungslosigkeit raubte ihr den Atem. Als kleines Mädchen hatte sie ihre Eltern angebettelt, weil sie eine Schwester oder einen Bruder haben wollte. Sie hatten ihr gesagt, sie könnten keine Kinder mehr bekommen. Und dass sie Mae erfunden hätte, um die kleine Schwester zu ersetzen, die sie nie hatte.

Aber sie hatte doch ein Geschwisterkind gehabt. Hiram.

Stimmte das? Warum hatten ihre Eltern ihr nichts gesagt? Wo war er all die Zeit gewesen?

Die Teile dieses grausamen Puzzles fügten sich jetzt in widerwärtiger Klarheit zusammen ... Hiram hatte die Mädchen entführt. Hiram war das Gespenst.

Hatten ihre Eltern davon gewusst und ihn gedeckt? War das das große Geheimnis, das sie bewahrten? Und der Grund, warum ihr Vater die Ermittlungen im Fall Kim Fox eingestellt hatte?

Ihr war so übel, dass sie ihren Kopf zwischen die Knie sinken ließ und tief ein- und ausatmete, um sich nicht zu übergeben.

Die Worte ihrer Mutter klangen jetzt wie Hohn. *Ich habe immer das getan, was das Beste für unsere Familie war, und das werde ich auch weiterhin tun, solange ich lebe.*

Der Raum schwankte. Wieder bekam Ellie kaum Luft, der unsichtbare Griff, mit dem die Dunkelheit ihre Kehle zuschnürte, wurde immer fester. Sie sog gewaltsam Luft in ihre Lunge und tastete nach ihrem Handy, um Hilfe zu rufen. Doch plötzlich durchbrach ein leises Knirschen auf dem Felsboden die Stille.

Sie zog hastig das Handy aus der Tasche und riss den Kopf herum.

Ein Mann, der einen dicken Mantel und eine schwarze Skimütze trug, stürmte mit einem Holzknüppel auf sie zu. Sie riss ihren Arm hoch, um sich zu verteidigen, aber er schlug ihr das Telefon aus der Hand und stürzte sich auf sie.

Schmerz breitete sich in ihrem Handgelenk aus, als der Knüppel auf den Knochen traf. »Stopp!«, schrie sie. »Es ist vorbei. Wo sind die Mädchen?«

Ellie sah, dass ein Messer an Hirams Gürtel glänzte. Er packte sie, aber sie wehrte sich und rammte ihm die Faust in den Bauch. Er gab ein ächzendes Geräusch von sich und schlug den Knüppel seitlich gegen ihren Kopf.

Ihre Ohren klingelten, die Welt kippte und alles drehte sich. Sie streckte die Hände nach dem Boden aus, um nicht das Gleichgewicht zu verlieren, aber die Dunkelheit rief bereits nach ihr und schließlich brach sie zusammen.

Schreckliche Bilder prasselten wirr auf sie ein wie in einem schlechten Film. Die Gräber ... Die Gesichtsausdrücke der kleinen Mädchen, die um Hilfe riefen. Penny ... Chrissy ...

Ihre Mutter, wie sie ein Baby im Arm hielt, von dem Ellie nichts gewusst hatte.

Sie versuchte mit aller Macht, die Augen zu öffnen, und bemerkte jetzt, dass Hiram sie über den kalten, harten Boden schleifte. Ihre Hände und ihr Körper schürften über die Steine, durch den Dreck. Galle stieg in ihrer Kehle hoch. Angst schnürte ihr die Luft ab. Ihre Waffe war weg – hatte Hiram die Pistole?

Sie musste trotzdem kämpfen. Musste aufwachen und die Mädchen finden.

In der Hoffnung, ihn auszubremsen, ließ sie sich schlaff hängen, selbst als sie wieder zu sich gekommen war. Er war groß, hatte einen verfilzten Bart und schmale Augen, die kaum mehr als Schlitze in seinem zerfurchten Gesicht waren. Er sah wettergegerbt und verwildert aus, als hätte das Leben selbst seine Spuren an ihm hinterlassen.

Seine Stimme war tief und klang unheimlich. »Ich wusste, dass ich dich eines Tages finden würde«, murmelte er. »Ich wusste, dass du auf den Trail zurückkehren würdest.«

Er drückte sie gegen die Steinmauer, und sie stieß keuchend die Luft aus.

Sie hatte Mühe, in der Dunkelheit etwas zu erkennen. »Wo sind die Mädchen? Sind sie noch am Leben?«

Er ignorierte ihre Frage und zerrte an ihren Haaren, aber sie hielt seine Hände fest, um sich zu befreien.

»Warum hast du Penny und die anderen entführt?«, rief sie.

Er verdrehte seine Hand in ihrem Haar und zog daran. »Die Pflegeeltern. Sie wollten nur die hübschen kleinen Mädchen. Genau wie Mommy. Sie hat dich behalten, aber mich wollte sie nicht!«, brüllte er. »Keiner wollte mich.«

Ellies Gedanken überschlugen sich. Derrick hatte erwähnt, dass mindestens drei der vermissten Mädchen Pflegekinder gewesen waren. Hatte Hiram sie gekannt? Sie musste dafür sorgen, dass er weitersprach. »Hat Mom dich zur Adoption freigegeben?«

»Sie hat mich weggeworfen, als wäre ich ein Stück Dreck. Aber du ... *du* hast ein gutes Leben geführt, mit Mommy und auch einem Daddy. Du hattest eine Familie, aber ich hatte niemanden.«

»Ich verstehe das nicht. Warum hast du nicht nach uns gesucht? Nach mir?«, fragte Ellie, die verzweifelt versuchte, seine Beweggründe zu verstehen. »Warum hast du dich stattdessen an unschuldigen Kindern vergriffen?«

Der Schrei eines kleinen Mädchens übertönte Hirams genuschelte Antwort.

VIERUNDACHTZIG

Stony Gap

In dem Wissen, dass Ellie im Krankenhaus war, gelang es Derrick, ein paar Stunden zu schlafen und ein herzhaftes Frühstück zu sich zu nehmen. Er hatte auch mit der Rechtsmedizinerin gesprochen, damit die sterblichen Überreste seiner Schwester zu seiner Mutter geschickt würden, sobald alle für den Fall notwendigen Untersuchungen abgeschlossen waren.

Anschließend eilte er zurück ins Krankenhaus, fest entschlossen, mit Ellie zu sprechen, doch sie war nicht im Wartezimmer. Er nahm an, dass sie bei ihrem Vater war, und meldete sich im Schwesternzimmer.

Die Schwester ließ ihn auf die Intensivstation, und er ging direkt zu Randalls Zimmer. Dort lag der starke Mann, der ihn und seine Familie vor fünfundzwanzig Jahren verhört hatte und der jetzt nur noch ein Schatten seiner selbst war. Mrs Reeves saß neben ihm in einem Lehnstuhl, rang die Hände und wischte die Tränen aus ihrem Gesicht.

Ellie war nirgends zu sehen.

Vera sprang von ihrem Stuhl auf. »Randall darf nicht gestört werden.«

Derrick hatte Mühe, nicht die Beherrschung zu verlieren. »Zwei Mütter wollen ihre Kinder zurückhaben, und wenn ich sie retten kann, werde ich das auch tun. Und jetzt gehen Sie aus dem Weg, bevor ich Sie wegen Angriffs und Bedrohung eines Special Agent, Behinderung einer polizeilichen Untersuchung und als Komplizin bei nicht nur einem, sondern mehreren Morden verhafte.«

Fassungslosigkeit zeichnete sich auf Veras Miene ab, und sie sank wie ein verwundetes Tier in den Sessel. Er ignorierte, dass ihr wieder Tränen in den Augen standen, und näherte sich Randalls Bett.

»Sheriff Reeves«, begann Derrick. »Ich will Antworten.«

Randall stöhnte, bevor er die Augen öffnete. Dann breitete sich Panik in seinem Gesicht aus.

»Sagen Sie mir, wo die vermissten Mädchen sind«, forderte Derrick.

Randall zog seine dunklen Augenbrauen zusammen. »Ich weiß es nicht.«

»Lassen Sie die Lügen«, blaffte Derrick ihn an. »Was haben Sie mit ihnen gemacht?«

»Nicht ich«, flüsterte Randall heiser.

»Randall.« Mrs Reeves drückte die Hand ihres Mannes. »Nicht …«

Der Sheriff warf seiner Frau einen finsteren Blick zu. »Es ist an der Zeit, die Wahrheit zu sagen. Ellie ist hinter ihm her.«

Vera keuchte auf. »Was? Du hast es Ellie erzählt?«

»Nicht alles«, presste Randall hervor. »Nur, dass Hiram es war.«

»Wer ist Hiram?«, fragte Derrick.

»Er hat die Mädchen entführt«, sagte Randall. »Ich habe versucht, ihn aufzuspüren.«

»Wer ist er?«, fragte Derrick, dieses Mal in schärferem Ton.

»Keine Zeit für Erklärungen«, brummte Randall. »Er bringt Ellie um, wenn du ihn nicht aufhältst.«

Derrick ballte seine Hände zu Fäusten. »Wo kann ich ihn finden?«

»Ellie … die Karte in meinem Büro.« Seine Stimme wurde brüchig. Er war kurz davor, wieder das Bewusstsein zu verlieren. »Nein, nein … sie hat sie wahrscheinlich mitgenommen.«

»Wo ist er?«, stieß Derrick hervor.

»Der Trail … Cord. Hol Cord. Er wird dich hinbringen.«

»Der Weg ist hunderte Kilometer lang«, sagte Derrick. »Von welchem Abschnitt sprechen wir?«

»Nördlich von Falcon's Crest«, murmelte Randall. »Er zieht umher, aber da habe ich ihn zuletzt gesehen.«

Ellie hätte ihn anrufen sollen. Allerdings hatte er ihren Vater verhaftet, und sie versuchte wahrscheinlich gerade, seine Unschuld zu beweisen.

Aber ganz so unschuldig war er nicht.

»Geh sie suchen«, keuchte Randall.

Derricks erster Impuls war es, blind vor Wut auf den Trail zu stürmen. Aber das wäre dumm. Er würde sich innerhalb von Minuten verirren. Und was würde dann aus Ellie werden?

Allein mit einem Wahnsinnigen?

So sehr er sich auch nach Antworten sehnte, er wollte nicht, dass sie starb. Das hätte er sich nie verzeihen können.

Er trat auf den Flur und rief sie an. Es klingelte einmal, zweimal, dreimal, dann ging die Mailbox ran. Er fluchte, beendete den Anruf und versuchte es erneut. »Wenn du das hörst, ruf mich an, Ellie. Ich komme zur Verstärkung.«

Nachdem er die Nachricht hinterlassen hatte, rief er McClain an und klopfte ungeduldig mit der Stiefelspitze auf den Boden, während er darauf wartete, dass der Ranger abnahm. Vielleicht würde McClain sich weigern, ihm zu helfen. Derrick hatte ihn praktisch beschuldigt, an Pennys Verschwinden beteiligt gewesen zu sein.

McClain nahm ab. »Ja?«

»Randall Reeves sagt, dass Ellie bei jemandem namens Hiram ist und in Gefahr schwebt. Sie ist auf dem Trail unterwegs, um ihn zur Strecke zu bringen.«

Der Ranger fluchte. »Wo ist sie langgegangen?«

Er gab den Namen des Ortes weiter, den Randall genannt hatte. »Ich weiß, Sie mögen mich nicht, Ranger McClain, aber ich brauche auf dem Trail einen Ortskundigen. Wir dürfen keine Zeit verlieren.«

»Ich schicke die GPS-Daten für den nächstgelegenen Einstiegspunkt zum Falcon's Crest rüber«, sagte McClain. »Wir treffen uns dort.«

»Danke.«

»Ich mache das nicht für Sie«, entgegnete Cord schroff. »Sondern für Ellie.«

FÜNFUNDACHTZIG

Falcon's Crest

Der Schrei des Kindes ließ Ellie neue Hoffnung schöpfen. Wenigstens eines der kleinen Mädchen war am Leben.

Sie musste zu ihm gelangen.

Musste einen Weg finden, zu Hiram durchzudringen.

Aber er wirkte verwirrt und labil. Als hätte ein dunkler, tief verwurzelter Wahnsinn Besitz von ihm ergriffen. Er schritt hin und her und zog dabei ein Bein hinter nach, während seine vernarbten Finger über die Spitze des Schnitzmessers rieben, das er mit einer Hand umklammert hielt.

»Du musst niemandem mehr wehtun«, sagte Ellie. »Und schon gar keinem Kind.«

Er sah sie finster an, und Ellie bemerkte, dass sein rechtes Auge dabei ein wenig zuckte. »Warum sollte mich kümmern, wie es ihnen geht? Wie es mir geht, war auch immer allen egal.«

»Es tut mir leid, wie du dich fühlst«, sagte Ellie. »Aber ich kann dir helfen. Wir können Freunde sein.« Sie musste dafür sorgen, dass er weiterredete.

»Freunde?«, schrie er. »Du hast mich gejagt wie einen

Hund.« Er schwang die hölzerne Keule hin und her und schlug sie auf den felsigen Boden. »Als ich in der Stadt war, habe ich dich in den Nachrichten gesehen. Du hast allen erzählt, dass du mich finden würdest. Du hast mich einen Feigling genannt.« Seine Stimme wechselte in eine unheimliche Tonlage. »Du willst nicht mein Freund sein. Du willst mich in einen Käfig sperren.«

So, wie er die kleinen Mädchen eingesperrt hatte? »Nein, ich möchte dich kennenlernen«, sagte sie behutsam. »Ich wusste nicht, dass ich einen Bruder habe, Hiram. Ich habe mir immer ein Geschwisterchen gewünscht, aber Mama hat mir nie von dir erzählt.«

Seine Nasenflügel blähten sich, und sein Auge zuckte wieder. »Dich hat sie geliebt, aber mich wollte sie nur loswerden. Sie hat dir nichts von mir erzählt, weil sie sich für mich geschämt hat. Sie hat sich dafür geschämt, dass ich überhaupt geboren wurde.«

Ellie kannte nicht die ganze Geschichte. Sie wusste nicht, warum ihre Mutter Hiram vor ihr geheim gehalten hatte. Oder wer Hirams Vater war. Ob ihre Mutter überhaupt wusste, dass Hiram ein Mörder war ... Oder welchen Grund ihr Vater hatte, ihn zu decken ...

»Wir werden das alles in Ordnung bringen«, sagte Ellie. »Wir reden mit Mom, sie soll uns beiden das alles erklären. Auch, warum sie uns all die Jahre daran gehindert hat, eine Familie zu sein.«

Sie blickte den Schacht hinunter, zu dem Teil des Tunnels, aus dem das Weinen des kleinen Mädchens kam.

»Bitte, Hiram, die Kinder haben nichts mit uns oder Mom zu tun«, sagte Ellie leise.

»Doch, das haben sie. Sie haben mir Mommy weggenommen.« Ein wirrer Ausdruck verschleierte seinen Blick. »Und jetzt, wo du hier bist, musst du auch sterben.«

Er stürzte sich auf sie, aber sie stieß ihn mit beiden Händen von sich, wirbelte herum und trat ihm gegen den Brustkorb. Er schlug ihr den grob geschnitzten Knüppel in die Seite. Schmerz schoss durch ihre Rippen, doch sie wehrte sich und trat wieder nach ihm, diesmal traf sie ihn am Knie. Er gab ein kehliges Ächzen von sich und zog ihr den Knüppel erneut über den Kopf.

Schmerz durchzuckte sie von ihrer Schläfe her, und sie ging zu Boden. Ihre Hände kratzten über den zerklüfteten Felsen, als sie versuchte, sich wieder aufzurichten. Sie musste kämpfen. Sie setzte zu einem Tritt an und versuchte, ihn zwischen den Beinen zu treffen, doch er wich aus, packte sie an den Haaren, riss ihren Kopf zurück und schlug ihr ins Gesicht.

Sterne flimmerten vor ihren Augen und sie schmeckte Blut, dann fiel sie in einen bodenlosen Abgrund.

Einige Zeit später kam sie wieder zu sich. Aber sie fiel noch immer, fiel und verschwand immer tiefer in der Dunkelheit. Die Stimme eines kleinen Mädchens rief nach ihr. Eine Stimme, die ihr so vertraut vorkam.

Weil sie sie als Kind gekannt hatte. Und dann hatte sie sie verloren.

Hilf mir. Bitte hilf mir.

Mae. Es war Mae, die sie anflehte, zu ihr zurückzukommen.

Sich den Schatten zu entziehen und nach ihr zu suchen.

Sich daran zu erinnern, dass sie einst beste Freundinnen gewesen waren, im Wald Festungen gebaut, Verstecken gespielt und so getan hatten, als seien die kleinen Holzpuppen echt ...

Mit einem Mal war Ellie wieder in der Gegenwart. Ihr Atem ging flach, und ihr Schädel und ihre Rippen pochten vor Schmerzen. *Herrgott nochmal, Mae ist nicht hier.* Aber wenigstens eines der Mädchen war es. War Penny tot?

Und wo war Hiram? Ein modriger Geruch lag in der Luft, aber sein süßlicher Gestank war nicht mehr wahrzunehmen.

Rechts von ihr erklang ein wimmerndes Geräusch, und Ellie drehte ihren Kopf. Es war so dunkel, dass sie kaum die Hand vor Augen sehen konnte. Quälende Angst lähmte sie für einen Moment und versetzte sie wieder in die Zeit zurück, als sie sich verlaufen hatte. Sie hatte in dem dunklen Loch so lange versucht, sich einen Weg nach draußen zu graben, bis ihre Finger ganz blutig und wund gewesen waren. Hatte geschwitzt und geglaubt, zu ersticken. Schließlich hatte sie aufgegeben und sich vom Grauen überwältigen lassen ... und was dann?

Sie erinnerte sich nicht daran, was danach geschehen war. Nicht einmal an ihre Rettung.

Ein schriller Schrei zerriss die Stille, die sie umgab. Sie hatte sich nicht verirrt und sie war auch nicht hier gefangen. Aber Penny und Chrissy schon.

Ellie kniff die Augen zusammen, um in der Dunkelheit besser sehen zu können, und machte schließlich die Konturen von zwei kleinen Mädchen aus, die an der Wand kauerten. Sie klammerten sich fest aneinander und schaukelten hin und her. Erleichterung flutete Ellie. Sie waren beide noch am Leben!

Du musst den Schmerz überwinden. Die Kinder brauchen dich.

Sie biss die Zähne zusammen und rollte sich auf die Seite. Aufstehen war unmöglich, weil ihre Füße und Hände gefesselt waren. Sie würde versuchen, die Knoten zu lösen, sobald sie die Mädchen erreicht hatte.

Ellie drückte sich auf die Knie hoch und kroch zitternd auf sie zu. »Penny, Chrissy, schon gut. Ich bin Ellie.«

Die Mädchen weinten noch immer, aber nicht mehr so heftig, und Penny hob den Kopf. Selbst in der Dunkelheit sah Ellie die Tränen in den Augenwinkeln des Kindes glitzern. Chrissy lag Penny schluchzend im Arm und presste den Kopf an ihre Schulter.

Die Wut auf Hiram, der so viele Leben ausgelöscht hatte, ließ Ellie neue Kraft schöpfen, und sie überbrückte kriechend den restlichen Abstand zu den Mädchen. Als sie sie erreichte, hob sie ihre gefesselten Hände hoch und legte sie behutsam auf Pennys Hände.

»Ich heiße Ellie und ich bin Polizistin«, flüsterte sie und zwang sich zu einem Lächeln. »Ich habe überall nach euch gesucht.«

»Ich will zu meiner Mommy«, rief Penny schluchzend.

Schließlich sah auch Chrissy mit roten, verquollenen Augen zu ihr auf. »Hey, Chrissy«, sagte Ellie sanft. »Deine Mom hat mich geschickt, um nach dir zu suchen.«

Die kleinen Mädchen ließen sich gegen sie sacken, und Ellie murmelte beruhigende Worte. »Pscht, meine Süßen. Ich werde uns hier rausholen, und euch nach Hause bringen.«

SECHSUNDACHTZIG

Gerade als es Ellie gelungen war, ihre Hände loszubinden, hörte sie, wie Schritte über den steinigen Boden schlurften, und plötzlich war die Luft wieder von Hirams muffigem Geruch erfüllt.

Er summte: »Schlaf, Kindlein schlaf, so schenk ich dir ein Schaf, mit einer gold'nen Schelle fein ...«

Die Mädchen drückten sich an sie, ihre kleinen Körper zitterten vor Angst.

»All die hübschen kleinen Mädchen werden ausgewählt«, murmelte er, und sein Schatten bewegte sich auf sie zu. »All die hübschen kleinen Mädchen müssen sterben, um den Mommys wehzutun.«

Auch Ellie hatte die Angst gepackt, aber vor den panischen Kindern ließ sie sich nichts anmerken. In seinem verdrehten Geist rechtfertigte Hiram seine Taten. Aber nichts konnte solche Grausamkeit rechtfertigen.

Ob er nun ihr Bruder war oder nicht, sie würde nicht zulassen, dass er diese kleinen Mädchen tötete.

Sie fuhr mit der Hand über den Erdboden, auf der Suche

nach etwas, das sie als Waffe benutzen konnte. Etwas Scharfkantiges stach in ihre Finger. Ein Stein.

Verzweifelt schloss sie ihre Finger darum und hielt den spitzen Stein fest. Hiram kam näher, sein unbeholfener schlurfender Gang durchdrang die Stille.

»Bleibt an der Wand«, flüsterte Ellie den Mädchen zu. »Wenn ich mich auf ihn stürze, lauft ihr an uns vorbei und haut ab. Und hört nicht auf, zu rennen.«

Doch selbst, wenn die Mädchen es schafften, aus der Mine herauszukommen, wie sollten sie in der Wildnis und bei dem grausamen Sturm überleben?

Darüber konnte Ellie sich jetzt keine Gedanken machen. Sie hatten nur diese eine Chance.

Cord würde weiterhin nach ihnen suchen. Und Derrick auch. Sie musste daran glauben, dass sie die Mädchen finden würden.

»Es wird Zeit«, sagte Hiram boshaft. »Zeit, sie zu begraben.«

Ellie hielt den Atem an, bis er ganz nahe bei ihr war. Dann stürzte sie sich auf ihn. Sie stieß ihm mit aller Kraft in den Magen, dann schlug sie den Stein in sein Gesicht.

»Lauft!«, befahl sie den Mädchen, als er nach hinten taumelte.

Die kleinen Mädchen schrien und sprangen auf, aber Hiram stürzte sich auf sie. Penny kreischte auf, als er ihr Bein erwischte. Ellie packte ihn und schlug mit ihren Fäusten auf ihn ein. Er jaulte auf und stieß sie von sich. Ellies Kopf schlug gegen die Wand der Kammer. Der Schmerz explodierte hinter ihren Schläfen.

Bevor sie sich wieder aufrappeln konnte, schlug er ihr ins Gesicht. Einmal. Noch einmal. Und ein drittes Mal. Er packte sie an den Schultern und schlug ihren Kopf erneut gegen den Felsen. Die Welt drehte sich und verschwamm vor ihren Augen. Vor Schmerzen schien ihr Schädel zu zerplatzen. Eine innere Stimme drängte sie, weiterzukämpfen, aber er schlug ihren Kopf noch einmal gegen den Stein, und sie wurde ohnmächtig.

Ungeheuer jagten sie durch den Wald, krallten sich an ihr fest und zerrten so heftig an ihr, dass sie nicht aus dem dunklen Tunnel klettern konnte. Eine flüsterleise Kinderstimme durchbrach die ohrenbetäubende Stille. Ein kleines Mädchen, das schrie. Langsam kämpfte sie sich durch das dunkle Nichts. Irgendwo musste doch Licht sein. Sie musste es erreichen. Die Mädchen brauchten sie.

Als sie endlich wieder zu sich kam, stellte sie fest, dass Hiram gerade dabei war, ihre Handgelenke zu fesseln. Penny und Chrissy schluchzten irgendwo in der Dunkelheit.

Sie trat nach Hiram, aber ihre Füße waren gefesselt, und er sprang zurück und wich dem Angriff aus.

Er trat ihr mit seinem Stiefel in den Bauch, und sie krümmte sich vor Schmerzen. Dann rannte er zu den Mädchen und packte sie, klemmte sich je eines der verängstigten Kinder unter einen Arm. Die Mädchen schrien und schluchzten, traten ihn und hämmerten mit ihren kleinen Fäusten auf ihn ein, aber das schien ihm gar nichts auszumachen.

»Tu ihnen nicht weh!«, rief Ellie.

Doch statt einer Antwort verschwand er schlurfend im Tunnel und in der Dunkelheit. Entsetzt robbte sie ihm auf dem Bauch hinterher. Sie erreichte eine andere Kammer und beobachtete, wie Hiram die Mädchen zwang, in ein Loch im Boden zu klettern. Ihre Schreie hallten von den Felswänden wider. Im nächsten Moment bedeckte er das Loch mit einem großen Holzbrett und hämmerte es zu. Ellie zerrte an ihren Fesseln und versuchte verzweifelt, ihre Hände zu befreien. Sein düsteres Lachen erfüllte den Raum, während er auf sie zukam. Dann schlug er wieder auf sie sein. Übelkeit stieg in ihr auf, als er sie an den Haaren packte und sie durch die Mine zerrte, hinaus in die eisige Kälte.

SIEBENUNDACHTZIG

Das Geräusch von Flügelschlägen über den Bäumen durchbrach die Stille, dann das krächzende Zischen hungriger Geier, die miteinander um Nahrung kämpften.

Derrick verharrte einen Moment und versuchte, auszumachen, wo die Raubvögel waren. Er betete stumm, dass sie sich gerade nicht über einen Menschen hermachten. Cord deutete nach Osten, und Derrick folgte ihm, während die Angst ihm beinahe den Verstand raubte. Bevor sie losgegangen waren, hatte er Cord gefragt, ob er eine Waffe dabeihatte.

»Ich dachte, Sie vertrauen mir nicht«, hatte Cord mit knurrender Stimme gesagt.

Er wusste nicht, ob er das tat. »Wie Sie gesagt haben: Wir beide tun das für Ellie.«

Der Ranger hatte ihn eine endlose Minute lang angestarrt und dann auf das Messer an seinem Gürtel gedeutet. »Mehr brauche ich nicht.«

Es war ein gefährliches Jagdmesser, was wieder Zweifel in Derrick aufkommen lassen hatte. Aber für den Fall, dass Cord zuerst auf Hiram traf, wollte er nicht riskieren, dass das

Monster entkam. Und er hatte keinen Zweifel daran, dass Cord den Mann töten würde, wenn er Ellie wehgetan hatte.

Die Äste der Bäume bogen sich knackend unter dem Gewicht von Schnee und Eis durch. Die Zeit verstrich erbarmungslos, während sie wanderten, dabei war jede Minute für Ellie und die Mädchen entscheidend, falls sie noch am Leben waren.

Mit jedem Schritt versanken Derricks Stiefel tiefer im Neuschnee, und der bittere Wind drang ihm bis auf die Knochen.

Die eisigen Temperaturen schürten seine Angst noch und ließen quälende Bilder in ihm aufsteigen. Bilder davon, wie er Penny und Chrissy tot auffand, genau wie es bei Kim der Fall gewesen war.

Und auch Ellie. *Zur Hölle noch mal.* Er wollte nicht, dass sie ihm etwas bedeutete. Er hatte sich geschworen, dass sich ihre Wege trennen würden, sobald der Fall abgeschlossen war. Und dass er auch sie verhaften würde, wenn ihr Vater mitschuldig war und sie ihn gedeckt hatte.

Allerdings ... glaubte er nicht, dass sie davon gewusst hatte. Er hatte die Verzweiflung und den Unglauben in ihrem Gesicht gelesen. Niemand konnte einen solchen Schock vorspielen, oder das Gefühl, hintergangen worden zu sein.

Sie musste völlig verzweifelt gewesen sein, wenn sie allein hierhergekommen war.

Und sie war ganz auf sich gestellt, Angesicht zu Angesicht mit einem durchgeknallten Psychopathen, der sie ohne mit der Wimper zu zucken töten würde.

Kein Wunder, dass sie dich nicht als Verstärkung dazugeholt hat. Du hast immerhin ihren Vater verhaftet und ihr unterstellt, sie hätte mit dir geschlafen, um dich von den Ermittlungen abzulenken.

Er hatte echt Mist gebaut.

»Da lang.« Cord zeigte in Richtung eines Bergkamms, der

so steil war, dass Derrick normalerweise wieder umgekehrt wäre. Darunter rauschte das Wasser des Baches und drohte, über die Ufer zu treten.

Er war noch nie vor der Konfrontation mit einem Verbrecher davongelaufen und hatte sich von keiner Waffe, die auf ihn gerichtet worden war, einschüchtern lassen. Also würde er auch jetzt nicht damit anfangen. Nicht, wenn das Leben von zwei Kindern auf dem Spiel stand.

Als sie Falcon's Crest erreichten, bemerkte Derrick eine Felsformation, die an die Flügel eines Raubvogels erinnerte, wodurch vermutlich der Name entstanden war.

Beide begannen sie, die Vegetation und den Weg nach Fußabdrücken oder anderen Spuren abzusuchen, wie zum Beispiel ... Blut.

Da waren ein paar zertretene Pflanzen. Niedergetrampelte Ranken. Ein Stiefelabdruck im Schnee. Er war groß, als stammte er von einem Mann. Dann noch ein kleinerer Abdruck.

Er und Cord tauschten einen Blick und kamen stumm überein, den Fußspuren zu folgen. Die kleineren Abdrücke waren an manchen Stellen verwischt, was darauf hindeutete, dass Ellie weggerutscht war. Cord entdeckte eine Stelle, an der jemand Ranken weggehauen hatte, und Derrick bemerkte Äste und Gestrüpp, die auf dem Boden zu einem Haufen aufgeschichtet worden waren.

Der Wind rüttelte an den hohen Kiefern und ließ Kiefernnadeln, Schnee und Eis auf sie herabregnen. Derrick ging auf das aufgehäufte Gestrüpp zu. Jemand hatte es dort aufgestapelt und so die Öffnung zu einem Minenschacht freigelegt.

Ellie.

Derrick wies Cord an, Wache zu halten, während er die Mine untersuchte. Er zog seine Taschenlampe hervor und hielt seine Waffe bereit, während er sich langsam in die Mine vorwagte. Auf leisen Sohlen hielt er an jeder Ecke inne und lauschte auf Geräusche, die ihm verraten würden, ob jemand hier drinnen war.

Aber es war nichts zu hören. Keine Stimmen, keine Hilferufe.

Sein Magen verkrampfte sich. Das konnte bedeuten, dass niemand hier war. Oder, dass sie bereits tot waren.

Nein. Er musste Ellie und die Mädchen lebend finden. Um wiedergutzumachen, was er angerichtet hatte, weil er sich von seinen Gefühlen beeinflussen lassen hatte.

Er musste die Mädchen retten, weil er es nicht geschafft hatte, seine Schwester zu retten.

Er leuchtete in das Innere der Höhle, suchte den Boden und die Wände ab und entdeckte schließlich eine Kammer, in der eine Matratze lag. Eine offene Kiste auf dem Boden enthielt lauter Bilder der Opfer.

Ein Foto von Kim war auch da drin, aber er wollte – nein, er *konnte* – sich jetzt nicht damit befassen.

Er musste Hiram finden und ihn ein für alle Mal zur Strecke bringen.

Als er wieder ein paar Meter im Tunnel zurückgelegt hatte, kam er in einen zweiten Raum, in dem sich eine Decke, ein Seil und ein Haufen leerer Lebensmittelverpackungen befanden. Ellies Waffe lag an einer Wand, was darauf schließen ließ, dass sie hier gewesen war und die Pistole verloren hatte. Er hob sie auf, überprüfte, ob sie gesichert war, und verstaute sie dann in seiner Jackentasche.

Es sah so aus, als gäbe es weiter hinten im Schacht noch eine Kammer. Er ging in diese Richtung, da hörte er plötzlich, wie Cord seinen Namen rief. »Agent Fox. Hier draußen!«

Er eilte zurück zum Eingang des Schachts und sah, dass der Ranger durch ein Fernglas spähte. »Da drüben. Da ist jemand.«

ACHTUNDACHTZIG

Ellie kämpfte darum, das Bewusstsein wiederzuerlangen, aber ihre Augenlider fühlten sich bleischwer an, ihr Kopf pochte, und jeder Muskel in ihrem Körper schmerzte. Wo waren die Mädchen?

Es gelang ihr, ein Auge zu öffnen. Doch es war so dunkel, dass sie kaum etwas erkennen konnte. Das Gefühl, zu ersticken, lähmte sie. Atmen wurde unmöglich. Sie öffnete den Mund, um Luft einzusaugen, aber Hiram hatte sie geknebelt. Ihre Hände und Füße waren immer noch gefesselt, die Seile schnitten in ihre Handgelenke. Trotzdem wand sie sich und sah sich nach den Mädchen um. Nach einem Fluchtweg.

Doch dann ... kehrte die Erinnerung langsam zurück.

Das Loch ... Er hatte die Mädchen in eine Kuhle im Boden der Mine gesteckt und sie mit Brettern vernagelt.

Dann hatte er sie in den Wald gezerrt. Der kalte Boden unter ihr fühlte sich weich an. Nicht wie der Boden im Minenschacht. Da waren Erde, Gestrüpp, Schnee.

»Ich grabe gerne Löcher«, hatte er gesagt. »Und ich verstecke gerne Dinge darin.«

Sie hatte ihn angeschrien, dass er die Mädchen freilassen

solle, aber er hatte ihr den Lappen in den Mund gestopft und sie so heftig geschlagen, dass ihr Kopf nach hinten geschleudert worden war. Dann war sie wieder ohnmächtig geworden. Und jetzt war sie draußen im Wald. Die schneidende Luft schmerzte in ihrem Gesicht, und Dunkelheit hüllte sie ein.

Du musst hier weg. Penny und Chrissy brauchen dich.

Sie versuchte angestrengt, sich zu bewegen. Doch plötzlich traf sie etwas Weiches, Nasses im Gesicht. Und es folgte noch mehr davon. Kieselsteine, feuchte, gefrorene Erde und Schnee. Sie schloss die Augen, als ihr das Geröll ins Gesicht peitschte. Sie spürte die schwere Schlammschicht, die bereits ihre Beine und Arme bedeckte und durch ihre Kleidung sickerte. Eiskristalle brannten auf ihren Wangen.

Ein erschrockenes Keuchen entwich ihr, als es ihr dämmerte.

O Gott ... sie war nicht mehr im Minenschacht. Sie war in der Erde.

Er hatte ein Grab ausgehoben, um sie lebendig zu begraben.

NEUNUNDACHTZIG

Derrick ging in die Hocke und näherte sich der Stelle, wo Cord eine Gestalt gesehen hatte. Er spähte durch die Ranken und das dichte Gestrüpp und suchte den Wald und die Lichtung nach Ellie oder den Mädchen ab. Noch nie in seinem Leben hatte er so viel Schnee und Eis gesehen.

Aber Ellie oder die Mädchen sah er nicht.

Stattdessen war da ein Mann, der etwas summte, während er Erde und Schnee beiseite schaufelte, um ein Loch auszuheben.

Angst durchfuhr ihn und er blinzelte, um zu sehen, ob der Mann bewaffnet war, aber er konnte es nicht erkennen.

Mit einer Geste gab er Cord zu verstehen, dass Hiram direkt vor ihnen war. Der Ranger schlich nach links, während Derrick sich rechts hielt.

Sie kamen immer näher an ihn heran, und die Sekunden zogen sich unerträglich in die Länge. Hiram schien in seine Aufgabe vertieft zu sein und murmelte etwas Zusammenhangloses, während er seine Schaufel immer wieder in den Boden rammte, mehr von dem gefrorenen Boden aufhackte und in das

Loch beförderte. *Das war ein Grab – er füllte mit der Erde ein Grab auf.*

Derrick zwängte sich durch das Gebüsch. Wer auch immer in dem Loch war, musste bereits halb begraben sein.

Penny? Chrissy? Oder Ellie?

War er zu spät gekommen?

Er konzentrierte sich auf sein Ziel, hob die Waffe und eilte auf die Lichtung. »FBI. Lassen Sie die Schaufel fallen!«

Aber er hatte sich verschätzt – er war zu nahe an ihn herangekommen. Hiram wirbelte herum, schwang die Schaufel nach Derrick und schlug ihm die Waffe aus der Hand. Die Pistole ging los, die Kugel schoss in die Luft. Dann stürzte Hiram sich auf ihn.

Derrick war entschlossen, ihn aufzuhalten, und rammte Hiram seinen Kopf ins Gesicht. Hiram gab einen Laut von sich, der mehr nach einem Tier als nach einem Menschen klang, und stolperte zurück, wobei sich sein Griff um die Schaufel lockerte.

Derrick nutzte die Gelegenheit, riss ihm die Schaufel weg und schlug dem Mörder damit ins Gesicht. Blut lief aus der Nase des Mannes. Wieder versetzte er Derrick einen Stoß, doch er schlug ihn so heftig, dass Hirams Kopf nach hinten sackte. Er fiel um wie ein gefällter Baum und ging bewusstlos zu Boden.

»Ellie!« Cord rief wieder und wieder ihren Namen, sackte auf die Knie und machte sich daran, die Erde aus dem Grab zu schaufeln. Falls Ellie da unten lag und noch am Leben war, drohte sie, zu ersticken. Derricks Hals schnürte sich bei dieser Vorstellung so eng zu, dass er kaum Luft bekam. Er ließ von Hiram ab und eilte Cord zu Hilfe.

Er beugte sich über den Rand des Lochs und begann, die Erde mit seinen bloßen Händen wegzuschaufeln. Sie konnten nicht riskieren, Ellie mit der Schaufel zu verletzen, andererseits wussten sie nicht, wie tief sie begraben war. Auch Cord schob die Erde weg, so schnell er konnte, und rief dabei immer wieder Ellies Namen.

Vielleicht erstickte Ellie in genau diesem Moment. Oder sie war bereits tot.

Schweiß rann Derrick über den Nacken, während er mühevoll Schicht um Schicht des Gerölls wegschaufelte. Zweige, Matsch und Laub. Eis und Schnee. Dann noch eine Schicht.

»Komm schon, El!«, rief Cord.

Hinter sich nahm Derrick ein Geräusch wahr. Es knackte im Gebüsch, und das Laub knirschte. Er drehte sich um und sah, wie Hiram sich mit einem Stein in der Hand auf ihn stürzte. Derrick rollte sich zur Seite ab, um auszuweichen, riss den Fuß hoch und trat Hiram in den Bauch.

Hiram erholte sich schnell wieder, packte Derrick und zog ihn nach hinten, aber Derrick versetzte ihm einen Tritt ins Gesicht. »Grab weiter!«, rief er Cord zu.

Hiram ging erneut auf ihn los, und sie rangen miteinander, während sie über den gefrorenen Boden rollten. Ein harter Stoß in die Magengrube ließ Derrick aufstöhnen, doch er schüttelte Hiram mit einem weiteren Schlag in die Magengrube und ins Gesicht ab. Blut rann aus Hirams Nase und über seine Wange. In seinen Augen lag ein wilder Ausdruck.

Mehr als das, es war Wahnsinn.

Seine Augen waren die Augen eines Mörders.

Dieser Mann hatte Kim das Leben genommen. Seine kleine Schwester war unschuldig, lieb und gutgläubig gewesen. Jetzt war sie tot.

Die Wut und die Trauer, die sich über Jahre in ihm aufgestaut hatten, gaben ihm Kraft. Er packte Hiram an den Armen und trat seine Beine weg, sodass er zu Boden geschleudert wurde. Sein Rachedurst steigerte seinen Zorn ins Unermessliche. Er setzte sich auf Hiram und schlug ihn wieder und wieder.

Hiram versuchte, ihn abzuschütteln, aber Derrick drückte

ihn fest zu Boden und schlug weiter auf ihn ein. Noch mehr Blut spritzte. Der Mund des Mannes erschlaffte. Auch aus seinem Körper wich jede Anspannung, seine Beine wurden schlaff und die Arme lagen reglos an seiner Seite.

Die Gesichter all dieser unschuldigen Kinder blitzten vor Derricks innerem Auge auf.

Kims Gesicht. Und die Zukunft, die den Mädchen von diesem Monster gestohlen worden war.

Kim wäre jetzt vielleicht verheiratet. Sie hätte einen Job und eine Familie.

Vielleicht wäre sein Vater noch am Leben.

So viele Leben waren zerstört worden. So viele gebrochene Herzen und zerrüttete Familien. Der Drang, Hiram zu töten, wurde so übermächtig, dass er erneut zuschlug. Hiram hatte es nicht verdient, zu leben.

Er hob seine Faust, um den Mann wieder zu schlagen, da schrie Cord: »Ich habe Ellie! Rufen Sie einen Rettungswagen!«

Cords Schrei riss Derrick aus seiner Raserei. Der Ranger trug Ellie aus dem Grab. Sie war mit Erde bedeckt und ihr Körper ganz schlaff. Die Wut kochte wieder in Derrick hoch und das Bedürfnis, Hiram zu töten, wurde stärker denn je. Doch plötzlich sah er das von Schmerz gezeichnete Gesicht seiner Mutter vor sich. Sie hatte schon Kim verloren. Würde sie wollen, dass er Hiram tötete und den Rest seines Lebens im Gefängnis verbrachte?

Nein ... das konnte er ihr nicht antun. Wenn er Hiram tötete, wäre er nicht besser als der Wahnsinnige, der ihnen Kim genommen hatte.

Fluchend drückte er sich hoch. Er legte dem Mann Handschellen an, zog dann sein Handy hervor und setzte einen Notruf ab.

Anschließend ging er zu Cord hinüber, der Ellie inzwischen auf dem Boden abgelegt hatte und ihren Puls überprüfte.

Derrick hielt den Atem an, während er wartete. Cords

Tonfall war genauso düster wie sein Gesichtsausdruck. »Sie atmet nicht. Bringen Sie mir eine Decke aus meinem Rucksack.« Derrick holte eilig die Decke, während Cord mit der Reanimation begann.

»Was ist mit den Mädchen?«, fragte Derrick.

Cord schüttelte den Kopf. »Sie waren nicht da drin.«

Derricks Puls beschleunigte sich. Waren sie zu spät gekommen, um Penny und Chrissy zu retten?

NEUNZIG

»Komm schon, Ellie, atme. Tu's für mich.«

Der Klang von Cords Stimme schwirrte durch Ellies Gedanken, als sie aus der Dunkelheit zurück ins Licht schwebte. Sie schnappte nach Luft, und riss die Augen auf. Er hatte sich über sie gebeugt und seine Hände lagen auf ihrem Brustkorb, aber jetzt zog er sie weg und strich ihr das Haar aus dem Gesicht. Besorgnis trübte seine bernsteinfarbenen Augen und milderte seine zornigen Züge.

»Du bist jetzt in Sicherheit, El, du bist in Sicherheit«, murmelte er.

Ihre Gedanken überschlugen sich, während sie versuchte, zu verstehen, was geschehen war. Die Erinnerungen an die letzten Stunden zogen wie in Zeitlupe an ihr vorbei und wirbelten zusammenhanglos durch ihren Kopf. Doch langsam fügten sich die Puzzleteile zusammen.

Sie war auf der Suche nach Hiram gewesen. Nach Penny und Chrissy. Ihre Haut brannte. Sie schmeckte Erde. Sie spürte, dass auch ihre Kleidung voller Erde war, genau wie ihre Haut. Und ihr Haar.

»Hiram«, hauchte sie.

»Hiram ist bewusstlos. Und mit Handschellen gefesselt.« Diesmal gehörte die Stimme Derrick. Er stand neben ihr und blickte zu ihr herab. Sie las Wut in seinem Gesicht und andere Gefühle, die sie nicht zuordnen konnte.

»Die Sanitäter sind auf dem Weg«, sagte Derrick. »Wo sind die Mädchen?«

»O Gott, Penny und Chrissy!« Ellie stützte sich auf. »Ich muss sie finden.«

»Sie sind noch am Leben?«, fragte Derrick.

»Das waren sie, als er mich hierhergeschleppt hat.« Sie rappelte sich auf, bis sie stand, auch wenn sie noch etwas schwankte. Als sie das Gleichgewicht wiedergefunden hatte, schleppte sie sich durch den Schnee zum Minenschacht.

Derrick und Cord liefen ihr hinterher. »Warte, Ellie, lass mich das machen«, rief Derrick.

Auch Cord rief ihr etwas hinterher. »Ich helfe dir.«

Aber Ellie konnte nicht warten. Die Mädchen brauchten sie.

Ihre Lungen lechzten brennend nach Sauerstoff, doch sie rannte weiter. Ihr Brustkorb schmerzte, und sie musste mit aller Macht gegen die Erinnerung ankämpfen, wie es sich angefühlt hatte, verschüttet zu sein. Da war die Dunkelheit wieder. Sie hasste die Dunkelheit.

Hol Penny und Chrissy! Gib jetzt nicht auf.

Entschlossen rannte sie in den dunklen Minenschacht. Einen Moment lang hielt sie inne, um sich an die Lichtverhältnisse zu gewöhnen. Und um sich daran zu erinnern, wo sie gewesen war und wohin Hiram die Mädchen gebracht hatte. Sie rannte den Tunnel entlang, bis sie die Kammer erreichte, in der Hiram die Mädchen zuerst festgehalten hatte. Aber sie waren nicht mehr da.

Wieder und wieder drohte der Schwindel, sie von den Beinen zu reißen, aber sie blinzelte dagegen an und kämpfte weiter. Er hatte sie angegriffen ... sie niedergeschlagen ... und dann hatte er die Mädchen gepackt und sie tiefer in die Höhle getragen.

Sie erinnerte sich daran, dass sie ihnen hinterhergekrochen war, und folgte dem Tunnel in den nächsten Raum. Mit ihrer Taschenlampe leuchtete sie das Innere aus, bis sie das Holzbrett auf dem Boden entdeckte. Ellie ließ sich auf die Knie fallen und zerrte daran, aber es gab nicht nach, nur Splitter bohrten sich in ihre Haut.

»Haltet durch, Penny, Chrissy, ich komme!«

Schritte näherten sich. Dann erklang Derricks Stimme. »Ellie?«

»Hier«, rief sie. »Ich brauche ein Werkzeug, etwas, um dieses Brett hochzustemmen. Hiram hat es festgenagelt.«

Derrick kam um die Ecke und kniete sich neben sie. Er zog ein Messer aus seiner Tasche, dann begann er, das Brett zu lösen. Sie zog daran, während Derrick die Nägel lockerte. Als sie die Bretter entfernt hatten, starrten sie in ein Loch von der Größe eines kleinen Zimmers. »Penny? Chrissy? Ich bin's, Ellie.«

Die kleinen Mädchen wimmerten und klammerten sich aneinander. Schwindel überkam Ellie, schnürte ihr die Luft ab und sie schwankte, während sie versuchte, trotz des klaustrophobischen Gefühls weiter zu atmen.

Derrick legte ihr eine Hand auf die Schulter. »Ich mach schon.« Er beugte sich über den Rand der Öffnung. »Penny, kannst du zu mir rüberkriechen, Süße?«

»Nein, ich will Ellie«, widersprach das kleine Mädchen im Flüsterton.

Verdammt noch mal. Ellie verfluchte ihre eigene Schwäche. Sie konnte es sich jetzt nicht leisten, sich von ihrer Angst lähmen zu lassen. Penny und Chrissy waren traumatisiert und vertrauten nur ihr.

»Ich schaffe das«, murmelte sie. Sie hielt die Luft an und

beugte sich zum Loch, aber plötzlich war Mae da. Mae, die die Puppen im Arm hielt. Sie rief nach Ellie, rief um Hilfe.

Mae kauerte in der Dunkelheit, und Tränen liefen ihr über die Wangen. Mae fleht sie an, sie zu retten.

Die Welt verschwamm vor Ellies Augen. Galle stieg bitter in ihrer Kehle auf. Sie ließ den Kopf in die Hände sinken, stöhnte und blinzelte, bis das Bild verschwand.

Derrick drückte mit einer Hand ihre Schulter. »Ellie, ist alles in Ordnung?«

Sie nickte, obwohl nichts in Ordnung war. Aber sie musste weitermachen, also nahm sie all ihren Mut zusammen und ließ sich in das Loch hinab. Der Geruch von Erde und faulenden Holzpfeilern schlug ihr entgegen, zusammen mit Hirams muffigem Gestank.

Penny wimmerte erneut, und Chrissy schluchzte auf, was Ellie dazu brachte, sich zu ihnen hinunterzubeugen.

»Kommt, Mädchen, es ist jetzt alles wieder gut.« Sie drückte die beiden an sich und spürte, wie ihre kleinen Körper an ihrem zitterten. »Ich bringe euch zurück zu euren Moms.«

Chrissy hielt kurz in ihrem Schluchzen inne und fragte: »Was ist mit dem großen, bösen Mann?«

Behutsam strich Ellie den Mädchen über den Rücken. »Du musst dir wegen ihm keine Sorgen mehr machen«, sagte sie sanft. »Tut jetzt einfach, was ich sage, dann werden wir hier rauskommen. Okay?«

»Okay«, flüsterten die Mädchen.

»Zuerst du, Penny.« Penny schlang ihre Arme um Ellies Hals, und Ellie hob sie hoch. »Ich werde dich nach oben heben«, erklärte sie Penny. »Der Mann da oben heißt Derrick. Er ist mein Freund und er ist hier, um uns zu helfen. Er wird dich hochziehen, und dann werde ich Chrissy hochheben.«

Tränen liefen über Pennys Gesicht und durchnässten Ellies Kleidung, aber das kleine Mädchen hielt sich an ihrem Hals fest.

»Derrick«, rief Ellie. »Ich habe sie. Ich hebe sie jetzt hoch.«

»Verstanden.« Derrick legte sich auf den Bauch, lehnte sich über den Rand der Öffnung und griff in die Leere.

Geschwächt von all den Torturen brannten Ellies Muskeln, und der Schmerz schoss bei jedem Atemzug in ihre Rippen, als sie Penny in Richtung der Öffnung hob. Derrick umfasste die Arme des kleinen Mädchens und zog sie zu sich.

Ellie hielt inne, um Luft zu holen und Kraft zu schöpfen. Sie ignorierte die Schmerzen und hob auch Chrissy hoch.

Nachdem beide Mädchen oben waren, half Derrick Ellie aus dem Loch. Dann schlang Ellie ihre Arme um die Kinder.

»Schon gut, Mädchen, ich hab' euch.« Sie strich den beiden mit dem Daumen über die Wangen. »Und jetzt gehen wir nach Hause.«

EINUNDNEUNZIG

Sobald sie die Höhle verlassen hatten, brachte Cord Decken herbei, in die sie die Mädchen wickelten. Ellie untersuchte die Kinder flüchtig, aber sie hatten keine sichtbaren Verletzungen, abgesehen von zerkratzten Fingern und abgebrochenen Nägeln, die wahrscheinlich davon rührten, dass sie versucht hatten, sich einen Weg in die Freiheit zu graben.

Ellie tröstete die beiden mit besänftigender Stimme und wiegte sie in ihren Armen, während sie auf die Sanitäter warteten. »Hat er dir wehgetan?«, fragte Ellie.

Penny schüttelte den Kopf. »Aber ich hatte Angst. Er hat mich nicht nach Hause gehen lassen.«

Chrissys Unterlippe zitterte. »Er war groß und hat gestunken und er hat mir gesagt, dass ich die Klappe halten soll.«

Penny zupfte an Ellies Ärmel. »Mich hat er angeschrien und gesagt, dass ich keine Heulsuse sein soll.«

Ellie wurde schwer ums Herz. Körperlich schienen die Mädchen in Ordnung zu sein, aber sie würden psychologische Betreuung brauchen, um diese Erfahrung zu verarbeiten. Sie hoffte nur, dass sie von der Entführung nicht für den Rest ihres Lebens traumatisiert sein würden.

Bei Gott, sie wusste selbst, wie es sich anfühlte, manchmal vor Angst wie gelähmt zu sein.

Cord stand schweigend neben ihnen, während Derrick sich vergewisserte, dass Hiram immer noch mit Handschellen gefesselt war.

»Bald werdet ihr wieder zu Hause sein«, sagte Ellie mit sanfter Stimme. »Und dieser Mann kann euch nie wieder etwas antun. Das verspreche ich.«

»Er hat mich Mae genannt«, sagte Penny. »Ich habe ihm gesagt, dass ich Penny heiße, aber er hat mich gezwungen, zu sagen, dass mein Name Mae ist.«

Ellies Herz setzte einen Schlag aus. *Mae?*

»Das hat er zu mir auch gesagt«, flüsterte Chrissy.

Verwirrt schloss Ellie die Augen. Sie versuchte, die Puzzleteile in Gedanken zusammenzusetzen und herauszufinden, was wirklich geschehen war. Hiram war der Sohn ihrer Mutter. Ihr Halbbruder. Er hatte Penny und Chrissy Mae genannt.

Mae war der Name ihrer imaginären Freundin. Als Mae verschwunden war, hatte Ellie sehr viel geweint und monatelang Albträume gehabt.

Was, wenn ... Was, wenn Mae echt war? Was, wenn Mae tatsächlich ihre beste Freundin oder sogar ihre Schwester gewesen war und Hiram ihr etwas angetan hatte? Was, wenn Mae Hirams erstes Opfer gewesen war?

ZWEIUNDNEUNZIG

Stony Gap

Auf dem Weg ins Krankenhaus rief Ellie Captain Hale an und brachte ihn auf den neuesten Stand. Kurz nach zwanzig Uhr kamen sie an. Angelica und ihr Kameramann eilten auf sie zu und hielten fest, wie die Mädchen in die Notaufnahme gebracht und dann wieder mit ihren Familien vereint wurden.

Weil sie immer noch aufgewühlt war und ihr alles wehtat, hielt Ellie sich bei dem emotionalen Wiedersehen etwas abseits. Sie spürte, dass ihr Auge weiter anschwoll, und ihre Rippen schmerzten von den Schlägen, die sie eingesteckt hatte. Die Wunde an ihrem Kopf war wieder aufgeplatzt, und der Bluterguss an ihrem anderen Auge vom Überfall auf der Dugan-Farm war immer noch zu sehen.

»Penny!« Stan und Susan rannten auf das kleine blonde Mädchen zu und umarmten es. Alle drei weinten, und Penny drückte Toby den Teddybären fest an sich.

Auch Mr Larkin schloss seine Frau und seine Tochter in die Arme.

»Chrissy, mein Schatz«, schluchzte Mrs Larkin und drückte die Kleine an sich. »Ich hatte solche Angst um dich, Liebling.«

Aus Rücksicht auf die Eltern wartete Derrick noch ab, bis die Familien in die Untersuchungszimmer verschwinden würden, bevor er zuließ, dass die Sanitäter Hiram hereinbrachten. Sein Gesicht war übel zugerichtet und er war immer noch bewusstlos.

Pennys Eltern sahen zu Ellie hinüber. »Danke«, sagte Susan, die Penny immer noch umklammert hielt.

Stan betrachtete sie voller Reue und mit Tränen in den Augen. »Ja, vielen Dank, Detective. Sie haben unsere Familie gerettet.«

Die Emotionen überwältigten Ellie, und sie brachte kein Wort heraus.

In den Augen von Mrs Larkin las sie widersprüchliche Gefühle – sie bedauerte ihren Wutausbruch zwar, aber für ihre Tochter würde sie es wieder tun. Ellie ließ das nicht an sich herankommen. Wenn sie an der Stelle der Frau gewesen wäre, hätte sie vielleicht auch nicht anders reagiert.

Sie war einfach dankbar, dass sie die Mädchen lebend gefunden hatte.

Angelica ließ ihren Blick schockiert über Ellie wandern. Ellie hatte nicht weiter darüber nachgedacht, wie sie aussehen musste. Ihr Gesicht war geschwollen und voller Blut, ihre Kleidung war noch feucht, weil Hiram sie in dieses Loch geworfen hatte. Erde und Schnee klebten in ihrem Haar, und ihr Gesicht und ihre Hände waren mit Schlamm besudelt.

»Detective Reeves«, sagte Angelica. »Bitte erzählen Sie uns von der nervenzerrüttenden Rettung von Penny Matthews und Chrissy Larkin.«

Ellie schenkte ihr ein mattes Lächeln. Ihr Kopf tat weh, eigentlich ihr ganzer Körper, und weil der Adrenalinrausch allmählich abebbte, fühlte sie sich schwach und wacklig auf den

Beinen. Außerdem hatte sie noch immer Fragen, auf die sie Antworten wollte.

Aber sie konnte der Presse nicht ewig aus dem Weg gehen. Vielleicht würde das Wissen, dass Hiram nun verhaftet worden war, die Menschen in der Stadt beruhigen. »Heute haben wir den Mann gefasst, der Penny Matthews und Chrissy Larkin entführt hat. Die Mädchen sind jetzt wieder mit ihren Eltern vereint. Wir glauben, dass der Mann, den wir in Gewahrsam genommen haben, für die Entführungen und den Tod von fast einem Dutzend weiterer Kinder verantwortlich ist.« Sie atmete tief ein. »Das sind derzeit alle Informationen, die ich Ihnen mitteilen kann. Sobald ich die offenen Fragen geklärt, den Täter vernommen und die Untersuchungsergebnisse der Spurensicherung vorliegen habe, werde ich eine offizielle Erklärung abgeben.«

Ihr Blick traf Angelicas, und die beiden schlossen stumm eine Abmachung. Ellie hatte Angelica einen Exklusivbericht versprochen, und den würde sie auch bekommen.

Die Mädchen waren jetzt in den Zimmern, also schoben die Sanitäter den bewusstlosen Hiram herein. Sein Gesicht war geschwollen und blutig, seine Kleidung zerrissen und seine Nase sah aus, als wäre sie gebrochen. Obwohl Derrick den Mann abgrundtief hassen musste, schirmte er ihn vor dem Kameramann ab.

Wenn Hiram wieder zu sich kam, wollte sie ihn verhören, bis er ihr verriet, wo er die Leichen der anderen Mädchen vergraben hatte. Sie wollte alle Fakten. Wenn Hiram ihr Bruder war, der Sohn ihrer *Mutter*, wollte sie Klarheit haben.

Angelica nahm das Mikrofon herunter und bedeutete ihrem Kameramann, die Kamera auszuschalten. »Sie sehen aus, als sollten Sie selbst sich auch untersuchen lassen, Detective.«

Ellie schüttelte den Kopf. Mit den körperlichen Schmerzen konnte sie umgehen. Aber sie musste die Wahrheit herausfinden. Und verdammt, vorher würde sie nicht lockerlassen.

DREIUNDNEUNZIG

Ellie eilte auf die Intensivstation. Laut der Schwester schlief ihr Vater nach einer erneuten Schmerzmittelgabe tief und fest, und ihre Mutter war nach Hause gefahren, um zu duschen.

Einer der Tatortermittler hatte sich bereit erklärt, ihren SUV vom Trail zu ihrem Haus zu fahren, also verließ Ellie das Krankenhaus und nahm sich ein Uber zum Haus ihrer Eltern.

Veras Auto stand nicht in der Auffahrt, als sie ankam. Die Außenbeleuchtung war ausgeschaltet, aber im Arbeitszimmer brannte eine Lampe.

Das letzte Gespräch mit ihrer Mutter schwirrte Ellie wieder durch den Kopf. Sie hatte angedroht, Vera zu verhaften.

Und vielleicht würde sie das trotz allem auch tun müssen. Aber zuerst wollte sie eine Erklärung.

Warum hatte Hiram von Mae gesprochen, wo ihre Eltern doch darauf bestanden, Ellie hätte das kleine Mädchen nur erfunden?

»Mom?«, rief sie und sah sich im Erdgeschoss um. Sie erhielt keine Antwort, die Räume waren genauso leer, wie sie sich im Moment fühlte.

Wenn Hiram tatsächlich der Sohn ihrer Mutter war, und

Vera all die Jahre über gewusst hatte, was er tat, musste es irgendeinen Beweis für die Verwicklung ihrer Eltern geben. Oder einen Beweis für ihre Unschuld.

Falls Vera gewusst hatte, dass Hiram ein Mörder war, wie hatte sie noch in den Spiegel sehen können?

Da Ellie das Arbeitszimmer und die Werkstatt ihres Vaters bereits erfolglos durchsucht hatte, eilte sie die Treppe zum Schlafzimmer ihrer Eltern hinauf. An der Tür hielt sie inne. Das Gefühl, ihre Privatsphäre zu verletzen, war so übermächtig, dass sie einen Moment lang zögerte. Sie wusste nicht, ob sie hineingehen sollte.

Aber hatten sie Ellie mit ihren Lügen nicht genauso verletzt?

Dieser Treuebruch fühlte sich noch immer an wie ein Stich ins Herz. Ellie stieß die Tür auf. Sie durchsuchte die Schubladen der Frisierkommode ihrer Mutter und ihren Schrank. Nichts. Sie bemerkte eine kleine Kiste hinten im Schrank und versuchte, sie zu öffnen.

Aber sie war verschlossen.

Also ging sie zum Schmuckkästchen ihrer Mutter hinüber, durchsuchte es und entdeckte einen Schlüssel zwischen den Perlen. Damit schloss sie die Kiste auf. Darin befanden sich ein Schal und eine handgestrickte Decke, außerdem der Brautschleier ihrer Mutter. Ihre Gefühle schnürten Ellie die Luft ab und sie wollte den Deckel wieder schließen, da fiel ihr etwas am Boden der Kiste auf.

Ihre Finger zitterten, als sie den Brautschleier hochhob und auf dem Boden ablegte. Wieder überkam sie das beunruhigende Gefühl, ein Déjà-vu zu durchleben.

Eine handgeschnitzte kleine Holzpuppe lag in der Kiste. So eine, wie die, die sie in den Gräbern und auf ihrer eigenen Türschwelle gefunden hatte.

Eine Welle der Übelkeit überrollte sie, ließ ihre Sicht

verschwimmen und alles an ihr erzittern. Mae ... sie war hier. Mae hielt die kleine Puppe im Arm ...

Mein Gott. Was ging hier vor sich?

Sie riss sich zusammen, atmete tief durch und konzentrierte sich wieder auf die Gegenwart. Ein Umschlag lag unter der Puppe, zusammen mit einem Büchlein voller Zeichnungen, die sie wiedererkannte. Das waren die Skizzen, die Ellie als Kind während ihrer Therapie angefertigt hatte. Ihr war nicht bewusst gewesen, dass ihre Mutter einige davon aufgehoben hatte.

Sie schlug das Tagebuch auf und blätterte durch die Einträge. Ihre kindlichen Zeichnungen zeigten sie und Mae beim Spielen im Wald, beim Bau einer Festung, beim Picknicken, auf der Jagd nach Glühwürmchen. Zu zweit rannten sie Hand in Hand durch den Bach. Sie spielten Verstecken. Sie schwangen sich mit dem Seil in den Fluss.

Ein Bild zeigte sie selbst, wie sie auf der Veranda stand und in das Dickicht der Bäume hinter dem Haus starrte. Ihr Gesichtsausdruck wirkte traurig und verängstigt, als wollte sie Mae folgen, habe aber zu viel Angst vor den Monstern, die im Wald lebten. Ein anderes zeigte sie zusammengekauert in einer dunklen Höhle, die Arme um die Knie geschlungen, während sie gegen ihre Angst vor der Dunkelheit ankämpfte. Und auf wieder einem anderen ging sie die Grabsteine auf dem Friedhof ab, auf der Suche nach einem Grabstein mit Maes Namen.

Die anderen Zeichnungen zeigten Szenen aus ihren Albträumen. Oder waren es doch Erinnerungen? Sie wusste nicht mehr, was sie glauben sollte.

Zitternd öffnete sie den Umschlag. Darin steckte ein Foto eines kleinen blonden Mädchens. Das Mädchen auf dem Bild sah aus wie sie.

Doch als sie das Foto umdrehte, sah sie, dass jemand den Namen Mae auf die Rückseite geschrieben hatte.

Mein Gott. Also *war* Mae doch real. Sie erschauderte, ein

Gefühl der Verunsicherung, das aus ihrem tiefsten Inneren kam und sie nicht mehr losließ. War Mae ihre Zwillingsschwester?

Der Schock war messerscharf und schmerzhaft. Ihre Eltern hatten darauf gepocht, dass sie sich Mae nur ausgedacht hatte.

Sie hatten sie gezwungen, eine Therapie zu machen und Medikamente gegen Depressionen und Wahnvorstellungen zu nehmen. Hatten sie glauben lassen, dass etwas mit ihr nicht stimmte. Dass sie verrückt war.

Die Erkenntnis, dass das alles nur Lügen gewesen waren, warf sie völlig aus der Bahn. Sie schnappte sich die Puppe und das Foto, holte die Schlüssel für den Truck ihres Vaters aus der Küche, dann eilte sie nach draußen und kletterte in den Wagen. Es fiel wieder mehr Schnee, der sich auf die Windschutzscheibe legte und alles mit einer weißen Schicht bedeckte. Die winzigen Eiskristalle sahen auf dem Glas aus wie Spinnweben.

Sie stellte Heizung und Scheibenwischer auf die höchste Stufe und fuhr mit quietschenden Reifen die Auffahrt hinunter in Richtung Krankenhaus.

VIERUNDNEUNZIG

Zurück im Krankenhaus traf Ellie ihre Mutter am Bett ihres Vaters an. Sie musste auf dem Weg zum Haus ihrer Eltern an ihr vorbeigefahren sein.

»Mein Gott, Ellie, du siehst ja schlimm aus«, keuchte ihre Mutter.

Ellie zuckte mit den Schultern. Es war ihr egal, wie sie aussah. Sie konnte sich später waschen, umziehen und ausruhen.

Die Hautfarbe ihres Vaters sah schon gesünder aus, und er atmete selbstständig. Jetzt öffnete er die Augen und sah sie an. Erschütterung und tiefes Bedauern zeichneten sich auf seinen blassen Zügen ab.

Ihre Mutter machte Anstalten, aufzustehen, doch Ellie hob warnend die Hand. »Wag es nicht, mir zu sagen, dass ich gehen soll. Ich gehe nirgendwo hin, bis ich Antworten auf meine Fragen bekommen habe.« Sie zog die Holzpuppe aus ihrer Tasche und drehte sie zwischen ihren Fingern hin und her. »Falls ihr euch fragt: Wir haben die vermissten Mädchen gefunden.«

»Ich weiß, Bryce hat es uns erzählt«, hauchte ihre Mutter heiser.

»Gott sei Dank.« Ihr Vater seufzte schwer.

»Wir haben auch Hiram gefasst«, sagte Ellie und war froh , dass ihre Stimme bei diesen Worten nicht brach.

Einen Herzschlag lang herrschte angespannte Stille. Ihre Mutter krallte sich an der Lehne ihres Stuhls fest. »Ist er ... am Leben?«

Ellie gab sich keine Mühe, die Verachtung in ihrer Stimme zu verhehlen. »Er wurde zusammengeschlagen, aber ja, er lebt. Sobald er in der Notaufnahme versorgt wurde, wird er ins Gefängnis gebracht.«

Tränen traten ihrer Mutter in die Augen. Ellie hatte kein Mitleid. Vera hatte zu oft gelogen. »So eine Holzpuppe wurde in jedem der Gräber gefunden.« Ihre Rippen schmerzten, als sie die Luft ausstieß. »Aber diese hier habe ich in einer Kiste in deinem Schlafzimmer gefunden, Mom.«

Vera stieß einen erstickten Laut aus und schlug die Hände vor den Mund.

»Hör zu, El ...« Ihr Vater hielt sich am Bettrahmen fest und versuchte, sich aufzusetzen, aber er war so schwach, dass er wieder in das Kissen sackte.

»Hört auf, mich zu belügen«, presste Ellie zwischen zusammengebissenen Zähnen hervor. »Das hier habe ich auch gefunden.« Sie zog das Foto von ihrer Mutter und Hiram hervor und dann das von Mae. »Ich weiß, dass Hiram dein Sohn ist, Mom. Er hat gesagt, du hättest ihn zur Adoption freigegeben. Dass du ihn weggeworfen hast und niemand ihn haben wollte.« Sie fasste sich an den Brustkorb, weil Fassungslosigkeit und Schmerz ihr die Luft abschnürten. »Und Mae? Ihr habt gesagt, sie sei nicht real. Habt mich glauben lassen, ich sei verrückt. Ihr habt mich jahrelang zu einer Therapeutin geschickt und mir Medikamente gegeben, damit ich sie vergessen, dabei war sie real. Wie konntet ihr mir das antun?«

»Es ist nicht so, wie du denkst«, krächzte ihr Vater.

»Bitte, Ellie, alles, was ich wollte, war, dich zu beschützen«, presste ihre Mutter hervor.

»Ach ja?«, rief Ellie. »Es sieht aber danach aus, als hättest du Hiram als Baby weggegeben. Und als er dann anfing, kleine Mädchen zu ermorden, hast du seine Verbrechen vertuscht.«

Ihre Mutter schüttelte den Kopf, Tränen liefen ihr jetzt über das Gesicht. Ellies Vater räusperte sich. »Ellie, bitte, lass es uns erklären.«

»Ihr wollt mir erklären, warum ihr mich mein ganzes Leben lang belogen habt? Warum ihr Hiram erlaubt habt, fast ein Dutzend kleine Mädchen zu ermorden? Warum ihr mir gesagt habt, Mae sei nicht real, obwohl sie es sehr wohl war?« Sie schlug mit der flachen Hand auf das Foto. »Wer war sie? War sie meine Schwester? Mein Zwilling? Noch ein Kind, das ihr weggegeben und mir verschwiegen habt?« Entsetzen schwang in ihren Worten mit. »Hat Hiram auch Mae umgebracht?«

Die Luft war zum Zerreißen gespannt, doch ihre Eltern tauschten nur einen stummen Blick. »Vera, sprich mit ihr«, keuchte ihr Vater.

»Sag mir die Wahrheit über Mae«, verlangte Ellie. »Ist sie tot? War sie Hirams erstes Opfer?«

Tränen strömten über das Gesicht ihrer Mutter. »Das war sie«, schluchzte sie. »Aber ... Mae hat überlebt. Dein Vater hat sie gerettet.«

Ellie starrte ihre Mutter ungläubig an.

»Und wo ist sie dann?«

FÜNFUNDNEUNZIG

Die Angst sorgte dafür, dass sich jeder Muskel in Ellies Körper verkrampfte. Ihr Kopf pochte schmerzhaft. Doch in ihre Erschöpfung mischte sich der verzweifelte Wunsch, die Wahrheit zu erfahren.

Plötzlich wurde ihre Mutter ganz ruhig und wischte sich über die Augen. Ihre Unterlippe zitterte, und sie wandte den Blick ab.

»Sag es mir, Mom«, forderte Ellie. »Ich will es wissen.«

Einen Herzschlag lang herrschte Stille. Dann sog ihre Mutter scharf die Luft ein und sah sie an. »Mae ist nicht tot, Schatz.«

Ellie wartete schweigend ab, ihr Atem stockte. Sie fürchtete sich vor der Wahrheit. Aber sie musste es wissen.

»Und wer war sie?« Ihre Stimme sprang eine Oktave nach oben. »War sie meine Zwillingsschwester? Hat Hiram sie entführt?«

Vera schüttelte langsam den Kopf, Schmerz trübte ihren Blick. »Hiram hat sie entführt, aber nicht, weil sie deine Schwester war.« Ihre Stimme brach. »Ellie. Mae, das warst du.«

Die Worte ihrer Mutter schwirrten haltlos durch Ellies Kopf. Sie musste sich verhört haben.

»Ich ... w...wie meinst du das? *Ich* bin Mae?«

Ihr Vater stöhnte auf, dann fand er endlich seine Stimme wieder. Von den Medikamenten, aber auch von Reue und Schmerz klang sie ganz belegt, aber immerhin redete er jetzt. »Das ist eine lange Geschichte, Ellie. Deine Mutter hat Hiram zur Welt gebracht, lange bevor du geboren wurdest.«

Ellie war jetzt noch verwirrter. Was hatte Mae damit zu tun, dass Hiram der Sohn ihrer Mutter war?

Vera schniefte und starrte auf ihre Hände. Ihre Nägel waren inzwischen eingerissen, und der Lack blätterte ab. »Du musst verstehen, wie das damals für mich war. Ich war erst siebzehn, und meine Eltern waren so wütend auf mich. Dein Großvater hat gedroht, mich rauszuwerfen, wenn ich das Kind behalte. Ich wusste nicht, wie ich allein ein Kind großziehen sollte.«

»Was war mit Hirams Vater?«, fragte Ellie. »Wer war er?«

Vera stieß einen gequälten Laut aus. »Er war bloß ein Junge, für den ich als Jugendliche geschwärmt habe. Er ist abgehauen, als ich ihm gesagt habe, dass ich schwanger bin«, erklärte sie unter Tränen. »Also habe ich Hiram zur Adoption freigegeben. Ich ... ich dachte, es wäre besser für ihn. Dass er so ein besseres Leben haben würde.« Sie wischte ihre Tränen ab. »Das war das Schwerste, was ich je getan habe, Ellie. Ich musste immerzu an ihn denken und habe mich ständig gefragt, wo er war und ob es ihm gut ging. Eine Krankenschwester hat das Foto für mich geschossen, und dann wurde es Hiram mit ins Waisenhaus gegeben.«

Ellie rutschte auf ihrem Platz hin und her und versuchte, Verständnis für ihre Mutter aufzubringen. Aber sie war zu erschüttert und zu verletzt, um an etwas anderes zu denken als daran, dass ihre Eltern sie belogen hatten.

»Ich habe ein paar Mal darüber nachgedacht, ihn zu

suchen, aber mein Vater hat es mir verboten. Und irgendwann … verstand ich, dass Papa recht hatte, dass Hiram in einer heilen Familie mit zwei Eltern, die ihn liebten, besser aufgehoben war. Mama hat immer gesagt, das sei das Beste für ihn und auch für mich. Und dass ich eines Tages, wenn ich alt genug und verheiratet wäre, noch ein Kind und eine anständige Familie haben könnte.« Sie tupfte sich die Augen trocken. »Als wir dich nach Hause gebracht haben, Ellie, habe ich versucht, das, was ich getan hatte, wiedergutzumachen, indem ich eine gute Mutter für dich war.«

Schamesröte stieg ihrer Mutter in die Wangen. »Später hat Hiram uns irgendwie gefunden. Du warst damals fünf. Er hat dich draußen in der Nähe des Waldes beim Spielen gesehen und dich mit diesen Holzpuppen, die er wie besessen schnitzte, zu sich gelockt.«

Bilder aus ihrer Erinnerung fluteten Ellie und brachten sie zurück zu der Nacht, in der sie sich verirrt hatte. »Er hat gesagt, er hätte noch mehr Puppen und ein Puppenhaus«, flüsterte sie. »Ich bin ihm in einen Tunnel gefolgt, um es zu sehen.«

Ihr Vater stieß einen erstickten Laut aus. »Als ich gemerkt habe, dass du weg warst, habe ich dich stundenlang gesucht. Deine Mutter war völlig aufgelöst. Ich bin deinen Spuren gefolgt und habe dich schließlich am nächsten Morgen in dieser Höhle gefunden.« Er rang keuchend um Luft. »Du warst traumatisiert, als ich dich herausgetragen habe, fast katatonisch. Du hast tagelang kein Wort gesprochen. Du hast nichts gegessen und konntest nicht schlafen. Aber du hast immer wieder das Wort Hiram gesagt.«

»Die Therapeutin meinte, dass du die Erinnerung verdrängt hättest und dass es deine Art war, dich zu schützen«, ergänzte ihre Mutter, während ihr Vater tief Luft holte.

Vera legte eine Hand auf das Bett, und ihr Vater umfasste ihre Finger. »Danach hattest du Angst vor der Dunkelheit«, fuhr ihre Mutter fort. Dabei legte sich ein entrückter

Ausdruck auf ihr Gesicht, als wäre sie mit den Gedanken weit weg. »Du hattest Albträume und hast ständig geweint. Immer wieder hast du von Mae gesprochen, hast erzählt, dass du sie im Wald gesehen und mit ihr gespielt hättest. Dass du mit ihr Festungen gebaut hättest, Glühwürmchen gejagt und ihr abends im Bett Geheimnisse zugeflüstert hättest.« Die Stimme ihrer Mutter brach. »Du hast von ihr gesprochen, als wäre sie eine andere Person, als wäre sie deine Spielkameradin.«

Also waren all die Albträume, die sie gehabt hatte ... Erinnerungen gewesen, Dinge, die wirklich passiert waren.

»Wir haben versucht, dich davon zu überzeugen, dass du keine Spielkameradin namens Mae hast, und dann haben wir dich eines Tages auf dem Friedhof gefunden, wo du nach ihr gesucht hast. Das war ... furchtbar«, sagte ihre Mutter unter Tränen. »Die Therapeutin sagte, du wärst so traumatisiert, dass du unter Dissoziation littest. Nachdem wir die Situation mit ihr besprochen hatten, beschlossen wir, dass es besser für dich wäre, wenn du die Erinnerung nicht zurückerlangen würdest. Da haben wir ...«

»Ihr habt entschieden, mitzuspielen, aber mir zu sagen, dass Mae nicht real sei.« Ellies Kopf schwirrte. »Sondern meine imaginäre Freundin.«

»Wir dachten, das wäre besser, als dir zu sagen, dass dein Bruder versucht hat, dir wehzutun«, sagte ihre Mutter. »Dass er dich vielleicht wegen dem, was ich getan habe, umgebracht hätte, wenn wir dich nicht gefunden hätten. Wir wollten nicht, dass du mit diesem Wissen leben musst.«

»Aber das war unmoralisch von euch und von ihr«, sagte Ellie. »Eine Therapeutin soll den Menschen helfen, mit der Wahrheit klarzukommen, und sie nicht belügen.«

»Sie hat getan, worum wir sie gebeten haben, und zwar, um dich zu schützen«, beharrte Vera.

»An dem Tag, an dem Hiram dich in die Höhle gelockt hat,

habe ich nach ihm gesucht«, sagte ihr Vater. »Ich habe ihn verfolgt, aber er ist mir entkommen.«

»Wir hatten Angst, dass er zurückkommt, um dich zu holen«, sagte ihre Mutter. »Also sind wir umgezogen. Wir haben unsere Namen geändert. Und auch deinen. Damit er nie herausfinden würde, wo du bist, falls er nach dir suchen sollte.«

Ellies Kopf schmerzte. Genau wie ihr Herz. Sie konnte das alles nicht fassen.

»Als ein Jahr darauf Kim Fox verschwunden ist, war ich nicht sicher, ob es Hiram war, aber ich habe in diese Richtung ermittelt«, sagte ihr Vater. »Das war zwar eine Sackgasse, die Spuren führten nirgendwo hin, aber ich habe nie aufgegeben.«

Wut gesellte sich jetzt zu Ellies Schmerz. »Du hast Derricks Vater und auch Derrick beschuldigt, Kim etwas angetan zu haben, obwohl du die ganze Zeit über Hiram verdächtigt hast? Wie konntest du nur?«

»Aber wir waren ja nicht sicher«, sagte ihre Mutter. »Hiram hatte eine Art, spurlos zu verschwinden wie ein …«

»Gespenst«, ergänzte Ellie. »Genau wie Angelica gesagt hat.«

Ihr Vater streckte seine Hand nach ihrer aus, aber Ellie schüttelte den Kopf. Sie wollte nicht länger bei ihren Eltern sein, wo sie alles an deren Lügen erinnerte.

»Ich habe die ganze Zeit weitergesucht. Deshalb hatte ich die Akte«, fuhr ihr Vater fort. »Deshalb bin ich mit den Ermittlern in Kontakt getreten, die das Verschwinden der anderen Mädchen untersucht haben.«

»Du hättest um Hilfe bitten können«, sagte Ellie. »Hättest mit dem FBI zusammenarbeiten und den Leuten dort von Hiram erzählen können, du hättest sein Fahndungsfoto verbreiten können.«

»Aus diesem Grund bin ich Sheriff von Bluff County geworden, Ellie«, sagte ihr Vater. »Ich war auf der Suche nach einer Kleinstadt, in der wir untertauchen konnten. Ich war schon vorher Polizist gewesen, und als der Sheriff von Stony Gap plötzlich starb, hat mein Vorgesetzter mich als Nachfolger vorgeschlagen. Er hatte Kontakte, die mir dabei halfen, eine neue Identität aufzubauen, und seine Schwester saß im Stadtrat von Stony Gap. Sie hat alle überzeugt, dass ich das County leiten könnte. Ich habe das alles getan, um dich zu schützen und um in Fälle eingeweiht zu sein, die mit Hiram in Verbindung stehen konnten. Ich wollte ihn aufhalten.«

»Das ist auch der Grund, warum wir nicht wollten, dass du für das Amt des Sheriffs kandidierst«, sagte ihre Mutter energisch. »Wir hatten Angst, dass Hiram dich in der Presse wiedererkennen könnte, wenn er nach dir sucht.«

»Und er hat die ganze Zeit über weiter nach mir gesucht«, folgerte Ellie. »Er hat als Ersatz für mich Kim Fox entführt. Und dann all die anderen. Er hat wieder und wieder Mädchen getötet, weil er *mich* töten wollte.«

»Ich weiß und es tut mir leid.« Vera legte eine Hand an ihren Brustkorb. »Du warst meine Tochter und ich musste dich beschützen. Und er war mein eigen Fleisch und Blut. Ich musste auch an ihn denken.«

Schmerz prasselte auf Ellie ein und drohte, ihre Selbstbeherrschung zum Einsturz zu bringen, deshalb wich sie langsam vom Bett ihres Vaters zurück. Sie würde ihre Eltern der Polizei und dem FBI überlassen. Jetzt musste sie erst mal hier raus. Sie konnte es nicht ertragen, länger im selben Zimmer zu sein wie sie. Und sich noch mehr Rechtfertigungen für ihre Lügen anzuhören.

Im Wissen, dass Derricks Schwester und all die anderen Mädchen ihretwegen gestorben waren. Dass so viele Familien gelitten hatten, weil ihre Eltern entschieden hatten, sie zu beschützen.

Sie musste das wieder in Ordnung bringen. Aber wie sollte sie das anstellen? Es gab keine Möglichkeit, diese Kinder zurückzuholen und ihnen das Leben wiederzugeben, das ihnen gestohlen worden war.

Ihr wurde speiübel, sie sprang auf und rannte aus dem Zimmer. Auf dem Flur stieß sie mit Bryce zusammen. Er hielt sie am Arm fest. »Ellie?«

Sie riss sich von ihm los. »Lass mich in Ruhe.«

»Sprich mit mir.«

Damit er zu Angelica laufen und ihr alles brühwarm erzählen konnte? Bestimmt nicht. Die ereignisreichen letzten Stunden forderten jetzt ihren Tribut. Zu viele Menschen hatten etwas vor ihr verheimlicht. Sie belogen. »Verpiss dich.«

Tränen traten ihr in die Augen und trübten ihre Sicht. Sie drehte sich um und rannte durch den Flur. Erst, als sie draußen vor dem Krankenhaus stand, hielt Ellie inne.

Sie übergab sie sich ins Gebüsch, und ließ den Tränen freien Lauf.

SECHSUNDNEUNZIG

FÜNF TAGE SPÄTER

10. März, 16:00 Uhr, in der Nähe von Atlanta

Derrick stand neben seiner Mutter und hatte einen Arm um ihre Schultern gelegt. Sie lehnte sich an ihn. Jemand hatte violette Wildblumen auf dem Grab seiner Schwester abgelegt. Was Ellie am Hemlock Holler über die Bedeutung der Blumen gesagt hatte, schwirrte ihm wieder durch den Kopf. Die Engel hießen Kim willkommen.

Aber wer hatte die Blumen auf das Grab gelegt? Etwa Ellie? Oder derjenige, der die Knochen begraben hatte?

Gestern, als er und seine Mutter die Trauerfeier für seine Schwester abgehalten hatten, waren die Blumen noch nicht da gewesen. Die Freunde seiner Eltern waren alle gekommen, doch jetzt waren sie nur noch zu zweit und verabschiedeten sich von Kim.

Seine Mutter fuhr mit den Fingern über den Engel, der neben Kims Namen und den Worten *Geliebte Tochter und Schwester, viel zu früh von uns gegangen* auf dem Grabstein eingraviert war. Sie wischte sich mit einem Taschentuch über die feuchten Wangen, dann kniete sie nieder und legte Kims Medaillon oben auf dem Kreuz ab.

Als sie sich wieder zu Derrick umdrehte, milderte ein leichtes Lächeln ihre Züge. »Vielen Dank, dass du sie gefunden hast, mein Sohn. Und dafür, dass du sie wieder nach Hause gebracht hast.«

Der Schmerz drohte ihn zu überwältigen. »Es ist meine Schuld, dass sie nicht mehr da ist.«

Sie umfasste sein Gesicht mit ihren zierlichen Händen. »Nein. Du hast deine Schwester geliebt, und Kim wusste das. Es ist Zeit, die Schuldgefühle loszulassen.«

»Ich weiß nicht, ob ich das kann«, gab er mit schroffer Stimme zu.

»Das musst du aber. Kim würde wollen, dass du glücklich bist, Derrick. Dass du in deinem Leben Frieden und Liebe findest.«

Er hatte nicht über Liebe nachgedacht, hatte nicht geglaubt, dass er Liebe brauchte. Oder dass er sie überhaupt verdiente. Er war zu sehr damit beschäftigt gewesen, herauszufinden, was mit Kim geschehen war. Und dann war er auf die Verbindung zwischen den Fällen gestoßen und hatte sich darauf konzentriert, einen Serienmörder zu fassen.

Hiram. Er saß jetzt im Gefängnis und würde dort auch für den Rest seines Lebens bleiben. Derrick hatte ihn schließlich dazu bringen können, eine Karte zu zeichnen, aus der ersichtlich war, wo er die anderen Leichen gelassen hatte. Bergungsteams hatten die Überreste geborgen und die Familien benachrichtigt. Ihre Hoffnung war damit zwar ausgelöscht worden – aber immerhin hatten sie Gewissheit.

Es war vorbei.

Er konnte Bluff County und den Appalachian Trail für immer hinter sich lassen.

In diesem Moment bemerkte er auf der anderen Seite des Friedhofs eine schemenhafte Gestalt, einen Mann in einem langen Mantel, mit gebeugtem Rücken und grauem Bart. Er kam ihm irgendwie … vertraut vor.

Derrick verzog den Mund. Der Mann beobachtete seine Mutter. Und er beobachtete *ihn*. Ein unheimliches Gefühl überkam ihn, und er musste an die Knochen denken. An die Zeichen, die sie auf den Grabsteinen gefunden hatten. Hiram und Randall bestritten beide, die Gräber ausgehoben und etwas in die Steine graviert zu haben. Randall hatte die Uhr fallen gelassen, als er nach Penny gesucht hatte, noch bevor das Grab ausgehoben worden war.

Der Mann hob ein Taschentuch hoch und tupfte sich die Augen trocken. Randalls Andeutung, sein Vater könnte seinen Tod nur vorgetäuscht haben, kam Derrick wieder in den Kopf, wie um ihn zu verspotten. War das möglich? Hatte sein Vater überlebt? Hatte er die Leichen gefunden und begraben?

Falls dem so wäre, warum kam er dann nicht zurück zu ihm und seiner Mutter? Er drückte ihren Arm und sagte sich, dass sein Vater sie nie im Stich gelassen hätte, als sie ihn am meisten brauchten. Er wandte sich ab und der Mann verschwand in der Dämmerung.

Ein frischer Wind zog auf, und Derrick blickte den Hügel hinauf. Dort bemerkte er Ellie, die an einer Lebenseiche stand. Der Wind wirbelte ihr das Haar ins Gesicht. Sie sah klein und verloren aus, und er verspürte plötzlich den Wunsch, zu ihr hinüberzugehen und sie zu trösten. Er hatte ihre Familie auseinandergerissen und er konnte nicht umhin, sich deshalb schuldig zu fühlen, auch wenn er alles genauso wieder tun würde.

Ihre Eltern würden vor Gericht stehen, aber sie beharrten weiterhin darauf, dass sie nicht sicher gewusst hatten, ob Hiram tatsächlich das Gespenst war. Randall behauptete, er habe ihn verdächtigt und seit Jahren gejagt. Zweimal habe er ihn beinahe erwischt, aber Hiram sei entkommen.

Derrick wusste nicht, ob er ihm glauben sollte oder nicht.

Es spielte auch keine Rolle. Das Schweigen von Ellies Eltern hatte so viele Leben gekostet.

Er fragte sich, wie Ellie damit klarkam.

Ihre Blicke trafen sich, und als er ihren gequälten Gesichtsausdruck bemerkte, stockte ihm der Atem. Im nächsten Augenblick drehte sie sich um und flüchtete den Hügel hinunter in Richtung des Parkplatzes.

Die Versuchung, ihr nachzugehen, überkam ihn. Aber er blieb wie angewurzelt bei seiner Mutter stehen. Wahrscheinlich hasste Ellie ihn. Er machte ihr deshalb keine Vorwürfe. Er hatte dafür gesorgt, dass seine Familie abschließen konnte, doch ihre Familie hatte er dabei zerstört.

Er hatte getan, was er tun musste. Und wenn nötig, würde er es jederzeit wieder tun.

Also sah er zu, wie sie ging. Sie würde zurück in ihre Berge gehen, wo sie hingehörte. Und er würde allein zu seinem Leben in Decatur zurückkehren.

SIEBENUNDNEUNZIG

Ellie war niedergeschmettert. Der Anblick von Derrick und seiner Mutter auf dem Friedhof hatte ihr unmissverständlich klargemacht, wie sehr die beiden gelitten hatten.

Und dass unschuldige Kinder – fast ein Dutzend von ihnen – ihretwegen gestorben waren.

Sie drückte das Gaspedal durch und raste über die gewundenen Straßen, die sie nach Hause führten, durch die Hügellandschaft.

Allerdings fand sie in der malerischen Umgebung keinen Trost. Und sie hatte auch nicht das Gefühl, überhaupt noch ein Zuhause zu haben.

Ihr Captain hatte angeordnet, dass sie sich beurlauben ließ, um alles zu verarbeiten. Auch er hatte noch mit den Nachwehen der Verwicklung ihrer Eltern in den Fall zu kämpfen, genau wie mit der Presse. Cord hatte ihr eine Nachricht hinterlassen, in der er sich kurz angebunden und kühl nach ihrem Vater erkundigte, und ihr wurde klar, wie sehr sie ihn verletzt hatte, als sie ihn in seinem Haus befragt hatte. Dennoch hatte er ihr das Leben gerettet.

Selbst, wenn sie in ihren Job zurückkehren wollte und die

Öffentlichkeit ihr verzeihen würde, wie konnte sie das tun, wo doch ihre Familie in den Fall rund um den schlimmsten Serienmörder verwickelt gewesen war, den es je auf dem Appalachian Trail gegeben hatte? Während die Schuldgefühle jede Zelle ihres Körpers durchdrangen?

Wer würde ihr jetzt noch vertrauen?

Sie traute nicht ja nicht einmal selbst.

Sie konnte es nicht ertragen, ihre Eltern zu sehen oder mit ihnen zu sprechen. Vielleicht würde sie ihnen nie wieder ins Gesicht sehen können.

Cord war immer noch wütend auf sie. Sie hatte die fragile Freundschaft zerstört, die sie aufgebaut hatten. Derrick musste sie und ihre Familie hassen. Ihre Geheimnisse und Lügen hatten so viele Leben gekostet.

Als sie sich der Stadt näherte, bemerkte sie ein Schild mit der Aufschrift WÄHLT BRYCE WATERS ZUM SHERIFF, das im Wind hin und her-schwang. Nachdem ihr Vater zurückgetreten war, hatte Bryce das Amt vorübergehend übernommen, und er würde die Wahl mit Leichtigkeit gewinnen.

Das fühlte sich an wie ein weiterer Schlag ins Gesicht.

Als sie sich einem wenig befahrenen Straßenabschnitt näherte, wo sie schneller fahren konnte, klingelte ihr Handy. Schon wieder Angelica. Sie war dank der Geschichte groß rausgekommen. Ellie wollte auf keinen Fall mit ihr sprechen und ließ den Anrufbeantworter drangehen. Dann hörte sie die Nachricht doch sofort ab, wie um sich selbst zu bestrafen.

»Detective Reeves, Sie können nicht ewig davonlaufen. Wenn Sie bereit sind, über Ihre Familie zu sprechen, melden Sie sich bei mir. Ich würde gerne einen Enthüllungsbericht aus Ihrer Perspektive drehen. Beginnend mit der Frage: ›Wie fühlt es sich an, zu wissen, dass der eigene Bruder ein Serienmörder ist?‹«

Der eigene Bruder, Bruder, Bruder … Diese Worte hallten in Ellies Kopf wider, selbst, wenn sie nachts die Augen schloss.

Ihr Handy klingelte wieder. Diesmal war es Captain Hale. Da sie wusste, dass sie ihn nicht ignorieren konnte, nahm sie ab. »Ja?«

»Detective, Sie müssen in meinem Büro vorbeikommen. Ich habe gerade den Bericht der Spurensicherung bekommen und ich denke, den wollen Sie sehen.«

»Können Sie mir nicht einfach am Telefon sagen, was drinsteht?«

»Glauben Sie mir, Sie wollen sich das lieber persönlich ansehen.«

Bei dieser kryptischen Bemerkung stieg ein ungutes Gefühl in ihr auf. »Ich komme so schnell wie möglich.«

Sie wendete und fuhr wieder in Richtung des Highways, der nach Crooked Creek führte.

Worum auch immer es ging, Captain Hale hatte zutiefst beunruhigt gewirkt. Weder ihr Vater noch Hiram hatten zugegeben, die Mädchen begraben zu haben.

Was, wenn Hiram einen Komplizen hatte?

ACHTUNDNEUNZIG

Crooked Creek

Ellie betrat die Wache mit einem Knoten im Magen, der mindestens die Größe eines Softballs hatte. Heath winkte ihr vom Schreibtisch in der Ecke zu, er war gerade am Telefon. Seit sie nicht vor Ort war, war er über sich hinausgewachsen und arbeitete für zwei.

Captain Hale bedeutete ihr, in sein Büro zu kommen, und schloss die Tür hinter ihnen. Wie er sie ansah, während er sich mit einer Hand über die Glatze fuhr, gab ihr das Gefühl, ein Kind zu sein, das zum Rektor gerufen worden war.

»Was gibt's?«, fragte sie frei heraus.

Er bat sie mit einer Geste, sich zu setzen, und sie ließ sich auf den Stuhl vor seinem Schreibtisch sinken, dann schob er ihr einen Ordner zu. Vor Nervosität waren ihre Schultern ganz verkrampft, als sie die Mappe öffnete und den Laborbericht überflog. Die Fingerabdrücke auf den Puppen stammten von Hiram. Es gab einen Stiefelabdruck, der bestätigte, dass er am Bach gewesen war, als Penny entführt worden war. Und seine Fußabdrücke waren auch auf der Dugan-Farm gefunden worden, was hieß, dass er sich dort eine Zeit lang aufgehalten und sie in jener Nacht überfallen hatte.

Allerdings fanden sich keine Fingerabdrücke von ihm auf den Grabsteinen. *Verdammt.*

»Ich verstehe nicht ganz«, sagte sie und sah zum Captain auf.

»Lesen Sie weiter.«

Sein sonderbarer Tonfall sorgte dafür, dass sich eine Gänsehaut über ihren Körper ausbreitete, dennoch blätterte sie um und stieß auf den Laborbericht von Hirams DNA-Probe. Zunächst wusste sie nicht, was ihr diese Informationen sagen sollten.

Da stand Hirams Blutgruppe. Informationen zu seinen genetischen Merkmalen.

Dann ein Vermerk: Hirams DNA wies Übereinstimmungen mit der ihrer Mutter auf. Aber nicht mit der ihres Vaters. Genau wie sie erwartet hatte.

Doch der nächste Abschnitt ließ sie innehalten. Dort wurde seine DNA mit ihrer eigenen Blutprobe verglichen.

Geschockt las Ellie die Analyse erneut. Ihre DNA und die von Hiram zeigten keinerlei Übereinstimmungen. Das hieß, dass sie nicht biologisch mit Hiram verwandt war.

Es fühlte sich an wie ein Schlag in die Magengrube. Wie konnte das sein? Ihre Mutter hatte ihn geboren. Und auch Ellie.

Oder etwa nicht?

NEUNUNDNEUNZIG

11. März, 9:00 Uhr, Gefängnis von Bluff County

Der Wintersturm war zwar vorüber, aber der Sturm in Ellies Leben hatte aufgefrischt.

Es fiel Ellie schwer, ihre Gefühle unter Kontrolle zu halten, doch sie hatte darauf bestanden, dass ihre Eltern – Randall und Vera – sich mit ihr und Hiram zu einer Aussprache trafen.

Angelica wollte eine Enthüllungsstory. Verdammt, auch Ellie wollte, dass alles enthüllt wurde, aber nicht, um die Informationen an die Reporterin weiterzugeben. Sondern, um die verstörenden Fragen loszuwerden, die immerzu durch ihren Kopf kreisten.

Ihre Eltern erwarteten sie, als sie im Gefängnis des Countys ankam, in dem Hiram inhaftiert war. Beide sahen ausgezehrt aus und wirkten skeptisch. Sie hatte seit Tagen nicht mit ihnen gesprochen.

Ihr Vater würde wieder ganz gesund werden, doch er war immer noch blass und wacklig auf den Beinen, außerdem hatte er mindestens fünf Kilo abgenommen. Veras sonst immer perfektes Make-up und ihre Frisur waren völlig durcheinander.

Sie hatte Schatten unter den Augen, die auch Make-up und Concealer nicht verbergen konnten.

»Was soll das hier?«, fragte ihr Vater.

»Ich dachte, wir sollten uns zu einer Familienzusammenkunft treffen«, sagte Ellie und hatte Mühe, ihre Stimme gefasst klingen zu lassen, obwohl sie sie am liebsten angeschrien hätte. Vera rang die Hände, und sie nahmen in einem kleinen Besuchszimmer Platz.

Hiram schlurfte herein, in Handschellen und Fußfesseln, und zog dabei ein Bein hinter sich her. Sein Blick wanderte erst zu ihr, dann zu Vera. Der Hass und der Wahnsinn, die aus seinen Augen sprachen, vertieften sich noch.

Vera sah völlig verängstigt aus, nur noch ein Schatten der Frau, die immer seidenen Hosenanzüge und Perlen getragen hatte. Ihr Vater hielt die Hand ihrer Mutter, als würde er sie auch jetzt noch vor ihren Fehlern beschützen wollen.

Ellie legte den Ordner auf den Tisch. »Ich habe hier die Ergebnisse der Laboruntersuchungen und DNA-Berichte.«

Vera keuchte auf. Hiram zeigte keine Reaktion. Und im Gesicht ihres Vaters zeichnete sich Resignation ab.

Zuerst wandte Ellie sich an Hiram. »Hiram, es stimmt, dass Vera deine Mutter ist. Aber ich bin nicht deine Schwester.«

Ein Lächeln umspielte seine Mundwinkel, als hätte er diesen Tag schon lange herbeigesehnt. »Ich weiß«, murmelte er. »Warum, glaubst du, habe ich dich so sehr verachtet?« Er starrte Vera zornig an. »Ich war ihr eigen Fleisch und Blut, aber sie hat sich stattdessen für dich entschieden.«

Es fühlte sich an, als würde Ellies Herz in ihrer Brust zerspringen. Obwohl sie mit den Tränen kämpfen musste, wandte sie sich zu ihren Eltern. »Ist das wahr? Du hast mich nicht zur Welt gebracht, Mom?«

Vera biss sich auf die Unterlippe, dann murmelte sie ein schmerzerfülltes Ja.

EINHUNDERT

Ellie schluckte, der Schmerz nahm ihr die Luft zum Atmen. Sie rang mit ihren widersprüchlichen Gefühlen, zur Fassungslosigkeit kam jetzt auch das Bedürfnis, alles zu erfahren.

Sie wandte Hiram den Kopf zu. »Woher wusstest du es?«

Wut mischte sich in sein unheimliches Lächeln. Offenbar genoss er es, sie leiden zu sehen. »Ich habe mich in den Computer der Sozialarbeiter gehackt und in meiner Akte den Namen meiner Mutter herausgefunden«, sagte Hiram. »Dann habe ich mich auf die Suche nach ihr gemacht. Aber ich habe nicht schlecht gestaunt.« Er warf Vera einen vernichtenden Blick zu. »Als ich Mama fand, hatte sie ein kleines Mädchen. Zuerst dachte ich, du wärst meine Schwester, doch dann habe ich gehört, wie Randall etwas von einer Adoption gesagt hat. Dass es so wundervoll wäre, dass du jetzt Teil der Familie bist.«

»Ich hatte so lange ein schlechtes Gewissen, weil ich dich weggegeben habe, Hiram«, sagte Vera. »Also haben Randall und ich beschlossen, ein Kind zu adoptieren. Die Agentur hat uns Ellie vermittelt.«

Hiram gab ein grunzendes Geräusch von sich. »Dann habt ihr also die hübsche kleine Mae mit den blonden Locken und den großen blauen Augen mit nach Hause genommen und sie als euer eigenes Kind aufgezogen.«

Als er sich wieder zu Ellie umdrehte, lag in seinen Augen so viel Verbitterung, dass sie zu glühen schienen wie flüssige Lava. »Du warst nicht einmal ihr eigen Blut, aber sie hat dich verhätschelt, während sie ihren eigenen Sohn verrotten ließ.«

»Ich habe versucht, dich zu finden, aber man hat mir gesagt, dass ich jedes Recht, dich zu sehen, aufgegeben hätte«, sagte Vera. »Ich dachte, du hättest ein liebevolles Zuhause gefunden.«

Ellies Kopf schwirrte vor widersprüchlichen Gefühlen. Kein Wunder, dass Hiram ihr gegenüber einen solchen Hass hegte.

»Habe ich aber nicht. Ich wurde von einem schlechten Zuhause zum nächsten gereicht und habe meine Kleidung in einem Müllsack mitgenommen«, zischte er. »Aber als ich herausgefunden hatte, wo du wohnst, habe ich mich bei jeder Gelegenheit zum Haus geschlichen. Ich habe dich mit Mae beobachtet. Habe gesehen, wie du sie hübsch angezogen, ihr Schleifen ins Haar gebunden und ihr Puppen geschenkt hast.« Er machte eine Geste in Richtung von Ellies Vater. »Und ich habe gesehen, wie du das Puppenhaus für sie gebaut hast. Es hat ihr so gut gefallen, dass ich auch angefangen habe, Puppen zu schnitzen ...«

»Du hast mich mit den Puppen von zu Hause weggelockt und mir erzählt, du hättest auch ein Puppenhaus mit hübschen Fensterläden und einem Kronleuchter«, murmelte Ellie, die sich allmählich wieder erinnerte.

Das hatte geklappt, weil sie das Puppenhaus, das ihr Vater für sie gebaut hatte, so geliebt hatte. Jenes, das sie in der Werkstatt ihres Vaters gefunden hatte ...

Ihr Atem ging jetzt stoßweise. Früher hatte sie Puppen geliebt. Bis sie in dem dunklen Loch eingesperrt worden war, mit nichts als der einfachen Holzpuppe, ihren seelenlosen

Augen und dem zu einem stummen Schrei geöffneten Mund. Diese Puppe hatte Hiram ihr gegeben.

Die Erinnerung kehrte lebhafter denn je zurück.

Hiram hatte sich mit der Puppe in der Hand an den Rand des Gartens geschlichen. »*Schau mal, die habe ich nur für dich gemacht.*« Es hatte sie fasziniert, dass er sie selbst geschnitzt hatte.

»*Ich habe auch ein Puppenhaus gebaut. Komm mit, dann zeige ich es dir.*« Und das hatte sie getan. Sie war in die Höhle im Wald gekrochen, um das Puppenhaus zu sehen, aber es gab gar keins.

»Es tut mir leid, Hiram.« Reue und Scham schwangen in Veras Worten mit. »Ich dachte, ich würde tun, was das Beste für dich war. Ich dachte, du hättest so ein besseres Leben als das, das ich dir bieten könnte.«

Er schlug mit den gefesselten Händen auf den Metalltisch. »Hör einfach auf. Du redest dir ein, dass du getan hättest, was das Beste für mich war, aber du wolltest mich einfach nicht haben, weil ich nicht perfekt war.«

»Das ist nicht wahr«, rief Vera.

Er versuchte, sich auf sie zu stürzen, aber der Wachmann eilte herbei und zog Hiram zurück. Fluchend und knurrend schleuderte er Vera seine Wut entgegen, während er durch die dicke Stahltür abgeführt wurde.

Als die Tür zufiel, herrschte im Raum angespannte Stille.

Vera öffnete den Mund, um etwas zu sagen, doch dann schienen ihr die Worte zu entgleiten und stattdessen stieg ihr das Blut ins Gesicht. Randall griff nach Ellies Hand, als wollte er sie trösten, aber Ellie zog sie ruckartig weg und legte sie in ihren Schoß.

Sie holte tief Luft und fixierte ihr Mutter mit wütendem Blick. »Wenn du mich nicht zur Welt gebracht hast, wer dann? Wer sind meine leiblichen Eltern?«

Randalls Augen verfinsterten sich, und Vera stieß einen

erstickten Laut aus. »Wir sind deine Eltern«, sagte ihr Vater. »Wir haben dich geliebt, dich aufgezogen und dir ein Leben geschenkt.«

»Ein Leben, das auf Lügen aufgebaut ist.« Ellie schüttelte den Kopf. »Wer ist meine Mutter?«, fragte sie an Vera gewandt.

Veras Unterlippe zitterte. »Wir wissen es wirklich nicht, Ellie. Du warst schon fast ein Jahr lang bei einer Pflegefamilie, als wir von dir erfahren haben.« Ihre Stimme wurde weicher. »Du warst so klein und sahst so ängstlich aus und warst so verschüchtert, dass es einem das Herz brach. Du brauchtest eine Mutter. Schon, als ich dich zum allerersten Mal gesehen habe, wollte ich dich mit nach Hause nehmen. Siehst du nicht, wie sehr wir dich geliebt haben?«

Ellie konnte im Moment gar nichts sehen, nur den Schmerz, den die Lügen und die Geheimnisse ihr bereitet hatten.

Sie konnte sich nicht länger gegen die Tränen wehren, die in ihr aufstiegen, also stand sie auf und eilte aus dem Zimmer. Ihre Eltern – nein, Vera und Randall – riefen ihr hinterher, aber sie blieb erst stehen, als sie draußen war.

Frische Luft schlug ihr ins Gesicht, und als sie in ihren Jeep stieg, streifte ihr Blick ihr eigenes Spiegelbild. Erschöpfung und Erschütterung zeichneten sich auf ihrem noch immer mit Prellungen übersätem Gesicht ab. In ihren Augen lag ein zutiefst verzweifelter Ausdruck. Plötzlich verspürte sie den Drang, sich jemandem anzuvertrauen und Cord anzurufen. Oder Derrick. Aber ... sie konnte keinen Trost bei ihnen suchen – oder sie gar um Vergebung bitten –, ohne ihnen die ganze Wahrheit zu erzählen.

Und dazu fühlte sie sich noch nicht bereit. Zuerst musste sie das alles selbst verarbeiten.

Früher hatte sie genau gewusst, wer sie war, und hatte einen Plan für ihr Leben gehabt. Sie war die Tochter von

Randall und Vera Reeves gewesen und hatte das Amt des Sheriffs von Bluff County übernehmen wollen.

Aber alles, was sie kannte, auf das sie vertraut und was sie geliebt hatte, baute auf einer Lüge auf. Ellie, Mae ... Sie wusste ja nicht einmal ihren richtigen Namen.

Oder, was sie jetzt tun sollte.

MEHR VON BOOKOUTURE DEUTSCHLAND

Für mehr Infos rund um Bookouture Deutschland und unsere Bücher melde dich für unseren Newsletter an:

deutschland.bookouture.com/subscribe/

Oder folge uns auf Social Media:

facebook.com/bookouturedeutschland
x.com/bookouturede
instagram.com/bookouturedeutschland

EIN BRIEF VON RITA

Vielen Dank, dass ihr in die Welt eingetaucht seid, die ich mit Detective Ellie Reeves in *Die stummen Puppen* erschaffen habe! Wenn euch *Die stummen Puppen* gefallen hat und ihr über all meine Neuerscheinungen auf dem Laufenden bleiben möchtet, könnt ihr euch über den folgenden Link zum Newsletter anmelden. Eure E-Mail-Adresse wird unter keinen Umständen weitergegeben und ihr könnt euch jederzeit wieder abmelden.

deutschland.bookouture.com/subscribe/

Als ich aufgewachsen bin, hatte ich die Berge North Georgias, den Appalachian Trail und die Smoky Mountains praktisch direkt vor meiner Haustür, deshalb habe ich mich schon immer zu Geschichten hingezogen gefühlt, die in ländlichen Kleinstädten spielen. Die hohen Gebirgskämme, die steilen Abhänge, das tückische Gelände und die Gefahren, die auf dem AT lauern, sind nicht nur wunderschön, sondern auch der perfekte Ort für Mord und rätselhafte Vorkommnisse und damit die ideale Kulisse für meine neue Reihe!

Angesichts der Gefahren auf dem Trail, der schillernden Kleinstadtfiguren und Exzentriker, die im Verborgenen leben, habe ich mir Ellie Reeves als taffe, mutige Frau vorgestellt, die vor nichts zurückschreckt. Sie hat sich ihr Leben lang mit Plänen und Karten orientiert und auch ihre Zukunft genau geplant.

Aber was, wenn diese Pläne scheitern, weil sie in einem Wettlauf gegen die Zeit ein kleines Mädchen vor einem Serienmörder retten muss, der in der Nähe von Ellies Heimatstadt sein Unwesen treibt? Wenn alles, was Ellie über sich und ihre Familie zu wissen geglaubt hat, in sich zusammenstürzt wie ein Kartenhaus?

Ich hoffe, dass es euch gefallen hat, Ellie auf ihrer Reise zu begleiten und dabei zu sein, wenn sie sich diese Fragen stellt, um den ersten Fall einer ganzen Reihe von Verbrechen, die den AT heimsuchen, zu lösen! Wenn euch *Die stummen Puppen* gefallen hat, würde ich mich über eine kurze Rezension freuen. Als Autorin bedeutet es mir unfassbar viel, dass ihr eure Meinung mit anderen Leser:innen teilt, die sich vielleicht für Ellies Welt interessieren könnten.

Ich freue mich immer, von meinen Leser:innen zu hören, deshalb findet ihr mich auf Facebook und könnt mich über meine Website oder über X kontaktieren.

Vielen Dank für eure Unterstützung. Und viel Spaß beim Lesen!

Rita

facebook.com/authorritaherron
x.com/ritaherron
instagram.com/ritaherronauthor

DANKSAGUNG

Zunächst einmal ein großes Dankeschön an Christina Demosthenous dafür, dass sie an mich herangetreten ist. Als sie mir vorschlug, eine Krimireihe zu schreiben, habe ich gerade an diesem Manuskript gearbeitet und es ihr voller Begeisterung geschickt. Ihre Unterstützung vom ersten Tag an, ihre Vorschläge und Korrekturen haben dazu beigetragen, dass dieses Buch noch besser geworden ist und überraschende Wendungen enthält, die ich mir nicht hätte ausmalen können. Ich möchte auch dem Team von Bookouture für das tolle Cover und den Titel danken.

Außerdem danke ich meiner Agentin Jenny Bent für ihren Rat und ihre unermüdliche Unterstützung.

Ein weiteres Dankeschön geht an meine langjährige Kritikpartnerin, Autorenkollegin und Freundin Stephanie Bond, die mich von Anfang an zu dieser düsteren Krimireihe ermutigt und mit mir gebrainstormt hat. Weiterhin danke ich Anwalt Aaron Rives für seine Auskünfte in Rechtsfragen.

Printed in Poland
by Amazon Fulfillment
Poland Sp. z o.o., Wrocław

48668182R00254